AF674368

हिन्द पॉकेट बुक्स

एक औरत की ज़िन्दगी

प्रकृतिवादी विचारधारा से प्रभावित गाय दी मोपासां निर्विवाद रूप से फ्रांस के सबसे महान कथाकार हैं। वे जब ग्यारह वर्ष के थे, तभी उनके माता-पिता अलग हो गए थे। उनकी प्रारंभिक शिक्षा धार्मिक स्कूलों में हुई, जिससे उन्हें चिढ़ थी। उन्होंने फ्रांस और जर्मनी के युद्ध में भाग लिया, अलग-अलग नौकरियाँ कीं और समाचार पत्रों में स्तंभ लिखे। 1880 से 1891 तक का समय इनके जीवन का सबसे महत्वपूर्ण काल था। इन 11 वर्षों में मोपासां के लगभग 6 उपन्यास, 300 कहानियाँ, 3 यात्रा संस्मरण एवं एक कविता संग्रह प्रकाशित हुए।

एक औरत की ज़िन्दगी

मोपासां

हिन्द पॉकेट बुक्स
पेंगुइन रैंडम हाउस इम्प्रिंट

हिन्द पॉकेट बुक्स

यूएसए | कैनेडा | यूके | आयरलैंड | ऑस्ट्रेलिया
न्यू ज़ीलैंड | भारत | साउथ अफ्रीका | चीन | सिंगापुर

हिन्द पॉकेट बुक्स, पेंगुइन रैंडम हाउस ग्रुप ऑफ़ कम्पनीज़ का हिस्सा है,
जिसका पता global.penguinrandomhouse.com पर मिलेगा

पेंगुइन रैंडम हाउस इंडिया प्रा. लि.,
चौथी मंज़िल, कैपिटल टावर - 1, एम जी रोड,
गुड़गांव 122 002, हरियाणा, भारत

पेंगुइन
रैंडम हाउस
इंडिया

प्रथम संस्करण हिन्द पॉकेट बुक्स द्वारा 1970 में प्रकाशित
यह संस्करण हिन्द पॉकेट बुक्स में पेंगुइन रैंडम हाउस द्वारा 2022 में प्रकाशित

कॉपीराइट © हिन्द पॉकेट बुक्स, 1970

सर्वाधिकार सुरक्षित

10 9 8 7 6 5 4 3 2

इस पुस्तक में व्यक्त विचार लेखक के अपने हैं, जिनका यथासंभव तथ्यात्मक
सत्यापन किया गया है, और इस संबंध में प्रकाशक एवं सहयोगी
प्रकाशक किसी भी रूप में उत्तरदायी नहीं हैं।

ISBN 9789353496517

मुद्रकः रेप्रो इंडिया लिमिटेड

यह पुस्तक इस शर्त पर विक्रय की जा रही है कि प्रकाशक की लिखित पूर्वानुमति के
बिना इसका व्यावसायिक अथवा अन्य किसी भी रूप में उपयोग नहीं किया
जा सकता। इसे पुनः प्रकाशित कर विक्रय या किराए पर नहीं दिया जा
सकता तथा जिल्दबंद अथवा किसी भी अन्य रूप में पाठकों के
मध्य इसका परिचालन नहीं किया जा सकता। ये सभी शर्तें
पुस्तक के ख़रीददार पर भी लागू होंगी। इस संदर्भ में
सभी प्रकाशनाधिकार सुरक्षित हैं।

www.penguin.co.in

FSC
www.fsc.org
MIX
Paper from
responsible sources
FSC® C047271

This is a legitimate digitally printed version of the book and therefore might not
have certain extra finishing on the cover.

एक औरत की ज़िन्दगी

रातभर मूसलाधार बारिश होती रही। लगता था जैसे आसमान फट गया हो और ज़मीन पर अपना सारा कोष उंडेलकर पृथ्वी को गला रहा हो। आकाश में रह-रहकर बिजली चमक उठती थी और सुनसान गलियों में आप्लावित नालियों का गर्जन भर गया था। मकानों ने स्पंजों की तरह पानी को सोख लिया था जिसने दीवारों में घुसकर तहखानों से लेकर ऊपरी मंज़िलों के कमरों तक में सीलन पैदा कर दी थी।

जीन सामान बांधकर खिड़की के पास गई। बारिश अभी तक थमी नहीं थी।

एक रोज़ पहले ही वह कॉन्वेन्ट की पढ़ाई खत्म करके लौटी थी। अब वह आज़ाद थी, और इतने दिनों से जिस सुख के स्वप्न वह देखती आ रही थी, उसे पाने के लिए वह आतुर हो उठी थी लेकिन उसे अब डर लग रहा था कि अगर आसमान न खुला तो उसके पिता अपनी यात्रा स्थगित कर देंगे। सुबह से वह सैकड़ों बार क्षितिज का निरीक्षण कर चुकी थी।

सहसा उसे ख्याल आया कि वह सामान के साथ कैलेण्डर रखना भूल गई है। उसने दीवार पर लटका कैलेण्डर उतारा, जिसपर सुनहरी अक्षरों में सन् 1819 छपा था। उसने पेंसिल से दूसरी मई से पहले की सभी तारीखें काट दीं। यही वह तारीख थी जब वह कॉन्वेन्ट छोड़कर आई थी।

'जीनेत !' दरवाज़े के बाहर से किसीने आवाज़ दी।

'भीतर चले आओ पापा।' जीन ने जवाब दिया।

बैरन सिमोंयक ले पर्थ्यूदेवाज़ दयालुहृदय, भक्की स्वभाव और पुराने ख्यालों के संभ्रान्त व्यक्ति थे। रूसो के उत्साही अनुयायी होने के कारण उनमें प्रकृति और उसके जीवों के प्रति एक प्रेमी की सी संवेदनशीलता थी। अभिजातवर्ग में जन्म लेने के कारण उनके मन में सन् 1763 के प्रति सहज घृणा की भावना थी। लेकिन अपने दार्शनिक स्वभाव और उदार शिक्षा के कारण वे निरंकुशता से भी उतनी ही तीव्र घृणा करते थे, यद्यपि वे उसके विरुद्ध कुछ करने में अशक्त थे। उनका सबसे बड़ा गुण ही सबसे बड़ा अवगुण भी था—एक अत्यन्त भला स्वभाव, जो फिर भी इतना विशाल नहीं था कि उनकी मनचाही सभी चीज़ों को अपने अंक में समेट सकता। यह एक स्रष्टा का स्वभाव था, ऐसा स्वभाव जो किसी बात का सक्रिय विरोध करने में असमर्थ होता है। व्यवहारतः यह एक भयंकर बुराई थी।

साथ ही, उन्हें सिद्धान्तों से भी गहरा मोह था, और उन्होंने अपनी बेटी की शिक्षा के बारे में एक लम्बी-चौड़ी योजना बनाई थी, क्योंकि वे चाहते थे कि उनकी बेटी अपने जीवन में सुखी, ईमानदार, संयत और दयावान बने। बारह बरस की उम्र तक जीन घर में ही रही थी, फिर उसे मां के विरोध के बावजूद उन्होंने सेक्रेड हार्ट कॉन्वेन्ट में भेज दिया था, जहां उसे दुनिया की हवा बिल्कुल नहीं लगी थी और वह सारी सांसारिक बातों से अनभिज्ञ थी। उसके पिता की इच्छा थी कि उनकी बेटी सत्रह बरस की होकर जब वापस घर लौटे तो वह बिल्कुल पवित्र हो, ताकि वे स्वयं उसकी आत्मा के द्वार और ज्ञान-चक्षु खोलें; अपनी बेटी को अपने साथ ले जाकर बाह्य जगत् का साक्षात् कराएं; उसे कविता से सिक्त करें; पशु-जगत् के सरल नियमों से और प्राकृतिक जीवन के तरीकों से परिचित कराएं।

जब जीन कॉन्वेन्ट से निकली तो वह प्रफुल्ल मुद्रा में थी। उसका हृदय आनन्द और उन अनुभवों के लिए लालायित था जिनके सपने उसने कॉन्वेन्ट के तंद्रिल, आलस्यपूर्ण दिनों और लम्बी रातों में देखे थे।

जीन देखने में तस्वीर-सी मालूम होती थी। उसके चमकीले बालों की आभा उसके गुलाबी चेहरे पर पड़ती थी, जिसपर धूप की किरणों में पीली मखमली ब्राउन रंग की गहरी छाया अंकित हो जाती थी।

उसकी आंखें अपारदर्शी नीले रंग की थी, जैसी डच कलाकृतियों में पाई जाती हैं। उसके चेहरे पर दो नन्हे तिल थे। उसका कद लम्बा, शरीर गदराया और वक्ष भरा-पूरा था। कभी-कभी उसकी आवाज़ कुछ तीखी हो जाती थी, लेकिन उसकी निर्दोष हंसी अत्यन्त संक्रामक थी। अक्सर वह जैसे अपने बाल समेटने के लिए अपनी कनपटियों पर उंगलियां फेरा करती थी।

जीन ने भागकर अपने पिता को चूम लिया और पूछा, 'क्या हम चलने के लिए तैयार हैं?'

उसके पिता हंस पड़े और उनके लम्बे, सफेद बाल थिरक उठे। उन्होंने खिड़की की तरफ इशारा किया, 'भला ऐसे मौसम में तुम कैसे सफर करोगी?'

जीन ने मिन्नत की, 'प्लीज़, पापा, मैं आपसे विनती करती हूं—आइए चलें। दोपहर तक आसमान खुल जाएगा।'

'लेकिन तुम्हारी मां कभी राज़ी नहीं होंगी।'

'मुझे यकीन है कि वे मान जाएंगी—मैं सारा दोष अपने ऊपर ले लूंगी।'

जीन भागी हुई मां के कमरे में गई। वह इस दिन की, नई ज़िन्दगी की शुरूआत के दिन की बहुत दिनों से इन्तज़ार करती आ रही थी। कॉन्वेन्ट में जाने के बाद से वह कभी रोअन से बाहर नहीं गई थी, क्योंकि उसके पिता नहीं चाहते थे कि उनके द्वारा निर्धारित की गई उम्र से पहले उनकी बेटी का ध्यान पढ़ाई के सिवा इधर-उधर जाए। अब जीन गर्मियां बिताने के लिए 'पोपलर्ज़' जा रही थी जो प्राचीन काल से उनके परिवार का निवासस्थान था। यह मकान यपोर्त के नज़दीक समुद्र के किनारे एक चट्टान पर था। जीन यहां आने के लिए बड़ी बेचैन थी। बाद में जाकर यह सारी जायदाद उसीकी होनेवाली थी, और शादी के बाद उसे वहीं अपना घर बसाना था। अभी तक तो न थमनेवाली बारिश ही सिर्फ ऐसी चीज़ थी जो उसकी नई ज़िन्दगी को तबाह कर रही थी।

तीन मिनट बाद जीन मां के कमरे में से भागती हुई आई और चिल्लाकर बोली, 'पापा, ममी राज़ी हो गई हैं। आप गाड़ी में घोड़े

जुतवाइए।'

जितना वक्त गाड़ी को दरवाज़े के सामने लाने में लगा, उस बीच बारिश और भी तेज़ हो गई थी। जीन गाड़ी में बैठने ही वाली थी कि जीन के पिता और एक लम्बी नौकरानी उसकी मां को सहारा देकर सीढ़ियों से नीचे ले आए। नौकरानी नौजवान लड़के की तरह हृष्टपुष्ट थी। वह नार्मन जाति की थी और कोक्स से आई थी। उसकी उम्र अट्ठारह बरस की थी, लेकिन देखने में वह अपनी उम्र से बड़ी लगती थी। चूंकि जीन के माता-पिता ने ही उसे पाला था, इसलिए रोज़ाली को परिवार में दूसरी बेटी का दर्जा प्राप्त था। रोज़ाली का मुख्य काम बैरोनेस को सहारा देकर चलाना था, क्योंकि पिछले कुछ बरसों में बैरोनेस बहुत मोटी हो गई थीं। उनका हृदय बढ़ गया था—हर वक्त वे इसी बीमारी की शिकायत करती रहती थीं।

बैरोनेस हांफती हुई मकान की अगली सीढ़ियों पर पहुंचीं और उन्होंने मूसलाधार बारिश की तरफ आंख सिकोड़कर देखा और कहा, 'यह निरी बकवास है।'

बैरन ने मुस्कराकर कहा, 'यह आप ही की ख्वाहिश थी, मदाम एदिलेद!'

चूंकि बैरन एदिलेद नाम को आडम्बरपूर्ण समझते थे, इसलिए हमेशा अपनी पत्नी के नाम के आगे 'मदाम' शब्द जोड़ देते थे। इस आदर में व्यंग्य की पुट थी।

बैरोनेस गाड़ी में चढ़ गईं, गाड़ी के स्प्रिंग थर्रा उठे। बैरन अपनी पत्नी की बगल में जा बैठे। जीन और रोज़ाली सामने की सीट पर बैठ गईं। उनकी पीठ घोड़ों की तरफ थी।

लुदिवीन ने, जो उन लोगों की बावर्चिन थी, बहुत-से लबादे लाकर सबके घुटनों पर फैला दिए, फिर उसने दो टोकरियां लाकर मुसाफिरों की टांगों के पीछे रख दी और इसके बाद वह एक बड़ा-सा कंबल ओढ़कर बूढ़े कोचवान सिमों की बगल में बैठ गई। चौकीदार और उसकी पत्नी उन्हें विदाई देने के लिए आए। वे सामान के बारे में इन्तज़ार कर रहे थे, सामान उनके पीछे एक दूसरी गाड़ी में आनेवाला था।

इसके बाद वे चल पड़े। बूढ़ा सिमों अपने भारी-भरकम कोट में

खो गया, जिसकी केपें तीन तहों वाली थीं। बारिश और तूफान के छींटे गाड़ी की खिड़की से टकराने लगे। सड़क पर बाढ़-सी आ गई थी।

गाड़ी जल्द ही बन्दरगाह के पास पहुंच गई। समुद्र में बड़े-बड़े जहाज़ों की कतार खड़ी थी। उनके मस्तूल और रस्से निर्जीव पेड़ों की तरह भीगे आसमान में उदासी से सिर उठाए खड़े थे। उन्हें पीछे छोड़कर गाड़ी मोंत रिबोदे के बूलेवर की तरफ मुड़ गई। जल्द ही वे लोग घास के मैदानों के पास पहुंच गए। उन्हें वेद वृक्षों के कुंज दिखाई दिए, जो पानी से भारी होकर ज़मीन पर झुक गए थे। घोड़ों के सुम कीचड़ के छींटे उड़ा रहे थे और गाड़ी के पहिये कीचड़ में गहरी लीक बनाते जा रहे थे।

मुसाफिर बातें नहीं कर रहे थे। लगता था कि धरती की तरह उनके मन भी सील गए हैं। बैरोनेस सीट की पीठ पर सिर टिकाकर सुस्ताने लगीं। बैरन निराशभाव से अन्तहीन घास के गीले मैदानों को देख रहे थे। रोज़ाली गोद में एक गठरी लिए किसी दिवास्वप्न में खोई थी। लेकिन बारिश के प्रति जीन की प्रतिक्रिया इन सबसे अलग थी। वह उस पौधे की तरह खुश थी जिसे बहुत दिनों तक अंधेरे में बन्द रखने के बाद अचानक हवा और रोशनी में लाकर रखा गया हो। उसकी खुशी की तीव्रता उसे निराशा से बचा रही थी। वह चाहती थी कि वह जी भरकर गीत गाए और अपना हाथ बाहर निकालकर बारिश की बूंदों को इकट्ठा करके पी जाए। उसे यह दृश्य देखकर बड़ा मज़ा आ रहा था। घोड़ों की सरपट चाल भी उसे दिलचस्प लग रही थी। वह अपने को सुरक्षित महसूस कर रही थी। मूसलाधार बारिश में दोनों घोड़ों की चमकती हुई पीठों से पानी चू रहा था।

बैरोनेस को गहरी नींद आ गई। उनका चेहरा, जिसके दोनों ओर छह घुंघराली लटें लटक रही थीं, आहिस्ता-आहिस्ता उनकी अनेक ठोड़ियों की लहरों में धंस गया, और ठोड़ियां उनके वृक्ष के विराट् समुद्र में खो गई। हर सांस के साथ उनका सिर उठने और गिरने लगा, गाल फूल गए और वे खुर्राटे भरने लगीं। बैरन ने पत्नी के नज़दीक झुककर एक छोटा-सा चमड़े का बटुआ उनके बन्द हाथों में रख दिया। पति के स्पर्श से बैरोनेस की नींद खुल गई और वे इस तरह आंखें फाड़कर देखने

लगीं जैसे उनके सपनों को झकझोर दिया गया हो। बटुआ गाड़ी के फर्श पर गिरकर खुल गया। सोने के सिक्के और नोट चारों तरफ बिखर गए। बैरोनेस की नींद पूरी तरह खुल गई और अचानक ज़ोर से हंस पड़ी।

बैरन ने सारे सिक्के जमा करके पत्नी की गोद में रख दिए और कहा, 'माई डियर, इलेतो की ज़मीन बेचने से मुझे यही रकम मिली है। यह ज़मीन मैंने इसलिए बेची है, ताकि 'पोपलर्ज़' की मरम्मत करवाई जा सके, जहां भविष्य में हम अक्सर रहा करेंगे।'

बैरोनेस ने 6400 फ्रांक गिनकर अपनी जेब में ठूंस लिए। मां-बाप से मिली इकत्तीस ज़मीनों में यह नवीं ज़मीन थी, जिसे इस मकसद के लिए बेचा गया था। वैसे भी उनकी बीस हज़ार फ्रांक सालाना की आमदनी थी, और अगर ज़मीन की देखभाल ठीक ढंग से की जाती तो तीस हज़ार फ्रांक तक आमदनी हो सकती थी। यह आमदनी उनके लिए काफी थी, क्योंकि वे करीब-करीब सादगी से रहते थे। लेकिन जिस तरह सूरज दलदल वाली ज़मीन का पानी सुखा देता है, उसी तरह उनकी सहृदयता उनका पैसा सुखा रही थी। पैसा उनके हाथों से उड़कर कहां गायब हो जाता है, यह उन दोनों में से किसीको भी पता न था।

दम्पति में से एक न एक अक्सर कहता, 'आज मैंने कोई खास चीज़ नहीं खरीदी, फिर भी न जाने कैसे सौ फ्रांक खर्च हो गए।'

लेकिन इस सहृदयता से दोनों प्रसन्न रहते थे और धन की इस व्यवस्था पर दोनों एकमत थे। जीन ने पूछा, 'क्या मेरा घर अभी भी खूबसूरत है?'

बैरन ने प्रफुल्ल स्वर में उत्तर दिया, 'वह तो तुम देख ही लोगी मेरी नन्ही।'

धीरे-धीरे तूफान की प्रचण्डता कम हो गई। आकाश में झीने कुहरे और तैरते हुए आर्द्र कण बाकी रह गए। सघन बादल फटकर सफेद हो गए और सहसा धूप की एक लम्बी तिरछी किरण मैदान में आ गई और नीले आकाश का एक टुकड़ा नज़र आया। फिर तूफानी बादल एकदम छितर गए जैसे दुपट्टे को फाड़ दिया गया हो। एक खूबसूरत, नीला, स्वच्छ और अन्तहीन आकाश दुनिया पर छा गया। ताज़ी

और मन्द हवा का एक झोंका धरती की सन्तोषभरी श्वास की तरह आया। जंगल के पास से गुज़रते समय उन्हें अपने पंख सुखाते हुए किसी पक्षी का उल्लास-भरा गीत सुनाई दे जाता था। इसके बाद शाम आई और जीन के सिवा सब लोग सो गए। गाड़ी दो बार रास्ते की सरायों में घोड़ों को चारा और आराम देने के लिए रुकी।

सूरज डूब गया था और दूर घण्टियों का मद्धम स्वर सुनाई दे रहा था। एक छोटे गांव में लोग अपने घरों में लैंप जला रहे थे,आकाश में अनगिनत नन्हे तारों की दीपमाला हो रही थी। सड़क के दोनों ओर रह-रहकर रोशनी से टिमटिमाते घर नज़र आ जाते थे, रात के अंधेरे को चीरते हुए सफेद आग के अंगारों से। और फिर सहसा एक पहाड़ी के पीछे से, फर के दरख्तों की सघन टहनियों में से चांद निकला—स्पष्ट लालिमा-रंजित, विशाल, तंद्रिल चांद।

यह दृश्य इतना सुहावना था कि उन लोगों ने गाड़ी की खिड़कियां खोल दी और अपने दिवास्वप्नों और विचारों की उत्तेजना से थकी जीन आराम करने लगी। अक्सर एक ही जगह बहुत देर तक बैठे रहने से उसका शरीर सुन्न पड़ जाता था और वह अपनी आंखें खोलकर खिड़की से बाहर देखने लगती थी। चांदनी रात में उसे सड़क के किनारे किसी फार्म के दरख्त या किसी खेत में इधर-उधर लेटी गायों का झुंड नज़र आ जाता था। करवट बदलकर वह सोने की कोशिश करती, लेकिन पहियों की आवाज़ उसके कानों में गूंज रही थी और उसका मन थक गया था। उसे लगा जैसे उसके शरीर और आत्मा को क्लान्ति ने दबोच लिया हो। जब उसकी नींद खुली तो उसने देखा कि गाड़ी रुक गई थी और हाथ में लालटेनें लिए मर्द और औरतों का एक झुंड गाड़ी के दरवाज़े के सामने खड़ा था। जीन फौरन बाहर आ गई, उसके पिता और रोज़ाली बैरोनेस को उठाकर बाहर ले आए। बैरोनेस पतली क्षीण आवाज़ में बार-बार कहे जा रही थी, 'हे ईश्वर, मेरे गरीब बच्चे!'—बैरोनेस ने खाने-पीने से इन्कार कर दिया और फौरन जाकर सो गईं।

जीन और उसके पिता ने एकसाथ खाना खाया। वे हाथ में हाथ डालकर मुस्करा रहे थे। फिर बालसुलभ प्रसन्नता से अभिभूत होकर दोनों ने मकान का निरीक्षण शुरू किया, जिसकी हाल ही में

मरम्मत हुई थी। यह एक ऊंची और विशाल नॉर्मन शैली की इमारत थी। यह भूरा रंग लिए सफेद पत्थरों की बनी थी। इसमें रहने की जगह और फार्म का दफ्तर था। यह इतनी विशाल इमारत थी कि पूरे का पूरा एक कुनबा इसमें समा सकता था। एक विशाल गैलरी ने मकान को दो हिस्सों में बांट दिया था। गैलरी के दरवाज़े इस भव्य इमारत के दोनों तरफ खुलते थे। फाटक के पास दोहरी सीढ़ियां टांग फैलाए खड़ी थीं और पुल की तरह दूसरी मंज़िल पर जाकर इमारत से मिलती थीं। निचली मंज़िल में दाहिनी तरफ एक विशाल ड्राइंगरूम था,जिसकी दीवारों पर कालीन लटके थे जिनमें परिन्दे और बेलबूटे बने थे। सारा फर्नीचर मखमली टेपेस्ट्रियों[1] से मढ़ा था जिनपर ला फोन्तेन की कथाओं के चित्र बने थे। एक पुरानी कुर्सी को देखकर जीन का रोम-रोम हर्ष से सिहर उठा। बचपन में उसे यह कुर्सी बहुत अच्छी लगती थी, इसपर लोमड़ी-सारस की कहानी चित्रित थी।

ड्राइंगरूम की एक तरफ दो और कमरे थे, जिन्हें इस्तेमाल में नहीं लाया गया था। एक लाइब्रेरी थी, जिसमें पुरानी किताबें भरी थीं। बाईं तरफ खाने का कमरा था, जिसकी दीवारों पर लकड़ी का नया काम हुआ था। एक चादरों, तौलियों के रखने का कमरा था, एक भण्डार और एक और छोटा कमरा था, जिसमें नहाने का टब था।

दूसरी मंज़िल के बीचोबीच एक और हॉल था। दस कमरों के दरवाज़े गैलरी में खुलते थे। जीन के कमरे दाईं तरफ बिल्कुल पीछे थे। जीन अपने कमरों में गई। बैरन ने इस हिस्से की नये सिरे से सजावट करवाई थी। उन्होंने बरसाती में पड़ा फर्नीचर और पर्दे निकलवाए, जिन्हें इस्तेमाल में नहीं लाया गया था। यहां प्राचीन फ्लेमिश टेपेस्ट्रियों की भरमार जिनपर प्रसिद्ध व्यक्तियों के चित्र थे।

अपने पलंग को देखकर जीन खुशी से चीख पड़ी। चारों पायों पर बड़े-बड़े काली लकड़ी के पॉलिश किए हुए पक्षी थे। लगता था जैसे वे पलंग की रक्षा कर रहे हों। पलंग की दोनों पाटियां मालाओं की शक्ल की थीं, जिनमें लकड़ी के फूल और फल गुंथे थे। कॉर्निस पर गुलाबों से

1. कसीदाकारी का काम—फ्रांस अपनी टेपेस्ट्रियों के लिए मशहूर है।

लिपटे क्यूपिड[1] खड़े थे। कॉर्निस चार कोरिंथियन शैली के अलंकृत स्तम्भों पर खड़ी थी।

लकड़ी का रंग पुरानी होने की वजह से फीका पड़ गया था, फिर भी पलंग बड़ा शानदार और खूबसूरत दिखाई देता था। पलंगपोश और मसहरी के पर्दे पुराने नीले रेशम के थे, जिनके बीच में सितारे और सुनहरी कमल बने थे, दो झिलमिलाते आकाश?

इन चीज़ों को प्रशंसाभरी दृष्टि से देखने के बाद जीन ने टेपेस्ट्रयों की तरफ देखा। एक टेपेस्ट्री पर एक नौजवान रईस और एक तरुणी हरे, लाल, पीले कपड़े पहने नीले पेड़ के नीचे बैठकर बातें कर रहे थे। इस पेड़ में सफेद रंग के फल लगे थे और एक मोटा सफेद खरगोश भूरी घास कुतर रहा था।

इस चित्र से कुछ दूर पांच नन्हे गोल मकान थे जिनकी छत नुकीली थीं, ऊपर क्षितिज के निकट गहरे लाल रंग की एक पनचक्की थी। टेपेस्ट्री के चारों तरफ परम्परागत बेलबूटे बने थे। बाकी दो टेपेस्ट्रियां भी पहली जैसी थीं, लेकिन उनमें फ्लेमिश ढंग के कपड़ों में चार बूढ़े दिखाए गए थे, जो घरों के आगे खड़े होकर क्रोध या आश्चर्य की मुद्रा में बांहें ऊपर उठाए आकाश को खड़े देख रहे थे।

लेकिन आखिरी टेपेस्ट्री में एक नाटक चित्रित था। खरगोश के पास, जो अभी तक घास कुतर रहा था, एक नौजवान लेटा था। देखने से वह मरा हुआ लगता था। तरुणी उसकी तरफ देख रही थी और अपने सीने में तलवार भोंक रही थी। पेड़ के फलों का रंग काला था। जीन इस नाटक का अर्थ समझने की समस्या से छुट्टी पाने ही वाली थी कि उसकी नज़र कोने में बनी एक छोटी-सी आकृति पर पड़ी जिसे खरगोश बड़े मज़े में खा सकता था, लेकिन यह शेर की आकृति थी। जीन ने पिरामस और थिस्बी के दुःखान्त रोमान्स को पहचान लिया। इस कलाकृति के सादेपन पर उसे हंसी आई, लेकिन वह खुश थी कि वह इस प्रेम-कथा के नज़दीक है, इसे वह अपनी आकांक्षाएं सौंप सकती है। यह आख्यान नींद में भी उसके समक्ष रहेगा।

बाकी फर्नीचर अलग-अलग शैलियों का था, जिसे इस खानदान के

---

1. प्राचीन यूनानी प्रेम-देवता की मर्तियां

पूर्वज छोड़ गए थे, जिससे घर निरा अजायबघर बन गया था। पन्द्र-हवें लुई के ज़माने की फूलदार रेशम से मढ़ी दो आरामकुर्सियों के बीचो-बीच चौदहवें लुई के ज़माने की दराज वाली एक खूबसूरत अलमारी थी। मेंटलपीस पर शीशे के एक ग्लोब में शाही ज़माने की एक घड़ी थी। मेंटलपीस के सामने रोज़वुड[1] का एक डेस्क था। घड़ी की आकृति चार संगमरमर के स्तम्भों और फूलों के गुलदस्ते पर रखे मधुमक्खियों के छत्ते से मिलती थी। उसके नाज़ुक पेंडुलम की नोक पर मीनाकारी के काम की एक मधुमक्खी बनी थी, फूलों के गुच्छे पर यह पेंडुलम हिलता रहता था घड़ी का डायल अलंकृत चीनी का था। घड़ी ने ग्यारह बजाए। बैरन ने जीन का मस्तक चूमा और कमरे से चले गए। जीन अनमने भाव से जाकर पलंग पर लेट गई।

उसने आखिरी बार कमरे में नज़र दौड़ाई और मोमबत्ती बुझा दी, लेकिन पलंग का सिरहाना दीवार के पास था। बाईं तरफ की खिड़की में से चांद की किरणों के छींटे फर्श पर पड़ रहे थे। दीवार पर क्षीण चांदनी पिरामस और थिस्बी की आकृतियों को सहला रही थी। पायताने के सामने की खिड़की में से जीन को चांदनी में नहाया हुआ एक लम्बा पेड़ दिखाई दिया। जीन ने करवट बदलकर सोने की कोशिश की लेकिन फौरन उसकी आंखें खुल गईं। अभी तक गाड़ी के पहियों की आवाज़ उसके कानों में गूंज रही थी और उसे हचकोलों का अनुभव हो रहा था। इस उम्मीद में कि उसे अब भी नींद आ जाएगी, वह कुछ देर तक चुपचाप लेटी रही, लेकिन जल्द ही उसके मन की बेचैनी उसके रोम-रोम में फैल गई, उसकी टांगें कांपने लगी और माथे में बुखार-सा महसूस हुआ। आखिरकार वह उठी, नंगे पैर और लम्बे नाइटगाउन में वह प्रेत-सी दिखाई दे रही थी। फर्श पर बिखरी चांदनी के वृत्त को पार करके उसने खिड़की खोली और बाहर देखा।

रात इतनी शुभ्र थी कि वह दिन के प्रकाश की तरह सब कुछ देख सकती थी। जीन ने आसपास की उन सभी चीज़ों को देखा, जिन्हें वह बचपन में प्यार करती थी। सामने का बड़ा लॉन चांदनी में मक्खन की तरह पीला दीख रहा था। हवेली के सामने दो विशाल वृक्ष खड़े थे, एक

1. गुलाब की सुगन्ध वाली लकड़ी

नींबू का और दूसरा मेपल का। लॉन के आखीर में एक कुंज था, जिसमें पुराने देवदार के वृक्षों की पांच कतारें थीं, यह मुड़े-टूटे क्षतविक्षत वृक्ष समुद्री तूफानों से झुक गए थे और लॉन को समुद्री हवाओं के प्रकोप से बचाते थे। इस कुंज के दोनों तरफ सफेदे पोपलर के लम्बे वृक्षों की कतारें थीं। ये कतारें इस मकान को पड़ौस में स्थित कोलार्द और मार्टिन परिवारों के मकानों से अलग करती थीं। इन्हीं वृक्षों के नाम पर इस मकान का नाम 'पोपलर्ज़' पड़ा था।

इस कुंज के पीछे एक लम्बा कंटीली झाड़ियों का मैदान था, जिसे कभी नहीं जोता गया था और जिसमें दिन-रात समुद्री हवाएं सायं-सायं करती रहती थीं। फिर मैदान अचानक तीन सौ फुट ऊंची चट्टान के पास जाकर खत्म हो जाता था, जो समुद्र के किनारे खड़ी थी।

जीन समुद्र के रंग-बिरंगे पानी की तरफ देखती रही, जो तारों की झिलमिलाहट में सोया-सा नज़र आ रहा था। रात्रि की निस्तब्धता में देहात की सारी सुगन्धे जीन के पास सिमटी चली आई। इनमें निचली खिड़कियों के पास लगी चमेली की नई निकलती कोंपलों की सुवास भी थी। समुद्र की मन्द हिलोरों में नमकीन हवा और चिपचिपाते समुद्री पौधों की गन्ध थी।

इस हवा में सांस लेकर जीन को खुशी हुई और रात की खामोशी ने उसकी बेचैनी को शान्त कर दिया। रात के अंधेरे में अपने अस्तित्व को खो देने वाले जीव-जन्तुओं का मौन स्पन्दन परछाइयों को भर रहा था। बड़े पक्षी परछाइयों की तरह खामोशी से हवा में तैर रहे थे। ओसभरी घास और सुनसान अंधेरी सड़क पर भागते हुए अदृश्य कीड़ों की भनभनाहट बड़ी सुखद लग रही थी। सिर्फ मेंढक अवसादभरी नीरस तान छेड़ रहे थे। जीन को लगा कि रात के अस्फुट स्वरों के साथ उसका हृदय भी भर आया है, उसके मन में हज़ारों आकांक्षाएं और तरंगें उमड़ी, उसे रात के उन मूक प्राणियों और रात की अनुपम कविता के प्रति हार्दिक समानता का अनुभव हुआ! वह कांप उठी और उसके मन में धुंधली आशाओं का स्पन्दन होने लगा। यह अनुभूति सुख जैसी आनन्ददायी थी।

और इस तरह वह प्रेम के बारे में सोचने लगी। प्रम! दो बरसों

से वह प्रेम को जानने के लिए बेहद बेचैन हो गई थी। अब वह आज़ाद थी, लेकिन एक ही कठिनाई थी, 'उससे' मुलाकात होना। 'वह' कैसा होगा? यह वह नहीं जानती थी, यहां तक कि इस सवाल का जवाब देने के लिए भी वह अपने को बाध्य नहीं कर सकती थी। बस यही जानना काफी था कि 'वह' आएगा। वह जानती थी कि वह अपने समस्त हृदय और आत्मा से 'उसकी' आराधना करेगी और 'वह' भी अपने समस्त हृदय से जीन को प्यार करेगा। वे दोनों इस तरह की चांदनी रातों में, चांद और तारों की किरणों में घूमने के लिए जाया करेंगे। वे एक-दूसरे के हाथ में हाथ डालकर चलेंगे, उन्हें अपने दिलों की धड़कन का, एक-दूसरे के स्पर्श की गर्मी का आभास होगा। उनके प्यार में गर्मी की रात की मिठास घुल जाएगी। वे दोनों एक हो जाएंगे, इसी ऐक्य से वे एक-दूसरे के गोपनीय विचारों को जान सकेंगे—और यह सब हमेशा के लिए होता रहेगा—एक शान्त, भव्य स्नेह के साथ।

सहसा जीन को लगा कि 'वह' भी वहीं, उसके नज़दीक है और एक विचित्र मांसल अनुभूति से उसका शरीर रोमांचित हो उठा। उसने अनजाने में ही अपनी बांहें वक्ष से चिपका लीं, जैसे वह उस सपने को लम्बा करना चाहती थी। उसके होंठों पर एक तीव्र सनसनी दौड़ गई, जैसे वसन्त के झोंके ने उसे चूम लिया हो।

सहसा घर के पीछे सड़क पर उसे किसीकी पदचाप सुनाई दी। एक सहज भावना से, संयोग और भाग्य के रोमांटिक चक्र में अंध आस्था से प्रेरित होकर उसने सोचा, कहीं 'वह' तो नज़दीक नहीं है। वह बड़े ध्यान से उस लयपूर्ण पगध्वनि को सुनने लगी, उसे यकीन था कि वह व्यक्ति उसके घर के आगे रुककर आतिथ्य मांगेगा। लेकिन वह आगे चला गया। जीन इस तरह उदास हो गई जैसे किसीने उसे धोखा दिया हो—लेकिन जल्द ही उसे अपने दिवास्वप्नों के पागलपन का आभास हो गया और वह अपनी बेवकूफी पर मुस्कराने लगी।

जब उसका मन कुछ शान्त हुआ तो वह व्यावहारिक बातों के बारे में सोचने लगी और अपने भावी जीवन की रूपरेखा तैयार करने लगी। वह समुद्र के किनारे इस शान्त मकान में 'उस' के साथ रहेगी। वह दो बच्चों की मां बनेगी। उसके लिए एक लड़का होगा और जीन के लिए

एक लड़की। जीन कल्पना में उन बच्चों को लॉन में, वृक्षों के कुंज में भागता हुआ देख रही थी। जीन और 'वह' खुशी से बच्चों को देख रहे थे और उनकी प्यार भरी नज़रें आपस में टकरा रही थीं।

बहुत देर तक खिड़की के पास खड़ी वह इसी तरह के ख्यालों में डूबी रही। आखिरकार जब चांद समुद्र में डूबने लगा तो हवा ठण्डी हो गई और पूर्वीय क्षितिज प्रकाशमान होने लगा। दाईं तरफ के फार्म के मुर्गे ने बांग दी और बाईं तरफ के फार्म के मुर्गे ने उसका जवाब दिया। मुर्गियों के दरबों में से निकलती हुई वे आवाज़ें कहीं दूर से आती मालूम हो रही थीं। आसमान की विशाल मेहराब में तारे धीरे-धीरे फीके पड़-कर अदृश्य हो गए। कहीं कोई पक्षी चहचहाया और इसके बाद दूसरे पक्षी भी भीरु स्वर में चहचहाने लगे। कुछ देर बाद उनके स्वर में साहस आ गया और हर्ष की एक लहर सारे वृक्षों में फैल गई। सहसा जीन को आभास हुआ कि वह प्रकाश की एक किरण में उलझ गई है, उसने सिर ऊपर उठाया, प्रभात के वैभव से उसकी आंखें मुंद गईं।

सफेदे के वृक्षों की शाही कतार के पीछे छिपे सघन बादलों में से रक्तिम आभा जागती हुई धरती पर पड़ रही थी और फिर आहिस्ता-आहिस्ता बादलों को फाड़कर समुद्र, वृक्षों और क्षितिज को अपने आग्नेय स्पर्श से आलोकित करता हुआ सूरज निकला।

इन शानदार दृश्यों को देखकर जीन पर उन्माद-सा छा गया। उसका मन उल्लसित हो उठा। यह उसके नये जीवन का प्रभात था, उसकी आशाएं उग रही थीं। उसने सूरज की तरफ अपनी दोनों बांहें फैला दीं—जैसे सूरज को आलिंगन में बांध लेना चाहती हों। वह इस प्रभात के समान ही कोई अलौकिक वन्दना करना चाहती थी, लेकिन असमर्थ थी। फिर उसने सिर झुकाकर अपनी बांहों में थाम लिया, उसकी आंखों में आंसू छलछला आए और वह खुशी से रो पड़ी।

जब उसने सिर उठाया तो प्रभात का अलौकिक सौन्दर्य गायबहो चुका था। जीन ने थकान महसूस की। उसे थोड़ी ठण्ड भी लग रही थी। खिड़की बन्द किए बगैर ही वह धम् से बिस्तर पर लेट गई। उसे इतनी गहरी नींद आई कि आठ बजे जब उसके पिता ने उसे आवाज़ दी तो उसे कुछ सुनाई न दिया। जब उसके पिता उसे जगाने के लिए उसके

कमरे में आए, तब जाकर कहीं उसकी नींद खुली।

बैरन जीन को दिखाना चाहते थे कि उन्होंने ज़मींदारी में—जीन की ज़मींदारी में कितने सुधार किए हैं। हवेली का जो हिस्सा सड़क की तरफ पड़ता था उस तरफ सेबों का बाग लगा दिया था। यह सड़क खेतों के बीचोबीच होकर जाती थी और आध मील की दूरी पर हैव्र से फेकम्प जाने वाली बड़ी सड़क में मिल जाती थी।

चहारदीवारी और सामने की सीढ़ियों के बीच एक सीधा रास्ता था। बाग के दोनों तरफ नौकरों के लिए पत्थर के मकान थे, जिनपर फूंस के छप्पर पड़े थे।

सारे मकान के फर्नीचर पर नये कपड़े चढ़े थे और लकड़ी की नक्काशी नये सिरे से करवाई गई थी। दीवारों पर नया कागज़ लगाया गया था और नये सिरे से सफेदी की गई थी। मौसम के थपेड़ों से क्षीण भूरी दीवारों की पृष्ठभूमि में नई सिटकनियां, जिनपर रुपहला रंग किया गया था, चमक रही थीं।

वह हिस्सा, जिसमें जीन के कमरे थे, समुद्र और देवदार के वृक्षों के कुंज के ठीक सामने था।

बांहों में बांहें डालकर बाप और बेटी ने सारे स्थानों का निरीक्षण किया। कुछ भी उनकी नज़रों से नहीं बचा। सफेदे के वृक्षों की बाड़ के भीतर वाले स्थान को वे पार्क कहते थे। वृक्षों के नीचे नर्म हरी घास का कालीन बिछा था। खूबसूरत नन्हे कुंज में टेढ़े-मेढ़े रास्ते थे, जिनके बीचोबीच हरी झाड़ियां थीं। अचानक कहीं से एक खरगोश ने आकर जीन को भयभीत कर दिया, फिर वह मैदान में, पहाड़ी की तरफ भाग गया।

नाश्ते के बाद बैरोनेस ने, जो अभी तक थकी हुई थीं, कहा कि वे कुछ देर तक लेटेंगी, इसलिए बैरन ने जीन को यपोर्त तक ले जाने का फैसला किया। पहले वे अपने गांव में से गुज़रे। किसानों ने इस तरह उनका अभिवादन किया जैसे वे हमेशा से उन्हें जानते हों। फिर वे समुद्र के किनारे स्थित जंगल में दाखिल हुए और इसके बाद एक चक्करदार घाटी आई जो ढलान की तरफ जा रही थी। जल्द ही उन्हें यपोर्त दिखाई देने लगा। अपने घरों की सीढ़ियों पर बैठकर कपड़ों की मरम्मत करने-वाली औरतों ने उनकी तरफ देखा। सड़क के बीचोबीच एक नाली

थी। घरों के आगे कूड़े के सड़ांद भरे ढेर लगे थे और सड़क में से तेज़ नमकीन गंध उठ रही थी। घरों के सामने ब्राउन रंग के मछली पकड़ने के जाल सूख रहे थे, जिनमें से कुछ में अभी तक मछलियों के चोईंट चमक रहे थे, घरों में से शरारती बच्चों की आवाज़ें आ रही थीं। कुछ कबूतर दाने की तलाश में नाली के आसपास चक्कर काट रहे थे।

किसी नाटक के दृश्य की तरह जीन को यह दृश्य बहुत विचित्र लगा, लेकिन मोड़ पार करने पर उसने समुद्र देखा—क्षितिज तक फैला, नीला, चिकना समुद्र। किनारे पर खड़े होकर वे समुद्र को देखने लगे, दूर कहीं समुद्री चिड़ियों के पंखों की तरह चमकती कुछ सफेद पालें नज़र आईं। दायें-बायें पहाड़ियां थीं। एक तरफ ज़मीन का एक टुकड़ा दृश्य में रुकावट पैदा कर रहा था, लेकिन दूसरी तरफ समुद्र का किनारा क्षितिज तक फैला था। नज़दीक ही खाड़ी में कुछ मकान थे। समुद्र की नन्ही लहरों ने आकर पानी के इर्द-गिर्द झाग की झालर लगा दी थी। मछुओं की तारकोल से रंगी गोल नावें किनारे पर धूप में औंधी पड़ी थीं। कुछ मछुए शाम के ज्वार-भाटे के लिए नावें तैयार कर रहे थे। एक मल्लाह कुछ मछलियां लाया। जीन ने एक 'ब्रिल' मछली खरीदी। वही मल्लाह उन्हें एक किश्ती में ले गया। वह बार-बार अपना नाम ले रहा था—लास्तीक, जोज़ेफिन, लास्तीक, ताकि बैरन की स्मृति में अंकित हो जाए। बैरन ने इस नाम को याद रखने का वादा किया और वे पैदल अपनी देहात की कोठी पर लौट आए। मछली बहुत भारी थी। जीन जल्द ही थक गई। उसने मछली को बैरन की छड़ी में पिरो लिया, ताकि दोनों मिलकर उसे उठा सकें। बच्चों की तरह चहकते हुए खुशी-खुशी वे पहाड़ी पर चढ़े, उनकी आंखें चमक रही थीं, और हवा उनके सिर पर सीधी लग रही थी। मछली के भार से उन दोनों की बांहें दुःख रही थीं। मछली की लम्बी पूंछ घास से रगड़ खा रही थी।

दो

जीन की शानदार आज़ाद ज़िन्दगी शुरू हुई। वह इन दिनों खूब पढ़ा करती, दिवा-स्वप्न देखती, और अकेली ही मकान के आसपास

घूमा करती। वह कल्पनाओं में खोई हुई जंगल में चली जाती या झाड़ियों से भरी टेढ़ी-मेढ़ी नन्ही घाटियों में दौड़ा करती। पीले फूलों वाली जंगली झाड़ियों की तेज़ सुगन्ध जीन को मदिरा की तरह मदहोश कर देती थी और दूर लहरों का शान्त गर्जन उसे सुखद मालूम होता था। कभी-कभी वह किसी पहाड़ी की सघन घास पर लेट जाती और जब किसी दरार में से उसे चमकते हुए नीले समुद्र का टुकड़ा और इक्की-दुक्की नाव की पाल नज़र आजाती तो उसका मन एक विवेकशून्य सुख से भर जाता। उसे ऐसा लगता जैसे कोई रहस्यमय आनन्द उसके जीवन में आने वाला है।

इस वातावरण में उसे एकान्त में बेहद खुशी महसूस होने लगी। अक्सर वह पहाड़ियों पर इतनी देर तक बैठी रहती कि छोटे जंगली खरगोश उसके पैरों में उछल-कूद मचाने लगते। अक्सर वह पहाड़ी की चोटी पर भागी-भागी जाती और समुद्र की हवा के मन्द झोंके उसका चेहरा सहलाते थे। भागने में उसे बड़ा मज़ा आता था और वह परिन्दों और मछलियों की तरह सहज भाव से भागती थी। वह जहां भी जाती, स्मृतियों के बीज बोती जाती, उन स्मृतियों के जिनकी जड़ें मृत्यु तक ज़िन्दा रहेंगी, जिस तरह धरती पर बिखेरे बीज जड़ें पकड़ लेते हैं। जीन को लगता था कि इन घाटियों की हर मोड़ और ढलान पर वह अपने दिल के टुकड़े बिखेरती जा रही है।

उसने समुद्र में नहाना भी शुरू कर दिया और तैरती-तैरती वह आंखों से ओझल हो जाती थी। उसकी स्वस्थ और सुदृढ़ काया को किसी खतरे का डर नहीं था। ठण्डे नीले पानी में उसे उल्लास का अनुभव होता था। पानी उसे सहारा और चुनौती देता था। किनारे से दूर पहुंचकर वह पीठ के बल लेट जाती और दोनों बांहें वक्ष पर बांधकर आकाश के अनन्त नीलेपन में टकटकी लगाकर देखती रहती, जहां उसे किसी परिन्दे या समुद्री चिड़िया की छायाकृति क्षण-भर के लिए नज़र आ जाती थी। दूर लहरों के गर्जन और पानी की तरंगों के अस्पष्ट स्वर के सिवा और कुछ सुनाई नहीं देता था। फिर वह उलटकर तेज़ी से तैरना शुरू कर देती और अपने को पूर्ण रूप से सुखी अनुभव करती थी। जब कभी वह बहुत दूर चली जाती तो उसे लेने के लिए

किश्ती भेजी जाती, और वह भूख से पीला चेहरा लिए घर लौटती, लेकिन पूरी चुस्त, मुस्कराती हुई आंखों में चमक लिए।

उधर बैरन बड़े पैमाने पर खेती करने की स्कीमें बना रहे थे। वे अपनी गलतियों से सीखकर नये परीक्षण करना चाहते थे, खेती को नये सिरे से, नये औज़ारों और तरीकों के इस्तेमाल से संगठित करना चाहते थे। वे बहुत सारा वक्त गांव के किसानों से राय-मशविरा करने में गुज़ारते थे। किसानों को बैरन की नई स्कीमों में विश्वास नहीं था। यपोर्त के मल्लाहों के साथ वे समुद्र में भी जाते थे। आसपास के चश्मों और गुफाओं को देखने के बाद जब उनका मन उकता जाता, तो वे मामूली मल्लाह की तरह मछली पकड़ना पसन्द करते।

जिन दिनों तेज़ हवा चलती और पालें फूल जाती, उन दिनों किश्तियां लहरों पर थिरकने लगती थीं। जब मछलियों के झुंड किश्तियों के दोनों तरफ लटकती हुई डण्डियों के पीछे-पीछे चलने लगते और जब कांटे में फंसी मछली छटपटाने लगती, तो बैरन उत्सुकता से अपनी नन्ही डण्डी को कसकर पकड़ लेते। चांदनी रात में वे सन्ध्या के समय बिछाए हुए जालों को समुद्र में से निकालने जाते थे। उन्हें चरमराते हुए मस्तूल और रात में गरज़ती हुई लहरों का स्वर बहुत अच्छा लगता था। बहुत देर तक किश्ती में घूमने के बाद बैरन तैरते हए तख्तों, पहाड़ी की किसी चोटी, गिर्जे की मीनार या फेकैम्प लाइटहाउस को देखते हुए किनारे पर आकर चुपचाप लेट जाते। उषा की प्रथम किरणों में निश्चल लेटना उन्हें बहुत पसन्द था। उगते सूरज की धूप में किश्तियों पर रखीपंखे के आकार की 'रे' मछलियों की चिकनी पीठे और 'तरबो' मछलियों के मोटे पेट चमकने लगते थे। खाने के समय बार-बार बैरन बड़े जोश से अपने कारनामों का ज़िक्र करते और बैरोनेस बतातीं कि वे सफेदों के वृक्षों से आच्छादित सड़क पर घूमने गई थीं, और आज वे दाईं तरफ स्थित कोलार्द फार्म की ओर चली गई थीं, क्योंकि वहां धूप ज़्यादा थी। बैरोनेस को पैदल चलने की राय दी गई थी, इसलिए वे पैदल चलना ही पसन्द करती थीं। रात की ठण्डक शुरू होते ही वे रोज़ाली का सहारा लेकर पहाड़ी से नीचे उतरती थीं, एक लबादा और दो शॉल ओढ़कर और सिर पर काला हुड और लाल बुना हुआ मफलर पहनकर।

वे अपना बायां पैर घसीटकर चलती थीं क्योंकि वह दायें पैर से कुछ भारी था, जिससे सड़क पर उनके कदमों के निशानों की दो पंक्तियां बन जाती थीं। घास को कुचलती हुई वे फिर कुंज की झाड़ियों की कतार और मकान के बीच चहलकदमी करने लगती थीं। इस रास्ते के हर छोर पर बेंचें लगवा दी गई थीं और हर पांचवें मिनट के बाद बैरोनेस रुक-कर उस गरीब और सब्र वाली लड़की रोज़ाली से, जो उनको सहारा देकर चलाती थी, कहतीं, 'आओ बैठ जाएं, माई डियर, मैं कुछ थक गई हूं।' हर बार बैरोनेस बेंच पर कुछ न कुछ भूल आती थीं—कभी बुना हुआ मफलर, कभी शॉल, फिर दूसरा शॉल, कभी हुड और कभी लबादा। रास्ते के दोनों छोरों पर कपड़ों के दो भारी गट्ठर जमा हो जाते थे, जिन्हें नाश्ते के वक्त रोज़ाली उठाकर ले आती थी। दोपहर के समय बैरोनेस फिर धूप में निकलती थीं। इस बार ज़्यादा फुर्सत से, ज़्यादा आराम करते हुए। उनकी आरामकुर्सी उनके लिए बाहर लाई जाती थी, जिसपर लेटकर वे बीच-बीच में एक घण्टे तक सुस्ता भी लेती थीं। इसे वह 'अपना व्यायाम' कहती थीं, उसी तरह जैसे वे अपने हृदयरोग का ज़िक्र करती थीं।

दस बरस पहले एक डॉक्टर ने हृदयरोग का ज़िक्र किया था, क्योंकि बैरोनेस की सांस फूल जाती थी। तभी से यह शब्द बैरोनेस के दिमाग में धंस गया था, हालांकि इस शब्द के बारे में उन्हें कोई ज्ञान नहीं था। वे बार-बार ज़िद करती थीं कि बैरन, जीन और रोज़ाली उनका हृदय टटोलकर देखें, हालांकि कोई भी उनका हृदय नहीं टटोल सकता था, क्योंकि उसपर चर्बी की मोटी तह चढ़ी हुई थी। लेकिन वे इस डर से कि कोई डॉक्टर नई बीमारियां न खोज निकाले, किसीको अपनी जांच नहीं करने देती थीं। वे 'अपनी' हृदय-वृद्धि की बात लगा-तार करती रहती थीं। मालूम होता था कि यह बीमारी खास तौर पर उन्हींके लिए बनाई गई है, और किसीको उससे पीड़ित होने का अधि-कार नहीं है।

बैरन 'मेरी पत्नी के हृदय-रोग' और जीन 'मां के हृदय-रोग' का उसी तरह हवाला देते जैसे वे बैरोनेस की पोशाक, हैट या छाते का हवाला देते।

जवानी के दिनों में बैरोनेस बड़ी खूबसूरत और सरकंडे की तरह दुबली-पतली थीं। साम्राज्य की हर सैनिक रेजिमेंट के साथ बाल्ज़ नृत्य करने के बाद उन्होंने 'कोरीन' उपन्यास पढ़ा था। पहली बार उसे पढ़-कर उन्हें रोना आ गया था। तभी से उनके व्यवहार में उस उपन्यास का प्रभाव अंकित हो गया था। ज्यों-ज्यों वे मोटी होती गईं, उनपर तीन काव्यानुभूति की सनक सवार होती गई और अन्त में जब मोटापे के रोग ने उन्हें आरामकुर्सी से बांध दिया तो वे ऐसे 'एडवेंचर्स' के दिवा-स्वप्न देखने लगीं, जिनमें वे हीरोइन रहती थीं। कुछ एडवेंचर तो उन्हें खास तौर पर पसन्द थे। जिस तरह म्यूज़िक बॉक्स में चाबी भर देने से बार-बार एक ही ट्यून बजती है, उसी तरह बैरोनेस बार-बार अपने प्रिय दिवास्वप्न देखा करती थीं। जिन उपन्यासों में कैदियों या चिड़ियों का ज़िक्र होता, उन्हें पढ़कर बैरोनेस रो पड़ती, यहां तक कि बैगर के आतंकपूर्ण गीत भी वे पसन्द करती थीं, क्योंकि उनमें दुःख-दर्द रहता था। अक्सर वे घण्टों तक खामोश, निश्चल बैठी इन दिवास्वप्नों में खोई रहती थीं। ऐसे क्षणों में उन्हें 'पोपलर्ज़' खास तौर से पसन्द आता, क्योंकि यह स्थान बैरोनेस के रोमांटिक एडवेंचरों के लिए उपयुक्त पृष्ठ-भूमि का काम करता था। आसपास के जंगलों, सुनसान झाड़ीदार मैदानों और समुद्र का सामीप्य पाकर उन्हें सर वाल्टर स्कॉट के उपन्यासों की याद आ जाती थी, जिन्हें वे पिछले कुछ महीनों से पढ़ रही थीं।

बारिश के दिनों में वे अपने 'स्मृति-चिह्नों का निरीक्षण करने के लिए अपने कमरे में बन्द रहती थीं। ये स्मृति-चिह्न थे उनके सभी पुराने खत, मां-बाप के लिखे हुए खत और सगाई के ज़माने में बैरन के लिखें खत। इन खतों को बैरोनेस ने महोगनी लकड़ी के एक डेस्क में बन्द करके रख छोड़ा था, जिसके कोनों में पीतल की कीलें जड़ी थीं। वे विचित्र स्वर में कहतीं, 'बेटी रोज़ाली, ज़रा संस्मरणों वाली दराज तो ले आओ।'

रोज़ाली डेस्क खोलकर दराज निकाल लेती और उसे बैरोनेस के पास एक कुर्सी पर रख देती। बैरोनेस धीरे-धीरे एक-एक करके सारे खत पढ़तीं और बीच-बीच में उनके आंसू ढलककर खतों पर गिर

जाते।

कई बार रोज़ाली की तरह जीन भी बैरोनेस के साथ घूमने जाती और दोनों में बचपन की स्मृतियों की बातें छिड़ जातीं। जीन अतीत की कहानियों में अपने को देखती और उसे यह देखकर ताज्जुब होता कि उसके और मां के विचार, आकांक्षाएं एक ही सी हैं, क्योंकि हर व्यक्ति यह सोचता है कि संवेदनपंजों को अनुभव करने वाला वही सबसे पहला व्यक्ति है, जबकि इन्हीं संवेदनों से सष्टि के आदिमानवों के हृदय भी धड़के थे—और सृष्टि के अन्तिम नर-नारियों के हृदय भी धड़कते रहेंगे।

मां-बेटी की धीमी चाल, उनकी कहानियों की रफ्तार के समान ही थी। कभी-कभी कहानी कुछ सैकण्डों के लिए रुक जाती थी, क्योंकि बैरोनेस का दम फूल जाता था। फिर जीन की कल्पना इन दुःसाहसिक कार्यों से चंचल होकर भविष्य में थिरकती हुई जा पहुंचती थी। आशा और उल्लास से भरे भविष्य में एक रोज़ जब मां-बेटी एक बेंच पर बैठी थीं कि सहसा उन्हें एक पादरी उनकी तरफ आता दिखाई दिया। पादरी ने दूर से ही सिर झुकाकर उनका अभिवादन किया। तीन फुट करीब आकर पादरी ने फिर अभिवादन किया और मुस्कराकर कहा, 'कहिए मदाम बैरोनेस, आप ठीक हैं?'

बैरोनेस का जन्म प्रगतिशील दार्शनिकों के ज़माने में हुआ था और उनके पिता धार्मिक कट्टरता में विश्वास नहीं रखते थे, खास तौर पर क्रान्ति के दिनों में। बैरोनेस भी कभी-कभी ही चर्च जाती थीं, हालांकि उनमें धर्म और पादरियों के प्रति नारी-सुलभ श्रद्धा की भावना थी। वे अपने गांव के पादरी पिको को भूल गई थीं, इसीलिए पादरी को देखकर बैरोनेस का चेहरा शर्म से लाल हो गया, और उन्होंने यह कहकर माफी मांगी कि उन्हें पादरी के आने का पता ही नहीं था। लेकिन पादरी ने बुरा नहीं मनाया, बल्कि जीन की तरफ देखकर उसकी सुन्दरता की तारीफ की। पादरी बैठ गया। उसने अपनी तिकोना टोपी घुटनों पर रख ली और माथे का पसीना पोंछने लगा। वह मोटा-ताज़ा आदमी था। उसका चेहरा सुर्ख था और उसे बेहद पसीनी आता था। वह एक बड़े से रूमाल से अपना पसीना पोंछ रहा था, लेकिन पसीने से तर

रूमाल को जेब में रखने से पहले ही उसके चेहरे पर पसीने की बूंदें फिर छलछला आती थीं और उसके धूल-सने चोगे पर गिरने लगती थीं, जिसमें से उसकी फूली तोंद उभर रही थी।

वह ठेठ देहाती पादरी था, खुशमिज़ाज, बातूनी, समझदार और सहृदय। उसने कई किस्से सुनाए, पड़ोसियों की बातें की, लेकिन एक बार भी नहीं पूछा कि वे दोनों चर्च की सदस्याएं होकर भी चर्च में क्यों नहीं आई। बैरोनेस ने अपने आलस्य को एक आस्था-सी समझकर अपने मन को तसल्ली दी, और जीन कॉन्वेन्ट की चहारदीवारी से मुक्ति पाकर बेहद खुश थी, जहां धर्म और अनुष्ठान उसके दिमाग में ठूंस-ठुसकर भर गए थे।

बैरन भी आ गए। सर्वेश्वरवाद में आस्था रखने के कारण धार्मिक कट्टरता के प्रति उदासीन थे। लेकिन वे इस पादरी को बहुत दिनों से जानते थे, इसलिए उनसे दोस्ताने ढंग से पेश आए और उसे खाने की दावत दी। पादरी भी दोस्ताने सलीके से पेश आना जानता था, क्योंकि इन्सान की आत्मा को प्रभावित करते रहने से मामूली से मामूली आदमी में भी, जिसे किसी संयोग या दुर्घटनावश अपने साथी इन्सानों पर शासन करने का मौका मिलता है, एक प्रकार की व्यवहार-कुशलता आ जाती है।

बैरोनेस ने पादरी की बहुत आवभगत की। शायद वे अपने और पादरी के स्वभाव की समानता से प्रभावित हुई थीं। पादरी के लाल चेहरे, नाटे कद और हांफने में और बैरोनेस के हंफा देनेवाले मोटापे में एक सुखद समानता थी। खाने के बाद पादरी की खुशमिज़ाजी और भी बढ़ गई, बढ़िया और संतोषप्रद भोजन के बाद, जैसा कि स्वाभाविक ही है, सहसा जैसे एक सुखद विचार पादरी के मन में उठा और उसने कहा, 'गांव में चर्च का एक नया सदस्य है, जिससे मैं आपका परिचय ज़रूर करवाऊंगा—मोशिये ले विकत द लामार।'

बैरोनेस को प्रान्त के सभी सामन्तघरानों के नाम ज़बानी याद थे। वे बोलीं, 'क्या वे यूर के लामार खानदान में से तो नहीं?'

'हां, वे विकोंत जां द लामार के बेटे हैं, जिनका देहान्त पिछले बरस हुआ था।'

बैरोनेस को सब चीज़ों से ज़्यादा कुलीनता पसन्द थी। उन्होंने विकोंत के बारे में बहुत-से सवाल किए, उन्हें पता चला कि पिता के कर्ज़ चुकाने के बाद विकोंत ने अपने गांव की कोठी बेचकर इतोवेंत इलाके में अपने तीन फार्मों में से एक पर रहना शुरू किया है। तीन फार्मों से पांच या छः हज़ार फ्रांक सालाना की आमदनी विकोंत को होती है, लेकिन वह कमखर्च आदमी है, इसलिए एक मामूली-से कॉटेज में दो या तीन बरस सादगी से काट देना चाहता है, ताकि बाद में कुलीन समाज में प्रतिष्ठा पाने के लिए वह पर्याप्त रकम जमा कर सके, और कभी कर्ज़ लिए बिना या अपने खेत रहन रखे बगैर ही कहीं अच्छी जगह शादी कर सके।

साथ ही पादरी ने यह भी कहा, 'वह बड़ा आकर्षक, विश्वसनीय और गम्भीर आदमी है, लेकिन यहां उसके मनोरंजन का कोई साधन नहीं है।'

बैरन ने कहा, 'पादरी महोदय, आप कभी-कभी उन्हें हमारे यहां लाते रहिए, शायद उनका मन यहां लग जाए।'

इसके बाद बातचीत का प्रसंग बदल गया।

कॉफी पीने के बाद सब लोग ड्राइंगरूम में चले गए। पादरी ने बाग में घूमने की इजाज़त मांगी क्योंकि वह खाने के बाद थोड़ा-सा घूमने का आदी था। बैरन भी उसके साथ घूमने गए और दोनों जने कोठी के एक सिरे से दूसरे सिरे तक चहलकदमी करने लगे। चांद की रोशनी के मुताबिक उनकी परछाइयां कभी आगे और कभी पीछे चलने लगीं, एक परछाईं दुबली और दूसरी गोलमटोल थी जिसके सिर पर कुकुरमुत्ते के आकार की कोई चीज़ लगी थी। पादरी जेब में से सिगरेट के किस्म की कोई चीज़ निकालकर कुतर रहा था। उसने ठेठ देहाती ढंग से स्पष्ट शब्दों में उस सिगरेट का फायदा बताया, 'जब मेरा हाज़मा काम नहीं करता, तो इससे मुझे डकार लेने में मदद मिलती है।' फिर अचानक आकाश में तैरते हुए चांद की ओर देखकर पादरी ने कहा, 'इन्सान इस नज़ारे से कभी नहीं ऊबता।' इसके बाद वह भीतर, महिलाओं से रुखसत लेने के लिए चला गया।

तीन

अगले इतवार को पादरी के प्रति आदर की भावना से प्रेरित होकर बैरोनेस और जीन चर्च में गई। प्रार्थना के बाद वे पादरी को बृहस्पतिवार के लिए खाने का निमन्त्रण देने के लिए रुक गई। पादरी एक लम्बे, फैशनेबल युवक को साथ लिए चर्च के भंडार से निकला। युवक पादरी की कमर में बांह डालकर चल रहा था।

दोनों महिलाओं को देखते ही पादरी का चेहरा सुखद आश्चर्य से खिल उठा, 'यह बड़ी खुशकिस्मती की बात है, मदाम बैरोनेस और मदमोज़ेल जीन! अगर आप इजाज़त दें तो मैं आपके पड़ोसी मोशिये ले विकोंत द लामार से आपका परिचय करवाऊं।'

विकत ने सिर झुकाकर अभिवादन किया और कहा कि वह बहुत दिनों से उनसे मिलना चाहता था। फिर उसने अनायास ही प्रसन्नतापूर्वक एक अनुभवी और कुलीन आदमी की तरह बातचीत शुरू कर दी। विकोंत के सौभाग्य से उसके चेहरे की आकृति इस तरह की थी जिसकी औरतें कल्पना करती रहती हैं, और जिसे पुरुष नापसन्द करते हैं। उसके चिकने, धूप से सांवले पड़े माथे पर काले, घुंघराले बालों की लटें थीं, उसकी घनी भौंहें इतनी खूबसूरत थीं कि देखने में बनावटी लगती थीं। उनकी वजह से उसकी काली आंखें कोमल और गहरी दिखाई देती थीं। उसकी आंखों की सफेदी में हल्का-सा नीलापन था। उसकी लम्बी सघन पलकों ने उसके चेहरे में ऐसी प्रेम लालसा का भाव पैदा कर दिया था जिसे देखकर गर्वीली कुलीन महिलाओं के दिल में खलबली मच जाती थी और सड़कों पर चलनेवाली सीधी-सादी लड़कियां पीछे मुड़कर देखने लगती थीं। उसकी तंदिल आंखों में कुछ ऐसा जादू था कि लोग उसकी मामूली से मामूली बात को भी विशेष सार्थकता और गहराई देने लगते थे और उसके विचारों की गहराई में आस्था करने लगते थे। उसकी घनी चमकदार दाढ़ी के भीतर शायद एक भारी-सी बेडौल ठुड्डी छिपी थी।

शिष्टाचार-प्रदर्शन के बाद वे अपने-अपने रास्ते चले गए। दो दिन बाद विकोंत लामार पहली बार बैरन के यहां आया। उस समय वे लोग

ड्राइंगरूम की खिड़कियों के सामने वाले लम्बे पेड़ के नीचे रखी बैंच पर बैठकर परीक्षण कर रहे थे। उस बैंच को आज सुबह ही वहां रखा गया था। बैरन चाहते थे कि नींबुओं के पेड़ों के नीचे भी एक बैंच रखा जाए; लेकिन बैरोनेस यह नहीं चाहती थी, क्योंकि उन्हें प्रति-साम्यता से चिढ़ थी। जब विकोंत की राय पूछी गई तो उसने बैरोनेस का समर्थन किया। फिर उसने उस इलाके की चर्चा की और कहा कि वह बड़ा ही मनोरम इलाका है, और अकेले पैदल घूमते हुए उसने एक से एक सुन्दर दृश्य देखे हैं।

अकस्मात् जैसे संयोगवश ही,विकोंत की नज़रें जीन से मिलीं। जीन को एक अजब गुदगुदी-सी महसूस हुई। उसने फौरन अपनी नज़रें फेर लीं। विकोंत की नज़रों में प्रशंसा और हमदर्दी साफ झलक रही थी।

विकोंत के पिता, जिनका पिछले बरस देहान्त हुआ था, बैरोनेस के पिता मोशिये दे कुलतो के पक्के दोस्त थे। जब यह बात मालूम हुई तो रिश्तेदारों और तारीखों का कभी न खत्म होने वाला प्रसंग छिड़ गया। बैरोनेस, जिनकी याददाश्त बेहद तेज़ थी, दूसरे खानदानों की वंशावली निश्चित करने लगी और बिना भूले-भटके वंशावलियों के इतिहास की बीहड़ भूलभूलैयों में से गुज़रने लगीं।

'यह बताओ विकोंत, क्या कभी तुमने वॉरफ्लेर के सोनोय खानदान का नाम सुना है? उनके सबसे बड़े बेटे ने कोर्सिल कोवींल खानदान की एक लड़की से शादी की थी, और एक छोटे बेटे ने, जो मेरा कज़न[1] था, मदमोज़ेल द ला रोश ऑबर्त से शादी की थी, जो क्रिसांज खानदान से सम्बन्धित थी। मोशिये क्रिसांज मेरे पिता के पक्के दोस्त थे, इसलिए वे तुम्हारे पिता को भी ज़रूर जानते होंगे।'

'हां मदाम, ये वही सज्जन तो नहीं हैं जो देश छोड़कर चले गए थे और जिनका बेटा बर्बाद हो गया था?'

"बिल्कुल वही। जब मेरी मौसी के पति कोंत रेत्री की मृत्यु हो गई तो क्रिसांज ने मेरी मौसी से शादी का प्रस्ताव किया। लेकिन वे नस्वार इस्तेमाल करते थे, इसलिए मेरी मौसी ने उनका प्रस्ताव नामंज़ूर कर दिया, और सुनो, तुम जानते हो विलोएज़ खानदान का क्या हुआ? वे

---

1. ममेरा या चचेरा भाई

1816 में आर्थिक घाटा सहने के बाद तूरेन से चले गए थे और ओवर्न में जा बसे थे। तब से मुझे उनकी कोई खबर नहीं मिली।'

'मदाम, मेरा ख्याल है कि बूढ़े मार्क्विस की घोड़े से गिरकर मृत्यु हो गई थी। उनकी दो बेटियों में से एक ने किसी अंग्रेज़ से शादी की थी और दूसरी ने बेसोल नाम के एक धनी व्यापारी से। सुनते हैं कि उस आदमी ने शादी से पहले ही उस लड़की को फुसला लिया था।'

बैरोनेस को इन खानदानों के नाम बचपन से ही याद थे और पुराने रिश्तेदारों की बातचीत में इन नामों का अक्सर ज़िक्र होता था। बैरोनेस के मन में ये नाम फिर ताज़े हो उठे। एक-सी हैसियत के इन परिवारों में होनेवाली शादियां इस वर्ग के लोगों के दिलों में महत्त्वपूर्ण सार्वजनिक घनटाओं का दर्जा रखती थीं। वे अपरिचित लोगों के बारे में इस तरह से बातें करते थे, जैसे उन्हें बहुत अच्छी तरह से जानते हों। जिस तरह पड़ौसी सूबों के लोग हर कुलीन खानदान का ज़िक्र करते थे, उसी तरह दूर रहकर भी वे अपने को उनसे परिचित महसूस करते थे। केवल एक ही सामाजिक वर्ग, जाति और एक-से खानदानों में जन्म लेने की वजह से वे अपने को एक-दूसरे का दोस्त और रिश्तेदार समझते थे।

बैरन इन नज़ाकतों से दूर रहते थे। उनकी तालीम ही ऐसे ढंग से हुई थी कि वे अपने वर्ग के लोगों के इन सिद्धांतों में यकीन नहीं करते थे। उन्हें पड़ौस में रहनेवाले परिवारों के बारे में बहुत कम ज्ञान था। बैरन ने विकोंत से इस बारे में पूछताछ की।

विकोंत ने उत्तर दिया, 'इस ज़िले में कुलीन परिवार बहुत कम हैं।' उसने यह बात इस ढंग में कही जैसे पहाड़ों में खरगोशों की संख्या कम हो जाने की खबर बता रहा हो। उसने विस्तारपूर्वक बताया कि नज़दीक तो सिर्फ तीन ही कुलीन परिवार हैं, मार्क्विस द'कोतेलियर, जो नार्मन अभिजात-वर्ग का सरदार है, ब्रीज़वील के विकोंत और उनकी पत्नी, जो बड़े आला खानदान के हैं, लेकिन लोगों से अलग-अलग रहते हैं और कोंत फोर्वील, जो सौदाई किस्म के आदमी हैं और जिनके बारे में कहा जाता है कि वे अपनी पत्नी को धीरे-धीरे दुःख पहुंचाकर मार रहे हैं, और जो एक तालाब के किनारे ला ब्रिलेत नाम की अपनी कोठी में एक शिकारी की ज़िन्दगी बसर करते हैं। इनके अलावा कुछ नये रईस

भी हैं, जिन्होंने पास ही ज़मीनें खरीदी हैं, वे आपस में ही मिलते-जुलते हैं, लेकिन विकोंत उन्हें नहीं जानता।

अन्त में विकोंत ने विदा ली, उसने जीन की तरफ नज़र डाली, जैसे वह खास तौर पर उससे रुखसत ले रहा हो, भावुकता और कोमलता से परिपूर्ण विदाई। बैरोनेसने विकोंत के बारे में अपनी राय कायम कर ली, सचमुच वह बड़ा आकर्षक युवक था और सबसे बड़ी बात यह थी कि उसका व्यवहार हर प्रकार से औचित्यपूर्ण था।

बैरन ने भी समर्थन किया, निश्चय ही वह शरीफ आदमी है।'

अगले हफ्ते उन लोगों ने विकोंत को खाने पर बुलाया। इसके बाद वह नियमित रूप से वहां आने लगा। वह आम तौर पर शाम को चार बजे आता था और सीधा बैरोनेस में ऐवेन्यू[1] में पहुंचता था, फिर बैरोनेस को अपनी बांहों का सहारा देकर 'व्यायाम' करवाने के लिए ले जाता था। अगर जीन उस समय कहीं बाहर नहीं गई होती थी, तो वह बैरोनेस को दूसरी तरफ से सहारा देती थी और तीनों जने धीरे-धीरे एक के बाद दूसरी लम्बी सड़क पर टहलते रहते थे। विकोंत जीन से बहुत कम बात करता था, लेकिन उसकी काली मखमली आंखें अक्सर जीन की नीलम आंखों से टकरा जाती थीं। अक्सर दोनों बैरन के साथ यपोर्त जाते थे।

एक दिन शाम को बूढ़े लास्तीक ने आकर कहा, 'हवा के रुख को देखकर लगता है कि हम इतेरेता जाकर आसानी से कल ही लौट सकते हैं, मोशिए बैरन!' बूढे के मुंह में हमेशा की तरह पाइप था। अगर उसके चेहरे से नाक गायब हो जाती, तो भी लोगों को इतना ताज्जुब न होता जितना कि बिना पाइप के उसके मुंह को देखकर।

जीन खुशी से तालियां पीटने लगी, 'ओह, पापा, बस आप राज़ी हो जाएं!'

बैरन ने विकोंत की तरफ देखा, 'आप भी चलेंगे, विकोंत? हम वहीं जाकर लंच खाएंगे।' और फौरन जाने का प्रोग्राम निश्चित हो गया।

जीन तड़के ही उठ गई। वह अपने पिता की प्रतीक्षा करने लगी,

---

1. छायादार वृक्षों से ढंका रास्ता

जिन्हें कपड़े पहनने में ज़्यादा देर लगी और दोनों ओस से भरे मैदान को पार करके पक्षियों के गीतों से भरे जंगल में पहुंचे। विकोंत और लास्तीक तार लपेटने की एक चरखी पर बैठे थे।

दो और मल्लाहों ने किश्ती में कंधे लगाकर मदद की, और पूरा ज़ोर लगाया। मुश्किल से वे समुद्र के किनारे पहुंचे। लास्तीक ने किश्ती के पेंदे में लकड़ी के रोलर लगा दिए, फिर अपनी जगह पर आकर सोई-सी आवाज़ में बोली, 'ज़ोर लगाओ।'

लेकिन ढलान पर आकर अचानक किश्ती टेढ़ी हो गई और फटी पाल की सी आवाज़ करती हुई गोल कंकड़ियों पर फिसल गई। समुद्र की नन्ही लहरों की झाग के पास आकर किश्ती रुक गई और सब लोग किश्ती में बैठ गए। फिर दोनों मल्लाहों ने किनारे पर खड़े होकर किश्ती को समुद्र में धकेला। किनारे से आते मन्द लेकिन सुस्थिर हवा के झोंके पानी की सतह को मथकर उसमें झुर्रियां डाल रहे थे। पाल ऊंची खड़ी कर दी गई। पाल फूल गई और किश्ती धीमी चाल से, लहरों की थपेड़ों से डगमगाए बगैर बढ़ चली।

वे किनारे से हटकर चलने लगे। क्षितिज के पास पीला आकाश समुद्र में मिल रहा था। किनारे की तरफ ऊंची सीधी पहाड़ी की चौड़ी परछाईं नीचे तक पड़ रही थी और बीच-बीच में ढलवां घास वाली ज़मीन के सुनहरी हिस्से चमक रहे थे। उनके पीछे दूर, भूरी पाल वाली किश्तियां फेकम्प का सफेद किनारा छोड़कर समुद्र में आ रही थीं और उनके आगे एक विचित्र आकार की चट्टान, जो धूप में नहाई हुई थी, एक ऐसे विशालकाय हाथी की तरह दिखाई दे रही थी जो समुद्र की लहरों में सूंड डाले खड़ा था। यहां इतेरेता की छोटी-सी बन्दरगाह थी, जीन एक हाथ से किश्ती का किनारा पकड़े खड़ी थी। लहरों की थपेड़ों से उसका सिर चकरा-सा गया था, वह दूर कहीं देख रही थी और सोच रही थी कि सृष्टि में सिर्फ तीन चीज़ें ही दरअसल खुबसूरत हैं: प्रकाश, अंतरिक्ष और पानी।

सब खामोश थे। बूढ़ा लास्तीक पतवार और रस्सा संभाले बैठा था, बीच-बीच में वह सीट के नीचे छिपी बोतल में से शराब का एक घूंट पी लेता था, और लगातार अपना ठूंठ जैसा पाइप पी रहा था, जो

बुझने में ही नहीं आ रहा था। पाइप में से नीले धुएं की पतली-सी रेखा निकल रही थी। ऐसी ही एक और रेखा बूढ़े के मुख के कोने से निकल रही थी। फिर भी किसीने बूढ़े मल्लाह को पाइप के आगे लगी मिट्टी की चिलम में, जो आबनूस से भी ज़्यादा काली थी, तम्बाकू भरते या सुलगाते नहीं देखा था। कभी-कभी वह पाइप को होंठों से हटाकर उसी कोने से समुद्र में ब्राउन रंग की पीक थूक देता था।

बैरन आगे मल्लाह की जगह बैठकर किश्ती का चलना देख रहे थे। जीन और विकोंत एकसाथ बैठे थे। दोनों घबराए-से थे। एक अशान्त शक्ति से प्रेरित होकर जब वे एकसाथ आंखें ऊपर उठाते तो उनकी नज़रें अनायास ही टकरा जाती थीं, जैसे कोई अन्तरंग घनिष्ठता उन्हें एक-दूसरे की ओर खींच रही थी। उनके बीच आरम्भ से ही एक सूक्ष्म, अव्यक्त कोमलता का रिश्ता पैदा हो गया था, जो दो जवान व्यक्तियों में बहुत जल्द पैदा हो जाता है, यदि युवक बदसूरत न हो और लड़की खूबसूरत हो। वे एक-दूसरे का सामीप्य पाकर सुखी थे, शायद इसलिए कि दोनों एक-दूसरे के बारे में ही सोच रहे थे।

सूरज ऊपर आ गया, शायद ऊंचाई से विशाल समुद्र का दृश्य देखने के लिए। लेकिन समुद्र ने सूरज को छेड़ने के लिए चंचल स्त्री की तरह हल्के रंग के कुहरे से अपना चेहरा ढांप लिया। यह कुहरा पार-दर्शी और प्रकाशमान था, दरअसल समुद्र का चेहरा छिपाने की बजाय वह उस दूरी को और भी कोमल बना रहा था। सूरज पूरी ताकत से इस प्रतिभासित बादल के टुकड़े पर चमकने लगा, बादल पिघलकर अदृश्य हो गया और शीशे की तरह चिकना समुद्र धूप में चमकने लगा।

जीन भावुक स्वर में बुदबुदाई, 'कैसा सुन्दर दृश्य है!' विकोंत ने समर्थन किया। सुबह के आलोकित शान्त वातावरण ने उन दोनों के दिलों में एक-सी प्रतिध्वनि पैदा की थी।

फिर अचानक इतेरेता की विशाल मेहराबें दिखाई देने लगीं, पानी में फैली हुई चट्टानों की बांहों जैसी। वे इतनी ऊंची थीं कि जहाज़ भी उनके नीचे से गुज़र सकते थे। सामने एक सफेद नोकीली चट्टान खड़ी थी। किश्ती किनारे पर जा लगी। बैरन सबसे पहले उतरे और किश्ती

का रस्सा पकड़कर खड़े हो गए! विकोंत ने जीन को गोद में उठाकर किनारे पर उतार दिया, ताकि उसके पैर भीग न जाएं। फिर दोनों एकसाथ किनारे की सख्त ज़मीन पर पहुंचे। सामीप्य के इस स्पर्श से दोनों का हृदय आन्दोलित हो उठा था। सहसा उन्हें बूढ़े लास्तीक की आवाज़ सुनाई दी। वह बैरन से कह रहा था :

'मेरी राय में इन दोनों की जोड़ी बहुत शानदार रहेगी।'

किनारे के पास के एक जलपान-गृह में उन्होंने लंच खाया, जो बहुत मज़ेदार रहा। समुद्र ने सबकी आवाज़ों और मन पर जादू डालकर उन्हें खामोश कर दिया था, लेकिन खाने से उनकी ज़बान खुल गई और वे छुट्टी मनानेवाले स्कूल के विद्यार्थियों की तरह बातूनी बन गए। मामूली से मामूली चीज़ों को देखकर उन्हें उल्लास का अनुभव होने लगा।

लास्तीक ने एक मेज़ के आगे बैठकर सावधानी से अपनी टोपी में पाइप छिपा दिया, जो अभी तक सुलग रहा था। दोनों खूब हंसे। लास्तीक की लाल नाक से आकर्षित होकर एक मक्खी बार-बार वहां बैठ रही थी और जब लास्तीक ने मक्खी को उड़ा दिया, क्योंकि वह अपनी सुस्ती की वजह से उसे पकड़ नहीं पाया था, तो मक्खी जाकर मलमल के एक पर्दे पर बैठ गई जहां और बहुत-सी मक्खियां पहले से ही बैठी थीं। वहां बैठकर मक्खी जैसे गौर से बूढ़े मल्लाह के लाल सूडनुमा चेहरे को देख रही थी। कुछ देर में वह फिर आकर उसकी नाक पर बैठ गई।

मक्खी को बार-बार वहां आते देखकर जीन और विकोंत हंसी से चीख पड़ते थे, और जब बूढ़े ने इस गुदगुदी से परेशान होकर कहा, 'कम्बखत टलती ही नहीं,' तो हंसते-हंसते जीन और विकोंत की आंखों में आंसू आ गए और अपनी हंसी छिपाने के लिए दोनों ने नैपकिनों से मुंह ढांप लिए।

जब काफी पेश की गई तो जीन ने कहा, 'क्यों न चलकर ज़रा टहला जाए?'

विकोंत उठ खड़ा हुआ, लेकिन बैरन समुद्र के किनारे बैठकर धूप सेंकना चाहते थे। वे बोले, 'तुम जाओ बच्चो, एक घण्टे बाद मैं तुम्हें यहीं मिल जाऊंगा।'

दोनों कॉटेजों की सीधी कतार पार करके एक देहाती बंगले के पास पहुंचे, जो एक विशाल फार्म हाउस-सा दिखाई देता था। इसके बाद उन्होंने अपने को एक खुली घाटी में पाया।

लहरों की थपेड़ों ने उन्हें थका दिया था, और उनके संतुलन को बिगाड़ दिया था। तेज़, नमकीन हवा में सांस लेकर उन्हें भूख लग आई थी, फिर लंच ने उन्हें सन्तुष्ट कर दिया था और हंसी ने उन्हें क्षीण कर दिया था। अब उनके मन में तेज़ी से खेतों में भागने की तीव्र इच्छा पैदा हुई थी। जीन के कानों में इतने सारे नये और तेज़ संवेदनों से जैसे सन-सनाहट हो रही थी।

तेज़ धूप चमक रही थी। सड़क के दोनों ओर पकी हुई फसलें गर्मी में झुकी जा रही थीं। अनगिनत झींगुर गेहूं के खेतों में, ढलान पर उगी झाड़ियों में, राई के खेतों में बोल रहे थे। उनके शोर से कान बहरे हो रहे थे।

गरम आसमान के नीचे और कोई स्वर सुनाई नहीं दे रहा था। चमकदार नीले आसमान का रंग कुछ-कुछ पीला हो रहा था, लगता था मिट्टी के नज़दीक रखी हुई धातुओं की तरह वह लाल होने ही वाला था।

आगे दाईं तरफ एक कुंज देखकर दोनों जने उधर चल पड़े। दो ढलानों के बीच एक तंग रास्ता सघन वृक्षों के कुंज में जाता था, जहां सूरज की एक भी किरण नहीं पहुंच सकती थी। वहां एक सीलनभरी ठंडक छाई थी, ऐसी सीलन जिससे त्वचा कांपने लगती है, और जो फेफड़ों में घुस जाती है। रोशनी और खुली हवा के अभाव में घास गायब हो गई थी, लेकिन काई से ज़मीन ढंकी थी।

'आइए, हम वहां चलकर बैठ सकते हैं,' जीन ने कहा। दो पुराने वृक्ष सूख गए थे, इस छेद का फायदा उठाकर एक किरण-पुंज ने आकर धरती को गरम कर दिया था, और वहां घास डेंडेलियन, मॉर्निंग ग्लोरी और फॉक्स ग्लव के फूलों की भरमार हो गई थी। सफेद नन्हे फूल कोहरे की तरह कोमल थे। तितलियां, मधुमक्खियां, मच्छर, बर्रे और असंख्य लाल, हरे, काले सींगों वाले कीट और पतंगे इस गर्म और रोशनी वाले छेद में पल रहे थे। हरियाली की ठंडक में उन्हें आश्रय मिला था।

दोनों कुंज में बैठ गए। उनके सिर छांह में और पैर धूप में थे। वे

धूप की एक किरण से आलोकित जीवन के इस नन्हे मेले की तरफ देखने लगे। जीन भावुक स्वर में बार-बार कह रही थी, 'कैसा प्यारा दृश्य है! देहात का वातावरण कितना मधुर है! कई बार मेरा मन चाहता है कि मैं मक्खी या तितली बन जाऊं, और जाकर फलों में छिप जाऊं।'

दोनों ने अपनी-अपनी आदतों और रुचियों की बातें धीमे आत्मीय स्वर में की, जिस स्वर में दिल के भेद कहे जाते हैं। विकोंत ने कहा कि वह दुनिया से और दुनिया की उस निरर्थक ज़िन्दगी से तंग आ गया है, जहां सच्चाई या ईमानदारी देखने को भी नहीं मिलती। दुनिया! जीन इसी दुनिया को तो जानना चाहती थी। लेकिन उसे पहले से ही यकीन था कि दुनिया देहात की बराबरी नहीं कर सकती। ज्यों-ज्यों दोनों के हृदय नज़दीक आते गए, वे एक-दूसरे को दृढ़ स्वर में 'मोशिए' और 'मदमोज़ेल' पुकारने लगे। उनकी नज़रें एकसाथ आपस में टकराने लगीं और उनमें मुस्कराहट आ गई। उन्हें लगा कि एक नई भावना ने, एक अधिक गहरी संवेदना ने उन्हें जकड़ लिया है और वे सैकड़ों ऐसी चीज़ों में दिलचस्पी लेने लगे जिनसे उन्हें पहले कभी सरोकार नहीं रहा था।

दोनों वापिस लौट आए, लेकिन बैरन पैदल ही पहाड़ी पर बनी 'मेडन्ज़ चेम्बर' नामक गुफा देखने चले गए थे। दोनों जलपानगृह में उनकी प्रतीक्षा करने लगे, लेकिन बैरन पहाड़ियों की लम्बी सैर के बाद शाम के पांच बजे लौटे। सब लोग फिर किश्ती पर सवार हुए—किश्ती धीमी चाल से चलने लगी। लगता था, वह आगे नहीं बढ़ रही थी, क्योंकि हवा पीछे से आ रही थी। हवा के गर्म और मन्द झोंके आकर क्षण-भर के लिए पाल को फुला जाते थे,लेकिन फौरन ही पाल मरियल-सी मस्तूल पर लटक जाती थी। समुद्र धुंधला और निर्जीव दिखाई दे रहा था। धनुषाकार मार्ग पर दिन-भर चलने के बाद थका-हारा सूरज क्षितिज के पास जा पहुंचा था। समुद्र की निश्चलता से फिर सबके दिलों में खामोशी छा गई।

आखिरकार जीन ने कहा, 'मुझे सफर करना बहुत अच्छा लगता है।'

विकोंत ने जवाब दिया, 'हां,लेकिन अगर इन्सान को अकेले सफर करना पड़े तो उसे सूना-सूना महसूस होता है, कम से कम दो तो होने ही चाहिए, ताकि आपस में विचारों का आदान-प्रदान कर सकें।'

जीन ने कुछ सोचकर कहा, 'यह तो सच है—लेकिन मैं अकेले ही जाना पसन्द करती हूं। बिल्कुल अकेले सफर करने में बहुत मज़ा आता है।'

विकोंत ने स्थिर दृष्टि से जीन की तरफ देखा, 'दो जने भी एक-साथ सपने देख सकते हैं।'

जीन ने नज़रें झुका लीं। क्या यह प्रणय-निवेदन था? शायद,जीन ने क्षितिज की तरफ इस तरह देखा जैसे वह और भी परे देखने की कोशिश कर रही हो। फिर उसने धीमी आवाज़ में कहा, 'मैं इटली जाना चाहती हूं—और ग्रीस—आह! हां ग्रीस और कॉर्सिका—वहां के दृश्य कितने खूबसूरत और अनोखे होंगे!'लेकिन विकोंत को स्विट्ज़रलैण्ड ज़्यादा पसन्द था, क्योंकि वहां लकड़ी के मकान और झीलें हैं।

जीन ने कहा, 'नहीं मुझे कॉर्सिका जैसे देश पसन्द हैं, जो मेरे लिए बिल्कुल नये हों या ग्रीस जैसे देश जो बहुत पुराने हों और प्राचीन स्मृतियों से भरे हों। जिन देशों का इतिहास हमने बचपन में पढ़ा है, वहां के लोगों से मिलना और उन स्थानों को देखना कितना अच्छा लगता होगा, जहां महान् घटनाएं हो चुकी हैं!

विकोंत ने, जो इतना रोमांटिक नहीं था, कहा, 'जहां तक मेरा सम्बन्ध है, मुझे तो इंगलैंड बहुत ज़्यादा आकर्षित करता है। वह एक ऐतिहासिक देश है।'

इस तरह दोनों सारी पृथ्वी की परिक्रमा करने लगे। ध्रुवों से लेकर भूमध्यरेखा तक काल्पनिक दृश्यों, चीनियों और लैपलैंडवासियों के विचित्र रीति-रिवाजों की चर्चा से उनके उल्लास का ठिकाना न रहा। लेकिन वे इस नतीजे पर पहुंचे कि फ्रांस ही दुनिया का सबसे खूबसूरत देश है, जो गर्मियों में ठंडा और जाड़ों में स्निग्ध रहता है, जिसके खेत और जंगल हरे-भरे हैं, नदियां विशाल और शान्त हैं, एथेन्स की महान शताब्दियों के बाद से किसी भी और देश में ललित कलाओं का इतना विकास नहीं हुआ।

इसके बाद दोनों खामोश हो गए। डूबते हुए सूरज में से जैसे रक्त टपक रहा था। क्षितिज से लेकर किश्ती के पीछे तक समुद्र पर एक चौड़ा, आंखों को चौंधिया देनेवाले प्रकाश का रास्ता बन गया था। हवा के आखिरी तिरछे झोंके भी थम चुके थे। समुद्र की हर झुर्री बैठ गई थी और निश्चल पाल लाल रंग की दीख रही थी। एक असीम शान्ति से वातावरण मूर्छित हो गया था, तत्त्वों के इस मिलन के आस-पास मौन की चादर लिपटी थी, समुद्र एक विकराल दुल्हिन की तरह अपने आग्नेय प्रेमी के आगे अपना आलोकित वक्ष उघाड़ रहा था। उसका प्रेमी उसकी तरफ आ रहा था। जल्दी से नीचे गिरकर उसने समुद्र को आलिंगन की तीव्रता से रक्तिम कर दिया, दोनों का मिलन हुआ और धीरे-धीरे समुद्र ने सूरज को निगल लिया, फिर क्षितिज से ठंडक फैलने लगी, समुद्र के पानी में कंपकंपी की लहर दौड़ गई, मानो, सूरज के डूबने से दुनिया चैन की सांस ले रही हो।

सांझ का झुटपुटा थोड़ी देर ही रहा। जल्द ही अंधेरा फैल गया और आकाश तारों से मढ़ गया। बूढ़े लास्तीक ने पतवार संभाली। सबने समुद्र की दीप्ति देखी। जीन और विकोंत ने, जो पास-पास बैठे थे, कांपती हुई लहरें देखीं, जिन्हें किश्ती पीछे छोड़ती जा रही थी। अब वे ज़्यादा सोच नहीं रहे थे, सिर्फ शून्यदृष्टि से ताक रहे थे और संध्या में सांस लेकर उन्हें एक सुखद विश्राम की अनुभूति हो रही थी। और ज्योंही जीन ने सीट पर अपना एक हाथ रखा, त्योंही जैसे अचानक विकोंत की उंगली उससे छू गई। जीन हिली-डुली तक नहीं, इस हल्के स्पर्श से वह चकित और प्रसन्न हो गई।

रात को सोते समय वह इतनी भावुक हो उठी थी कि हर बात पर उसको रोना आ रहा था। उसने घड़ी की तरफ देखकर सोचा कि नन्ही मधुमक्खी इंसान के दिल की तरह धड़क रही है—एक दोस्त के दिल की तरह और वह जीन की सारी ज़िन्दगी की द्रष्टा रहेगी। घड़ी की नियमित टिकटिक जीन के सुख-दुःख की साथी रहेगी। जीन ने सुन-हरी मधुमक्खी को पकड़कर उसके पंखों को चूम लिया। वह इस समय किसी भी चीज़ को चूम सकती थी। उसे याद आया कि निचली दराज में उसने बचपन में एक गुड़िया रखी थी। उसने गुड़िया को तलाश

किया। गुड़िया को देखकर उसे ऐसी खुशी हुई, जैसी पुराने प्यारे दोस्तों से मिलकर होती है। गुड़िया को सीने से लगाकर उसने उसके रंगे गालों और घुंघराले बालों को आवेश से चूम लिया।

गुड़िया को बांहों में लिए हुए वह सपने देखने लगी। क्या वह सच-मुच पति था, सैकड़ों अज्ञात आवाज़ो ने उससे यह वादा किया था, जिन्हें सर्वज्ञ भाग्य ने उसके रास्ते में ला पटका था? क्या यही वह आदमी था जिसे जीन केलिए बनाया गया था, जिसपर वह अपनी सारी ज़िन्दगी न्योछावर कर देगी? क्या किस्मत ने पहले से ही यह तय कर रखा था कि उनकी संयुक्त भावनाएं ऐक्य के अटूट बंधन में बंध जाएं, जिसमें से प्रेम का जन्म हो?

उसे अब पहले जैसे भूकम्पकारी उन्माद का अनुभव नहीं होता था जो उसके सारे शरीर को झकझोर देता था और जिसे वह प्यार समझती थी। फिर भी उसे लगा कि वह विकोंत को चाहने लगी है, क्योंकि कई बार विकोंत के बारे में सोचते-सोचते वह कमज़ोरी महसूस करने लगती थी। वह लगातार उसीके बारे में सोचती रहती थी। उसकी उपस्थिति में जीन का हृदय धड़कने लगता था। जब विकोंत की नज़रों से उसकी नज़रें टकरा जाती थीं, तो उसका चेहरा पहले लाल हो जाता था, फिर पीला पड़ जाता था। विकोंत की आवाज़ सुनते ही वह कांप उठती थी।

उस रात उसे बहुत कम नींद आई। उस दिन से उसमें प्यार करने की आकुल आकांक्षा लगातार बढ़ती ही गई। वह लगातार अपने से सवाल पूछती थी, फूलों और बादलों से सवाल पूछती थी और हवा में सिक्के उछालकर देखती थी। एक दिन शाम को उसके पिता ने कहा, 'कल सुबह अच्छे कपड़े पहनकर तैयार रहना।'

'किसलिए, पापा?' जीन ने पूछा।

'यह एक रहस्य है,' बैरन ने जवाब दिया। और अगले दिन सुबह जब वह रंगीन पोशाक पहने अपने कमरे से नीचे उतरी तो उसने देखा कि ड्राइंगरूम की मेज़ पर मिठाइयों के डिब्बे रखे हैं और कुर्सी पर एक बड़ा-सा फूलों का गुलदस्ता रखा है। इसी समय दालान में एक गाड़ी दाखिल हुई। उसके ऊपर लिखा था, 'लेरा फेकम्प, पेस्ट्रीकुक, वैडिंग

ब्रेकफास्ट्स' और एक नौकरानी के साथ लुदीवीन ने गाड़ी का पिछला दरवाज़ा खोलकर कई बड़ी चपटी टोकरियां निकालीं, जिनमें से स्वादिष्ट मिठाइयों की सुगन्ध आ रही थी।

फिर विकोंत वहां पहुंचा। उसकी ब्रीचिज़ कसी हुई थीं और पॉलिश किए हुए छोटे बूटों के नीचे तक ब्रीचिज़ के स्ट्रैप बंधे हुए थे। जूतों को देखने से उसके पैरों के छोटे होने का पता चलता था। लम्बा कोट भी शरीर से सटा हुआ था। कोट में से उसकी कमीज़ की लेस और कई तहों वाला कीमती और खूबसूरत मफलर दिखाई दे रहा था। विकोंत अपना शानदार सांवला चेहरा गर्व से ऊपर उठाए हुए था। उसके व्यक्तित्व में आभिजात्य था, उसके चेहरे पर एक विशेष रोबीला-पन था, जो विशेष पोशाक पहनने से अतिपरिचित लोगों में भी आ जाता है।

जीन इस तरह विस्मित भाव से विकोंत का मुंह ताकने लगी जैसे वह उसको पहली बार देख रही हो। वह सोच रही थी कि वह सिर से पैर तक कुलीन व्यक्ति है।

विकोंत ने मुस्कराते हुए जीन को अभिवादन किया और कहा, 'कहो मेरी नन्ही, तुम तैयार हो न?'

जीन हकलाकर बोली, 'क्यों, आखिर माजरा क्या है?'

'तुम्हें सब अभी पता चल जाएगा, बैरन ने कहा।

गाड़ी को पहले से ही तैयार करने का हुक्म दिया गया था। गाड़ी आ गई। बैरोनेस कायदे से पूरी पोशाक पहनकर रोज़ाली की बांह का सहारा लेकर वहां आईं। रोज़ाली मोशिये लामार के शानदार व्यक्तित्व से इतना प्रभावित हुई कि बैरन ने कहा, 'मैं कहता हूं विकोंत, हमारी नौकरानी को तुम पसन्द आ गए हो।' विकोंत का चेहरा कानों तक लाल हो गया, लेकिन उसने ऐसा ज़ाहिर किया जैसे यह बात सुनी ही नहीं। फिर उसने फूलों का बड़ा गुलदस्ता लेकर जीन को पेश किया। जीन ने गुलदस्ता ले लिया, लेकिन वह बेहद चकित हो गई।

चारों जने गाड़ी में बैठ गए। लुदिवीन ने बैरोनेस के लिए ठण्डे शोरबे का एक प्याला लाकर दिया ताकि बैरोनेस को कमज़ोरी न महसूस हो। लुदिवीन ने कहा, 'सचमुच मदाम, लोग भी कहेंगे कि कैसी

बढ़िया शादी थी।'

यपोर्त पहुंचकर सब लोग गाड़ी से उतर गए। जब वे गांव में से गुज़रे तो सारे मल्लाह अपने-अपने घरों से निकल आए। सब नये कपड़े पहने हुए थे, जिनमें दर्ज़ी के यहां की सलवटें तक नज़र आ रही थीं। सबने सिर झुकाकर बैरन का अभिवादन किया और हाथ मिलाकर जलूस-सा बनाकर पीछे-पीछे चलने लगे। विकोंत जलूस के आगे-आगे जीन की बांह थामकर चल रहा था।

चर्च के सामने पहुंचकर वे लोग रुक गए। संगीत-मंडली के दो लड़के आगे आए। एक के हाथ में चांदी का बड़ा-सा क्रॉस था, दूसरे के हाथ में, जिसने सफेद और लाल रंग के कपड़े पहन रखे थे, पवित्र जल का पात्र था, जिसमें गुलाबपाश डूबा था।

इसके बाद तीन बूढ़े गायक निकले, जिनमें से एक लंगड़ा था, फिर तुरुही बजानेवाला आया, उसके बाद पादरी आया, जिसने अपनी मोटी तोंद पर सोने से मढ़ा लबादा पहन रखा था, उसपर क्रॉस लटक रहा था। पादरी ने मुस्कराकर और सिर हिलाकर सबको अभिवादन किया। फिर उसने अधमुंदी आंखों से होंठ हिलाकर प्रार्थना शुरू की। उसकी टोपी उसकी नाक तक लटक आई, फिर वह अपने अन्य सहकारियों के पीछे-पीछे समुद्र की तरफ बढ़ा।

किनारे पर लोगों की भीड़ फूलों से सजी एक किश्ती के आसपास खड़ी थी। मस्तूल, पाल और रस्से लम्बे फीतों से ढंके थे। ये फीते हवा में फरफरा रहे थे। किश्ती के पीछे सुनहरी अक्षरों में 'जीन' लिखा था।

इस किश्ती का मालिक बूढ़ा लास्तीक था। बैरन के पैसों से ही यह किश्ती बनाई गई थी। लास्तीक जलूस के आगे-आगे चलने लगा। सब लोगों ने एकसाथ अपनी टोपियां उतार लीं और क्रॉस को देखते ही भक्तों की एक मंडली ने, जिसने काले रंग के लबादे पहन रखे थे, गोल चक्कर बांधकर घुटने टेक दिए।

दो गाने वाले लड़कों के बीच पादरी किश्ती के एक कोने में खड़ा हो गया, दूसरे कोने में संगीत-मंडली के तीनों बूढ़े सफेद गन्दे कपड़े पहने खड़े थे। उनकी ठुड्डियां छोटी थीं। वे अत्यन्त गम्भीर मुद्रा में गीतों की पुस्तक देखकर गला फाड़-फाड़कर बेसुरा गा रहे थे उस उजली सुबह में।

शान्त और पारदर्शी समुद्र भी जैसे किश्ती के नामकरण-संस्कार में हिस्सा ले रहा था, सिर्फ एक अंगुल ऊंची नन्ही लहरें धीमी आवाज़ पैदा कर रही थीं, जैसे धरती को कुरेदा जा रहा हो। बड़ी-बड़ी समुद्री चिड़ियां अपने सफेद पंख फैलाकर घुटने टेककर बैठी भीड़ के इर्दगिर्द मंडरा रही थीं, लगता था कि वे भी देखना चाहती थीं कि क्या हो रहा है।

लेकिन पांच मिनट तक 'आमीन' गाने के बाद गीत खत्म हो गया और बड़े पादरी ने हांफती हुई आवाज़ में, कुड़कुड़ाकर कुछ लैटिन के शब्द कहे, जिनका अन्तिम सुरीला भाग ही समझ में आ रहा था। फिर पादरी ने किश्ती के चारों तरफ घूमकर उसपर पवित्र जल का छिड़काव किया। फिर उसने 'ओरेमस' बुदबुदाना शुरू किया। पादरी किश्ती से कुछ दूर किश्ती के धर्म-पिता और धर्म-माता के सामने खड़ा हो गया, जो हाथ में हाथ डाले खड़े थे।

विकोंत का चेहरा गम्भीर था। लेकिन इस आकस्मिक भावावेश से जीन का दम घटने लगा था, उसके घुटने कांप रहे थे। अचानक उसे इतनी ज़ोर की कंपकंपी आई कि उसके दांत बज उठे। कुछ दिनों से जो सपना उसे परेशान करता आ रहा था, वह अब साकार हो उठा था। जीन को लग रहा था कि यह उसकी दृष्टि का भ्रम है। उसने लोगों के मुंह से शादी का ज़िक्र सुना था। एक पादरी भी वहां मौजूद था। लम्बे चोगों वाले कुछ आदमी प्रार्थना-गीत गा रहे थे। क्या जीन की शादी नहीं हो रही थी? क्या विकोंत की उंगलियां भावावेश से कांप रही थीं? क्या जीन के हृदय के उन्माद ने उसकी नसों में प्रवाहित होकर उसके साथी के हृदय को भी आन्दोलित कर दिया था? क्या विकोंत भी सब कुछ समझता था? क्या उसने भी कल्पना की थी? और क्या उसपर जीन की तरह प्यार का नशा छा गया था? या, सचमुच विकोंत अपने अनुभव से जानता था कि हर औरत उसपर जान देती है?

अचानक जीन को एहसास हुआ कि विकोंत उसका हाथ दबा रहा है। पहले धीरे-धीरे, फिर ज़ोर से, इतनी ज़ोर से कि जीन की हड्डी टूट सकती थी। फिर अपना चेहरा इधर-उधर किए बगैर विकोंत ने कहा; हां सचमुच कहा, स्पष्ट स्वर में कहा, और किसी आदमी ने इस बात

पर गौर नहीं किया, 'ओह जीन, अगर तुम्हें मंज़ूर हो तो इस मौके पर हमारी सगाई हो जाए!' जीन ने धीरे से अपना सिर झुका दिया, जिसका अर्थ शायद 'हां' था, और पादरी ने जो अभी तक पवित्र जल का छिड़काव कर रहा था, इन दोनों की ओर रुख किया और कुछ बूंदें दोनों की उंगलियों पर आ गिरी।

नामकरण की कार्रवाई समाप्त हुई। औरतें उठ खड़ी हुई। वापिसी पर खूब धक्का-मुक्की मची। भजन-मंडली के एक लड़के के हाथ में थामे हुए क्रॉस की सारी शालीनता खो गई। क्रॉस भीड़ में दायें से बायें हिलने लगा और आगे की तरफ गिरने लगा, जिससे किसीकी भी नाक टूट सकती थी। छोटा पादरी, जो अब प्रार्थना नहीं कर रहा था, लोगों के बराबर पहुंचने के लिए तेज़ी से भाग रहा था। गानेवाले लड़के और साज़िन्दा एक बगल वाली गली में अपने कपड़े उतारने के लिए गायब हो गए थे। मल्लाह दल बांधकर तेज़ी से चले जा रहे थे। एक ही विचार बावर्चीखाने को सुगन्ध की तरह उनके दिमागों में घूम रहा था। उनकी चाल तेज़ हो गई थी और उनके मुंह में पानी आ रहा था। 'पोपलर्ज़' में बढ़िया लंच उनकी प्रतीक्षा कर रहा था।

बाहर, सेब के दरख्तों के नीचे एक बड़ा-सा मेज़ लगाया गया था। मल्लाहों और किसानों समेत साठ अतिथि मेज़ के इर्दगिर्द बैठ गए। बैरोनेस के दोनों तरफ दोपादरी बैठे थे, एक गांव का और दूसरा यपोर्त का। सामने बैरन बैठे थे। उनके दोनों तरफ मेयर और मेयर की पत्नी थे। मेयर की पत्नी दुबली-पतली देहातिन थी, जो अभी से बूढ़ी हो गई थी और चारों तरफ मुड़कर लोगों का अभिवादन कर रही थी। उसके तंग चेहरे पर विशाल नॉर्मण्डी टोपी, मुर्गे के सिर की कलगी की तरह दिखाई देती थी। उसकी गोलमटोल आंखें हमेशा आश्चर्य से भरी रहती थीं। वह जल्दी-जल्दी छोटे-छोटे कोर खा रही थी; लगता था, जैसे वह अपनी नाक से दाना चुग रही हो।

जीन विकोंत की बगल में बैठी थी। उसकी खुशी का ठिकाना न था। उसे इस समय न कुछ दिखाई दे रहा था और न वह कुछ सुन ही रही थी। खुशी ने उसे मूर्छित-सा कर दिया था और वह खामोश थी।

जीन ने विकोंत से पूछा, 'तुम्हारा पहला नाम क्या है?'

'जूलियन। क्या तुम्हें मालूम नहीं था?'

जीन खामोश रही। वह सोच रही थी, 'मैं इस नाम को न जाने कितनी बार दुहराऊंगी।'

खाना खत्म होने के बाद, बैरन और उनका परिवार बंगले की दूसरी तरफ चला गया। सहन में सिर्फ मल्लाह रह गए। बैरोनेस पति की बांह का सहारा लेकर घूमने निकल पड़ीं। दोनों पादरी भी उनके साथ चल पड़े। जीन और जूलियन कुंज की ओर निकल गए और झाड़ियों वाली एक पगडंडी पर जा पहुंचे।

सहसा जूलियन ने जीन के हाथ पकड़ लिए, 'बताओ, तुम मेरी बीवी बनोगी?'

जीन ने फिर सिर नीचे झुका लिया। जूलियन ने हकलाकर कहा, 'मैं तुम्हारी मिन्नत करता हूं, मुझे जवाब दो!'जीन ने धीरे से नज़रें ऊपर उठाई। विकोंत ने उसकी आंखों की भाषा में अपना उत्तर पा लिया।

चार

एक दिन सुबह ही बैरन जीन के कमरे में आए और आकर पलंग के पायताने पर बैठ गए। 'विकोंत द लामार ने तुमसे शादी करने का प्रस्ताव रखा है, लेकिन हमने कुछ देर के लिए जवाब देना स्थगित रखा है।'

जीन के मन में आया कि वह चादर में अपना चेहरा छिपा ले।

भावावेश से जीन का दम घुट रहा था। बैरन मुस्करा रहे थे। थोड़ी देर बाद वे बोले, 'तुम्हें पूछे बगैर हम कोई फैसला नहीं करना चाहते थे। तुम्हारी मां और मैं इस रिश्ते के खिलाफ नहीं हैं और न हम तुमपर ज़ोर ही डालना चाहते हैं। तुम विकोंत से क़हीं ज़्यादा धनी हो, लेकिन जहां तक ज़िन्दगी में खुशी का सवाल है, हमें धन के बारे में ज़्यादा नहीं सोचना चाहिए। विकोंत के मां-बाप नहीं हैं, अगर तुम उससे शादी करोगी तो वह हमारे लिए बेटे के समान हो जाएगा। अगर तुम्हारी शादी किसी और जगह हुई तो हमारी बेटी अपरिचित परिवार में चली जाएगी। हमें यह लड़का पसन्द है। तुम्हें पसन्द है या नहीं?'

जीन का चेहरा सुर्ख हो गया। वह हकलाकर बोली, 'मैं राज़ी हूं, पापा।'

बैरन ने मुस्कराकर जीन की तरफ देखा और कहा, 'मैं भी जानता था, मदमोज़ेल।'

शाम तक जीन पर एक नशा-सा छाया रहा। इस बदहवासी में न जाने वह क्या-क्या ऊटपटांग काम करती रही। बिना चले ही उसकी टांगें थकान से सुन्न पड़ गई थीं। छह बजे जब वह मेपल के दरख्त के नीचे अपनी मां के साथ बैठी थी, विकोंत वहां आया।

जीन का हृदय ज़ोर से धड़क उठा। विकोंत बिना किसी भावावेश के उनके पास आया। पहले उसने बैरोनेस की उंगलियों को चूमा, फिर उसने जीन के कांपते हुए हाथ को उठाया और काफी देर तक कृतज्ञ और कोमल भाव से चूमता रहा।

सगाई के बाद का दौर शुरू हुआ। दोनों ड्राइंगरूम के कोने में, या जहां से मैदान शुरू होता था, वहां कुंज की ढलान पर बैठे बात करते रहते। कभी-कभी वे वृक्षों से आच्छादित उस सड़क पर भी टहलने चले जाते जहां बैरोनेस जाती थीं। विकोंत भावी जीवन की बातें करता, जीन की नज़रें सड़क पर झुकी रहतीं।

शादी की बात पक्की होने पर दोनों उतावले हो उठे। यह तय हुआ कि डेढ़ महीने बाद, पन्द्रह अगस्त को शादी होगी और शादी के फौरन बाद तरुण दम्पति हनीमून के लिए रवाना हो जाएंगे। जीन ने कॉर्सिका जाने की इच्छा प्रकट की, क्योंकि इटली के शहरों के बजाय, वहां अधिक एकान्त मिल सकता था।

दोनों बेचैनी से शादी की प्रतीक्षा कर रहे थे। एक मधुर कोमलता उनके मन पर छाई रहती थी। जब वे हाथ में हाथ डालकर चलते या एक-दूसरे के बालों को सहलाते और देर तक आकांक्षा-भरी नज़रों से एक-दूसरे को देखते, तो उन्हें लगता जैसे उनकी आत्माएं एक हो रही हों।

उन्होंने फैसला किया कि वे मदमोज़ेल लिज़ों के सिवा, जो बैरोनेस की बहिन थीं और वर्साई के एक कॉन्वेंट में रहती थीं, और किसी को नहीं बुलाएंगे। पिता की मृत्यु के बाद बैरोनेस अपनी बहिन को अपने

पास ही रखना चाहती थीं, लेकिन उन अविवाहित महिला के दिमाग में यह ख्याल समा गया था कि वे निकम्मी हैं, जहां कहीं भी रहेंगी, लोग उनकी वजह से परेशान होंगे और वे लोगों की ज़िन्दगी में अड़चन ही साबित होंगी। इसलिए वे जाकर एक ऐसे धार्मिक आश्रम में दाखिल हो गई थीं जहां दुखी और अकेले व्यक्तियों को किराये पर रहने के लिए कमरे दिए जाते हैं।

मदमोज़ेल लिज़ों कभी-कभी एकाध महीने के लिए बैरोनेस के पास आती थीं। वे नाटे कद की थीं, बहुत कम बोलती थीं, सिर्फ खाने के वक्त सबके सामने आती थीं और फिर लगातार अपने कमरे में बन्द रहती थीं।

उनकी उम्र सिर्फ बयालीस बरस की थी, लेकिन वे बीमार और बूढ़ी दिखाई देती थीं। उनकी आंखों में कोमलता और उदासी छाई रहती थी। परिवार में उनकी कभी भी खास हैसियत नहीं रही थी। बचपन में उनसे ज़्यादा लाड़-प्यार नहीं किया गया था। वे न तो नटखट थीं और न खूबसूरत ही। ज़्यादा वक्त वे घर के कोनों में दुबकी रहती थीं। बाद में हमेशा औरों की खातिर उन्हें कुर्बान किया जाता रहा। जब वे नौजवान थीं, तब भी किसीका ख्याल उनकी तरफ नहीं गया।

वे एक ऐसी परछाईं, एक परिचित चीज़, जीते-जागते उस फर्नीचर की तरह थीं, रोज़ देखने के आदी होने के बावजूद भी लोग जिसकी खातिर कोई तकलीफ झेलना गवारा नहीं करते।

बैरोनेस ने भी अपने पिता की हवेली में यह आदत सीखी थी और वे अपनी बहिन को विलक्षण और तुच्छ जीव समझती थीं। घर के सभी लोग मदमोज़ेल लिज़ों के मुंह लगकर बात करते थे। इस व्यवहार में कटुताहीन अपमान की भावना भी थी।

घर के सब लोग उन्हें लिज़ कहकर पुकारते थे। इस बचकाने और कृत्रिम नाम से वे चिढ़ती थीं। यह देखकर कि वे शादी नहीं करेंगी, उनका नाम लिज़ से लिज़ों में बदल दिया गया। जीन के पैदा होने पर वे मौसी लिज़ों बन गईं। एक गरीब, रिश्तेदार, जो साफ-सुथरी और बेहद डरपोक थीं, यहां तक कि अपनी बहिन और बहनोई के सामने भी,

जो उनसे स्नेह करते थे, उन्हें डर-सा लगता था। लेकिन उनका स्नेह भी संदिग्ध किस्म का था, क्योंकि उसमें अचेतन कृपा-भाव और परोपकार की स्वाभाविक भावना थी।

कभी-कभी जब बैरोनेस अपने अतीत यौवनकाल की बातें करती तो समय निर्धारित करने के लिए कहतीं, 'यह बात तब हुई थी जब लिज़ों ने वह गलती की थी।'

इससे ज़्यादा बैरोनेस इस प्रसंग को आगे नहीं ले जाती थीं और मौसी लिज़ों की वह गलती एक तरह की धुंध में छिपी रह जाती थी। जब लिज़ बीस बरस की थीं तो एक दिन शाम को वे पानी में कूद पड़ीं और आज तक किसीको इसकी वजह मालूम न हो सकी। लिज़ की ज़िन्दगी, या उनके रंग-ढंग में ऐसी कोई बात नज़र नहीं आती थी जो इस मूर्खता की चेतावनी दे सकती। अधमरी हालत में लिज़ को पानी से निकाला गया था और उनके मां-बाप, इसके रहस्यमय कारणों की खोज करने की बजाय क्रुद्ध-भाव से इस 'मुर्खतापूर्ण' काम का ज़िक्र इस ढंग से करने लगे, जिस तरह वे कोको नाम के घोड़े की दुर्घटना का ज़िक्र करते थे, जिसकी टांग एक गड्ढे में फंसकर टूट गई थी और जिसे मारने के सिवा और कोई चारा नहीं रह गया था।

इसके बाद से लिज़, जो बाद में लिज़ों बन गई थीं, विक्षिप्त समझी जाने लगीं। उनके प्रति नज़दीक के रिश्तेदारों के मन में जो हल्की-सी अपमान की भावना पैदा हो गई थी, वह धीरे-धीरे परिवार के और लोगों में भी फैल गई। नन्ही जीन भी शिशु-सुलभ सहज ज्ञान से सब कुछ भांप गई थीं और मौसी लिज़ों की तरफ कोई ध्यान नहीं देती थी; कभी उन्हें चूमने नहीं जाती थी और न उनके कमरे में ही दाखिल होती थी। सिर्फ रोज़ाली को मालूम था कि मौसी लिज़ों का कमरा किधर है, क्योकि वह इस कमरे की ज़रूरी देखभाल किया करती थी।

जब मौसी लिज़ों नाश्ते के लिए डाइनिंग रूम में दाखिल होती तो अपनी आदत के मुताबिक 'नन्ही जीन' उनके पास जाकर अपना माथा आगे कर देती ताकि मौसी उसका माथा चूम सकें; बस इतना ही। अगर कोई उनसे बात करना चाहता तो उनके कमरे में नौकर भेज दिया

जाता। अगर वे अपने कमरे में न होतीं तो भी कोई उनकी चिन्ता न करता। किसीके दिमाग में यह बात नहीं आती थी कि अगर मौसी लिज़ों कमरे से गायब हैं तो इसमें भी चिन्ता की कोई बात हो सकती है, और न किसीको यह कहने में ही संकोच होता था कि मौसी लिज़ों पूरे दिन दिखाई नहीं दीं।

ज़िन्दगी में उनकी कोई निर्धारित जगह नहीं थी। वे उन लोगों में से थीं जो अपने सगे-सम्बन्धियों के लिए भी अपरिचित रहते हैं, और जिनके मर जाने से घर में कोई अभाव नहीं महसूस होता और न कोई रिक्त स्थान ही नज़र आता है। वे उन लोगों में से थीं जो अपने नज़दीक रहनेवाले लोगों की ज़िन्दगी आदतों या प्यार में दाखिल होने का ढंग नहीं जानते। जब कोई 'मौसी लिज़ों' के नाम का उच्चारण करता, तो यह नाम किसीके हृदय में स्नेह का संचार नहीं करता था। लोग मौसी लिज़ों का नाम उसी तरह लेते थे जिस तरह कोई 'कॉफी पॉट' या 'चीनी रखने के प्याले' का नाम लेता है।

मौसी लिज़ों हमेशा खामोश और तेज़ कदमों से चलती थीं। वह कभी मुंह से कोई आवाज़ नहीं निकालती थीं, और न घर में किसी चीज़ से टकराती ही थीं। लगता था कि वे जिस चीज़ के सम्पर्क में आती थीं उसे भी खामोशी सिखा देती थीं। उनके हाथ हर चीज़ में गद्दी-सी लगा देते थे। वे हर चीज़ को हल्के और नाज़ुक हाथों से छूती थीं।

मौसी लिज़ों जुलाई के मध्य में वहां आ गई थीं। इस शादी की खबर से उनका मन काफी असन्तुलित हो उठा था। वे अपने साथ ढेरों तोहफे लाई थीं, जिनकी तरफ किलीका ध्यान नहीं गया था, क्योंकि वे मौसी लिज़ों के तोहफे थे। उनके आने के बाद से किसीने उनकी मौजूदगी की तरफ ध्यान नहीं दिया था, लेकिन मौसी लिज़ों के हृदय में एक असाधारण आंदोलन मच रहा था, और उनकी नज़रें हर क्षण जीन और उसके मंगेतर पर लगी रहती थीं। वे शादी की पोशाक बनाने में जी-जान से जुट गई और साधारण दर्ज़िन की तरह अपने कमरे में बैठी सिलाई करती रहतीं, जहां उन्हें कोई मिलने नहीं आता था।

हर रोज़ सुबह वे बैरोनेस को अपने हाथ के तैयार किए रुमाल और कढ़ाई किए हुए तौलिये भेंट करती थीं और पूछती थीं, 'ये ठीक हैं न,

एदेलेद?' बैरोनेस लापरवाही से रुमालों और तौलियों को उलट-पलट-कर कहती थीं, 'इतनी तकलीफ मत करो मेरी गरीब लिज़ों!'

जुलाई के अन्त में एक दिन तेज़ गर्मी पड़ने के बाद अगली रात के साफ आकाश में चांद निकला। ऐसी रातें हमें बेचैन कर देती हैं और हमारी आत्मा की समस्त छिपी हुई कविता को जगा देती हैं।

खेतों से हवा के मन्द झोंके ड्राइंगरूम में आ रहे थे, जहां बैरन और बैरोनेस अलसाए ढंग से लैंप की रोशनी के नीचे एक मेज़ पर ताश खेल रहे थे। मौसी लिज़ों दोनों के बीच बैठी स्वेटर बुन रही थीं। जीन और जूलियन खुली खिड़की पर झुककर बाहर बाग की तरफ देख रहे थे, जिसमें चांदनी छिटक रही थी। विशाल लॉन पर लिंडन और मेपल के दरख्तों की परछाइयां पड़ रही थीं। पीला और चमकदार हुआ लॉन दूर अंधेरे कुंज तक फैला था।

रात के इस जादू-भरे मधुर आकर्षण और दरख्तों और झाड़ियों के मंद प्रकाश से प्रभावित होकर जीन अपने माता-पिता को संबोधित करके बोली, 'पापा, हम लोग सामने घास पर टहलने जा रहे हैं।'

बैरन ने खेल बन्द किए बगैर कहा, 'जाओ।'

दोनों जने बाहर निकल आए और सफेद लॉन के दूसरे छोर पर नन्हे कुंज की तरफ बढ़े। बहुत समय बीत गया और वे लोग न लौटे। बैरोनेस थक गई थीं और ऊपर अपने कमरे में जाना चाहती थीं। बैरो-नेस ने कहा, 'अब दोनों प्रेमियों को बुलाना चाहिए।'

बैरन ने आलोकित बाग में टहलती दो परछाइयों को देखा और कहा, 'उन्हें अकेला रहने दो। बाहर इतना बढ़िया मौसम है। लिज़ों उनके लिए यहां रुकेगी। रुकोगी न लिज़ों?'

लिज़ों ने अपनी बेचैन नज़रें ऊपर उठाई और भीरु स्वर में उत्तर दिया, 'हां, मैं उनके लिए रुकूंगी।'

बैरन ने सहारा देकर अपनी पत्नी को उठाया। वे खुद भी दिन की गर्मी की वजह से थक गए थे। 'मैं भी सोने जा रहा हूं, बैरन ने कहा और वे भी बैरोनेस के साथ चले गए।

मौसी लिज़ों उठीं और अपनी ऊन और सलाइयां कुर्सी पर रखकर खिड़की के पास चली गईं और रात के सौन्दर्य को देखने लगीं। जीन

और जूलियन लगातार कुंज से लेकर घर की सीढ़ियों तक टहलते रहे थे। दोनों हाथ में हाथ डालकर चल रहे थे और बिल्कुल खामोश थे। लगता था कि अब वे अपने-आपमें नहीं थे, बल्कि धरती की कविता में मिल गए थे।

सहसा जीन ने खिड़की पर खड़ी एक रेखाकृति देखा, जो लैंप के प्रकाश में साफ दिखाई दे रही थी, 'देखो, मौसी लिज़ों हमारी तरफ देख रही हैं।'

विकोंत ने सिर ऊपर उठाया और बिना सोचे उदासीन स्वर में कहा, 'हां, मौसी लिज़ों हमारी तरफ देख रही हैं।'

इसके बाद वे दिवास्वप्न देखते हुए धीरे-धीरे चलने लगे, एक-दूसरे का प्यार से स्पर्श करते हुए।

लेकिन ओस गिरने लगी थी और दोनों ठण्ड से कांप रहे थे। 'चलो भीतर चलें, जीन ने कहा और दोनों भीतर चले गए।

ड्राइंगरूम में दाखिल होते वक्त उन्होंने देखा, मौसी लिज़ों ने फिर बुनाई शुरू कर दी थी और वे सिर झुकाए काम कर रही थीं। उनकी पतली उंगलियां जैसे थकावट से कांप रही थीं। जीन ने पास आकर कहा, 'मौसी अब सब लोग सोने के लिए जाएंगे।'

लिज़ों ने अपनी आंखें दूसरी तरफ फेर लीं। उसकी आंखें लाल थीं, शायद रोने के कारण। दोनों प्रेमियों ने इस तरफ कोई ध्यान न दिया, लेकिन नौजवान पुरुष ने नौजवान लड़की के ओस से भीगे जूतों की तरफ देखकर कोमल स्वर में पूछा, 'तुम्हारे नन्हे पैर सर्द हो गए होंगे?' और सहसा मौसी की उंगलियां इतनी ज़ोर से कांप उठी कि ऊन का गोला दूर फर्श पर जा गिरा और वे दोनों हाथों से अपना चेहरा ढांपकर फूट-फूटकर रोने लगीं।

दोनों प्रेमी बिना हिले-डुले चकित दृष्टि से मौसी की तरफ देखने लगे। जीन फिर मौसी के हाथ पकड़कर पूछने लगी, 'क्या बात है, क्या बात है मौसी लिज़ों?'

बेचारी मौसी लिज़ों ने, जिनकी आंखों में अभी तक आंसू थे और जिनका शरीर गम से सिकुड़ गया था, हकलाती आवाज़ में उत्तर दिया, 'मैं इसलिए रोई थी, क्योंकि इस लड़के ने तुमसे तुम्हारे पैरों के बारे में

पूछा था कि तुम्हें कहीं सर्दी तो नहीं लग रही। ज़िन्दगी में मुझसे कभी किसीने ऐसी बात नहीं कही, कभी नहीं—कभी नहीं।'

जीन के मन में हैरानी के साथ-साथ दया पैदा हुई, लेकिन मौसी लिज़ों के प्रति कोई प्रेमी कोमलता दिखा सकता है, इस विचार से ही जीन को हंसी आ गई। विकोंत ने भी अपना कौतुक छिपाने के लिए मुंह दूसरी तरफ फेर लिया। लेकिन अचानक मौसी उठीं, ऊन के गोले को फर्श पर और स्वेटर को कुर्सी पर छोड़कर बिना किसी रोशनी के, अंधेरे जीने में से अपने कमरे की तरफ चली गईं।

जब दोनों जने अकेले रह गए तो वे एक-दूसरे की तरफ कौतुकभरी नज़रों से देखने लगे। इस घटना का दोनों पर असर पड़ा था। जीन बुदबुदाई, 'बेचारी मौसी! आज की शाम उनका दिमाग गड़बड़ हो गया है।' दोनों ने कोमलता से, बहुत कोमलता से एक-दूसरे के हाथ पकड़े और मौसी लिज़ों की खाली कुर्सी के आगे पहली बार एक-दूसरे का चुंबन लिया।

अगले दिन दोनों के दिमाग से वृद्धा मौसी के आंसुओं की बात निकल गई थी। शादी से दो हफ्ते पहले जीन खामोश-सी हो गई थी, लगता था तीन भावोन्मेष के कारण वह थक गई है। उसे उस दिन के बारे में सोचने का वक्त ही नहीं था, जिस दिन उसकी किस्मत का फैसला होनेवाला था। उसे अपने सारे शरीर में शून्यता का आभास होता था। उसे लगता था जैसे उसका मांस और हडड़ियां एकसाथ त्वचा के नीचे गल गई हों। वह जब भी किसी चीज़ को छूती थी तो उसकी उंगलियां कांपने लगती थीं।

शादी की रस्म तक उसके होश-हवास इसी तरह गुम रहे।

वह शादीशुदा औरत बन गई! तो उसकी शादी हो गई! सुबह से लेकर अब तक होनेवाली तमाम घटनाओं का क्रम उसे एक सपना, सच्चा सपना मालूम होता था। जीवन में ऐसे क्षण आते हैं जब हमें आसपास की सभी चीज़ें बदली हुई नज़र आती हैं, हर इशारे में एक नया अर्थ दिखाई देता है। कुछ घड़ियां ऐसी भी होती हैं जो अपने साधारण स्थान पर नहीं दिखाई देतीं।

जीन को बेहद हैरानी और घबराहट महसूस हो रही थी। एक दिन

पहले उसकी ज़िन्दगी में कोई तब्दीली नहीं हुई थी; उसकी आशाओं की मंज़िल नज़दीक आती जा रही थी, साकार रूप धारण करनेवाली थी। कल रात जब वह सोने गई थी तब वह एक मासूम किशोरी थी, अब वह एक औरत थी। उसने उस रेखा को पार कर लिया था, जिसके पीछे भविष्य के सारे सुख छिपे थे, जिन सुखों के वह इतने दिनों से सपने देख रही थी। उसे लगा जैसे उसके सामने कोई दरवाज़ा खुल गया हो और वह एक चिर-आकांक्षित संसार में दाखिल होने जा रही हो।

शादी की रस्म पूरी हो गई। दूल्हा और दुलहिन खाली गिर्जे में से गुज़रे क्योंकि शादी के अवसर पर किसीको निमंत्रित नहीं किया गया था। जब वे गिर्जाघर के दरवाज़े पर पहुंचे तो एक तेज़ आवाज़ से दुलहिन चौंक उठी और बैरोनेस ज़ोर से चीख पड़ी। किसान बन्दूकें चलाकर सलामी दे रहे थे। दूल्हा-दुलहिन के 'पोपलर्ज़' पहुंचने तक बन्दूकें चलती रहीं।

परिवार के लोगों को लंच दी गई, ताल्लुके का पादरी, यपोर्त का पादरी, दूल्हा और पड़ोस के प्रमुख किसान, जो शादी में गवाह के रूप में पेश हुए थे, लंच में शामिल हुए। फिर रात के खाने तक लोग बाग में चले गए। बैरन, बैरोनेस, मौसी लिज़ों, मेयर और पादरी पिको छायादार सड़क पर टहलने लगे। सामने वाली सड़क पर दूसरा पादरी स्तोत्र-पाठ करता हुआ तेज़ कदमों से टहल रहा था, बंगले की दूसरी तरफ से किसानों के आमोद-प्रमोद की आवाज़ें आ रही थीं। पूरा गांव का गांव अपने सबसे बढ़िया कपड़े पहनकर दालान में जमा था। लड़के और लड़कियां एक-दूसरे के पीछे भाग रहे थे।

जीन और जूलियन कुंज को पार करके ढलान वाली जगह पर पहुंचे और खामोशी से समुद्र की तरफ देखने लगे। हालांकि अभी आधा अगस्त ही बीता था, लेकिन हवा में कुछ ठंडक थी। उत्तरी हवा चल रही थी और नीले आसमान में बड़ा-सा सूरज प्रचण्डता से चमक रहा था।

जीन और जूलियन झाड़ीदार मैदान को पार करके यपोर्त की तरफ जानेवाली लहरदार वनों से भरी घाटी तक जाने के लिए दाईं तरफ मुड़े। ज्योंही वे झाड़ियों के पास पहुंचे, हवा के झोंकों का स्पर्श बन्द हो गया और वे सड़क छोड़कर वृक्षों में छिपी पगडण्डी पर आ गए। आगे

जाना मुश्किल था। जीन को अपनी कमर पर सरकती एक बांह का स्पर्श महसूस हुआ।

जीन खामोश रही, लेकिन उसके दिल की धड़कन तेज़ हो गई। वह हांपने लगी। वृक्षों के नीचे तक लटकती हुई टहनियां उनके सिरों को सहलाने लगीं। आगे जाने के लिए उन्हें बार-बार झुकना पड़ता था। जीन ने एक पत्ता उठाया। पत्ते के नीचे दो नन्ही लाल नाज़ुक सीपियों की तरह के दो कीड़े छिपे थे। फिर जीन ने कुछ आश्वस्त होकर, बिल्कुल मासूम ढंग से कहा, 'देखो, यहां तो गृहस्थी जमी हुई है।'

जूलियन ने जीन के कान के पास मुंह ले जाकर कहा, 'आज रात को तुम मेरी बीवी बनोगी।' हालांकि देहात में आकर जीन ने बहुत-सी बातें सीखी थीं, लेकिन अभी तक उसने सिर्फ प्यार की कविता के बारे में ही सोचा था। इस बात से उसे कुछ हैरानी हुई। बीवी? क्या वह जूलियन की बीवी बन नहीं चुकी?

इसके बाद जूलियन जीन को तेज़ी से कनपटी और गर्दन पर चूमने लगा, जहां से सिर के बाल उगने शुरू होते हैं। जीन को पहले कभी यह अनुभव नहीं हुआ था। हर चुम्बन पर वह रोमांचित हो उठनी थी। उसने सहज भावना से प्रेरित होकर अपना सिर दूसरी तरफ फेर लिया, हालांकि ये चुंबन उसे बड़े सुखद लग रहे थे। कुछ देर में दोनों ने अपने को जंगल के एक सिरे पर खड़ा पाया। जीन घबरा गई, वे बहुत दूर आ गए थे।

'लोग क्या सोचेंगे? चलो वापस लौट चलें,' जीन ने कहा।

जूलियन ने उसकी कमर में से अपना हाथ हटा लिया और दोनों आमने-सामने खड़े हो गए, इतने निकट कि उनकी सांसें एक-दूसरे के चेहरों पर पड़ रही थीं। दोनों एक-दूसरे की ओर देखने लगे। वे टक-टकी बांधकर, पैनी निगाहों से एक-दूसरे की आंखों में कुछ खोज रहे थे। वे निगाहें ऐसी होती हैं, जिनमें दो आत्माएं एकाकार हो जाती हैं। दोनों एक-दूसरे की आंखों में झांककर देखने लगे—एक-दूसरे के अभेद्य, अपरि-चित स्वरूप की तरफ। बहुत देर तक मौन भाषा में वे एक-दूसरे से प्रश्न पूछते रहे और एक-दूसरे को भांपते रहे। वे एक-दूसरे के लिए क्या बनने-वाले हैं? जिस नई जिन्दगी को वे एकसाथ शुरू कर रहे हैं, वह कैसी-होगी? शादी की उस लम्बी, कभी न खत्म होनेवाली आत्मीय वार्ता

में कौन-से सुख, आनन्द या भ्रम छिपे हैं? और दोनों को महसूस हुआ कि अभी तक उन्होंने एक-दूसरे को अच्छी तरह नहीं देखा।

अचानक जूलियन ने अपने हाथ अपनी बीवी के कन्धों पर रख दिए और उसके होंठों पर एक ऐसा चुम्बन अंकित किया, जिसका जीन को कोई अनुभव नहीं था। वह चुम्बन जीन की नसों और हड्डियों में घुस गया। उसे जोर का आघात लगा। उसने जूलियन को ज़ोर से परे धकेल दिया और खुद पीछे की तरफ गिरते-गिरते बची।

'चलो यहां से चलें—चलो यहां से चलें, जीन ने घबराकर कहा।

जूलियन ने बिना कोई जवाब दिए जीन के हाथ अपने हाथों में ले लिए। घर लौटने तक दोनों में कोई बात नहीं हुई। बाकी की शाम लम्बी मालूम होने लगी।

रात के समय सब लोग डिनर के लिए एकत्र हुए। नॉर्मन परम्पराओं के विरुद्ध यह डिनर संक्षिप्त और सादा था। मेहमानों की ज़बान को जैसे लकवा मार गया था। सिर्फ दो पादरियों, मेयर और चार किसानों ने ही उस ज़िन्दादिली का परिचय दिया जो आम तौर पर शादियों में नज़र आती है। लोगों की हंसी भी निर्जीव-सी थी, मेयर की एक चुटीली टिप्पणी ने हंसी में जान डाल दी।

नौ बजे के करीब जब सब लोग कॉफी शुरू करनेवाले थे, पहले दालान में और सेब के दरख्तों के नीचे खुले में डान्स शुरू हुआ। खुली खिड़की में से आमोद-प्रमोद का दृश्य दिखाई दे रहा था। टहनियों पर रखी मोमबत्तियों की रोशनी में पत्तियों की आभा तांबे की सी नज़र आ रही थी। देहाती मर्द और औरतें एक अल्हड़-सी तान छेड़ते हुए गोल दायरे में नाचने लगे। बावर्चीखाने की एक बड़ी मेज़ से स्टेज का काम लिया गया था और उसपर दो वॉयलिनें और एक क्लारिनेट क्षीण स्वर में नाच का साथ दे रही थीं। बीच-बीच में किसानों के हुल्लड़भरे गीत में साज़ों की आवाज़ बिल्कुल डूब जाती थी, और असंयत आवाज़ों से चीरा गया धीमा संगीत जैसे टुकड़े-टुकड़े होकर आकाश से गिर रहा था।

भीड़ के लिए दो पीपों में शराब रखी थी, जिनके इर्दगिर्द मशालें जल रही थीं। दो नौकर लगातार एक टब में गिलास और प्याले धोने में लगे थे। फिर गीले गिलासों को ही वे उन पीपों की टोंटी के नीचे रख देते थे,

जिनमें से खालिस सेबों की लाल शराब की धार बह रही थी। नाचनेवालों को सख्त प्यास लग रही थी। बड़े-बूढ़े लोग संजीदा थे। लड़कियां पसीने में तर थीं। सब शराब के पीपों के गिर्द जमा हो गए थे—शराब के किसी भी गिलास को पकड़ने के लिए बांहें आगे बढ़ा रहे थे और एक ही घूंट में गिलासों को खाली कर रहे थे।

मेज़ पर पावरोटी, मक्खन, पनीर और गोश्त रखा था। सब मेहमान बीच-बीच में आकर एक कौर तोड़कर खा जाते थे। आलोकित पत्तों की इस छत के नीचे के उल्लासपूर्ण वातावरण को देखकर डाइनिंग रूम में बैठे मेहमानों के दिलों में भी नाचने की, उन बड़े पीपों में से शराब पीने की, रोटी और मक्खन के साथ कच्चा प्याज़ खाने की इच्छा हुई।

मेयर, जो अपने चाक से ताल दे रहा था, बोला, 'खुदा कसम, आज तो गानाश की शादी जैसा मज़ा आ रहा है।'

लोगों में दबी हंसी की एक लहर दौड़ गई। लेकिन पादरी पिको, जो अधिकारी-वर्ग का सहज शत्रु था, बोल पड़ा, 'तुम्हारा मतलब शायद काना में हुई शादी से है?' मेयर ने इस संशोधन को स्वीकार नहीं किया।

'नहीं पादरी महाशय, मैंने वही कहा था जो मैं कहना चाहता था। गानाश का मतलब गानाश से ही था।'

सब लोग उठ खड़े हुए और ड्राइंगरूम में आ गए, फिर कुछ देर तक वे उल्लासभरे लोगों की भीड़ में शामिल हुए। इसके बाद सब मेहमान चले गए।

बैरन और बैरोनेस में, धीमे स्वर में कोई झगड़ा हो रहा था। बैरोनेस, जो पहले से भी ज़्यादा हांफ रही थीं, पति के सुझाव को अस्वीकार कर रही थीं। आखिर बैरोनेस ने कहा, 'नहीं मेरे प्यारे, मैं यह काम नहीं कर सकती। मैं नहीं जानती कि यह कैसे किया जाता है।'

बैरन गुस्से में पत्नी को छोड़कर चले आए और जीन के पास आकर बोले, 'मेरे साथ टहलने चलोगी बेटी?'

जीन ने द्रवित स्वर में कहा, 'जैसी आपकी मर्ज़ी, पापा।'दोनों बाहर आ गए।

ज्योंही वे घर से बाहर समुद्र की तरफ बढ़े कि हवा के एक शीतल झोंके ने आकर उनका स्पर्श किया। यह ग्रीष्म के उन ठण्डे झोंकों में से था जिनमें पतझड़ की गन्ध आती है। आकाश में बादल रुई की तरह उड़ रहे थे। कभी तारे ढंक जाते थे तो कभी नज़र आने लगते थे। बैरन ने स्नेह से अपनी बेटी की बांह और हाथ को दबाया। कुछ मिनटों तक दोनों खामोशी से चलते रहे। बैरन अभी तक मन में कोई फैसला नहीं कर पाए थे और परेशान थे। अंत में बैरन ने फैसला कर ही लिया।

'देखो प्यारी बेटी, मैं एक कठिन भूमिका अदा करने जा रहा हूं, जो तुम्हारी मां को करनी चाहिए थी, लेकिन चूंकि तुम्हारी मां ने ऐसा करने से इन्कार कर दिया है, इसलिए मुझे उनकी जगह लेनी ही पड़ेगी। मैं नहीं जानता कि तुम्हें जीवन के तथ्यों का कितना ज्ञान है। कई रहस्य बच्चों से छिपाकर रखे जाते हैं, खास तौर पर लड़कियों से। क्योंकि एक लड़की के मन को तब तक पवित्र रखना ज़रूरी है, जब तक हम उसे उस आदमी के हाथ में न सौंप दें जो उसे सुखी बनाने का जिम्मा लेता है। उसी आदमी को जीवन के सुखद रहस्य पर पड़ा हुआ पर्दा उठाना चाहिए। लेकिन अगर लड़कियों को पहले से ही संकेत से न समझा दिया जाए तो कभी-कभी वे अपने सपनों के पीछे छिपे यथार्थ से विद्रोह कर बैठती हैं। इस यथार्थ में थोड़ी पाशविकता रहती है, जिससे उनके शरीर और आत्मा को चोट पहुंचती है। वे अपने पतियों को उस अधिकार से वंचित रखती हैं जो उनको कानून द्वारा प्राप्त है। मेरी प्यारी बच्ची, इससे ज़्यादा और कोई बात मैं तुम्हें नहीं बता सकता। लेकिन यह मत भूलना कि तुम पूरी तरह अपने पति की हो।'

जीन को जीवन का क्या पता था? वह कांपने लगी। उसके मन में अवसाद भर गया जो किसी दुर्घटना की पूर्वसूचना की तरह पीड़ाजनक था। दोनों घर लौट आए। ड्राइंगरूम के दरवाज़े के दृश्य को देखकर उन्हें हैरानी हुई। बैरोनेस जूलियन के कन्धों पर सिर रखे सुबक रही थीं। उनके आंसू जैसे किसी धौंकनी से निकलकर एकसाथ उनकी नाक, आंखों और मुंह से बह रहे थे। जूलियन सकपकाया-सा खड़ा था। बैरोनेस ने उसके कन्धों पर गिरकर उससे मिन्नत की थी कि वह उनकी प्यारी नन्ही मुन्नी बेटी का ध्यान रखे।

बैरन जल्दी से आगे आए। 'मेहरबानी करके इस तरह का तमाशा बन्द करो! मैं तुम्हारी मिन्नत करता हूं। कमज़ोरी मत दिखाओ।' बैरन ने पत्नी को एक आरामकुर्सी पर बिठा दिया, जहां बैठकर वे अपने आंसू पोंछने लगीं। फिर बैरन ने जीन की तरफ मुड़कर कहा, 'आओ नन्ही, जल्दी से अपनी मां को चूमो और सोने के लिए चली जाओ।'

जीन भी रुआंसी हो गई थी। वह जल्दी से अपने मां-बाप को चूम-कर वहां से चली गई। मौसी लिज़ों पहले से ही अपने कमरे में चली गई थीं। बैरन और बैरोनेस जूलियन के साथ अकेले रह गए। उनके हृदय इतने व्यथित थे कि उनसे कुछ कहते न बना। बैरन और जूलियन एक-दूसरे की नज़रें बचाकर खड़े थे। बैरोनेस अपनी कुर्सी की पीठ का सहारा लेकर बैठी थीं। अभी भी उनके गले में सिसकियां थीं। जब बैरन से यह खामोशी और सकपकाहट बर्दाश्त न हुई तो वे जूलियन से सफर के बारे में बातचीत करने लगे। कुछ ही दिनों में दूल्हा-दुलहिन हनीमून के लिए जानेवाले थे।

रोज़ाली जीन को सोने के लिए तैयार कर रही थी। रोज़ाली की आंखों से आंसुओं के फव्वारे छूट रहे थे। उसके हाथ इधर-उधर भटक रहे थे, उसे न पिन मिल रहे थे, न हुकें। वह अपनी मालकिन से भी अधिक भावुक दिखाई दे रही थी। लेकिन जीन ने अपनी नौकरानी के आंसुओं की तरफ बहुत कम ध्यान दिया। उसे लग रहा था कि वह एक नई दुनिया में दाखिल हो गई है, उसका अपनी सभी प्यारी चीज़ों से नाता टूट गया है और वह एक दूसरी ही धरती पर चली गई है। उसकी ज़िन्दगी की हर चीज़ पलट गई थी। उसके विचारों में भी उथल-पुथल मच रही थी। सहसा उसके मन में यह विचित्र ख्याल आया, 'क्या मैं अपने पति से प्यार करती हूं?' सहसा उसे लगा कि उसका पति एक अजनबी है, जिससे वह अच्छी तरह परिचित भी नहीं। तीन महीने पहले जीन को उस आदमी के अस्तित्व तक का ज्ञान नहीं था और अब वह उस आदमी की बीवी है। यह क्यों हुआ? वह शादी में इस तरह क्यों गिर पड़ी, जिस तरह पैर किसी गड्ढे में गिर जाता है?

अपना नाइट-गाउन पहनने के बाद वह बिस्तर में घुस गई। ठंडी चादरों के स्पर्श से उसकी त्वचा कांपने लगी। पिछले दो घंटों से उसे

जो ठंडक, अकेलापन और उदासी महसूस हो रही थी वह और भी बढ़ गई। रोज़ाली सिसकती हुई वहां से चली गई और जीन प्यार के उस महान रहस्य की प्रतीक्षा करने लगी जिसका ज़िक्र उसके पिता ने अस्पष्ट शब्दों में किया था।

सहसा उसके दरवाज़े पर किसीने धीरे से तीन दस्तकें दीं। जीन बुरी तरह कांप उठी और उसने कोई जवाब न दिया। फिर खटखटाहट हुई और किसीने दरवाज़े का हैंडल घुमाया। जीन ने चादरों में सिर छिपा लिया, जैसे कमरे में कोई डाकू घुस आया हो। फर्श पर किसीके कदमों को धीमी आहट सुनाई दी और किसीने उसके बिस्तर को छुआ। जीन घबराकर चौंक उठी और चीख पड़ी। उसने चादर में से सिरहटाकर देखा, जूलियन उसके सामने खड़ा मुस्करा रहा था।

'ओह! तुमने मुझे कितना डरा दिया!'जीन बोली।

जूलियन ने जवाब दिया, 'तो इसका मतलब यह हुआ कि तुम मेरा इन्तजार नहीं कर रही थीं?'

जीन खामोश रही। जूलियन ईवनिंग ड्रेस में था। उसके चेहरे पर एक सुखी पति की तृप्ति छाई थी। जीन को यह सोचकर शर्म आई कि वह इतने शानदार कपड़े पहने हुए आदमी के सामने बिस्तर में लेटी है। दोनों ही खामोश रहे। उनकी समझ में नहीं आ रहा था कि वे एक-दूसरे से क्या कहें, क्या करें; यहां तक कि जीवन के इस गम्भीर और निर्णयकारी क्षण में, जिसपर दोनों की भावी ज़िन्दगी का सुख निर्भर करता था, उनमें इतना भी साहस न हुआ कि वे एक-दूसरे की तरफ देख सकें।

जूलियन शायद सोच रहा था कि इस संघर्ष में कितने खतरे हैं,कितने आत्मविश्वास और कलापूर्ण कोमलता की ज़रूरत पड़ेगी, ताकि जीन की सपनों पर पली क्वांरी आत्मा को, उसके सूक्ष्म संकोचों को, और असीम संवेदनशीलता को ठेस न पहुंचे। जूलियन ने बड़ी कोमलता से जीन का हाथ अपने हाथ में लिया और उसके पलंग के नीचे घुटने टेककर बैठ गया, जैसे किसी पवित्र वेदी के आगे बैठा हो। उसने श्वास जैसी धीमी आवाज़ में कहा, 'तुम मुझे प्यार करोगी न?' जीन आश्वस्त हो गई और तकिये पर सिर उठाकर मुस्कराने लगी, 'मैं तो तुम्हें पहले

से ही चाहती हूं, मेरे प्यारे।'

जूलियन ने अपनी बीवी की नन्ही उंगलियां अपने मुंह में डाल लीं और उंगलियों से रुंधी आवाज़ में कहा, 'तुम साबित करोगी कि तुम मुझसे प्यार करती हो?'

जीन फिर घबरा गई। उसे अपने पिता के शब्द याद आ गए। उसने बिना सोचे-समझे जवाब दिया, 'मैं तुम्हारी हूं।' जूलियन ने उसकी कलाइयों पर गर्म चुम्बन अंकित कर दिए और धीरे-धीरे उठकर वह जीन के चेहरे के नज़दीक आ गया। जीन ने अपना चेहरा फिर छिपा लिया।

सहसा जूलियन ने एक बांह बढ़ाकर चादरों में से अपनी बीवी को आलिंगन में ले लिया, दूसरे हाथ को तकिये के नीचे सरकाकर जीन का सिर ऊंचा कर दिया, और कोमल आवाज़ में पूछा, 'तो फिर तुम अपनी बगल में मेरे लिए थोड़ी-सी जगह बना दोगी?'

जीन एक सहज भय से सिहर उठी और हकलाकर बोली, 'ओह अभी नहीं, प्लीज़!'

जूलियन नाराज़ हो गया और कर्कश स्वर में बोला, 'जो होना ही है, वह बाद में क्यों हो?' जीन इस बात से क्रुद्ध हो गई, लेकिन समर्पित और विनयशील ढंग से उसने कहा, 'मैं तुम्हारी हूं।'

इसके बाद अचानक जूलियन ड्रेसिंगरूम में गायब हो गया और जीन को कपड़े उतारने की, जेब में खनखनाते सिक्कों की, जूते फेंकने की आवाज़ें साफ सुनाई देने लगीं।

और अचानक अंडरवियर और मोजे पहने जूलियन तेज़ी से कमरे में आया और अपनी घड़ी मेंटलपीस पर रखकर पास वाले छोटे कमरे में वापस चला गया। कुछ देर तक वह इधर-उधर घूमता रहा। जीन ने दूसरी तरफ करवट फेरकर आंखें बन्द कर ली। जब उसे बिस्तर पर फिर जूलियन का स्पर्श महसूस हुआ तो वह चौंककर पलंग से कूदने के लिए तैयार हो गई, लेकिन फौरन उसे अपनी टांग पर किसी दूसरी टांग का कोमल और ठंडा स्पर्श महसूस हुआ। जीन ने हाथों में चेहरा छिपा लिया। घबराहट और आतंक से वह रुआंसी हो गई और बिस्तर में दुबक गई।

फिर जूलियन ने जीन को आलिंगन में ले लिया, हालांकि जीन ने उसकी तरफ पीठ फेर ली थी। उसने जीन की गर्दन पर, नन्ही टोपी की लेस पर, नाइटगाउन के किनारों पर लालसाभरे, भूखे चुंबन अंकित कर दिए। एक आतंकभरी आतुरता से जीन का शरीर अकड़ गया। उसने महसूस किया कि जूलियन का शक्तिशाली हाथ उसके वक्ष को टटोल रहा है। इस स्पर्श से आतंकित होकर वह हांफने लगी और उसके मन में पहले से भी कहीं ज़्यादा तीव्र इच्छा हुई कि वह वहां से भाग निकले और इस आदमी से बचने के लिए अपने को कहीं बन्द कर ले। जूलियन का हिलना-डुलना बन्द हो गया था। जीन को अपनी पीठ पर उसके शरीर की गर्मी महसूस हो रही थी।

फिर जीन का भय दूर हो गया और सहसा उसने सोचा कि उसे सिर्फ करवट बदलकर जूलियन का आलिंगन करना होगा।

आखिरकार जूलियन अधीर हो उठा और उसने आहत स्वर में कहा, 'तो फिर तुम मेरी नन्ही बीवी नहीं बनोगी?'

जीन ने मुंह ढांपे हुए जवाब दिया, 'क्या अब मैं तुम्हारी बीवी नहीं हूं?'

जूलियन ने अशिष्टतापूर्वक कहा, 'नहीं, माई डियर, मेरी हंसी मत उड़ाओ। आओ।'

जूलियन के स्वर में छिपे असंतोष से जीन व्याकुल हो उठी और वह क्षमायाचना के लिए जूलियन की तरफ मुड़ी। जूलियन ने आवेश में आकर जीन को आलिंगन में ले लिया। लगता था जैसे उसकी आत्मा जीन को पाने के लिए तड़प रही थी। उसने पागलों की तरह जीन के चेहरे और गर्दन को चूमना शुरू कर दिया और जीन के शरीर को ज़ोर से दबा दिया। जीन की मुट्ठियां खुल गई और वह निष्क्रिय-सी जूलियन की बांहों में पड़ी रही। वह क्या कर रही है, या क्या हो रहा है, इसका उसे कोई आभास न था। फिर सहसा जीन को तेज़ दर्द महसूस हुआ और वह जूलियन की बांहों में छटपटाने और चीखने लगी।

उसके बाद क्या हुआ—जीन को कुछ याद नहीं, क्योंकि उसकी विवेक शक्ति लुप्त हो गई थी। उसे सिर्फ इतना ही लगा कि जूलियन ने उसके होंठों पर कृतज्ञ चुम्बनों की वर्षा कर दी थी। फिर उसने जीन से

कुछ कहा था, और जीन ने उसे जवाब दिया था। इसके बाद जूलियन ने दुबारा प्यार करने कोशिश की, लेकिन जीन ने भयभीत होकर उसे दूर हटा दिया। जब उसने जूलियन की बांहों से निकलने की कोशिश की तो उसे अपने वक्ष पर घने बालों का स्पर्श महसूस हुआ, जैसा कि उसे टांग पर हुआ था, और वह इस आघात से सिकुड़ गई। आखिरकार जब जीन की मिन्नतें करके जूलियन थक गया और उसे कोई सफलता न मिली तो वह पीठ के बल बिना हिले-डुले, सीधा लेट गया।

अब जीन के दिमाग ने सोचना शुरू किया। उसका भ्रम-निवारण हो गया था। उसने प्रेम के उन्माद की और ही तरह से कल्पना की थी। उसका मन अवसाद से भर गया था। उसकी आकांक्षाएं, जिन्हें उसने इतने जतन से सहेजकर रखा था, नष्ट हो चुकी थीं। उसका सुख मर चुका था। वह सोचने लगी, 'अच्छा तो जूलियन इसे ही बीवी होना कहता है!'

और बहुत देर तक जीन इसी तरह व्याकुल रही। उसकी दृष्टि दीवार पर टंगी टैपिस्ट्री की तरफ गई, जिसपर प्यार की प्राचीन गाथा अंकित थी।

लेकिन जूलियन न कुछ बोल रहा था और न हिल-डुल ही रहा था। जीन ने धीरे से अपना चेहरा उसकी तरफ घुमाया और देखा कि वह सो गया है। उसका मुंह थोड़ा खुला हुआ था और चेहरा शान्त था। वह सो गया था! जीन को विश्वास न हुआ और वह गुस्से से तमतमा उठी। जूलियन की पाशविकता से भी ज़्यादा क्षोभ उसे उसकी नींद से हुआ।

जूलियन को ऐसी रात में नींद कैसे आ गई? तो इसका मतलब यह कि उनके बीच में जो कुछ हुआ था, उसका महत्त्व जूलियन की नज़रों में इससे और ज़्यादा नहीं था? ओह! इससे कहीं बेहतर होता अगर जूलियन उसे मारता-पीटता, फिर ज़ोर से झकझोरता और उसके घृणित आलिंगन से जीन का शरीर छिल जाता और वह बेहोश हो जाती। वह खामोश रही, अपनी कुहनियों के बल जूलियन की तरफ झुककर उसके होठों से निकलती सांसों की आवाज़ को सुनने लगी, जो बीच-बीच में खुर्राटों में तबदील हो जाती थी।

दिन निकला—पहले फीका-फीका, फिर साफ और गुलाबी, फिर देदीप्यमान। जूलियन ने आंखें खोली, अंगड़ाई ली, अपनी बीवी की तरफ देखकर मुस्कराया और बोला, 'तुझे अच्छी नींद आई, डार्लिंग?'

जीन ने देखा कि अब जूलियन उसे 'तू' कहकर पुकारने लगा है लेकिन उसने अधिक औपचारिक, नीरस ढंग से कहा, 'हां, और तुम्हें?'

जूलियन ने कहा, 'मुझे! ओह, बहुत अच्छी नींद आई!' और फिर उसने जीन को चूमा और शान्तिपूर्वक बातचीत करने लगा। वह भावी जीवन के बारे में स्कीमें बनाने लगा, और कमखर्ची की बातें करने लगा। जीन को बार-बार कमखर्ची शब्द सुनकर ताज्जुब हुआ। उसे जूलियन की बातों का अर्थ ठीक से समझ में न आ सका। जूलियन की तरफ देखते हुए हज़ारों विचार उसके मन की ऊपरी सतह को छूते हुए निकल गए।

घड़ी में आठ बजे। जूलियन ने कहा, 'चलो, उठे। इतनी देर तक बिस्तर में रहने पर लोग हंसी उड़ाएंगे, और वह पहले उठ खड़ा हुआ। कपड़े पहनने के बाद उसने दिखावटी शिष्टता से जीन को तैयार होने में मदद दी, और रोज़ाली को बुलाने से मना कर दिया।

बाहर जाने से पहले जूलियन ने जीन को रोककर कहा, 'देखो, अब हम आपस में 'तू' शब्द का इस्तेमाल कर सकते हैं, लेकिन तुम्हारे माता-पिता के सामने हमें अभी कुछ देर और रुकना चाहिए, जब हम हनीमून से लौटेंगे, तब 'तू' कहना बिल्कुल स्वाभाविक होगा।'

जीन नाश्ते के वक्त तक किसीके सामने नहीं आई। और दिनों की तरह यह दिन भी साधारण ढंग से बीत गया। लगता था जैसे कोई नई बात न हुई हो। बस फर्क इतना ही था कि अब घर में एक आदमी और आ गया था।

पांच

चार दिन बाद दूल्हा-दुलहिन को मार्साई ले जाने के लिए गाड़ी आ गई। पहली रात की यन्त्रणा के बाद से जीन जूलियन के स्पर्श, चुम्बनों,

और कोमल आलिंगनों की आदी हो गई थी, हालांकि और अधिक नज़दीक के सम्पर्क के प्रति उसके मन में वैसी ही घृणा बनी हुई थी। जीन को जूलियन खूबसूरत मालूम होता था और वह उसे प्यार करती थी। उसका ख्याल था कि वह सुखी और आनन्दपूर्वक है।

मां-बाप से विदाई लेने का दृश्य संक्षिप्त और शोकरहित था। सिर्फ बैरोनेस ही द्रवित दिखाई दीं, और जब गाड़ी चलने लगी तो बैरोनेस ने एक भारी-सा बटुआ अपनी बेटी के हाथों में थमाते हुए कहा, 'यह तुम्हारी नन्ही गृहस्थी के खर्च के लिए है।' जीन ने बटुआ जेब में खोंस लिया और घोड़े तेज़ी से चल पड़े।

शाम के करीब जूलियन ने उससे कहा, 'तुम्हारी मां ने बटुए में कितनी रकम दी है?' जीन ने अभी तक इस ओर ध्यान नहीं दिया था, लेकिन अब उसने गोद में बटुए को खाली किया तो सोने के सिक्के बरस पड़े। पूरे दो हज़ार फ्रांक थे। जीन ने खुशी से ताली पीटकर सिक्के समेटते हुए कहा, 'अब मैं इनसे बहुत-सी बेवकूफियां करूंगी।'

बेहद गर्मी में, एक हफ्ते के सफर के बाद वे लोग मार्साई पहुंचे। अगले दिन नेपल्स जाने वाला 'राय लुई' नाम का जहाज़, जो नेपल्स के रास्ते में अजेशीयो रुकता था, उन्हें कॉर्सिका की दिशा में ले गया। कॉर्सिका! मैक्वी! डाकूओं का देश! पर्वत! नेपोलियन की जन्मभूमि! जीन को लगा, जैसे वह जीवन के यथार्थ से निकलकर, जागरित अवस्था में किसी सपने में कदम रख रही हो। जहाज़ की डेक पर दोनों साथ-साथ प्रोवेंस की चोटियों को, जो पीछे हटती जा रही थीं, देखने लगे। हल्के नीले आसमान के नीचे गहरे नीले रंग का शान्त समुद्र जैसे सूरज के चमकते प्रकाश से जमकर क्षितिज तक फैल गया था।

जीन ने कहा, 'तुम्हें याद है जब हम फादर लास्तीक की किश्ती में घूमने गए थे?' जवाब देने की बजाय जूलियन ने जीन के कान के पास एक चुम्बन अंकित कर दिया।

डांडों ने समुद्र की गहरी निद्रा को भंग कर दिया और जहां जहाज़ का पिछला हिस्सा पानी को काट रहा था, वहां शैम्पेन की तरह भाग पैदा हो गई थी और एक कांपता हुआ तंग रास्ता तैयार हो गया था जो क्षितिज तक फैला था।

सहसा, जहाज़ के सामने की तरफ कुछ दूरी पर एक बड़ी-सी डोल्फिन मछली पानी में से उछली और फिर सिर के बल पानी में गायब हो गई। जीन भयभीत होकर चीखी और जूलियन के वक्ष पर गिर पड़ी। फिर उसे अपनी इस बात पर हंसी आई और वह गौर से मछली के फिर से ऊपर आने की राह देखने लगी। कुछ सैकण्ड के बाद एक विशाल, यन्त्रचालित खिलौने की तरह मछली फिर उछलकर बाहर निकली और समुद्र में गिर गई, और कुछ देर के बाद फिर निकल आई। इसके बाद दो, तीन, छह मछलियां निकल आई और भारी किश्ती के आसपास शरारत से नाचने लगीं। लगता था वे अपने काठ के बने, लोहे के पंखों वाले बड़े भाई की रखवाली करती हुई चल रही हैं। मछलियां खेलती हुई किश्ती के दायें, बायें, एकसाथ और अलग-अलग से तैरने लगीं। फिर वे हवा में उछलकर गोल वृत्त बनाती हुई फिर समुद्र में गायब हो गई।

जीन इन बड़ी और लचीली मछलियों को देखकर खुशी से ताली पीटने लगी। उसका दिल मछलियों के साथ एक शैशवभरे, उन्मादपूर्ण आनन्द से उछलने लगा। सहसा मछलियां अदृश्य हो गईं। बाद में एक या दो बार ही वे दूर खुले समुद्र में दिखाई पड़ीं। उनके चले जाने से कुछ क्षणों तक जीन को बड़ा अफसोस हुआ।

संध्या आई—शान्त और प्रकाशमान संध्या, एक उल्लासपूर्ण नीरवता से भरी हुई। इस समय समुद्र या आकाश में समीर का कोई झोंका नहीं था। समुद्र और आकाश की अनन्त शान्ति सब लोगों की शान्त आत्माओं पर भी छा गई। अब वहां भी कोई स्पन्दन नहीं था।

विशाल सूरज धीरे से क्षितिज के नीचे, अदृष्ट अफ्रीका की तरफ डूब गया। अफ्रीका—अफ्रीका जिस ज्वलंत देश के मादक स्पर्श को वे अभी से महसूस कर रहे थे, लेकिन जब सूरज डूब गया तो उनके चेहरों पर एक प्यारभरा ठंडा स्पर्श, जो अभी झोंका नहीं बन पाया था, महसूस हुआ।

जीन और जूलियन अपने कमरे में वापस नहीं जाना चाहते थे, क्योंकि वहां भयंकर बदबू थी, जैसी सब डाक और सामान ले जानेवाली किश्तियों पर रहती है; इसलिए दोनों साथ-साथ, अपने लबादे

ओढ़कर डेक पर लेट गए। जूलियन फौरन सो गया, लेकिन जीन की आंखों में नींद नहीं थी। इस यात्रा के अपरिचित पहलुओं से उसका हृदय आन्दोलित हो उठा था। मोटरबोट की मशीन की नीरस आवाज़ उसे थपकी दे रही थी। जीन ने ऊपर अनगिनत डगमगाते सितारों की तरफ देखा, जो दक्षिण के निर्मल आकाश में भीगे-भीगे दिखाई दे रहे थे।

सुबह के करीब जीन को नींद आई। फिर लोगों की आवाज़ें और शोरगुल सुनकर उसकी नींद खुल गई। मल्लाह गीत गाते हुए जहाज़ की सफाई कर रहे थे। जीन ने अपने पति को हिलाया, जो नींद में बेसुध था। जीन ने नमकीन कुहरे की गन्ध का आनन्दपूर्वक पान किया, जो उसके शरीर की हर पोर में समा रही थी। चारों तरफ समुद्र फैला था, लेकिन दूर किनारे पर, उषा के बढ़ते हुए प्रकाश में भूरे रंग की कोई चीज़ दिखाई दी जो विचित्र नुकीले बादलों की तरह लहरों पर तैर रही थी। कुछ देर में यह चीज़ और भी साफ हो गई। चमकदार आकाश पर रेखाएं और भी नुकीली हो उठीं, नुकीले और विलक्षण पर्वतों की एक लम्बी लकीर दिखाई दी। यह कॉर्सिका था, पतले घूंघट में छिपा था।

पर्वत की चोटियों के पीछे से सूरज निकला, चोटियों की काली रेखाकृतियां मुखर हो उठीं। फिर सब चोटियां आलोकित हो गई और बाकी द्वीप कुहरे से ढका रहा।

जहाज़ का कप्तान, जो नाटे कद का दुबला, सूखा-सा आदमी था और जिसका बदन तेज़ नमकीन हवाओं से सिकुड़ गया था, डेक पर आया। पिछले तीस बरस से तूफानी आवाज़ में आदेश देते-देते उसका गला बैठ गया था। उसने जीन से कहा, 'हवा की गन्ध सूंघी?'

सचमुच हवा में पौधों और जंगली झाड़ियों की विचित्र और विशेष प्रकार की गन्ध थी।

कप्तान ने फिर कहा, 'मदाम, यह कॉर्सिका की अपनी खास गन्ध है—एक सुन्दर महिला की सुगन्ध। बीस बरस के बाद भी मैं पांच मील की दूरी से इस गन्ध को पहचान लूंगा। मैं यहीं का रहनेवाला हूं। जिस महान व्यक्ति का मैं आदर करता हूं, दूर सेंत हेलेना में, सुनते हैं, वह

हमेशा अपनी मातृभूमि की सुवास की बातें करता रहता है। वह मेरे खानदान में से है।' और कप्तान ने अपना हैट उठाकर कॉर्सिका के साथ ही समुद्र के उस पार बन्दी सम्राट[1] को भी नमस्कार किया जो उसके खानदान का था। जीन का हृदय द्रवित हो गया और उसकी आंखों में आंसू आ गए।

फिर एक मल्लाह ने क्षितिज की ओर बांह उठाकर कहा, 'सैन्गुइ-नेयर्ज़!' जूलियन ने अपनी बीवी की कमर में बांहें डाल दी और दोनों दूर, उस बिन्दु की तरफ देखने लगे जिस तरफ मल्लाह ने इशारा किया था। उन्हें पिरामिड की शक्ल की कुछ चट्टानें दिखाई दीं। जल्द ही जहाज़ उन चट्टानों का चक्कर काटकर एक विशाल और शान्त खाड़ी में जा पहुंचा। खाड़ी के चारों तरफ बहुत-सी ऊंची चोटियां थीं, जिनकी निचली ढलानें काई से ढंकी हुई नज़र आती थीं।

कप्तान ने इशारा किया कि यही 'माक्विज़' है और जब वे और आगे बढ़े तो पर्वतों की गोलाकार माला जैसे जहाज़ के पीछे से बन्द हो गई। अब जहाज़ नीले रंग की झील में धीमी चाल से चल रहा था। झील का पानी इतना पारदर्शी था कि बीच-बीच में उन लोगों को झील के नीचे की ज़मीन भी दिखाई दे जाती थी। सहसा शहर नज़र आया, एकदम सफेद, खाड़ी के सिरे पर, लहरों के पास, पर्वतों की तलहटी में स्थित।

बन्दरगाह पर छोटी-छोटी इटालियन किश्तियां खड़ी थीं। 'रॉय लुई' के यात्रियों को किनारे पर ले जाने के लिए चार या पांच किश्तियां आ गईं। जूलियन सामान इकट्ठा कर रहा था। उसने धीमी आवाज़ में अपनी बीवी से पूछा, 'स्ट्यूअर्ड[2] के लिए बीस सू काफी हैं न?' पूरे एक हफ्ते से जूलियन यही सवाल पूंछता आ रहा था और हर बार जीन इस बात से खीज उठती थी। जीन ने अधीरतापूर्वक कहा, 'जब किसी आदमी को यह नहीं पता कि कायदे से कितनी बखशीश देनी चाहिए, तो वह घबराकर ज़रूरत से ज़्यादा भी दे सकता है।'

जूलियन लगातार होटलों के मैनेजरों, वेटरों, गाड़ीवानों और सेल्स-

---

1. नेपोलियन बोनापार्ट
2. जहाज़ का कर्मचारी

मैनों से झगड़ता रहता था और अपने इस झगड़ालूपन के बूते पर उसने अपने बिलों में थोड़ी-सी कमी करवा ली थी। उसने खुशी से हथेलियां रगड़कर जीन से कहा, 'मैं नहीं चाहता कि कोई मुझे लूटे।'

जब बिल पेश किए गए तो जीन कांप उठी। वह पहले से जानती थी कि हर बिल पर जूलियन कैसी नुक्ताचीनी करेगा। जब उसने नौकरों को घृणाभरी दृष्टि से जूलियन की तरफ देखते हुए देखा, जिसने उनकी हथेली पर अपर्याप्त रकम रखी थी, तो जीन शर्म से लाल हो गई और उसने जूलियन की सौदेबाज़ी से अपने को अपमानित महसूस किया। जूलियन ने उस मल्लाह से भी झगड़ा किया था जो उन्हें पार ले गया था।

सबसे पहले जीन ने जो पेड़ देखा वह आम का पेड़ था। वे एक विशाल खाली होटल में गए जो एक बड़े मैदान की नुक्कड़ पर था। वहां पहुंचकर उन्होंने नाश्ता किया। नाश्ते के फौरन बाद जब जीन उठकर शहर में घूमने के लिए जाने लगी, तो जूलियन ने उसे अपनी बांहों में ले लिया और उसके कान में कोमल स्वर में कहा, 'स्वीटहार्ट, अगर थोड़ी देर सुस्ता लें तो कैसा रहे?'

जीन हैरान रह गई, लेकिन मैं थकी तो नहीं।'

जूलियन ने उसे आलिंगन में लेकर कहा, 'मैं तुमसे प्यार करना चाहता हूं। समझी? दो दिनों से···'

जीन का चेहरा लाल हो गया। वह हकलाकर बोली, 'आह! क्या अभी? लेकिन लोग क्या सोचेंगे?दिन-दहाड़े तुम होटल वालों से सोने का कमरा कैसे मांग सकते हो? ओह जूलियन, मैं तुम्हारी मिन्नत करती हूं।'

लेकिन जूलियन ने उसे बीच में टोककर कहा, 'होटल वाले क्या सोचेंगे या कहेंगे इसकी मुझे परवाह नहीं है, यह तुम अभी देख लोगी।' और जूलियन ने घण्टी बजाई। जीन चुप रही, उसकी नज़रें नीचे झुक गईं। उसका शरीर और आत्मा पति की इस सतत-वासना से विद्रोह कर रहे थे। उसने ग्लानिभरे मन से पति की आज्ञा का पालन किया। वह समर्पित होने को बाध्य थी लेकिन अपमानित भाव से। उसे यह बात पाशविक, पतित और अश्लील मालूम हो रही थी। उसने अभी पति की भावनाओं के अनुकूल आचरण करना नहीं सीखा था, लेकिन

जूलियन उससे ऐसा व्यवहार कर रहा था, जैसे वह भी उसकी तरह प्रेमाकुल हो।

जब वेटर आया तो जूलियन ने अपने कमरे में जाने की इच्छा प्रकट की। सभी कॉसिक-वासियों की तरह वेटर की आंखों तक भी बाल उगे थे। वेटर जूलियन के आदेश को न समझ सका। उसने कहा कि कमरा रात को तैयार मिलेगा। जूलियन ने अधीरतापूर्वक समझाया, 'नहीं, अभी चाहिए, फौरन। हम सफर की थकान दूर करने के लिए आराम करना चाहते हैं।'

इसपर वेटर की मूंछों में एक मुस्कान प्रकट हुई और जीन के मन में वहां से भाग जाने की इच्छा प्रबल वेग से उठी। एक घण्टे बाद जब वे फिर नीचे उतरे तो जीन में लोगों से नज़रें मिलाने का साहस नहीं रहा था। उसे यकीन था कि लोग उसकी पीठ-पीछे हंसेंगे और काना-फूसी करेंगे। वह जूलियन से नाराज़ थी, क्योंकि वह इन सूक्ष्म बातों को, इन सहज कोमल भावनाओं को समझने में असमर्थ था; और जीन को लगा कि उन दोनों के बीच एक दीवार है। उसे पहली बार आभास हुआ कि दो व्यक्ति कभी एक-दूसरे की आत्मा को नहीं भेद सकते। वे कभी-कभी एक-दूसरे से आलिंगनबद्ध तो हो जाते हैं, लेकिन दोनों एक कभी नहीं होते। हरेक का नैतिक स्वभाव और व्यक्तित्व ज़िन्दगी-भर के लिए अपना और हमेशा अकेला रहता है।

फिर उनके भ्रमण का पूरा प्रोग्राम बनाया गया। कठिन रास्तों से बचने के लिए उन्होंने घोड़े लेने का फैसला किया। उन्होंने दो छोटे कॉसिकन स्टैलियन[1] भाड़े पर लिए। इन घोड़ों की आंखों में बेचैनी थी। उनके शरीर फुर्तीले थे और वे कभी थकते नहीं थे। एक दिन तड़के ही वे लोग वहां से चल पड़े। उनके साथ खच्चर पर सवार एक मार्गदर्शक भी था, जो उनके खाने-पीने का सामान भी ले जा रहा था, क्योंकि उस जंगली प्रदेश में कोई सराय नहीं थी।

पहले सड़क खाड़ी के साथ-साथ चलती गई। बाद में एक घाटी में जाकर खो गई, जिसकी गहराई अधिक नहीं थी और सामने पहाड़ों की विशाल चोटियां थीं। अक्सर वे सूखी नदियों में से होकर गुज़रते थे।

1. स्टैलियन—बिना बधिया किए, बढ़िया जाति के घोड़े

पत्थरों के नीचे नदी के पानी की क्षीण धाराएं अब भी भीरु कलकल के साथ बह रही थीं, दुबके हुए जानवर की तरह।

बिना जोती हुई ज़मीन नंगी मालूम हो रही थी। पहाड़ियां लम्बी घास से ढकी थीं। इस गर्मी के मौसम में घास का रंग पीला पड़ गया था। बीच-बीच में उन्हें पैदल, छोटे-से घोड़े या कुत्ते के बराबर गधे पर सवार कोई पहाड़ी मिल जाता था। हरेक के कन्धे पर भरी हुई बन्दूक रहती थी-पुरानी मोर्चा खाई बन्दूक, जो उनके हाथों में एक भयंकर अस्त्र का काम देती थी।

सुगन्धित पौधों की तेज़ गन्ध हवा में फैली हई थी, जो इस द्वीप में हमेशा व्याप्त रहती है। पहाड़ों की लम्बी परतों में सड़क धीरे से ऊपर चढ़ रही थी। गुलाबी या नीले पत्थर की चोटियां दृश्य को परी-लोक का रंग प्रदान कर रही थीं, और नीचे ढलवानों पर चेस्टनट के विशाल पेड़ों के जंगल हरी झाड़ियों की तरह दिखाई दे रहे थे। इस प्रदेश में उठी हुई धरती की उर्मिल मालाएं सचमुच दैत्याकार हैं।

कभी-कभी गाइड नुकीली चोटियों की तरफ इशारा करके कोई नाम बताता। जीन और जूलियन उधर देखते। पहले तो उन्हें कुछ नज़र नहीं आता था। फिर उन्हें चोटी से गिरी हुई चट्टानों के विशाल प्रस्तर-खण्डों जैसी भूरे रंग की कोई चीज़ नज़र आती थी। यह कोई गांव या छोटा-सा मकान होता था जो उस विशाल पर्वत पर किसी परिन्दे के घोंसले की तरह छिपा मालूम होता था।

धीमी चाल से चलने के कारण इतने लम्बे सफर में जीन थक गई। उसने अपने घोड़े को आगे बढ़ाकर कहा, 'आओ, सरपट घोड़ा दौड़ाएं।' कुछ देर बाद अपने पति का घोड़ा नज़दीक न देखकर जीन ने पीछे मुड़-कर देखा और वह ज़ोर से हंस पड़ी। जूलियन का चेहरा पीला पड़ गया था। वह घोड़े की गर्दन के बाल पकड़कर बड़े विचित्र ढंग से उछ-लता हुआ आ रहा था। जूलियन का खूबसूरत, शूरवीरों जैसा चेहरा उसके भय और उसकी सकपकाहट को और भी हास्यास्पद बना रहा था। इसके बाद वे धीरे-धीरे घोड़ा दौड़ाने लगे।

सड़क उस अनन्त जंगल के बीच से गुज़रती थी, जिसने चादर की तरह पर्वतों के सारे ढलवानों को ढक लिया था। यही वे 'माकीज़'

जंगल थे, दुर्भेद्य जंगल थे, जिनमें देवदार जूनिपर, आरबूतस, मास्तीक, अलातर्न, हैदर लॉरेल, थाईम, मर्टल, और बॉक्स के पेड़ थे। और क्लीमांतीस, विशाल फर्न हनीसकल, लेबूरनम, रोज़मेरी, लैवेण्डर और ब्रायर्ज़ की लताओं से आच्छादित पहाड़ियां जटिल रोयेंदार ऊन से ढकी मालूम होती थीं।

उन्हें भूख लगी। गाइड फिर उनके पास आ गया और उन्हें एक झरने के पास ले गया। पहाड़ी प्रदेशों में ऐसे झरनों की बहुतायत रहती है। चट्टान के एक छेद में से पतले धागे-सी जलधारा बह रही थी, किसी मुसाफिर ने वहां एक चेस्टनट का एक पत्ता लगा दिया था, ताकि पानी सीधा मुंह में पहुंच सके। जीन इतनी खुश थी कि वह खुशी से चीखने लगी। इसके बाद वे फिर चल पड़े और नीचे उतरकर वे सैगोन की धारा के पास से गुज़रे।

शाम को वे एक कार्गीज़ नाम के गांव में से गुज़रे, जिसे किसी ज़माने में ग्रीक शरणार्थियों ने बसाया था। एक फव्वारे के आसपास सीधी पीठ, लम्बे हाथों और सुगठित शरीरों वाली लम्बी और प्यारी लड़कियां खड़ी थीं। जीन ने 'गुड ईवनिंग' कहकर उनका अभिवादन किया। लड़कियों ने संगीतभरी आवाज़ में अपने देश की भाषा में उत्तर दिया, जिसे उनके पूर्वज छोड़कर आए थे।

पियाना पहुंचकर उन्हें किसी परिवार में मेहमान बनना पड़ा, जैसाकि पुराने ज़माने में और बीहड़ इलाकों में होता था। एक घर के आगे जाकर जब वे दरवाज़ा खुलने की प्रतीक्षा में खड़े हुए तो जीन खुशी से कांपने लगी। 'आह! सचमुच इसीको सफर कहते हैं, अप्रत्याशित घटनाओं और अज्ञात रास्तों को!' उन्होंने एक छोटे परिवार से निवेदन किया कि वह उन्हें अतिथि बना ले। उस परिवार में उनका वैसा ही स्वागत हुआ जैसा पुराने ज़माने के पैट्रियार्कों ने ईश्वर द्वारा भेजे गए अतिथियों का स्वागत किया था। वे ज़मीन पर बिछे एक गद्दे पर सोए, जिसमें पुआल भरा था। मकान में हर जगह दीमक लगी थी। लकड़ी की चौखटों में जगह-जगह छेद हो रहे थे और उनमें लम्बे-लम्बे कीड़े भरे थे जो लकड़ी को छेदते हैं। उनमें ज़िन्दगी की छटपटाहट हो रही थी।

वे सूरज निकलते ही वहां से चल पड़े और जल्द ही एक जंगल के आगे जाकर रुक गए। यहां लाल स्फटिक की चट्टानें थीं। समय, हवाओं और समुद्र की थपेड़ों ने मिलकर यहां की चोटियों, स्तम्भों और मीनारों को एक अद्भुत शक्ल दे दी थी, जिसे देखकर दर्शक चौक उठता था।

सवा तीन सौ गज़ की ऊंचाई पर पतली, गोल, टेढ़ी-मेढ़ी, विकृत, अप्रत्याशित, और विलक्षण आकार की चट्टानों में पेड़-पौधों, जानवरों, स्मारकों, आदमियों, ढीले चोगे वाले संन्यासियों, सींगों वाले शैतानों और विशालकाय पक्षियों की आकृतियां नज़र आती थीं। यह दानवीय क्रूरताओं का संग्रहालय, दुःस्वप्नों का बाड़ा था, जो किसी सनकी देवता के आदेश से पत्थर में परिवर्तित हो गया था। जीन खामोश हो गई। उसका दिल भारी हो गया था। उसने जूलियन का हाथ पकड़ लिया और कसकर दबाया। इस प्राकृतिक सौंदर्य के समक्ष उसे प्यार करने की ज़रूरत महसूस हुई।

सहसा उन्हें एक और जलधारा दिखाई दी, जिसके चारों तरफ लाल ग्रेनाइट की रक्तिम दीवार-सी बनी हुई थी। नीले पानी में लाल चट्टानों की परछाईं पड़ रही थी। जीन ने आवेश से भर्राकर कहा, 'ओह जूलियन!' इस सुन्दर दृश्य से द्रवित होकर उसका कण्ठ भर आया था। उसे और कोई शब्द नहीं सूझ रहे थे। उसकी आंखों से दो आंसू ढुलक पड़े। जूलियन ने चकित भाव से उसकी तरफ देखा और पूछा, 'क्या बात है, मेरी नन्ही गुड़िया!'

जीन ने अपने आंसू पोंछ लिए और मुस्कराकर कांपती हुई आवाज़ में बोली, 'कुछ नहीं—मैं घबरा गई हूं—न जाने क्यों मेरा दिल भर आया था। मैं इतनी खुश हूं कि हर छोटी से छोटी बात मेरे दिल को हिला देती है।'

जूलियन इन नारी-सुलभ कमज़ोरियों को, इन संवेदनशील प्राणियों के मन पर लगनेवाले आघातों को न समझ सका, जो हर तनिक-सी बात से भी परेशान हो जाती हैं, जिन्हें ज़रा-सा जोश भी झंझावात की तरह हिला देता है, ज़रा-से संवेदन से जिनमें क्रांतिकारी परिवर्तन हो जाते हैं, जो खुशी से पागल हो जाती हैं या गहरे अवसाद में डूब जाती हैं। जूलियन को ये आंसू हास्यास्पद मालूम हुए। उसका सारा ध्यान उस

खतरनाक सड़क पर केन्द्रित था। उसने कहा, 'अपने घोड़े का ख्याल रखो।'

बड़े बीहड़ रास्ते से वे जलधारा तक पहुंचे। फिर दाईं तरफ मुड़-कर ओटा की गहन घाटी में दाखिल हुए। लेकिन रास्ता बहुत कठिन साबित हुआ। जूलियन ने पैदल चलने का प्रस्ताव किया। जीन को मन-चाही मुराद मिली। अपने भावावेश के बाद वह जूलियन के साथ अकेली पैदल चलना चाहती थी।

खच्चर और घोड़ों को लेकर गाइड आगे चला गया और पति-पत्नी धीरे-धीरे पैदल चलने लगे। आगे जाकर पर्वत दो हिस्सों में बंट गया था और सड़क बीच में से होकर जाती थी। नीचे दो विशाल चट्टानों के बीच से पानी की तेज़ धार बह रही थी। हवा में ठंडक थी और चट्टान का रंग काला दिखाई दे रहा था। ऊपर सिर्फ नीला आस-मान था, जो चकित और व्याकुल-सा नज़र आ रहा था। सहसा एक आवाज़ सुनाई दी और जीन चौंक पड़ी। उसने अपनी आंखें ऊपर उठाईं। एक बड़ा-सा बाज़ एक दरार में से निकलकर उड़ा जा रहा था। उसके खुले हुए पंख दोनों चट्टानों को टटोलते हुए मालूम हो रहे थे। बाज़ आसमान में गायब हो गया।

दूर जाकर वह दरार भी दो हिस्सों में बंट गई, रास्ता टेढ़ा-मेढ़ा हो गया और दरार में से होकर आगे बढ़ने लगा। जीन इस वक्त हल्का महसूस कर रही थी, और उछल-कूद मचाने के मूड में थी। वह आगे-आगे चलने लगी। उसके पैरों तले कंकड़ियां सरककर नीचे गिरने लगीं। जीन निर्भय होकर खड्ड में झांकने लगी। जूलियन हांफता हुआ पीछे चल रहा था। सिर न चकरा जाए, इस डर से उसकी नज़रें ज़मीन पर गड़ी थीं।

सहसा धूप ने उन्हें आप्लावित कर दिया। उन्हें ऐसा लगा जैसे वे नर्क से निकलकर आए हों। उन्हें प्यास लग आई। सीली ज़मीन की एक रेखा के पीछे-पीछे वे टेढ़ी-मेढ़ी चट्टानों के पास पहुंचे जहां एक खोखली नली में से पानी की धार बह रही थी। यह नली चरवाहों के लिए वहां रखी गई थी। आसपास की धरती पर हरी काई का कालीन बिछा था। जीन घुटनों के बल बैठकर पानी पीने लगी।

जब वह ठंडा पानी पी रही थी, उस समय जूलियन ने उसकी कमर में बांह डाल दी और बांस की नली में से पानी पीने की कोशिश करने लगा। जीन ने विरोध किया। दोनों के होंठ मिले, और मिलकर अलग हो गए। इस झगड़े में दोनों ने बारी-बारी से नली के पतले हिस्से को पकड़कर काटा। ठंडे पानी की धागे-सी पतली धार टूटकर फिर बहने लगी, दोनों के चेहरे, गर्दनें, कपड़े और हाथ पानी में भीग गए। मोतियों जैसी छोटी-मोटी बूंदें उनके बालों में चमकने लगीं, और पानी की धार के साथ ही चुम्बन बहने लगे।

सहसा जीन के मन में प्यार जागरित हुआ। उसने मुंह में साफ पानी भरा और उसके गाल चमड़े की थैलियों की तरह फूल गए। उसने इशारे से जूलियन को समझाया कि वह उसे पानी पिलाना चाहती है। जूलियन ने मुस्कराकर मुंह खोला और सिर पीछे की तरफ करके बांहें आगे बढ़ा दीं; इस जीते-जागते फव्वारे में से पानी पीकर उसके मन में प्यार करने की तीव्र इच्छा जागरित हुई। जीन एक असाधारण कोमलता से जूलियन का सहारा लेकर झुक गई। उसका दिल ज़ोर से धड़कने लगा; आंखें पानी से गीली होकर कोमल हो गईं। वह अस्फुट स्वर में बोली, 'जूलियन—मैं···मैं, तुम्हें प्यार करती हूं।' उसने जूलियन को अपने नज़दीक खींच लिया।

पहाड़ की चोटी पर पहुंचने में उन्हें बहुत देर लगी। जीन हांफ रही थी और थकान से चूर हो गई थी। शाम के वक्त जाकर कहीं वे एवीज़ा पहुंचे और उन्होंने पाओली पालाब्रेती का घर तलाश किया, जो उनके गाइड का रिश्तेदार था। पालाब्रेती लम्बे कद का आदमी था। उसकी कमर थोड़ी झुकी हुई थी। उसका चेहरा तपेदिक के मरीज़ की तरह उदास था। वह उन्हें अपने कमरे में ले गया जिसकी दीवारें नंगे पत्थर की थीं। कमरे का वातावरण नीरस होते हुए भी देहाती घरों के मुकाबले में खूबसूरत था। उसने कॉर्सिकन भाषा में, जो फ्रेंच और इटेलियन भाषाओं का मिश्रण है, मेहमानों के आने पर प्रसन्नता व्यक्त की। छोटे कद की एक सांवली औरत ने, जिसकी बड़ी-बड़ी काली आंखें सूरज से गर्मा गई थीं, और हर वक्त हंसते रहने की आदत से जिसके दांत चमकते रहते थे, पति को बीच में टोक दिया, और वह आगे बढ़कर जीन

को चूमने लगी। उसने जूलियन से हाथ मिलाया और कहा, 'गुड डे, मदाम। गुड डे मोशिए; कहिए क्या हालचाल हैं?'

उस औरत ने एक हाथ से मेहमानों के हैट और शॉल उतारे क्योंकि उसके दूसरे हाथ में पट्टी बंधी हुई थी। फिर उसने सब लोगों को बाहर खदेड़ दिया और अपने पति से कहा, 'खाना तैयार होने तक इन लोगों को घुमा लाओ।'

पति ने फौरन आज्ञा का पालन किया। वह तरुण दम्पति के बीच में चलने लगा और उन्हें गांव दिखाने ले गया। वह घिसटते कदमों से चल रहा था, खांसी की वजह से उससे बोला नहीं जाता था। हर पांच मिनट बाद वह कहता था, 'घाटी की ठंडी हवा ने मेरे फेफड़ों पर असर किया है।'

वह उन्हें विशाल चेस्टनट के पेड़ों से ढके एक रास्ते पर ले गया। सहसा वह रुक गया और एकरस स्वर में कहने लगा, 'यही वह जगह है जहां मेरे चचेरे भाई यां रिनाल्दी को मैथ्यू लोरी ने जान से मार दिया था। मैं यां के बिल्कुल करीब खड़ा था जब दस कदमों की दूरी पर मैथ्यू दिखाई दिया। वह ज़ोर से चिल्लाया—यां, तुम अल्बर्ताक की तरफ मत जाना, मत जाना, वरना मैं तुम्हें मार डालूंगा, अभी से बताए देता हूं। —मैंने यां की बांह पकड़कर कहा—वहां मत जाओ यां, नहीं तो वह तुम्हें मार डालेगा। —पॉलीना सीनाकोपी की वजह से ही यह लड़ाई हुई। दोनों उन दिनों पॉलीना से प्रेम-निवेदन कर रहे थे। लेकिन यां ने जवाब दिया—मैं जाऊंगा मैथ्यू, तुम मुझे रोक नहीं सकते—इससे पहले कि मैं अपनी बन्दूक उठाऊं, मैथ्यू ने अपनी बन्दूक नीची की और गोली चलाई। यां दोनों पैरों से उछल पड़ा, जिस तरह रस्सा फांदते वक्त बच्चे उछलते हैं, सच कहता हूं मोशिए, और वह सीधा मेरे ऊपर आकर गिरा, मेरी बन्दूक मेरे हाथ से छूट गई और सामने वाले उस चेस्ट-नेट के पेड़ तक लुढ़ककर चली गई। यां ने अपना मुंह खोला, लेकिन वह एक शब्द भी न बोल सका। वह मर गया था।'

तरुण दम्पति स्तब्ध होकर उस अपराध के शान्त द्रष्टा को देखने लगे। जीन ने पूछा, 'और कातिल का क्या हुआ?'

पाओली पालाव्रती को खांसी का लम्बा दौरा पड़ गया। इसके

बाद वह बोला, 'वह पहाड़ों पर चला गया। मेरे भाई ने अगले साल उसे मार डाला। मेरे भाई डाकू फिलिपी पालाब्रती का नाम तो आपने सुना ही होगा।'

जीन कांप उठी, 'तुम्हारा भाई डाकू है?' निश्चिन्तमना उस कार्सिकन की आंखों में गर्व की चमक थी, 'हां मदाम, वह बड़ा मशहर आदमी था। उसने छह सिपाहियों को मौत के घाट उतार दिया था। मेरा भाई निकोलस मोराली के साथ निकोलो में छह दिन की लड़ाई के बाद मारा गया था। सिपाहियों ने उन्हें घेर लिया था और उन बेचारों को भूख से मजबूर होकर हथियार डालने पड़े थे।'

फिर उसने निरपेक्ष भाव से कहा, 'इस देश का यही कायदा है।' यह बात उसी ढंग से कही गई जिस तरह कोई कहता है—इस घाटी की हवा बहुत ठण्डी है।

इसके बाद वे खाने के लिए लौट आए और कॉसिकन औरत ने उनसे ऐसा आत्मीय व्यवहार किया जैसे वह उन्हें बीसियों साल से जानती हो।

लेकिन जीन के मन में एक परेशानी पैदा हो गई थी। जूलियन की बांहों में क्या उसे फिर वही विचित्र और तीव्र आघात सहना होगा जो उसने फव्वारे के पास की काई पर महसूस किया था। जब दोनों अपने कमरे में अकेले रह गए तो जीन डर से कांपने लगी। उसे डर था कि कहीं जूलियन के चुम्बनों की बौछार में वह फिर बेहोश न हो जाए। लेकिन जल्द ही वह आश्वस्त हो गई। यह प्यार की पहली रात थी।

अगले दिन सुबह जीन की तबियत उस सीधे-सादे घर को छोड़कर जाने की न हुई, जिसमें उसकी ज़िन्दगी की एक नई खुशी शुरू हुई थी। वह अपने मेज़बान की बीवी को अपने कमरे में ले आई और बोली कि वह उसको इनाम कबूल करने के लिए मजबूर नहीं करेगी, लेकिन पैरिस जाकर उसके लिए कोई न कोई उपहार ज़रूर भेजेगी। जीन के मन में एक अन्धविश्वास-सा पैदा हो गया था।

कॉसिकन औरत ने कुछ देर इन्कार किया। वह कोई तोहफा नहीं कबूल करना चाहती थी। आखिरकार वह राज़ी हो गई। उसने कहा, 'अच्छा, तुम मुझे पैरिस से एक पिस्तौल भेज देना—छोटा-सा

पिस्तौल।'

जीन चौंक उठी। कॉर्सिकन औरत ने जीन के कान में अपना राज़ बताते हुए कहा, 'पिस्तौल से मैं अपने देवर को मारूंगी।' और मुस्कराते हुए उसने अपनी बांह की पट्टी खोली। उसकी गोरी गोल बांह गोली से छिद गई थी। ज़ख्म भर गया था, सिर्फ ज़ख्म का निशान बाकी था।

'अगर मैं भी उसके बराबर तगड़ी न होती तो वह मुझे मार डालता। मेरा पति ईर्ष्यालु नहीं है, वह मुझे समझता है, और फिर वह बीमार भी है, इस वजह से उसका खून ठण्डा रहता है। इसके अलावा, मदाम, मैं एक ईमानदार औरत हूं, लेकिन मेरा देवर कान का कच्चा है। उसे मेरे पति से ईर्ष्या है और वह ज़रूर एक बार फिर मुझे मारने की कोशिश करेगा। अगर मेरे पास पिस्तौल हुआ तो मुझे अपने ऊपर भरोसा रहेगा और मैं ज़रूर बदला ले सकेंगी।'

जीन ने पिस्तौल का वादा किया और अपनी नई सहेली को स्नेह से चूमा। इसके बाद नवदम्पति आगे चल पड़े। बाकी का सफर एक सपने की तरह, अनन्त आलिंगनों और मादक चुम्बनों में बीत गया। जीन को प्राकृतिक दृश्यों या उन स्थानों में, जहां वे रुकते थे, कोई दिल-चस्पी न थी। उसे सिर्फ जूलियन ही नज़र आता था।

बास्शीया पहंचकर उन्हें गाइड को पैसे देने थे। जूलियन ने अपनी जेबें टटोलीं और वहां कुछ न पाकर उसने जीन से कहा, 'तुम अपनी मां के दिए दो हज़ार फ्रांक में से खर्च नहीं कर रही हो, मुझे दे दो, मैं अपनी पेटी में खोंस लूंगा। वहां वे ज़्यादा सुरक्षित रहेंगे और मुझे भी बार-बार पैसे तुड़वाने नहीं पड़ेंगे।' जीन ने उसे बटुआ दे दिया।

वे लेगहॉर्न पहुंचे। उन्होंने फ्लोरेंस, जिनोआ, और सारा कॉर्नीश प्रदेश देखा। एक दिन सुबह, जब बर्फीली हवा बह रही थी, वे मार्साई पहुंचे। उन्हें 'पोपलर्ज़' छोड़े दो महीने हो गए थे। अब अक्तूबर को पंद्रह तारीख थी। नॉर्मण्डी से आनेवाली सर्द हवा के झोंकों से जीन का मन उदास हो गया। कुछ दिनों से जूलियन कुछ बदला-बदला-सा, उदासीन और थका हुआ नज़र आता था। जीन किसी अज्ञात भय से मन ही मन कांप रही थी।

वे वापस घर जानेवाले थे, लेकिन जीन ने चार दिनों के लिए

यात्रा स्थगित कर दी। वह इस धूप वाले देश से जाने का फैसला नहीं कर पा रही थी। उसे लगा कि उसने सुख के चरम बिन्दु कोपा लिया है।

आखिरकार वे घर के लिए रवाना हुए। पैरिस में उन्हें सजाने का सारा सामान खरीदना था। जीन अपनी मां की दी हुई रकम में से घर के सभी लोगों के लिए तोहफे ले जाने की बात से मन ही मन खुश हो रही थी। लेकिन सबसे पहले उसे पिस्तौल का ख्याल आया, जिसका वादा उसने कॉर्सिकन औरत से किया था।

परिस पहुंचने के अगले दिन उसने जूलियन से कहा, 'माई डियर, मेहरबानी करके मुझे वह रकम दे दो जो मां ने मुझे दी थी। मैं कुछ चीज़ें खरीदना चाहती हूं।'

जूलियन ने नाराज़गी से उसको देखकर पूछा, 'कितना चाहिए?'

जीन चकित रह गई। वह हकलाकर बोली, 'जितनी तुम्हारी मर्ज़ी।"

जूलियन ने जवाब दिया, 'मैं तुम्हें एक सौ फ्रांक दंगा। देखना कोई फज़ूलखर्ची न कर बैठना।'

संकोच और घबराहट के मारे जीन की समझ में न आया कि क्या कहे। अन्त में उसने हिचकिचाते हुए कह दिया, 'लेकिन मैंने तो वह रकम तुम्हें···'

जूलियन ने बीच में ही टोककर कहा, 'हां, बिल्कुल ठीक है। रकम तुम्हारे पास रहे या मेरे पास, इसमें कोई फर्क नहीं पड़ता, क्योंकि अब हमें एक ही जगह से खर्च करना है। मैं तुम्हें सौ फ्रांक दे रहा हूं, देने से इन्कार तो नहीं कर रहा न?'

जीन ने बीस-बीस फ्रांक के पांच सिक्के चुपचाप ले लिए। और मांगने की उसे हिम्मत न पड़ी और उसने पिस्तौल के सिवा और कोई चीज़ न खरीदी। एक हफ्ते बाद वे 'पोपलर्ज़' के लिए रवाना हुए।

छह

परिवार के लोग और नौकर-चाकर घर के सामने खड़े उनकी प्रतीक्षा कर रहे थे। जब गाड़ी वहां रुकी तो बहुत देर तक सब लोग गले

मिलते रहे। बैरोनेस रोने लगीं। जीन ने भी द्रवित होकर अपनी आंखों से ढुलकते हुए दो आंसू पोंछ लिए। जीन के पिता घबराहट में चहल-कदमी करने लगे। फिर जब सामान गाड़ी से उतार लिया गया तो ड्राइंग-रूम में आग तापते हुए सब लोगों ने सफर की कहानी सुनी। जीन के होंठों से शब्द तेज़ी से निकलने लगे। सारी कहानी आध घंटे में पूरी हो गई। जल्दी-जल्दी में सिर्फ थोड़ी-सी घटनाएं छूट गई।

फिर जीन अपना सामान खोलने गई। रोज़ाली ने, जो खुद द्रवित हो रही थी, उसकी मदद की। इसके बाद जब चादरें, तौलिये और बाकी चीज़ें अपनी जगह पर रख दी गईं, तो रोज़ाली चली गई और जीन थककर बैठ गई। वह सोचने लगी कि अब वह क्या करे। वह अपने मन और हाथों को उलझाने के लिए किसी नई चीज़ की तलाश करने लगी। वह नीचे ड्राइंगरूम में नहीं जाना चाहती थी, जहां उसकी मां सुस्ता रही थीं। उसे ख्याल आया कि बाहर जाकर घूम आए, लेकिन उसे खिड़की में से देखने पर ही देहात इतना नीरस मालूम हुआ कि उसका मन उदास हो उठा।

फिर उसे यह आभास हुआ कि अब उसके पास करने के लिए कुछ नहीं रहा। जब वह कॉन्वेन्ट में थी तो उसके यौवन के दिन भविष्य के सपने देखने में व्यतीत हुए थे। उसके मन में हर वक्त आशाएं हिलोरें लेती रहती थी, उसे पता ही नहीं चलता था कि वक्त कैसे गुज़र जाता है। कॉन्वेन्ट की उन दीवारों से बाहर निकलते ही, जहां उसके दिवास्वप्न पले थे, उसकी प्यार की सारी तमन्नाएं पूरी हो गई थीं। जिस पुरुष को उसको चिरकाल से प्रतीक्षा थी उससे उसकी मुलाकात हो गई थी। उससे प्यार हो गया था और कुछ ही हफ्तों में शादी भी हो गई थी, जिस तरह लोग अचानक शादी कर लेते हैं। इससे पहले कि जीन को कुछ सोचने का मौका मिलता, उस पुरुष ने उसको अपनी बांहों में ले लिया था।

लेकिन अब शुरू के दिनों की मधुरता दैनिक जीवन का अंग बन गई थी, जिसने तमाम अपरिभाषित आकांक्षाओं और प्यार की सुन्दर आकुलताओं के दरवाज़े बन्द कर दिए थे। हां, प्रतीक्षा खत्म हो गई थी। अब करने के लिए कुछ नहीं रह गया था। आज, कल या फिर कभी—

जीन के सपने टूट गए थे। डूबते हुए दिल से, उसे सारी स्थिति का अस्पष्ट ऐहसास हो रहा था। उसने उठकर खिड़की के ठण्डे शीशे से अपना माथा टेक दिया। कुछ देर तक आसमान की तरफ देखने के बाद, जहां घटा छाई हुई थी, उसने बाहर जाने का फैसला किया।

क्या ये वही खेत, वही घास, वही पेड़ थे, जो मई में थे? पत्तों के आलोकित उल्लास, और लॉन की हरी कविता को क्या हो गया था, जहां डेंडेलियन की दीपशिखाएं जलती थीं, जहां रक्तिम पॉपी उगते थे, जहां डेज़ी खिलते थे, जहां विलक्षण पीली तितलियां जैसे अदृश्य धागों से बंधी फूलों पर मंडराती फिरती थीं। हवा की वह मादकता, जिसमें इतनी सुवास और ज़िन्दादिली थी, जो फलदायक अणुओं से भरी थी, अब वहां नहीं थी।

पेड़ों से आच्छादित रास्ते, पतझड़ में सूखे पत्तों से भर गए थे। सफेदे के दुबले पेड़ नंगे और कांपते हुए खड़े थे। नाज़ुक टहनियां हवा में हिल रही थीं। बचे-खुचे पत्ते भी गिरने के लिए तैयार थे। और मूसलाधार बारिश की तरह, जिसे देखकर उदासी से रोना आ सकता है, ये अन्तिम पत्ते, जो अब पीले पड़ गए थे, बड़े सुनहरी सिक्कों की तरह हिले और चक्कर काटकर गिर पड़े।

जीन कुंज तक टहलने गई जो मरणासन्न व्यक्ति के कमरे की तरह विषादपूर्ण था। पत्तों की हरी दीवार, जो सैर के रास्ते को छिपा लेती थी, छिन्न-भिन्न हो गई थी। उलझी हुई झाड़ियां बढ़िया लकड़ी की जाली की तरह अपनी पतली टहनियां एक-दूसरे से सटाए खड़ी थीं और हवा से उड़कर सूखे पत्तों के ढेर लग गए थे और लगता था जैसे पत्ते मृत्यु की अन्तिम यन्त्रणा से कराह रहे हों। कुछ नन्हे पक्षी आश्रय की खोज में इधर से उधर फुदक रहे थे।

लिंडन और मेपल के वृक्ष अभी तक अपने ग्रीष्म परिधान में थे। एक मखमली लाल रंग में और दूसरा संतरी रेशम के रंग में, क्योंकि उन्हें समुद्र की हवाओं से बचाने के लिए उनके आगे लगाए गए देवदार, मोटे पर्दों का काम दे रहे थे।

जीन धीमी चाल से कोलार्द फार्म के साथ-साथ उस रास्ते पर चलने लगी जहां बैरोनेस टहला करती थीं। उसका मन किसी अज्ञात कारण

से बोझिल हो रहा था, जो उसकी भावी, दीर्घ और नीरस ज़िन्दगी की पूर्वसूचना थी।

फिर वह उस ढलान पर बैठ गई जहां पहली बार जूलियन ने उससे प्यार की बातें कही थीं, और वह वहां खोई-खोई बैठी रही। दिन की उदासी को भूलने के लिए वह व्याकुलता से सोने की प्रतीक्षा कर रही थी।

सहसा उसने हवा के झोंकों से, आकाश में उड़ती एक समुद्री चिड़िया देखी; और उसे उस बाज़ की याद आ गई जो उसने कॉर्सिका में ओता की अवसाद भरी घाटी में देखा था। जीन के हृदय में एक मधुर अनुभूति की टीस उठी, जो हमेशा के लिए खत्म हो गई थी, और सहसा उसकी कल्पना में वह आलोकित द्वीप घूम गया जहां सदा सुगन्ध छाई रहती है, जहां की धूप में सन्तरे और चकोतरे पकते हैं। उसे कॉर्सिका के गुलाबी पहाड़ों, नीली खाड़ियों और कन्दराओं की याद आई जहां तेज़ धाराएं बहुती हैं।

फिर उसने अपने आसपास का सीला कठोर दृश्य देखा, जहां पत्ते झर रहे थे और हवा भूरे रंग के बादलों को आगे खदेड़ रही थी। इस दृश्य से उसके मन में गहरा अवसाद छा गया और वह तेज़ी से वापस घर लौट आई नहीं तो वह फूट-फूटकर रो पड़ती।

बैरोनेस अंगीठी के सामने बैठी सुस्ता रही थीं। वे ऐसे नीरस दिनों की आदी हो गई थीं, इसीलिए उन्हें अब नीरसता महसूस नहीं होती थी। बैरन और जूलियन कामकाज की बातें करने के लिए टहलने चले गए थे। रात डाइंगरूम में अपनी मनहूस परछाईं डालती हुई आई, जहां इस समय अंगीठी में जलती हुई आग के सिवा और कोई प्रकाश न था। बाहर सूरज की एक भटकी हुई किरण की रोशनी में वर्ष के अन्त की रुक्ष प्रकृति की झलक दिखाई दे रही थीं। भूरा आसमान जैसे कीचड़ में सना नज़र आ रहा था।

जल्द ही बैरन लौट आए। उनके पीछे-पीछे जूलियन कमरे में दाखिल हुआ। अंधेरे कमरे में कदम रखते ही बैरन ने चिल्लाकर कहा, 'जल्दी से रोशनी करो। यहां मनहूसी छाई है।' और वे अंगीठी के पास बैठकर अपने गीले जूतों को सुखाने लगे। गर्मी से सूखकर जूतों के तले

से मिट्टी झड़ने लगी। बैरन ने खुशी से अपने हाथ रगड़कर कहा, 'मेरा ख्याल है कि बर्फ पड़नेवाली है। उत्तर की ओर आसमान सफेद पड़ गया है। आज चांदनी रात है, सख्त पाला पड़ेगा।'

फिर बैरन ने अपनी बेटी से कहा, 'कहो नन्ही, अपने देश और अपने परिवार में लौटकर तुम खुश हो न?'

इस सीधे-सादे सवाल से जीन घबरा गई। उसकी आंखों में आंसू आ गए और वह पिता के गले लगकर घबराहट से उन्हें इस तरह चूमने लगी जैसे किसी गुनाह की माफी मांग रही हो; क्योंकि खुशी ज़ाहिर करने की सब कोशिशों के बावजूद उसके मन में उदासी छाई थी। उसके कल्पना की थी कि मां-बाप के पास लौटकर वह बेहद खुश होगी, लेकिन उसे यह देखकर ताज्जुब हुआ कि उसकी भावनाएं ठंडी पड़ गई हैं और उन्हें लकवा मार गया है। उसकी हालत ऐसे व्यक्ति की सी थी जो अपने दैनिक जीवन के सम्पर्क में आनेवाले प्रियजनों से दूर रहकर उनके बारे में सोचता तो बहुत है लेकिन उनसे फिर मुलाकात होने पर अपनी भावनाओं को अवरुद्ध पाता है। यह अवरोध तब तक जारी रहता है जब तक प्रियजनों से सम्पर्क फिर से नया नहीं हो जाता।

खाने में बहुत वक्त लगा और बहुत कम बातचीत हुई। जूलियन तो जैसे अपनी बीवी को भूल ही गया था। खाने के बाद जीन ड्राइंग-रूम में आकर आग के पास सुस्ताने लगी। सामने बैरोनेस गहरी नींद में सो गई। कुछ देर बाद जीन की आंखें दो मर्दों की बहस की आवाज़ से खुलीं। वह उठने की कोशिश करते हुए सोचने लगी, कहीं वह भी तो नीरस आलस्य का शिकार नहीं होनेवाली?

अंगीठी की आग, जो दिन में धीमी और लाल थी, इस वक्त तेज़ और चमकीली हो उठी थी—लकड़ियां चटख रही थीं। कुर्सियों के घिसे हुए गिलाफ, 'लोमड़ी और सारस', 'उदास बगुले', 'टिड्डे और चींटी' की तस्वीरें आग की लपटों की रोशनी में चमक रही थीं।

बैरन ने नज़दीक आकर, मुस्कराते हुए, कोयलों पर अपने हाथ सेंके और कहा, 'आह, आज आग खूब जल रही है। बाहर पाला पड़ रहा है, बच्चो।' फिर उन्होंने जीन के कंधे पर हाथ रखकर आग की तरफ इशारा किया, 'देखती हो बेटी, यही दुनिया में सबसे अच्छी चीज़ है।

घर की चिमनी, जिसके आसपास परिवार के सभी लोग इकट्ठे हों। इसका मुकाबिला कोई चीज़ नहीं कर सकती। लेकिन सोने का वक्त हो गया है। तुम लोग बहुत थक गए होगे, बच्चो।'

अपने कमरे में जाकर जीन सोचने लगी कि पिछली बार घर लौटने में और इस बार लौटने में कितना फर्क है। न जाने क्यों उसे महसूस हो रहा था कि यह मकान, यह देहात और तमाम वे चीज़ें जिन्हें देखकर उसका दिल खुशी से थिरकने लगता था, उन्हें देखकर आज न जाने क्यों उसका हृदय टूट गया है।

सहसा जीन की नज़रें घड़ी पर गईं। नन्ही मधुमक्खी अभी भी दायें से बायें और वायें से दायें लगातार लाल फूलों के ऊपर घूम रही थी। सहसा जीन के मन में स्नेह उमड़ आया, उसकी आंखों में आंसू आ गए। उसे वह नन्ही मशीन ज़िन्दा मालूम हुई, जो गा-गाकर वक्त बताती थी और इन्सान के दिल की तरह धड़कती थी। आज मां-बाप को चूमते समय जीन का हृदय इतना द्रवित नहीं हुआ था। इन्सान के दिल के अपने रहस्य होते हैं, जहां तर्क नहीं पहुंच सकता।

शादी के बाद आज पहली बार जीन अकेली सो रही थी। जूलियन थकान का बहाना बनाकर दूसरे कमरे में चला गया था। यह तय हुआ था कि दोनों के अलग-अलग कमरे होंगे। जीन को बहुत देर तक नींद नहीं आई। अपने समीप किसीका स्पर्श न पाकर वह बे-आराम हो रही थी। वह अब अकेले सोने को आदी न रही थी, और छत से टकराती हुई उत्तर की हवा की आवाज़ से वह खीज रही थी। सुबह जब उसकी नींद खुली तो उसने देखा कि रोशनी के एक बड़े टुकड़े ने आकर उसके पलंग के पायताने को नहला दिया है। पाले से जमे खिड़की के शीशे लाल हो उठे थे, लगता था सारा क्षितिज रक्तिम हो गया था।

एक बड़ा-सा ड्रेसिंग-गाउन पहनकर वह उठी और उसने खिड़की खोल दी। बर्फीली हवा का एक तेज़ और स्वास्थ्यप्रद झोंका भीतर आया, जिराके स्पर्श से उसकी त्वचा झनझना उठी और आंखों में आंसू आ गए। वृक्षों के पीछे से रक्तिम आकाश में शराबी के फूले हुए चेहरे जैसा बड़ा सूरज निकला।

सफेद पाले से ढकी सख्त धरती अब सूख गई थी और किसानों के

पैरों के नीचे चरमरा रही थी। उस एक ही रात में सफेदे के वृक्षों की टहनियां नंगी हो गई थी, और ऊसर धरती के पीछे समुद्र की लहरों की विशाल हरी, सफेद झाग से भरी रेखा दीख रही थी।

मेपल और लिंडन के वृक्षों को तूफानों ने नंगा कर दिया था। बर्फानी हवा के झोंके से पत्तों के बादल टहनियों से अलग होकर पक्षियों की तरह आकाश में बिखर गए। जीन कपड़े पहनकर बाहर आ गई। चूंकि उसके पास वक्त काटने का और कोई साधन नहीं था, इसलिए वह किसानों से मिलने चली गई। मार्टिन-परिवार ने उसका स्वागत किया और उसके दोनों गालों को चूमा, फिर उन्होंने उससे शर्बत का एक छोटा गिलास पीने का आग्रह किया। इसके बाद वह दूसरे फार्म पर चली गई। कोलार्द-परिवार ने भी खुली बांहों से उसका स्वागत किया। घर की मालकिन ने उसे चूमा और काले अंगूरों की शराब का गिलास पेश किया।

कल की तरह यह दिन भी बीत गया। सीलन की बजाय सर्दी हो गई। हफ्ते के बाकी दिन भी इसी तरह के थे और महीने के सब हफ्ते भी पहले हफ्ते की ही तरह निकले। धीरे-धीरे सुदूर देशों का भ्रमण करने की आकांक्षा क्षीण होती गई। रोज़मर्रा की तरह नियमित आदतों ने उसकी ज़िन्दगी पर निरुत्साह की परत चढ़ा दी, जिस तरह पत्थरों या चूने की परत रह जाती है। दैनिक जीवन के हज़ारों महत्त्वहीन और अतिसाधारण पहलुओं के प्रति उसके मन में फिर एक दिलचस्पी-सी पैदा हो गई।

लेकिन वह बेचनी महसूस करती थी। उसे ठीक से मालम नहीं था कि वह क्या चाहती थी या उसे किसी चीज़ की ज़रूरत थी। उसे अपनी इच्छा के बारे में खुद मालूम नहीं था। उसे कोई सांसारिक आकांक्षा नहीं सता रही थी. सुखों की कोई प्यास न थी, संभावित आनन्दों के प्रति कोई झुकाव भी नहीं था और देखा जाए तो उनमें आखिर रखा ही क्या था? जिस तरह ड्राइंगरूम की कुर्सियां समय के साथ-साथ घिस गई थीं, उसी तरह धीरे-धीरे जीन की नज़रों में हर चीज़ का रंग फीका पड़ गया था। हर चीज़ का प्राचीन स्वरूप बदल गया था, उसकी आभा फीकी और पीली पड़ गई थी।

जूलियन के साथ उसके सम्बन्ध बिल्कुल बदल गए थे। हनीमून से लौटने के बाद वह और ही आदमी बन गया था। उसका व्यवहार उस कुशल अभिनेता की तरह हो गया था जो स्टेज पर अपना पार्ट खेलने के बाद फिर अपने स्वाभाविक रूप में आ जाता है। वह अब जीन की तरफ शायद ही कभी देखता या बातचीत करता था। उसका सारा प्यार गायब हो गया था, रातों में भी वह कभी कभी ही जीन के कमरे में आता था।

जूलियन ने घरबार, ज़मीन-जायदाद सब कुछ संभाल लिया था। ज़मीन के पट्टे बदल दिए थे। किसानों को सताना शुरू कर दिया था, खर्च कम कर दिए थे। अब वह अभिजातवर्ग का किसान बन गया था। सगाई के दिनों की सारी शिष्टता और परिष्कृत व्यक्तित्व लुप्त हो गया था। कपड़ों की अलमारी में उसे एक पुराना मखमल का शिकार खेलने का कोट मिला था, जिसपर पीतल के बटन लगे थे। हालांकि कोट में दाग ही दाग थे, फिर भी जूलियन ने उस कोट का इस्तेमाल करना नहीं छोड़ा। वह उन लोगों की तरह लापरवाह हो गया था जिन में किसीको खुश करने की ख्वाहिश बाकी नहीं रह जाती। उसने हजामत बनाना भी बन्द कर दिया था। लम्बी, फूहड़ ढंग से तराशी हुई दाढ़ी से उसकी शक्ल अविश्वसनीय रूप से घिनौनी हो गई थी। वह अपने हाथ के नाखूनों की देखभाल भी नहीं करता था। हर बार खाने के बाद वह ज़रूरत से ज़्यादा ब्रांडी पीने लगा था।

जीन ने प्यार भरी डाट-फटकार से काम लेने की कोशिश की, लेकिन जूलियन ऐसे मुंहफट जबाब देता था कि जीन की हिम्मत वहीं खत्म हो जाती थी। जीन ने अपने को जिस तरह इन बदली हुई परि-स्थितियों के अनुकूल ढाल लिया था, उसे देखकर उसे खुद ताज्जुब होता था। जूलियन उसके लिए एक अजनबी बन गया था, ऐसा अजनबी जिसकी आत्मा और हृदय के द्वार जीन के लिए बन्द थे। जीन अक्सर इस बात के बारे में सोचती रहती थी—अखिर यह कैसे हुआ कि उन दोनों की मुलाकात हुई, प्यार हुआ,कोमल भावनाओं के आवेश में उनकी शादी भी हो गई, लेकिन सहसा दोनों एक-दूसरे के लिए अज्ञात और अजनबी बन गए, इस तरह जैसे वे कभी एक-दूसरे की बगल में सोए ही

न हों।

और जूलियन की उदासीनता से अब उसे दुःख क्यों नहीं होता था? क्या ज़िन्दगी ऐसी ही होती है? क्या दोनों ने अपने को धोखा दिया था? क्या उसके लिए भविष्य में और कुछ नहीं था? अगर जूलियन पहले की तरह खूबसूरत, बना-संवरा और दिल में आग लगानेवाला बना रहता तो शायद उसे और भी ज़्यादा दुःख झेलने पड़ते।

यह तय हुआ कि नये साल के बाद बैरन और बैरोनेस कुछ महीनों के लिए रूएन के मकान में चले जाएंगे। तरुण दम्पति 'पोपलर्ज़' में ही सरदियां गुज़ारेंगे, ताकि वे उस वातावरण के आदी हो सके जहां उन्हें सारी ज़िन्दगी गुज़ारनी है। इसके अलावा उन्हें कई पड़ौसी परिवारों से भी मिलना था। जूलियन अपनी बीवी का परिचय बीसवील, कुतेलियर और फोरवील परिवारों से कराना चाहता था, लेकिन वे अभी उनसे मिलने नहीं जा सकते थे, क्योंकि अभी तक गाड़ी पर उनका खानदानी निशान नहीं अंकित किया गया था। जूलियन उस समय तक उस गाड़ी में बाहर नहीं जाना चाहता था जब तक लामार खानदान और पर्थुई दे वादे खानदान के निशान एकसाथ ही उसपर अंकित नहीं हो जाते।

सारे इलाके में सिर्फ एक ही आदमी इन निशानों के डिज़ाइन अंकित कर सकता था। वह था बतेल जो कई बरसों से नॉर्मंडी के कुलीन खान-दानों की गाड़ियों पर उनके खानदानी निशान अंकित करने के लिए एक किले से दूसरे किले में घूम रहा था। लोगों का कहना था कि उसका किसीसे बेहूदा प्रेम-सम्बन्ध रह चुका था, लेकिन चूंकि कुलीन खानदानों में उसका मेलजोल था, इसलिए यह बात लोग कभी के भूल चुके थे।

दिसम्बर में एक दिन सुबह ही बतेल अपनी पीठ पर रंगों का संदूक लादे 'पोपलर्ज़' में पहुंच गया। उसे ड्राइंगरूम में बुलाया गया और उसकी इस तरह खातिर की गई जैसे वह भी कुलीन खानदान का हो। दरअसल कुलीन खानदानों से उसके लगातार मेलजोल और उनके वंश-चिह्नों के ज्ञान के कारण उसका ओहदा समाज में कुछ ऊंचा हो गया था। अभिजातवर्ग के लोग उससे समानता का व्यवहार करते थे, और उससे खुशी-खुशी हाथ मिलाते थे।

इधर बतेल नाश्ता कर रहा था, उधर जूलियन और बैरन किस्म-

किस्म के डिज़ाइन बना रहे थे। बैरोनैस को इन बातों में गहरी दिल-चस्पी थी। वे भी अपनी सलाह दे रही थीं, यहां तक कि जीन भी बहस में हिस्सा ले रही थी।

नाश्ते के बाद बतेल को गाड़ी रखने के शैड में ले जाया गया और गाड़ी पर से कवर उतारा गया। बतेल ने गाड़ी को अच्छी तरह देखने के बाद संजीदा स्वर में बताया कि उसे डिज़ाइन के लिए कितनी लंबाई-चौड़ाई की ज़रूरत पड़ेगी। थोड़ी और बहस के बाद वह काम में जुट गया।

बेहद सर्दी थी, लेकिन बैरोनेस ने अपने लिए एक कुर्सी मंगवाई, ताकि वहां बैठकर बतेल का काम देख सकें। पैरों को ठिठुरने से बचाने के लिए भी इन्तज़ाम किया गया, और वे वहां बैठकर बतेल से पूछने लगीं कि उस इलाके में किसके यहां बच्चे हुए, किसकी शादी हुई और कौन-कौन मर गया। जूलियन अपनी सास के पास बैठा पाइप पी रहा था और बतेल के काम को देख रहा था।

बूढ़ा सिमन वाग में काम करने जा रहा था। वह भी बतेल के काम को देखने के लिए रुक गया। दोनों फार्मों में यह घटना चर्चा का विषय बन गई थी और नेक गृहिणियां फौरन वहां आकर बैरोनेस के इर्दगिर्द खड़ी हो गई थी और बतेल के काम की तारीफ और उसपर टिप्पणी कर रही थीं।

अगले दिन सुबह ग्यारह बजे जाकर काम खत्म हुआ और गाड़ी बाहर लाई गई। सब लोग वहां मौजूद थे। सब लोगों ने एक स्वर से अंकित वंश-चिह्न को महान कलाकृति घोषित किया। बतेल की तारीफ की गई। वह अपने रंगों का बॉक्स पीठ पर लादकर वहां से चला गया। बैरन, बैरोनेस, जीन और जूलियन सभी की राय में बतेल एक कुशल व्यक्ति था और महान् कलाकार बन सकता था।

'पोपलर्ज़ के खर्च में जूलियन ने किफायत करने के लिए कई नये नियम लागू किए थे। बूढ़े कोचवान सिमों को माली बना दिया गया था। जूलियन ने गाड़ी खुद हांकने का फैसला किया था। गाड़ी के घोड़ों को बेच दिया गया था, ताकि उन्हें मुफ्त में न खिलाना पड़े। उसने ग्वाले मेरियस को साईस बना दिया था। इसके बाद उसने एक ऐसी

स्कीम बनाई थी कि उसे बिना खरीदे ही घोड़ों की एक जोड़ी मिल जाए। उसने कोलार्द और मार्टिन परिवारों के पट्टे में यह शर्त भी जोड़ दी कि वे महीने की एक खास, मुकर्रर तारीख पर उसे एक-एक घोड़ा देंगे। बदले में उनकी मुर्गियों का टैक्स माफ कर दिया गया।

कोलार्द-परिवार ने एक बड़ा, खुरदरे बदन का, पीले बालों वाला घोड़ा खरीदकर दिया और मार्टिन-परिवार ने लम्बे बालों वाला, नाटे कद का एक सफेद घोड़ा भेजा। घोड़ों की इस विलक्षण जोड़ी को गाड़ी में जोत दिया गया, और मेरियस ने, जो सिमन की ढीली-ढाली वर्दी में खो गया था, गाड़ी को दरवाज़े के सामने लाकर खड़ा कर दिया।

जूलियन खुश नज़र आ रहा था। उसका पुराना व्यक्तित्व कुछ-कुछ लौट आया था, लेकिन लम्बी दाढ़ी से उसकी सूरत अतिसाधारण हो गई थी।

पति का सहारा लेकर बैरोनेस सीढ़ियों से नीचे उतरी। बैरन ने गाड़ी में गद्दियां लगाकर उनके बैठने की जगह ऊंची कर दी। इसके बाद जीन आई। घोड़ों की विलक्षण जोड़ी को देखकर उसे हंसी आ गई। उसने कहा कि सफेद घोड़ा पीले घोड़े का नाती लगता है। जब उसने मेरियस को देखा, जिसका बड़ा टोप कानों तक सरक आया था और हाथ कोट की आस्तीनों से ढक गए थे, और कोट के पिछले हिस्से ने उसकी टांगों को ढक लिया था—जब उसने मेरियस को पीछे की तरफ अपना सिर झटकते हुए देखा, ताकि वह टोप के नीचे से देख सके, और जब उसे एड़ियां उठाकर इस तरह चलते देखा जैसे वह कोई नदी-नाला पार कर रहा हो—तो वह ज़ोर से खिलखिलाकर हंस पड़ी।

बैरन भी मेरियस को देखने के लिए मुड़े, और हंसते-हंसते उनका बुरा हाल हो गया।

बैरन ने अपनी पत्नी से कहा, 'ज़रा मेरियस की तरफ देखो—अजब लग रहा है न?'

बैरोनेस ने खिड़की में से झांककर मेरियस को देखा और उन्हें इतने ज़ोर से हंसी का दौरा पड़ा कि गाड़ी हिलने लगी। जूलियन का चेहरा गुस्से से पीला पड़ गया। उसकी नज़रों में सारा इन्तज़ाम संतोषप्रद था। उसने कहाः

'आप सब लोगों को क्या हो गया है? कहीं पागल तो नहीं हो गए।'

हंसी के मारे जीन के पेट में बल पड़ गए। वह बैरन के साथ सीढ़ियों पर बैठी थी। गाड़ी के भीतर बैरोनेस का गला हंसी के मारे घुटा जा रहा था। सहसा मेरियस की समझ में आया कि लोग क्यों हंस रहे हैं और वह भी अपने बड़े हैट के नीचे, अपने कोट की पूछड़ियों को पंखों की तरह हिलाता हुआ ज़ोर से हंसने लगा।

जूलियन गुस्से से लाल-पीला हो गया। उसने मेरियस के मुंह पर इतने ज़ोर से थप्पड़ मारा कि उस बेचारे का हैट सिर से उतर गया। फिर अपने ससुर की तरफ मुड़कर बोला :

'मेरे ख्याल में यह आपके लिए हंसने का मौका नहीं है। अगर आपने इस तरह पैसा न लुटाया होता तो हमारी यह हालत न होती। आपकी तबाही में किसका कसूर है?'

इस बात से सब ठंडे पड़ गए और सबकी हंसी रुक गई। जीन रुआंसी हो गई और चुपचाप अपनी मां के पास जा बैठी। बैरन सामने वाली सीट पर बैठ गए। वे स्तब्ध और घबराए हुए थे। जूलियन कोचवान की सीट पर बैठ गया और उसने मेरियस को अपनी बगल में बैठा लिया। बेचारे लड़के की आंखें रोने से सूज गई थीं।

गाड़ी के भीतर तीनों जने खामोश और उदास बैठे थे। वे जानते थे कि सबके मन में एक-से विचार उठ रहे हैं। इस दुःखदायी प्रसंग की चर्चा किए बगैर कोई बातचीत सम्भव न थी, इसलिए उन्होंने खामोश रहना ही बेहतर समझा।

गाड़ी का सफर भी उदास और नीरस साबित हुआ। घोड़ों में समानता न होने से गाड़ी सड़क पर हचकोले खाने लगी। चूज़े डरकर भागने लगे, कुत्ते गुस्से से भोंकने लगे।

आखिर वे चीड़ के पेड़ों से आच्छादित एक रास्ते पर पहुंचे। ऊबड़-खाबड़ सड़क पर गाड़ी हचकोले खा रही थी, सब एकसाथ एक तरफ गिर रहे थे। बैरोनेस डर से चीख पड़ी। वे एक सफेद फाटक के पास पहुंचे। मेरियस ने उतरकर फाटक खोला। एक विशाल लॉन के पीछे एक बड़ी नीरस इमारत दिखाई दी, जिसके दरवाज़े बन्द थे।

दरवाज़ा खुला और एक बूढ़ा नौकर—जिसने लकीरों वाली वास्कट पहन रखी थी जो मुश्किल से उसके एप्रन को ढक रही थी और जिसके शरीर के एक हिस्से को लकवा मार गया था—बाहर निकला और छोटे-छोटे कदम रखता हुआ, ऐंठती चाल से मेहमानों के पास आया। उसने सबके नाम नोट किए और उन्हें एक विशाल स्वागतकक्ष में ले गया और दरवाज़े-खिड़कियां खोलकर चला गया। सब लोग बैठकर ज़रा गौर से कमरे का निरीक्षण करने लगे। फर्नीचर, घड़ी, शमादान सब कपड़ों से ढके थे। हवा में सीलन और ठंडक थी, जो फेफड़ों को छेद रही थी।

ऊपर के कमरों में तेज़ कदमों की आवाज़ से मालूम होता था कि वहां जल्दी मची है। घंटी की आवाज़ के बाद और कदमों की आहट सुनाई दी। ज़ाहिर था कि मेज़बान और उसकी बीवी जल्दी-जल्दी तैयार हो रहे थे। बैरोनेस को सर्दी लग गई थी और वे बार-बार छींक रही थीं। जीन उनके पास उदास और निराशभाव से बैठी थी। जूलियन कमरे में चहलकदमी कर रहा था। बैरन मेंटलपीस की तरफ पीठ करके खड़े थे। उनके माथे पर त्यौरियां थीं।

आखिर दरवाज़ा खुला। विकोंत द ब्रीज़वील और उनकी बीवी भीतर दाखिल हुए। दोनों नाटे कद के पतले-दुबले लोग थे। अपने शानदार कपड़ों में वे घबराए और फार्मल दिखाई दे रहे थे। विकोंतेस ने फूलदार सिल्क की पोशाक के ऊपर एक शानदार टोपी पहन रखी थी, जो उनकी काली चमकदार ज़ुल्फों की शोभा बढ़ा रही थी। वे पतली तेज़ आवाज़ में बोल रही थीं। विकोंत एक बढ़िया कसे हुए फ्रॉक-कोट में बन्द थे और घुटने झुकाकर उन्होंने अभिवादन किया तो वे बहुत कृत्रिम मालूम हुए। विकोंत सिर से पैर तक चमक रहे थे। दोनों की उम्र बताना कठिन था। दोनों महीनों से संभालकर रखी गई चीज़ों की तरह साफ-सुथरे थे।

दुआ-सलाम के बाद सब खामोश हो गए। फिर बातचीत का सिलसिला कुछ आगे बढ़ा। उन्होंने आशा प्रकट की कि उनके बीच मैत्रीपूर्ण संबंध बने रहेंगे। साल-भर देहात में रहने के बाद आदमी पड़ोसियों से मिलकर बहुत खुश होता है।

बर्फीली हवा से सबको ठंड लगने लगी, बैरोनेस को बारी-बारी से खांसी और छींकें आने लगीं। आखिर बैरोनेस ने घर लौटने का प्रस्ताव किया।

ब्रीज़वील-दम्पति ने एक न सुनी, 'अरे इतनी जल्दी! थोड़ी देर और रुकिए।'

लेकिन जीन इजाज़त लेने के लिए उठ खड़ी हुई हालांकि जूलियन के ख्याल में वे लोग बहुत थोड़ी देर रुके थे। वह जीन को बैठने का इशारा करने लगा।

विकोंतेस ने गाड़ी बुलाने के लिए घंटी बजाई, लेकिन घंटी खराब थी। विकोंत भागे हुए बाहर गए और उन्होंने लौटकर बताया कि घोड़ों को खोल दिया गया है, इसलिए सब लोग फिर बैठकर गाड़ी जोते जाने का इन्तज़ार करने लगे। फिर खामोशी छा गई और किसी अन्य विषय के अभाव में वे मौसम की चर्चा करने लगे। जीन ने ब्रीज़वील-दम्पति से पूछा, वे अपना समय किस तरह बिताते हैं। जीन जाड़े से ठिठुर रही थी। इस सवाल से मेज़बान और उनकी पत्नी को बड़ा ताज्जुब हुआ। उन्होंने जवाब दिया कि उनके पास करने के लिए बहुत काम हैं। वे बिला नागा अपने उन रिश्तेदारों को लिखते हैं, जिनके पास खिताब हैं; इसके अलावा बातचीत करने के लिए उनके पास बहुत-सी सामग्री रहती है; वे कभी खाली नहीं रहते।

आखिरकार गाड़ी दरवाज़े पर आ गई, लेकिन मेरियस गायब हो गया था। उसका ख्याल था कि अब शाम तक उसकी ज़रूरत नहीं पड़ेगी और वह घूमने चला गया था। जूलियन बहुत गुस्से हुआ। उसने हुक्म दिया कि जब मेरियस आए तो उसे फौरन 'पोपलर्ज़' भेज दिया जाए। इसके बाद मेहमानों और मेज़बानों ने एक-दूसरे को कई बार अभिवादन किया और वे वहां से चल पड़े।

गाड़ी का दरवाज़ा बन्द होते ही जीन और उसके पिता हंस पड़े और ब्रीज़वील-दम्पति की नकल करने लगे। वे जूलियन की बदतमीज़ी को भूल चुके थे और विकोंत और विकोंतेस की आवाज़, उनके इशारों और तौर-तरीकों की नकल कर रहे थे।

उनकी यह शरारतें बैरोनेस को पसन्द नहीं आईं। वे बोलीं, 'आपको

उन लोगों का मज़ाक नहीं उड़ाना चाहिए। वे लोग बड़े अच्छे हैं और आला खानदान के हैं।' जीन और उसके पिता बैरोनेस का मन रखने के लिए खामोश हो गए, लेकिन थोड़ी देर बाद उन्होंने फिर मज़ाक शुरू कर दिया। वे इस लोभ का संवरण कर ही नहीं सकते थे। बैरोनेस संतुष्ट भाव से मुस्कराने लगीं, लेकिन अभी भी वे पूरी तरह खुश नहीं थीं।

'अपने वर्ग के लोगों का मज़ाक नहीं उड़ाना चाहिए।' बैरोनेस बोलीं।

सहसा गाड़ी खड़ी हो गई। जूलियन पीछे किसीको आवाज़ दे रहा था। जीन और बैरन ने खिड़की में से सिर निकालकर देखा, एक विचित्र-सी चीज़ उनकी तरफ लुढ़कती हुई आ रही थी। वह मेरियस था, जो गाड़ी तक पहुंचने के लिए बेतहाशा दौड़ रहा था। बेचारे लड़के को बड़ी दिक्कत हो रही थी। उसके लम्बे कोट की पूंछड़िएं टांगों से लिपट जाती थीं और चलने में रुकावट डाल रही थीं। एक हाथ से वह हैट पकड़े था, क्योंकि हैट की वजह से उसे कुछ दिखाई नहीं दे रहा था। उसका दूसरा हाथ पनचक्की के पंख की तरह ऊपर से नीचे घूम रहा था। उसके पैर कीचड़ में सन गए थे और वह पत्थरों से टकरा रहा था। आखिर वह गाड़ी तक पहुंच ही गया। जूलियन ने उसे गर्दन से पकड़कर ऊपर अपनी बगल में बैठा लिया। रासें छोड़कर उसने लड़के के सिर पर घूसे मारने शुरू किए जिससे हैट पिचककर कंधों तक आ गया। बेचारा लड़का दर्द से छटपटा रहा था और चीखकर भागने की कोशिश कर रहा था, लेकिन जूलियन एक हाथ से उसे कसकर पकड़े हुए था और दूसरे हाथ से उसे पीट रहा था।

'पापा! पापा!' जीन चिल्लाई।

बैरोनेस ने गुस्से से बैरन की बांह पकड़कर कहा, 'यक, तुम उसे क्यों नहीं मना करते?'

बैरन ने आगे की खिड़की नीची कर दी और जूलियन की बांह पकड़कर कहा, 'इस बच्चे को पीटना बन्द करो।'

जूलियन ने जवाब दिया, 'ज़रा इसकी वर्दी की हालत देखिए, जानवर सिर से पैर तक कीचड़ में सना है।'

'कोई बात नहीं। तुम्हें इतनी सख्ती नहीं करनी चाहिए।'

'आप अपने काम से मतलब रखिए, मेरी बातों में दखल मत दिया कीजिए।' जुलियन ने गुस्से से कहा। फिर लड़के को पीटने के लिए हाथ उठाया, लेकिन बैरन ने उसे रोका, 'अगर तुमने इस बच्चे को पीटना बन्द न किया तो मैं बाहर आकर बन्द करवाऊंगा।' जूलियन का गुस्सा ठंडा हो गया। उसने अपने कंधे सिकोड़े और घोड़ों को चाबूक मारी। दोनों महिलाओं का मुंह फक पड़ गया। वे निष्प्राण-सी हो गईं।

उस रात, खाने के वक्त जूलियन का व्यवहार इतना आकर्षक था, जैसे कुछ हुआ ही न हो। शान्त, दयालु हृदय वाले लोग उसे देखकर खुश हुए और उसके उल्लास में हिस्सा लेने लगे। जीन ने फिर ब्रीज़-वील-दम्पति का प्रसंग छेड़ा। इस बार जूलियन ने भी उनका मज़ाक उड़ाया, लेकिन साथ ही फौरन कहा :

'चाहे कुछ हो, वे बड़े अच्छे लोग हैं।'

इसके बाद वे किसीसे मिलने नहीं गए, उन्हें डर था कि फिर कहीं मेरियस वाले कांड की आवृत्ति न हो। उन्होंने तय किया कि वे लोगों को सिर्फ नये साल की शुभ कामनाएं भेजेंगे और वसन्त के बाद ही कहीं मिलने-जुलने जाएंगे। क्रिसमस के मौके पर उन्होंने मेयर उसकी पत्नी और गांव के पादरी को दावत पर बुलाया। इसके बाद नये साल की दावत में भी। फिर वही पहले की सी नीरस ज़िन्दगी शुरू हो गई।

बैरन और बैरोनेस नौ जनवरी को जानेवाले थे। जीन ने उनसे रुकने का आग्रह किया, लेकिन जूलियन का रुख देखकर वे चिढ़ गए थे और उन्होंने वहां से चले जाने का फैसला किया था। उन्हें अगले दिन ही जाना था। रात बड़ी सुहानी थी, जीन और उसके पिता यपोर्त गए। जब से जीन कॉर्सिका से लौटी थी, वे यपोर्त नहीं गए थे। वे उन जंगलों में से गुज़रे जहां जीन और जूलियन शादी वाले दिन टहलने गए थे—वहीं जूलियन ने उसे पहली बार आलिंगन में लिया था। वहां उसने जूलियन की बांहों का सहारा लिया था, और उसने अपनी आत्मा उस व्यक्ति की आत्मा से मिला दी थी जिसकी अब वह चिरसंगिनी थी। इसी रास्ते में वह उस प्यार के पूर्वाभास से कांप उठी थी, जिस प्यार का ज्ञान उसे जाकर तब हुआ जब ओता की घाटी में उनके होंठ आपस

में मिले थ। अब जंगल नंगा और उजाड़ हो गया था। पेड़ों और झाड़ियों के पत्ते गिर गए थे। हर चीज़ पर जाड़े का जादू चल गया था।

वे गांव में पहुंचे। सड़कें खामोश और सुनसान थीं। दरवाज़ों के सामने मछुओं के बड़े-बड़े जाल सूखने के लिए रखे हुए थे और चारों तरफ समुद्री सरकंडों की गन्ध आ रही थी। दूर समुद्र का अनन्त स्वर 'स्विश, स्विश' सुनाई दे रहा था। किनारे पर मछुओं की औंधी पड़ी किश्तियां बड़ी-बड़ी मुर्दा मछलियों की तरह मालूम हो रही थीं। अंधेरा हो रहा था और मछुओं की टोलियां चली आ रही थीं। भरकम बूटों और भारी कपड़ों के कारण उनकी चाल भद्दी हो गई थी। हरेक के एक हाथ में शराब की बोतल और दूसरे में लालटेन थी।

जीन और उसके पिता उन मल्लाहों को देख रहे थे जो समुद्र में जाने के लिए तैयार थे। वे सब नार्मण्डी के लोगों की तरह धीरे-धीरे किश्ती में जाल, तैरनेवाले 'बुआय', बड़ी-सी पावरोटी, मक्खन का मर्तबान, गिलास और बोतल रख रहे थे। जब तैयारी पूरी हो गई तो किश्तियों को समुद्र में धकेल दिया गया। किश्तियां कंकरियों पर फिसलती हुई लहरों में पहुंचकर नाचने लगीं। मस्तुल पर लगी लालटेन रास्ता दिखा रही थी। एक-एक करके सारी किश्तियां अदृश्य हो गईं। मछुओं की दुबली लाल चेहरों वाली बीवियां, जिन्होंने काले, पतले कपड़ों की पोशाकें पहन रखी थीं तब तक किनारे पर खड़ी रहीं जब तक अंतिम किश्ती दृष्टि से ओझल नहीं हुई। इसके बाद वे अपनी कर्कश ऊंची आवाज़ों से शोर मचाती हुई और गांव की शान्ति भंग करती हई अपने घरों को लौट गई।

जीन और बैरन ने भी मछुओं को समुद्र में जाते देखा था। वे सोच रहे थे कि बेचारे मछुए हर रात को पेट की खातिर अपनी जान को जोखिम में डालते हैं। वे इतने गरीब हैं कि उनके लिए गोश्त भी एक दुर्लभ और शानदार चीज़ है।

बैरन ने कहा, 'समुद्र कितना खूबसूरत और खतरनाक है! क्यों शानदार है न जीनेत?'

'हां, लेकिन मुझे भूमध्यसागर पसन्द है, जीन ने एक रुग्ण मुस्कान

के साथ कहा।

'भूमध्यसागर! बिल्कुल पानी की बाल्टी जैसा है और नदी की तरह पालतू है। इस समुद्र को देखो, ज़रा इन लोगों की बात सोचो जो अभी यहां से गए हैं, जिन्होंने अपनी ज़िन्दगियां इस समुद्र के हवाले कर दी हैं। इन पहाड़ों जैसी लहरों को देखो, कितने भयंकर रूप से खूबसूरत हैं।

'यह सच है!'जीन ने एक लम्बी सांस लेकर कहा, लेकिन उसका मन उस दूर देश में चला गया था जहां उसके प्यार के सपने दफन थे।

जंगल के रास्ते से वापस आने की बजाय वे धीरे-धीरे सड़क से लौटने लगे। दोनों खामोश थे।' आनेवाली जुदाई के गम से दोनों दिल भरे हुए थे। जब वे फार्मों के नज़दीक से गुज़रे, तो हवा में ताजे सेबों के रस की और ताज़ी 'साईडर'[1] की गन्ध बस गई। दूर एक मन्द रोशनी गरीब लोगों की झोंपड़ियों का पता दे रही थी। जीन की आत्मा इन अदृश्य मछुओं से घुल-मिल रही थी। इधर-उधर फैली हुई रोशनियों को देखकर उसका दिल पहले से कहीं ज़्यादा उदार हो गया। उसका दिल उन लोगों के लिए रोने लगा जो अपने प्रियजनों से और उन चीज़ों से जिन्हें वे प्यार करते थे, बिछुड़ गए थे और उनकी सारी आकांक्षाएं व्यर्थ हो जाती थीं।

फिर जीन ने बेबसी से कहा, 'ज़िन्दगी में सिर्फ सुख ही सुख नहीं।'

'इन्सान लाचार है, प्यारी बच्ची,' बैरन ने एक ठण्डी सांस लेकर कहा।

अगले दिन बैरन और बैरोनेस 'पोपलर्ज़' से चले गए और वह और उसका पति घर में अकेले रह गए।

सात

दिल-बहलाव के लिए जूलियन ने ताश खेलना शुरू किया था। हर रोज़ नाश्ते के बाद दोनों ताश की बाजी लगाते थे। जूलियन सिगरेट

---

1. सेब की हल्की शराब

फूंकता रहता था और कोनियक'[1] के अनेक गिलास पी जाता था। इसके बाद जीन ऊपर अपने कमरे में चली जाती थी और खिड़की के सामने बैठकर कढाई करती थी। खिड़कियों के शीशों पर हवा और बारिश के थपेड़े सुनाई देते थे और वह लगातार दिवास्वप्न देखती रहती थी। दरअसल उसके पास कोई काम ही नहीं था। हुकूमत और किफायत की तमन्नाओं को पूरा करने के लिए जूलियन हर काम की देखभाल खुद करता था। वह असह्य रूप से कंजूस था, यहां तक कि उसने रसोई के खर्च को भी सिर्फ ज़रूरी चीज़ों तक ही सीमित कर दिया था। नान-बाई रोज़ सुबह जीन के नाश्ते के लिए एक छोटी-सी नार्मन केक लाया करता था, लेकिन जूलियन ने उसे फ़ज़ूलखर्ची कहकर बन्द करवा दिया। बेचारी जीन को सिर्फ टोस्ट पर रहना पड़ता था। झगड़ों से बचने के लिए जीन कुछ न कहती थी और मन ही मन सारी यन्त्रणाएं झेलती थी। उसे अपने पति का लालच नीचतापूर्ण और घृणित मालूम होता था, जिसे समझने में वह असमर्थ थी। उसका लालन-पालन और ही ढंग से हुआ था। उसकी मां कहा करती थीं, 'पैसा खर्च करने के लिए बनाया गया है।'

जूलियन का दृष्टिकोण इससे ठीक उल्टा था। उसे कुछ सिक्के बचाने में या सस्ता सौदा खरीदने में ही सबसे ज़्यादा खुशी होती थी। वह अक्सर जीन से कहता था, 'तुम पैसे की कीमत कभी नहीं समझोगी?'

कई बार जीन फिर अपने पुराने दिवास्वप्न देखने लगती थी। वह काम-काज छोड़कर दूर, शून्य में ताकने लगती थी, लेकिन ज्योंही उसे जूलियन की आवाज़ सुनाई देती—वह सिमन को या किसी और को आदेश दे रहा होता—तो उसे फौरन अपनी परिस्थितियों के यथार्थ का ऐहसास होता। वह एक ठण्डी सांस लेकर फिर कशीदा उठा लेती। अक्सर उसके हाथों पर आंसू की एक बूंद टपक पड़ती। वह कहती, 'हाय! वे सपने खत्म हो चुके!'

रोज़ाली, जो हमेशा इतनी खुशमिज़ाज रहती थी, इन दिनों बदल गई थी। उसके गाल जो कभी गोलमटोल और गुलाबी रहते थे, पीले

1. अंगूर की तेज़ शराब

पड़ गए थे और चिपक गए थे। जीन उससे पूछती, 'क्या तुम बीमार हो?' वह हमेशा जवाब देती, 'नहीं मदाम,' और शर्माती हुई वहां से भाग जाती। उछल-कूद मचाने की बजाय वह कदम घसीटकर चलने लगी थी। फेरीवालों की चीज़ों में अब उसे कोई दिलचस्पी नहीं रही थी। हर चीज़ में उसकी दिलचस्पी खत्म हो गई थी।

जनवरी के आखीर में सारा घर सुनसान दिखाई देने लगा और बर्फ की चादर से ढक गया। जूलियन सारा समय घर के पिछवाड़े के पीछे के कुंज में बिताता था। जाड़े से बचकर भागते हुए पक्षियों की अन्तिम टोलियों की तलाश में रहता था। कई बार बर्फ की निस्तब्धता में बन्दूक की आवाज़ सुनाई देती थी और कौओं का एक झुण्ड चीखता-चिल्लाता हुआ उड़ जाता था।

कई बार जब जीन की उदासी अधिक गहरी हो जाती तो वह बाहर के बरामदे में जाकर बैठ जाती थी और दूर मृत्यु की सी निस्तब्धता में से आती हुई पशु और पक्षियों की आवाज़ों को सुना करती थी। कुछ दिनों के बाद उसे समुद्र के नीरस शोर के सिवा कुछ सुनाई न देता था। इसके बाद शान्ति छा गई—अनन्त शान्ति।

एक दिन सुबह, जब वातावरण में नीरसता छाई थी, जीन अपने कमरे में आग के आगे पैर सेंक रही थी। रोज़ाली जो इन दिनों पहले से भी अधिक बदल गई थी, पलंग पर बिस्तर बिछा रही थी, सहसा जीन को अपने पीछे से रोज़ाली की ठण्डी सांस सुनाई दी। उसने बिना सिर घुमाए ही पूछा, 'क्या बात है?'

लेकिन रोज़ाली ने हमेशा की तरह जवाब दिया, 'कुछ नहीं, मदाम।' उसकी आवाज़ दीन हो गई थी और कहीं दूर से आती मालूम हो रही थी। लेकिन जीन अपने विचारों में खोई थी। उसने इस तरफ कोई ध्यान नहीं दिया। उसने देखा कि वह लड़की बहुत खामोश हो गई थी।

'रोज़ाली!'जीन ने आवाज़ दी। कोई जवाब न आया। यह सोचकर कि वह बाहर चली गई है, जीन ने ज़ोर से पुकारा, 'रोज़ाली!'

फिर भी कोई जवाब न पाकर जीन ने घंटी बजाई। सहसा उसे अपने पीछे किसीकी करुण कराहट सुनाई दी। जीन भागी हुई रोज़ाली

के पास पहुंची, जो बेबसी की हालत में फर्श पर लेटी अपनी मालकिन को देख रही थी। उसकी आंखों में गहरी व्यथा थी और उसके दांत ज़ोर से भिचे हुए थे। उसके गले से एक दबी हुई चीख निकलने ही वाली थी। जीन का दिल पसीज गया। उसने पूछा, 'तुम्हें क्या हुआ है, मुझे बताओ।' लेकिन रोज़ाली ने कोई जवाब न दिया। जीन को अजब-सी आवाज़ें सुनाई दीं। उसने देखा, रोज़ाली के कपड़ों के नीचे कोई चीज़ हिल रही थी। फिर उसने एक बच्चे के रोने की आवाज़ सुनी—ज़िन्दगी में दाखिल होनेवाले जीव का व्यथा और याचना भरा रोदन-स्वर! अब जीन सब कुछ समझ गई। उसने जीने पर जाकर पुकारा:

'जूलियन! जूलियन!'

'क्या काम है?' जूलियन ने नीचे से जवाब दिया।

'रोज़ाली...' इसके आगे वह कुछ न कह सकी।

जूलियन एक कदम में दो सीढ़ियां चढ़कर भागता हुआ कमरे में आया। जब उसने एक नन्हे इन्सान को रोज़ाली की बगल में रोते और ऐंठते हुए देखा तो उसका चेहरा भिंच गया।

उसने जीन को कमरे से बाहर धकेलते हुए कहा, 'इस मामले से तुम्हारा कोई सरोकार नहीं। जाकर लुदिवीन और सिमों को मेरे पास भेज दो।'

जीन कांपती और मूर्छित-सी नीचे रसोईघर में गई। उसे दुबारा ऊपर जाने का साहस नहीं हुआ। उसने एक नौकर को गांव की दाई विधवा देंतू को लेकर अपने कमरे में जाते और बाहर निकलते देखा। फिर उसे जीने में किसीके ऊपर जाने और नीचे आने की आवाज़ सुनाई दी। लगता था वे किसीको उठाकर नीचे ला रहे हैं। इसके बाद जूलियन ने आकर जीन से कहा कि वह अपने कमरे में चली जाए।

जीन अपने कमरे में जाकर अंगीठी के आगे बैठ गई। वह सिर से लेकर पांव तक इस तरह कांप रही थी, जैसे उसने कोई भयंकर घटना देखी हो।

'उसका क्या हाल है?' जीन ने पति से पूछा।

जूलियन व्यस्त और घबराया था। उसके माथे पर त्यौरियां पड़ गई थीं और वह कमरे में चहलकदमी कर रहा था। पहले तो उसने इस

सवाल का जवाब ही नहीं दिया। फिर सहसा जीन के सामने रुककर उसने पूछा, 'अब तुम इस लड़की का क्या इन्तज़ाम करोगी?'

जीन इस बात का अर्थ न समझ सकी। उसने पूछा, 'क्या मत-लब?'

'हम अपने घर में किसी अवैध बच्चे को नहीं रख सकते।'

जीन असमंजस में पड़ गई। फिर बहुत देर खामोश रहने के बाद उसने कहा, 'हम बच्चे को बोर्डिंग में भेज सकते हैं।'

जूलियन ने अशिष्टतापूर्वक उसे टोककर कहा, 'और उस बच्चे का खर्च कौन देगा? तुम दोगी?'

जीन बहुत देर तक सोचती रही और मन ही मन इस समस्या को सुलझाने की कोशिश करती रही। अन्त में उसने कहा, 'बच्चे का बाप उसकी देखभाल करेगा और अगर वह रोज़ाली से शादी कर ले तो सारा मामला ठीक हो जाएगा।'

जूलियन गुस्से से पागल हो उठा और अधीर स्वर में बोला, 'बाप! बाप! तुम्हें मालूम है, बच्चे का बाप कौन है? नहीं तो फिर···'

जीन ने उत्तेजित स्वर में कहा, 'जो भी हो वह इस लड़की को इस हालत में नहीं छोड़ सकता। अगर उसने छोड़ा तो वह कायर होगा। हम उसका पता लगाने की कोशिश करेंगे और उससे मिलकर उसे मजबूर करेंगे।

जूलियन का गुस्सा कुछ ठण्डा पड़ गया। उसने फिर चहलकदमी जारी करते हुए कहा, 'माई डियर, वह उस आदमी का नाम न तुम्हें और न मुझे ही बताएगी। मान लो, वह आदमी उससे शादी न करना चाहे? हम इस लड़की और इसके अवैध बच्चे को अपने घर में नहीं रख सकते। अब समझी!'

जीन अपनी बात पर अड़ी रही, 'वह आदमी कायर है, चाहे वह कोई भी हो। लेकिन हम उसका पता करेंगे और उसका बिल्कुल लिहाज़ नहीं किया जाएगा।'

इस बात पर जूलियन का चेहरा गुस्से से लाल हो गया और उसने खीजकर कहा, 'ठीक है, लेकिन इस बीच···'

जीन की समझ में न आया, वह क्या करे या क्या सोचे। उसने

जूलियन से पूछा, तुम्हारा क्या सुझाव है?'

'ओह! अगर मेरा बस चलता तो मैं कुछ दे-दिलाकर दोनों को घर से निकाल देता।'

जीन क्रुद्ध हो उठी, 'यह कभी नहीं हो सकता। वह लड़की मेरे साथ-साथ पली है और मेरी बहन की तरह है। मैं उसे प्यार करती हूं। यह सच है कि उसने गुनाह किया है, लेकिन इस कारण मैं उसे घर से बाहर नहीं निकालूंगी, और अगर ज़रूरत पड़ेगी तो मैं उसके बच्चे को भी पालूंगी।'

जूलियन अपने गुस्से पर काबू न रख सका, 'हां, तब तो हमारी खूब शोहरत होगी! सब लोग कहेंगे कि हम पापों को शरण देते हैं, हमने एक पतिता औरत अपने घर में रख छोड़ी है। लोग हमारा मज़ाक उड़ाएंगे और मुंह मोड़ लेंगे। कोई भी हमसे ताल्लुक नहीं रखेगा। लेकिन तुम्हारा क्या इरादा है? तुम पागल तो नहीं हो गईं?'

लेकिन जीन शान्त रही। उसने जवाब दिया, 'मैं कभी भी उसे निकालने के लिए राज़ी नहीं हो सकती। अगर तुम उसे घर में नहीं रखना चाहते तो मेरी मां उसे रख लेंगी। कभी न कभी तो हमें पता चल ही जाएगा कि उसके बच्चे का बाप कौन है।'

जूलियन अपना धैर्य खो बैठा! उसने ज़ोर से दरवाज़ा बन्द किया और यह कहकर बाहर चला गया, 'जो भी हो, औरत ज़ात बेवकूफ होती है।'

दोपहर के वक्त जीन ऊपर रोज़ाली के कमरे में गई। विधवा दाई देंतू नवजात शिशु को झुला रही थी। जीन को देखते ही रोज़ाली ने अपना चेहरा चादरों में छिपा लिया और फूट-फूटकर रोने लगी। जीन ने उसे चूमना चाहा, लेकिन रोज़ाली ने ऐसा नहीं करने दिया। आखिर दाई ने रोज़ाली के चेहरे पर से चादर हटाई। जीन ने उसका माथा चूम लिया। इस बार रोज़ाली ने कुछ न कहा, वह अभी भी रो रही थी।

कमरे में आग बहुत कम थी, इसलिए सर्दी बढ़ गई थी। बच्चा करुण स्वर में रो रहा था, लेकिन जीन ने इस डर से कि रोज़ाली को फिर कहीं रोने का दौरा न पड़ जाए, बच्चे का ज़िक्र करने का साहस

नहीं किया। उसने सिर्फ रोज़ाली का हाथ अपने हाथों में लेकर खोई-सी आवाज़ में कहाः

'चिन्ता न करो डियर, सब ठीक हो जाएगा।'

रोज़ाली ने कनखियों से दाई की गोद में लेटे बच्चे को देखा। उसके आतंकित चेहरे पर वात्सल्य की छाप थी और वह फिर सिसकने लगी। जीन ने फिर उसका माथा चूमकर कहा :

'चिन्ता न करो, डियर, हम लोग बच्चे की देखभाल करेंगे।' रोज़ाली फिर फूट-फूटकर रोने लगी। जीन जल्दी से कमरे से बाहर चली गई।

इसके बाद वह रोज़ रोज़ाली को देखने जाया करती थी। मालकिन को देखते ही रोज़ाली फूट-फूटकर रोने लगती थी। आखिर यह तय हुआ कि बच्चे को एक पड़ोसी के यहां भेज दिया जाए।

जूलियन इन दिनों अपनी बीवी से बहुत कम बात करता था। जीन ने रोज़ाली को घर से नहीं निकाला था, इसलिए वह जीन से नाराज़ था। उसने एक दिन फिर यह प्रसंग छेड़ा, लेकिन जीन ने फौरन जेब में से मां का भेजा हुआ एक खत निकालकर दिखाया, जिसमें लिखा था कि अगर वे रोज़ाली को 'पोपलर्ज़' में नहीं रखना चाहते तो फौरन मां के पास भेज दें।

'तुम्हारी मां तुमसे कम नहीं हैं।' जूलियन ने गुस्से में कहा, लेकिन इस प्रसंग को वहीं खत्म कर दिया।

पन्द्रह दिन में रोज़ाली फिर घर का कामकाज करने के लायक हो गई। एक दिन सुबह जीन ने उसे अपने सामने बैठाया और उसके हाथ अपने हाथों में लेकर उसकी आंखों में झांककर कहा :

'रोज़ाली, मुझे सारी बात बताओ।'

'कौन-सी बात, मदाम?'

'बच्चे का बाप कौन है?'

बेचारी रोज़ाली फिर आंसू बहाने लगी। उसने हाथ छुड़ाने की कोशिश की, लेकिन जीन ने उसका माथा चूमकर कहा :

'मेरी प्यारी बहन, डरो मत, मुझे उस आदमी का नाम बता दो। मैं जानती हूं कि तुमने कमज़ोरी दिखाई है, लेकिन सिर्फ तुम्हारे साथ

ही ऐसी घटना नहीं घटी। अगर तुम्हारे बच्चे का बाप तुमसे शादी कर लेगा तो लोग सारी बातें भूल जाएंगे। हम उसे अपने यहां नौकर रख लेंगे और वह हमेशा तुम्हारे साथ रहेगा।'

जीन की बात से रोज़ाली को बेहद तकलीफ हुई और उसने अपने हाथ छुड़ाने की बहुत कोशिश की। जीन ने कहा, 'मैं तुम्हारे मन की हालत जानती हूं, मुझसे ज़्यादा कोई तुमसे हमदर्दी नहीं कर सकता। मैं जानती हूं कि अपनी करनी की वजह से तुम निन्दा हो, लेकिन मैं तुमसे नाराज़ नहीं हूं। मैं तुमसे उस आदमी का नाम पूछ रही हूं, नाम बताने में तुम्हारी ही भलाई है। तुम्हारे रोने से मैं समझ गई हूं कि वह आदमी तुम्हें छोड़ना चाहता है, लेकिन मैं उसे ऐसा नहीं करने दूंगी। जूलियन उस आदमी का पता करेगा और हम उसे मजबूर करेंगे कि वह तुमसे शादी करे। चूंकि वह हमारा नौकर होगा, इसलिए यह हमारी ज़िम्मेदारी होगी कि वह तुम्हें खुश रखे।'

रोज़ाली ने झटका देकर अपने हाथ छुड़ा लिए और पागल की तरह कमरे से बाहर भाग गई।

रात के खाने के वक्त जीन ने जूलियन से कहा, 'मैंने हर तरह से समझाने की कोशिश की कि रोज़ाली मुझे अपने बच्चे के बाप का नाम बता दे, लेकिन मुझे सफलता नहीं मिली। तुम कोशिश करके पता करो ताकि हम उस आदमी को रोज़ाली से शादी करने के लिए मजबूर कर सकें।'

जूलियन गुस्से से बौखला गया, 'मैं इस प्रसंग के बारे में अब कोई बात नहीं सुनूंगा। तुमने ही रोज़ाली को घर में रखने की ज़िद की थी। खैर, उसे घर में रखो, लेकिन मैं इस मामले में अब कतई नहीं पड़ना चाहता।'

जब से रोज़ाली के बच्चा हुआ था, जूलियन का मिज़ाज चिड़चिड़ा हो गया था। वह कभी भी आवश्यक रूप से गुस्सा दिखाए बगैर जीन से बात नहीं करता था। इसके विपरीत जीन धीमी आवाज़ में बात करती थी और झगड़ों और बहसों से बचने की कोशिश करती थी। अक्सर वह रोते-रोते सो जाती थी। बदमिज़ाजी और चिड़चिड़ेपन के बावजूद आजकल जूलियन की आदतें पहले की सी हो गई थीं। अब वह

अपनी बीवी की ओर ध्यान देने लगा था, और कम से कम हर तीसरे दिन सोने से पहले वह जीन के कमरे में ही जाता था। अचानक वह खुशमिज़ाज हो गया था और जीन भी पहले से कुछ ज़्यादा खुश हो गई थी। उसके मन में नई आशाएं पनपने लगी थीं। हालांकि कभी-कभी वह बहुत दुःखी हो जाती थी, लेकिन उसने कभी शिकायत नहीं की।

रोज़ाली बिल्कुल तन्दुरुस्त हो गई थी। उसके चेहरे पर पहले से ज़्यादा रौनक आ गई थी, लेकिन उसकी आंखें खौफज़दा थीं, लगता था जैसे कोई अज्ञात भय उसके मन को घेरे हुए है। दो बार जीन ने उससे पूछताछ करने की कोशिश की, लेकिन दोनों बार रोज़ाली ने उसे टाल दिया।

मौसम बड़ा खराब था। इन्सान या पशु कोई भी बाहर निकलने का साहस नहीं कर पा रहा था। लम्बे पेड़ समूचे बर्फ की चादर से ढक गए थे, उनके पोछे फार्म-हाउस बेहद फीके और उदास नज़र आ रहे थे। सिर्फ चिमनियों से निकलता हुआ धुआं ही जीवन का द्योतक था।

जीन बेचैनी से वसन्त का इन्तज़ार कर रही थी। उसका ख्याल था कि सख्त सर्दी की वजह से ही वह बीमार है। कई बार उसे खाने से विरक्ति हो जाती थी, और वह कुछ खा नहीं सकती थी। फिर उसे ज़ोर की भूख लग आती थी और वह खाने पर टूट पड़ती थी। उसका जी मिचलाने लगा था और नब्ज़ तेज़ हो गई थी। उसे हर समय स्नायुविक उत्तेजना का अनुभव होता था।

एक रात जब बेहद सर्दी पड़ रही थी, जूलियन खाने की मेज़ पर से उठ खड़ा हुआ। कमरा बेहद ठंडा था। (वहां कभी भी गर्मी नहीं रहती थी, क्योंकि जूलियन हमेशा ईंधन के खर्च की कंजूसी करता था।) उसने हाथ मलते हुए जीन से कहा :

'इस तरह की रातों में तो बिस्तर में दुबक जाना चाहिए, क्यों नन्ही?' पहले दिनों की खुशमिज़ाज हंसी फिर लौट आई। जीन ने उसके गले में बांहें डाल दी और उसे चूम लिया, लेकिन उसे विरक्त और एक अजब-सी घबराहट होने लगी। उसने जूलियन के होठों के समीप अपने होंठ लाकर फुसफुसाती आवाज़ में कहा कि वह अकेली रहना ज़्यादा पसन्द करेगी। उसने संक्षेप में अपनी हालत बताई और

अपनी आशाओं और भयों की चर्चा की, और कहा :

'चिन्ता न करो डार्लिंग, मेरा ख्याल है, कल मेरी तबियत ठीक हो जाएगी।'

'जैसी तुम्हारी मर्ज़ी। अगर तुम्हारी तबियत खराब है, तो तुम्हें अपनी देखभाल करनी चाहिए।'

जीन जल्दी सो गई। जूलियन ने एक नौकर को अपने कमरे में अंगीठी जलाने को भेजा (जो उसके लिए एक असाधारण बात थी)। जब नौकर ने खबर दी कि कमरा गर्म हो गया है तो जूलियन ने अपनी बीवी का माथा चूमा और अपने कमरे में चला गया।

जाड़े से सारा घर जैसे जम गया था। जीन बिस्तर में लेटी ठिठुर रही थी। उसके बदन में गर्मी आ ही नहीं रही थी। वह दो बार अंगीठी में लकड़ियां डालने के लिए उठी और जितने भी गर्म कपड़े उसे मिल सकते थे, उसने बिस्तर पर जमा कर लिए, लेकिन फिर भी उसे गर्मी न मिली। उसके दांत बजने लगे और दिल ज़ोर से धड़कने लगा; फिर जैसे दिल धड़कना बन्द हो गया, और हवा की कमी से उसका दम घुटने लगा। वह सर्दी से जम गई। उसे भयंकर मानसिक यन्त्रणा होने लगी। उसे पहले कभी ऐसा महसूस नहीं हुआ था। वह सोचने लगी, 'शायद मैं मर रही हूं।'

जीन ने रोज़ाली को बुलाने के लिए घंटी बजाई। वह कुछ देर तक इन्तज़ार करती रही, लेकिन रोज़ाली नहीं आई। उसने बार-बार घंटी बजाई, लेकिन रोज़ाली का कोई पता न था। ज़रूर वह गहरी नींद में सो रही होगी और जीन को बेहोशी-सी आ रही थी। वह नंगे पैर ऊपर भागी। ऊपर रोज़ाली का दरवाज़ा खुला देखकर उसने आवाज़ दी।

कोई जवाब न आया। वह भीतर गई और उसने रोज़ाली का बिस्तर टटोला। बिस्तर खाली और ठंडा था; लगता था बिस्तर को छेड़ा भी नहीं गया। वह हैरत में पड़ गई। इस मौसम में वह बाहर गई है!' जीन ने सोचा और उसका दिल पहले से भी ज़्यादा ज़ोर से धड़कने लगा। उसका सिर चकरा गया और पैर लड़खड़ाने लगे। वह जूलियन को जगाने के इरादे से नीचे गई। उसे यकीन हो गया था कि वह मरने-वाली है और उसकी एकमात्र ख्वाहिश यही थी कि मरने से पहले वह

एक बार जूलियन को देख ले।

वह जूलियन के कमरे में दाखिल हुई। मोमबत्ती की पीली रोशनी में उसने देखा, रोज़ाली उसके पति के साथ लेटी हुई थी। जीन के मुंह से एक खौफनाक चीख निकल गई, जिससे दोनों जने चौंक पड़े। कुछ क्षणों तक वह खड़ी दोनों की तरफ देखती रही। फिर अचानक वह अपने कमरे की तरफ बेतहाशा भागी। जूलियन ने उसे आवाज़ दी। उस आवाज़ को सुनकर जीन के दिल को एक भयंकर डरने जकड़ लिया। वह अब जूलियन की बात कैसे सुन सकती थी? वह कैसे जूलियन की आंखों में आंखें डालकर देख सकती थी? अपने कानों से धोखा देते हुए कैसे सुनती? नहीं, उसके लिए यह नामुमकिन था। इस विचार से उसके बदन में नई ताकत आ गई और वह बहुत तेज़ी से भागने लगी। नंगे पैर, सिर्फ नाइटगाउन पहने वह सीढ़ियां उतरने लगी। वह भागती गई। वह हर चीज़ से पीछा छुड़ाना चाहती थी, कुछ भी सुनना या जानना नहीं चाहती थी। आखिरी सीढ़ी पर पहुंचकर वह घबराए और अवसन्न भाव से बैठ गई।

जूलियन जल्दी से कपड़े पहनकर उसके पीछे आ रहा था। वह अभी कमरे से बाहर निकला ही था कि जीन उठ खड़ी हुई और फिर भागने लगी।

जूलियन ने आवाज़ दी, 'सुनो जीन!' लेकिन वह आगे की तरफ भाग रही थी। वह जूलियन की बात सुनने या उसका स्पर्श सहने के लिए तैयार न थी। वह भागी हुई ड्राइंगरूम में आई और छिपने की और कोई जगह न देखकर मेज़ के नीचे दुबक गई। जूलियन ने लालटेन ऊपर उठाकर पुकारा, 'जीन, जीन!'

जीन उससे टकराकर रसोईघर की तरफ भागी और शिकारी से बचने की कोशिश करते हुए जानवर की तरह रसोईघर के गिर्द चक्कर काटने लगी। जूलियन जब उसके नज़दीक आया तो उसने जल्दी से बाग का दरवाज़ा खोल दिया और भागती हुई अंधेरे में अदृश्य हो गई। वह घुटनों तक बर्फ में धंस गई थी। बाग पार करके वह खाई के पास होती हुई दूर मैदान की तरफ चल पड़ी। उसे सर्दी महसूस नहीं हो रही थी, हालांकि उसके शरीर पर नाइटगाउन के सिवा कुछ न था। दरअसल पैरों तले जमी हुई बर्फ का स्पर्श पाकर उसमें एक नया साहस पैदा हो

गया था। उसके दिमाग में इस वक्त एक ही विचार था—वह किसी तरह वहां से भाग जाए।

चांद नहीं था, लेकिन उज्ज्वल, ठंडे आकाश में तारे जगमगा रहे थे। रात्रि की निस्तब्धता में उन्हींकी रोशनी जीन को भागने में मदद कर रही थी। वह सांस रोककर तेज़ी से भाग रही थी। उसे कुछ दिखाई नहीं दे रहा था। उसकी चेतना अवसन्न हो गई थी। सहसा चट्टानों के पास पहुंचकर वह सहजवृत्ति से प्रेरित होकर रुक गई। वह दोनों हाथों में सिर थामकर चट्टानों पर बैठ गई। उसके बाल हवा में उड़ रहे थे। उसका मन अवसन्न था। बहुत देर तक वह इसी तरह बैठी रही। सहसा उसे ज़ोर की कंपकंपी छूटने लगी। उसके साथ ही उसकी विवेक-शक्ति पहले से भी तेज़ होकर लौट आई। उसकी आंखों के सामने अतीत के दृश्य घूमने लगे: पियर लास्तीक की किश्ती में वे प्यारभरी बातें कर रहे थे, जिन बातों का कोई विशेष अर्थ नहीं होता, जब जीन के मन में पहली बार प्यार उमड़ा था। इसके बाद किश्ती का नामकरण हुआ था। हनीमून के बाद 'पोपलर्ज़' लौटने तक की सब स्मृतियां ताज़ी हो आईं—और अब, अब सारा खेल खत्म हो गया था। उसकी ज़िन्दगी कुचल दी गई थी। अब ज़िन्दगी में कोई सुख बाकी नहीं रहा था, बाकी रही थी सिर्फ जूलियन के धोखे की यंत्रणापूर्ण स्मृति और अनन्त अवसाद! इससे तो मरना बेहतर होगा। तब सब दुखों से मुक्ति मिल जाएगी।

सहसा रात्रि की निस्तब्धता में जूलियन की आवाज़ गूंज उठी, 'यह रहे पैरों के निशान। जल्दी करो! इधर!'

ओह! जीन अब जूलियन का मुंह न देख सकेगी, नहीं देखेगी। उसके सामने नीचे विशाल समुद्र का स्वर सुनाई दे रहा था और चट्टानों से टकराती हुई लहरें जैसे उसे पास आने का निमंत्रण दे रही थीं। जीन कूदने के लिए तैयार खड़ी थी। उसके होंठों पर वह मधुर शब्द था जो हर मरनेवाले के होंठों पर होता है और लड़ाई के मैदान में हर नौजवान सैनिक जिस शब्द को दुहराता है, 'मां!'

उसी वक्त जीन की कल्पना में अपनी मां का आंसूभरा चेहरा घूम गया। उसने देखा कि उसकी लाश के सिरहाने उसके पिता घुटने टेके

बैठे हैं, यन्त्रणा के उस क्षण में उसने अपने मां-बाप के समूचे शोक की कल्पना कर ली, जो उन्हें अपनी बेटी की मृत्यु पर होगा। वह क्षीण होकर बर्फ में गिर पड़ी और जब जूलियन और उसके पीछे पीछे सिमों और मेरियस वहां पहुंचे, और उन्होंने उसे बर्फ से निकाला, तो उस समय वह चट्टानों से नीचे लुढ़कने ही वाली थी। उसने अब कोई विरोध न किया और अपने को ढीला छोड़ दिया। वे उसे उठाकर घर ले गए। उसे बिस्तर में लिटाकर गर्म कपड़ों से रगड़ने लगे। इसके बाद उसके मन में शून्यता छा गई।

फिर एक भयंकर दुःस्वप्न शुरू हुआ। क्या वह दुःस्वप्न था? उसे लगा कि वह अपने कमरे में पलंग पर लेटी है, बाहर धूप निकल आई है, लेकिन वह उठने में असमर्थ है। वह सोचने लगी, आखिर वह उठ क्यों नहीं सकती। उसे किसी चीज़ के कुरेदे जाने की सी आवाज़ सुनाई दी। उसने देखा, एक नन्हा भूरा चूहा उसके बिस्तर पर चला आ रहा है। उसके पीछे-पीछे दो चूहे और आ रहे थे। जीन को डर नहीं लगा, उसने चूहों को पकड़ने की कोशिश की, लेकिन पकड़ न सकी। इसके बाद बीस, सौ, हज़ारों चूहे चारों तरफ से आकर उसके ऊपर चढ़ने लगे। जीन ने फिर एक चूहे को पकड़ने की कोशिश की, लेकिन चूहा हाथ न आया। वह चीख पड़ी और उसके मन में भागने की इच्छा हुई। उसे लगा कि कोई उसे रोक रहा था, लेकिन उसे कोई दिखाई न दिया। वह कितनी देर तक इस हालत में पड़ी रही, उसे नहीं मालूम।

आखिर वह जाग पड़ी। उसने धीरे से अपनी आंखें खोली। मां को सिरहाने बैठा देखकर उसे बिल्कुल ताज्जुब नहीं हुआ। एक लंबा-चौड़ा आदमी, जिसे जीन ने पहले कभी नहीं देखा था, उसकी मां के पास बैठा था। वह कह रहा था :

'देखिए, इन्हें होश आ गई है। जीन की मां फूट-फूटकर रोने लगीं।

'अपने मन को काबू में रखिए मदाम, मैं आपसे विनती करता हूं,' उस लंबे-चौड़े आदमी ने कहा, 'मैं आपको यकीन दिलाता हूं कि अब इनकी जान को कोई खतरा नहीं, लेकिन सबसे ज़्यादा ज़रूरत इस बात की है कि इन्हें बोलने न दिया जाए। इन्हें सोने दीजिए।'

इसके बाद जीन को महसूस हुआ कि वह बहुत देर तक बेहोशी की

हालत में पड़ी रही थी। उसमें सोचने की शक्ति बाकी नहीं थी, न वह सोचना ही चाहती थी। सचाई की धुंधली-सी तस्वीर उसकी आंखों के सामने आई। उसे यथार्थ से साक्षात् करने में भय हो रहा था।

एक रोज़ सुबह, जब उसकी आंखें खुली तो उसने जूलियन को अपने सिरहाने बैठे देखा। फौरन उसे सारी बातों की याद आ गई। उसके दिल में एक भयंकर टीस उठी और वहां से भाग जाने की इच्छा पैदा हुई। उसने चादरें और तकिये एक तरफ फेंक दिए और पलंग से कूदकर नीचे आ गई, लेकिन उसके शरीर ने उसका साथ न दिया। जूलियन उसके पीछे भागा, लेकिन वह चीखने और तड़पने लगी। उसे डर था कि कहीं जूलियन उसे छू न ले। मौसी लिज़ों और विधवा देंतू भागी-भागी ऊपर आई। पीछे-पीछे बैरन और बैरोनेस थे। बैरोनेस सख्त घबराई हुई थीं और हांफ रही थीं। सबने मिलकर जीन को फिर पलंग पर लिटा दिया। जीन ने फौरन आंखें बन्द कर लीं, वह सोने का बहाना कर रही थी। वह बोलना नहीं चाहती थी, बल्कि शान्ति से सोचना चाहती थी।

जीन की मां और मौसी ने चिन्तित स्वर में पूछा, 'जीन, तुम्हें हमारी आवाज़ सुनाई दे रही है?' लेकिन जीन ने कोई जवाब न दिया। वह इस तरह लेटी रही, जैसे उसे कुछ सुनाई नहीं दिया।

शाम हो गई। जीन ने देखा कि उसके सिरहाने नर्स आ गई है। उसने नर्स की दी हुई दवाई चुपचाप पी ली और फिर तकिये पर सिर रखकर लेट गई। उसे नींद नहीं आई। वह सिर्फ सोच रही थी। उसने मन ही मन तर्क से कुछ बातों को सिलसिलेवार रखने की कोशिश की, जिन्हें वह भूल गई थी। धीरे-धीरे उसके मन पर छाया कुहरा साफ हो गया और उसे सारी घटनाएं याद हो आईं। उसने हर तथ्य के बारे में गौर से सोचा। उसके मां-बाप, मौसी लिज़ों, सब वहां मौजूद थे, तब तो वह ज़रूर बहुत बीमार रही होगी। क्या उन लोगों को सचाई का पता चल गया है? जूलियन ने उनसे क्या कहा होगा? और रोज़ाली—वह कहां गई? अब वह क्या करेगी? वह क्या कर सकती थी? सहसा जीन के मन में एक विचार आया, वह रूएन जाकर पहले की तरह अपने मां-बाप के पास रहेगी और विधवा की ज़िन्दगी बसर करेगी। वह अपने आसपास के लोगों की सारी बातें सुन और समझ रही थी, लेकिन

उसने उदासीनता का बहाना किया, मन ही मन उसे इस बात की खुशी थी कि उसकी विवेकशक्ति लौट आई है। वह धैर्यपूर्वक उपयुक्त मौके का इन्तज़ार कर रही थी।

उसी रात को उसने अपने-आपको अपनी मां के साथ कमरे में अकेला पाया। वह फुसफुसाई, 'प्यारी मां!' उसकी आवाज़ इतनी बदल गई थी कि वह खुद भी न पहचान सकी।

बैरोनेस खुशी से पागल हो उठीं और उन्होंने बेटी को गले से लगाकर पूछा, 'मेरी प्यारी बेटी! मेरी प्यारी नन्ही जीन! क्या तुम सचमुच मुझे पहचानती हो?'

'हां प्यारी मां, लेकिन तुम्हें रोना नहीं चाहिए। हमें बहुत-सी बातें करनी हैं। क्या जूलियन ने तुम्हें बताया है कि मैं उस रात क्यों घर से भागी थी?'

'हां डार्लिंग, तुम सख्त बीमार थीं।'

'मैं जानती हूं प्यारी मां, लेकिन बुखार तो मुझे उस घटना के बाद ही हुआ था। क्या जूलियन ने तुम्हें इस बुखार का कारण बताया? उसने बताया कि मैं क्यों भागी थी?

'नहीं, डार्लिंग

'तो सुनो, क्योंकि मैंने रोज़ाली को उसके कमरे में देखा था।'

बैरोनेस ने सोचा कि जीन फिर प्रलाप कर रही है। उन्होंने उसे शान्त करने की कोशिश की, 'देखो मेरी नन्ही, तुम थकी हुई हो। सोने की कोशिश करो, डार्लिंग।' लेकिन जीन ने हठपूर्वक कहा:

'तुम्हारा ख्याल है कि मैं प्रलाप कर रही हूं। लेकिन मां, मैं पूरी तरह होश में हूं। मैं अनर्गल बातें नहीं कर रही, जैसी मैं बुखार की हालत में कर रही थी। जिस रात मैं घर से भागी थी, उस रात मेरी तबियत बहुत खराब थी, मैं जूलियन को जगाने के लिए उसके कमरे में गई। वहां मैंने रोज़ाली को उसके बिस्तर में देखा। मेरा दिमाग खराब हो गया और मैं चट्टानों से समुद्र में कूदने के लिए बर्फ में निकल पड़ी।'

बैरोनेस ने फिर कहा, 'हां, डियर, तुम बहुत बीमार रही हो।'

'मैं कहती हूं, मां, कि मैंने रोज़ाली को जूलियन के बिस्तर में देखा था। अब मैं उसके साथ नहीं रहूंगी। तुम और पापा मुझे अपने साथ

रूएन ले चलोगे न?'

बैरोनेस डर के मारे जीन की बात नहीं काटना चाहती थी, क्योंकि डाक्टर ने इस बात की खास ताकीद की थी। इसलिए जवाब में वे बोली:

'हां डार्लिंग, ले चलेंगे।'

लेकिन जीन अधीर हो उठी, 'देखती हूं, तुम्हें मेरी बात का यकीन नहीं हुआ। पापा को यहां लाओ, वे सारी बात समझ जाएंगे।' बैरोनेस बड़ी मुश्किल से बेंत की दो छड़ियों का सहारा लेकर उठीं, और घिसटते हुए कदमों से बाहर चली गईं। कुछ मिनटों बाद वे पति का सहारा लेकर जीन के कमरे में वापस आईं।

दोनों जने पलंग के सिरहाने बैठ गए। जीन ने उन्हें धीरे-धीरे, साफ, नपे-तुले शब्दों में, जूलियन की बदमिज़ाजी, लालच और बेवफाई की बातें सुनाईं। बैरन समझ गए कि जीन के होश-हवास दुरुस्त हैं, लेकिन उनकी समझ में न आया कि क्या कहें या क्या करें। उन्होंने बेटी के हाथ अपने हाथों में लेकर कोमल स्वर में कहा:

'सुनो डार्लिंग, हमें अक्लमन्दी से काम लेना चाहिए। जल्दी मचाने की कोई ज़रूरत नहीं। बर्दाश्त करने की कोशिश करो। इस बीच हम कोई रास्ता तलाश करने की कोशिश करेंगे। वचन दो कि तुम यह करोगी।'

'मैं वचन देती हूं पापा। लेकिन मैं ठीक होते ही यहां से चली जाऊंगी। फिर उसने बड़ी धीमी आवाज़ में पूछा:

'रोज़ाली कहां है?'

'अब वह तुम्हें कभी नहीं दिखाई देगी,' बैरन ने जवाब दिया।

लेकिन जीन ने ज़िद की, 'वह कहां है, मुझे बताओ।'

बैरन ने बताया कि वह अभी घर में ही है लेकिन जल्द ही वहां से चली जाएगी।

कमरे से बाहर आकर बैरन के गुस्से का कोई ठिकाना न रहा। उन्हें अपनी बच्ची के साथ हुआ दुर्व्यवहार देखकर सख्त सदमा पहुंचा था। उन्होंने सीधे जूलियन के पास जाकर मुंहफट ढंग से पूछा, 'जनाब, आपने मेरी बेटी के साथ जो सलूक किया है, मैं उसकी सफाई मांगने

आया हूं। आपने उसके साथ विश्वासघात किया है, और उससे भी बुरी बात यह है कि आपने एक नौकरानी की खातिर यह सब किया।'

जूलियन ने आश्चर्य का अभिनय किया। उसने इस अभियोग का खंडन किया और तमाम पवित्र चीज़ों की कसम खाकर कहा कि वह निर्दोष है। इसके अलावा उनके पास सबूत भी कौन-सा था? क्या जीन को सरसाम नहीं हुआ था? क्या उसका दिमाग खराब नहीं हो गया था? क्या वह पागलपन में सिर्फ नाइटगाउन पहने बर्फ में नहीं भाग गई थी? उसी रात उसने रोज़ाली को जूलियन के कमरे में देखने का बहाना किया था। जूलियन ने ऊंची और गुस्से से भरी आवाज़ में धमकी दी कि वह उनपर मानहानि का दावा करेगा। बैरन घबरा गए। उन्होंने जूलियन से माफी मांगी और दोस्ती का हाथ आगे बढ़ाया, लेकिन जूलियन ने हाथ मिलाने से इन्कार कर दिया।

जब जीन ने ये बातें सुनी तो वह बिल्कुल नाराज़ नहीं हुई। उसने शान्त भाव से कहा :

'पापा डियर! जूलियन झूठ कहता है। लेकिन किसी दिन हम उसका गुनाह साबित कर देंगे।'

दो दिनों तक जीन खामोश रही। तीसरे दिन सुबह उसने रोज़ाली से मिलने की इच्छा प्रकट की, लेकिन बैरन ने यह कहकर इन्कार कर दिया कि रोज़ाली चली गई है। जीन ने ज़िद की कि रोज़ाली जहां भी हो, वे उसे जाकर बुला लाएं। वह इतने भावावेश में आ गई थी कि सिसकने और चीखने लगी थी।

'मैं रोज़ाली से मिलना चाहती हूं। मैं उससे ज़रूर मिलूंगी।' इसी वक्त डाक्टर आ गया। बैरन ने उसे सारी बातें बता दी और सलाह मांगी कि अब क्या किया जाए।

डॉक्टर ने जीन का हाथ अपने हाथों में लेकर धीमी आवाज़ में कहा, 'मदाम, आपको शान्त रहना चाहिए। किसी तरह की उत्तेजना से आपकी और उस नन्हे जीव की, जो आपके भीतर है, जान खतरे में पड़ सकती है।'

जीन सन्न रह गई। फौरन उसे महसूस हुआ जैसे उसके भीतर कोई चीज़ हिल-डुल रही है। वह बिल्कुल खामोश होकर लेट गई और उसने

आसपास के लोगों की बातों की तरफ कोई ध्यान न दिया। वह गहरे विचारों में डूब गई थी। उस रात उसे नींद नहीं आई। उसके दिमाग में एक ही बात चक्कर काट रही थी; वह यह कि एक नन्हा बच्चा दुनिया में आ रहा है, जो उसका और जूलियन का बच्चा है। इस कल्पना से कि कहीं बच्चे की शक्ल-सूरत जूलियन जैसी न निकले, वह कांप उठी।

एक दिन सुबह उसने अपने पिता को बुलाकर कहा, 'पापा डियर, मैं सारी हकीकत जानना चाहती हूं, एकदम सारी बात। सुना आपने? नहीं, मेरी बात मत काटें, खास तौर पर इस वक्त, क्योंकि इसमें खतरा है। जाकर पादरी को बुला लाइए, उसके सामने रोज़ाली सच बोलेगी। आप पादरी को यहां ले आएं,आप और मां भी आ जाएं। सावधान रहें, कहीं जूलियन को शक न हो जाए, वरना सारा खेल बिगड़ जाएगा।'

एक घंटे बाद पादरी को जीन के कमरे में लाया गया। पादरी महाशय बुरी तरह हांफ रहे थे और अपने बड़े रंगीन रूमाल से माथा पोंछ रहे थे। सांस आते ही उन्होंने मज़ाक शुरू कर दिया:

'देखता हूं बैरोनेस, कि आप दुबली नहीं हो रहीं। मेरे ख्याल में हम दोनों की जोड़ी बहुत अच्छी रहेगी।' फिर जीन की तरह मुड़कर कहा, 'क्या बात है लड़की, मैंने सुना है कि जल्द ही इस घर में नामकरण संस्कार होनेवाला है? आह! आह! इस बार किश्ती का नामकरण नहीं होगा! फिर वे गम्भीर स्वर में बोले, 'वह देश का रक्षक होगा…' फिर बैरोनेस को अभिवादन करते हुए कहा, 'या आपकी तरह की सुगृहिणी या मां होगी, मदाम।'

दरवाज़ा खुला और बैरन ने रोज़ाली को धकेलकर भीतर खड़ा कर दिया। रोज़ाली भीतर नहीं आना चाहती थी और बाहर जाने के लिए संघर्ष कर रही थी। बैरन धीरज खो बैठे और उन्होंने इतनी ज़ोर से रोज़ाली को धक्का दिया कि वह सीधी कमरे के बीचोबीच आ गई। क्षण-भर तक निश्चल खड़ी रही और दोनों हाथों से अपना चेहरा ढांप-कर इस तरह सिसकने लगी जैसे उसका दिल टूट रहा हो।

जीन ने अपने को ऊपर उठाया। रोज़ाली को देखते ही उसका चेहरा पीला पड़ गया। उसका दिल इतनी ज़ोर से धड़कने लगा कि

सांस लेना भी दूभर हो गया। भावावेश से उसका गला रुंध गया। आखिरकार उसने बोलने की कोशिश करते हुए कहा, 'मुझे···तुमसे कुछ पूछने की ज़रूरत नहीं है। तुम्हारे चेहरे पर जो गुनाह की शर्म छाई है······वही काफी है।' फिर कुछ रुककर उसने कहा, 'लेकिन मैं सारी सचाई जानना चाहती हूं। मैंने रैवरेन्ड फादर[1] से भी यहां मौजूद रहने के लिए कहा है ताकि तुम सच-सच कह सको। यह तुम्हारा कन्फेशन[2] होगा समझीं?'

रोज़ाली अपनी मुट्टियों को भींचकर, निश्चल खड़ी रही। बैरन अब अपने गुस्से पर काबू नहीं रख पा रहे थे। उन्होंने रोज़ाली की बांह पकड़कर धकेला और घुटने टेकने के लिए मजबूर किया।

'बोलो! जवाब दो!' रोज़ाली पलंग के पास घुटने टेककर बैठ गई। उसने दोनों हाथों में अपना चेहरा छिपा लिया। फिर पादरी ने उससे कहा, 'आओ रोज़ाली, तुमसे जो कहा जाए करो, और जवाब दो। हम तुम्हें मारना-पीटना नहीं चाहते, सिर्फ सचाई जानना चाहते हैं।'

जीन ने पलंग पर से झुककर पूछा, 'क्या यह सच नहीं कि उस रात, जब मैं जूलियन के कमरे में गई थी, मैंने तुम्हें उसके साथ लेटे देखा था?'

'हां, मदाम!' रोज़ाली ने सिसकते हुए जवाब दिया। वह अब भी अपना चेहरा ढांपे थी।

बैरोनेस रोने लगीं। उनकी सिसकियां रोज़ाली की सिसकियों में मिल गई थीं।

जीन ने तीक्ष्ण दृष्टि से रोज़ाली को देखते हुए पूछा, 'यह सब कब से चल रहा है?'

'जब से "जब से वे यहां आए थे।' जीन को इस बात का अर्थ समझ में न आया।

'जब से वे आए तो क्या पिछले साल के वसंत से?'

'हां, मदाम।'

'यहां आने के पहले दिन से ही?' जीन ने सवाल दोहराया।

---

1. पादरी
2. गुनाहों को कबूल करने की रस्म

'हां, मदाम।'

जीन ने सवालों की झड़ी लगा दी और तेज़ी से बोलने लगी:

'बताओ, यह कैसे हुआ? जूलियन ने तुमसे क्या कहा? तुम्हें कैसे राज़ी किया? तुमने कैसे अपने को उसके हवाले कर दिया? भला तुम यह काम करने का साहस कैसे कर सकी?'

रोज़ाली ने अपना चेहरा खोल दिया। सहसा उसके मन में बोलने की तीव्र इच्छा पैदा हुई: वह सब कुछ बता देना चाहती थी—'मैं नहीं जानती जिस दिन वे पहली बार यहां खाना खाने आए थे, उसी दिन से इसकी शुरूआत हुई। वे बरसाती के पास छिपे खड़े थे। जब घर के सब लोग सो गए तो वे मेरे कमरे में आए। कोई बखेड़ा हो जाए, इस वजह से मेरी चीखने-चिल्लाने की हिम्मत न हुई। वे रात-भर मेरे कमरे में रहे। मैं क्या कर रही थी, इसका मुझे होश न था। मैंने उन्हें मनमानी करने दी, क्योंकि मुझे वे पसन्द थे।'

'तो फिर—तुम्हारा बच्चा उसीका है?' जीन ने पूछा। उसके स्वर में व्यथा थी।

'हां, मदाम, रोज़ाली ने सिसकते हुए कहा।

सब खामोश हो गए। सिर्फ रोज़ाली और बैरोनेस की सिसकियां शांति को भंग कर रही थीं। जीन के शोक का ठिकाना न था। उसकी आंसूभरी आंखें खामोशी से गालों पर झुकी थीं। उसकी नौकरानी के बच्चे का बाप भी वही है जो उसके बच्चे का बाप है। उसका गुस्सा शान्त हो गया था। अब उसके मन में एक नीरस, मर्मान्तक पीड़ा थी, जो किसी चीज़ से दूर नहीं हो सकती थी।

'जब हम···हम शादी के बाद सफर से लौटे थे, तब फिर जूलियन ने कब से तुम्हारे पास आना शुरू किया?' जीन ने रूंधी आवाज़ में पूछा।

'पहली ही रात से, रोज़ाली ने जवाब दिया। ये शब्द जीन के दिल में छुरी की तरह छिद गए। तो, पोपलर्ज़ लौटने के बाद पहली रात को ही जूलियन उस लड़की की खातिर जीन को छोड़ कर गया था! इसीलिए जीन के प्रति इतना उदासीन हो गया था! जीन को अब काफी सचाई मालूम हो गई थी। इससे ज़्यादा वह जानना भी नहीं

चाहती थी।

'चली जाओ! मेरे सामने से चली जाओ!' जीन चिल्लाई। रोज़ाली एक कदम भी न हिली। डर के मारे उसे जैसे लकवा मार गया था।

'इसे कह दो कि यहां से चली जाए। इसे ले जाओ।' जीन ने अपने पिता से कहा। पादरी ने, जो अब तक खामोश था, सोचा कि अब प्रवचन देने का अच्छा मौका है।

पादरी ने रोज़ाली से कहा, 'तुमने बहुत भारी गुनाह किया है। मेरा ख्याल है कि ईश्वर तुम्हें कभी माफ नहीं करेगा। ज़रा सोचो, अगर तुम न सुधरी तो तुम्हे नर्क में जाना पड़ेगा। आज के बाद तो कम से कम अपने बच्चे के खातिर तुम्हारा चालचलन शुद्ध होना चाहिए। निश्चय ही बैरोनेस तुम्हारी मदद करेंगी और हम तुम्हारे लिए कोई पति तलाश करेंगे।' पादरी का प्रवचन अभी और जारी रहता, लेकिन बैरन ने रोज़ाली के कंधे पकड़कर उसे चिथड़ों की गठरी की तरह कमरे से बाहर धकेल दिया। जब बैरन कमरे में लौटे तो उनके चेहरे पर मौत का पीलापन छाया था। उनका रंगजीन से भी ज़्यादा पीला पड़ गया था।

पादरी ने अपनी बात जारी रखी, 'यहां सब लोगों का यही हाल है; जब तक बच्चा नहीं होता, शादी ही नहीं करते, हरगिज़ नहीं, मदाम। मैं जानता हूं, यह कैसी भयंकर बात है। लेकिन हम क्या कर सकते हैं? इन्सान में कमज़ोरियां हैं, हमें उदारता दिखानी चाहिए।' पादरी मुस्कराया, फिर उसने गुस्से से कहा, 'यहां तक कि बच्चों का भी यही हाल है। पिछले बरस क्या मैंने अपनी आंखों से कब्रिस्तान में दो बच्चों को कुकर्म करते नहीं देखा था?जब मैंने उनके मां-बाप से शिकायत की तो जानती हैं उन्होंने क्या जवाब दिया?—योर रैवरेन्स, इसमें हमारा कोई कसूर नहीं। हम उन्हें ऐसी बातें नहीं सिखाते।—देख लीजिए, आपकी नौकरानी ने भी वही किया जो और लोग करते हैं।'

बैरन ने गुस्से से कांपते हुए कहा, 'मैं इस लड़की को दोष नहीं देता। दोष उस कायर, बदमाश आदमी का है। मैं अपनी बेटी उससे वापस ले लूंगा।' बैरन का गुस्सा प्रतिक्षण बढ़ता जा रहा था और वे लम्बे कदमों से कमरे में चहलकदमी करने लगे। 'वह डरपोक, कमीना

और बदमाश आदमी है, जिसने मेरी बेटी को धोखा दिया! मैं उसके मुंह पर यह बात कहूंगा। मैं···उसे मार डालूंगा।'

पादरी ने नसवार की एक चुटकी सूंघकर सुलह का सबसे बढ़िया तरीका सोच निकाला और कहा, 'देखिए, बाहर का कोई आदमी नहीं सुन रहा। उसने भी वही किया जो सब मर्द करते हैं। आप कितने मर्दों को जानते हैं जो वफादार हैं?' फिर आंखों में एक दुष्टताभरी मुस्कान लाकर पादरी ने कहा, 'मिसाल के लिए आपने भी वही काम किया है।' बैरन खड़े होकर पादरी का मुंह ताकने लगे। 'हां, आप भी बाकी मर्दों की तरह ही हैं। मैं कहता हूं, सब यही करते हैं। लेकिन इसके बावजूद भी अपनी बीवी से आपका प्यार तो कम नहीं हुआ। क्यों?'

बैरन निश्चल, घबराए-से खड़े रहे। सचमुच, जब भी उन्हें मौका मिला था, उन्होंने भी यही काम किया था, खास तौर पर अगर नौकरानियां खूबसूरत होती थीं, तो क्या इसकी वजह से वे बदमाश हो गए थे? फिर उन्होंने जूलियन के प्रति इतनी सख्ती क्यों बरती थी, जबकि उनका अपना आचरण उनकी निगाह में निन्दनीय नहीं था?

बैरोनेस, आंसूभरी आंखों से, अपने पति के इन कारनामों को याद करके मुस्करा पड़ीं। वे बड़े मधुर स्वभाव की भावुक महिला थीं। उनका हृदय फौरन दया से द्रवित हो उठता था और वे पिछली बातों को भूल जाती थीं। उनके ख्याल में अनुचित प्रेम-सम्बन्ध हर किसीकी ज़िन्दगी का एक हिस्सा था।

जीन फिर तकिये पर सिर रखकर लेट गई। वह शून्य दृष्टि से सामने की ओर ताक रही थी और रोज़ाली के कन्फेशन के बारे में सोच रही थी। रोज़ाली के इन शब्दों की याद से उसका हृदय यन्त्रणा से छटपटाने लगा, 'मैंने उन्हें अपने साथ इसलिए मनमानी करने दी क्योंकि मुझे वे पसन्द थे।' जीन ने भी जूलियन को पसन्द किया था और सिर्फ इसी कारण से अपने को समर्पित कर दिया था; अपनी ज़िन्दगी जूलियन की ज़िन्दगी से बांध ली थी। वह जूलियन के प्रेम-जाल में फंस गई थी। इसके बदले में उसे मिला शोक, यन्त्रणा और निराशा। क्यों? क्योंकि रोज़ाली की तरह उसने भी जूलियन को 'पसन्द' किया था।

इसी वक्त किसीने ज़ोर का धक्का मारकर दरवाज़ा खोला। जुलियन भीतर आया। वह गुस्से से लाल-पीला हो रहा था। जीने में रोती हुई रोज़ाली से उसकी मुलाकात हुई थी, यह भांपकर कि कोई न कोई गड़बड़ ज़रूर हो रही है और रोज़ाली ने सब कुछ कबूल कर लिया होगा, वह आशंकित होकर ऊपर आया था। पादरी को देखकर उसे काठ मार गया।

'आखिर माजरा क्या है?' उसने घर्राई आवाज़ में पूछा, हालांकि वह शान्त रहने का अभिनय कर रहा था। बैरन ने, जो अभी कुछ क्षण पहले इतने क्षुब्ध थे, कुछ न कहा। उन्हें पादरी की दलीलों की और अपने अतीत के आचरण की याद आ रही थी। बैरोनेस पहले से भी ज़्यादा ऊंची आवाज़ में सिसक रही थीं। जीन ने तकिये पर से सिर उठाकर जूलियन को देखा—उस आदमी को, जिसने उसे इतनी भयंकर यन्त्रणा दी थी।

जीन ने अटक-अटककर कहा, 'माजरा यह है कि अब हम लोग अंधेरे में नहीं हैं। हमें सब कुछ पता चल गया है···सब कुछ। समझे? तुम्हारी बदमाशी, तुम्हारी शर्मनाक करतूतें···जब से तुम इस घर में दाखिल हुए, सब बातें पता चल गई हैं। रोज़ाली का बच्चा तुम्हारा बच्चा है मेरे बच्चे की तरह दोनों बच्चे भाई होंगे!' इस विचार से ही जीन अपनी कल्पनाओं पर संयम न रख सकी और पागलों की तरह सिसकती हुई फिर बिस्तर में लुढ़क गई।

जूलियन अवसन्न और विमूढ़ भाव से खड़ा रहा। पादरी ने फिर उसके बचाव की कोशिश की।

'बस करो प्यारी मदाम, अक्ल से काम लो। इतनी ज़्यादा छुई-मुई नहीं बनना चाहिए।' पादरी ने पलंग के पास आकर जीन के माथे को छुआ। इस स्पर्श से जीन को राहत मिली। पादरी का हाथ सदा से लोगों को सान्त्वना और क्षमा देने का आदी था। उसमें शान्ति देने की एक अपूर्व रहस्यमयी क्षमता थी। पादरी ने कहा :

'हमें दूसरों के गुनाह माफ कर देने चाहिए, मदाम। यह सच है कि तुम्हें बड़ी तकलीफ हो रही है, लेकिन दयावान ईश्वर ने तुम्हारे शोक के बदले में तुम्हें एक महान सुख भेजा है। तुम्हारा बच्चा तुम्हारा दिल

ठण्डा करेगा। बच्चे के नाम पर मैं तुमसे याचना करता हूं कि तुम अपने पति को माफ कर दो। बच्चा तुम दोनों के बीच एक प्रतिज्ञा साबित होगा—भविष्य में तुम्हारे पति की वफादारी की प्रतिज्ञा। भला क्या तुम हमेशा के लिए अपने बच्चे के बाप से अलग रह सकोगी?'

जीन ने कोई उत्तर न दिया। उसका शरीर और मन थक गए थे, क्षत-विक्षत हो रहे थे। उनमें इतनी ताकत न थी कि वह क्रोध या क्षमा की बात सोच सकती।

'इसे माफ कर दो जीन डियर,' बैरोनेस ने कहा, जिनके मन में कभी प्रतिशोध की भावना आ ही नहीं सकती थी।

पादरी ने जूलियन का हाथ उठाकर उसकी पत्नी के हाथ पर रख दिया और उन्हें संयुक्त करके फिर अपने मजाकिया ढंग से बोला, 'देखो, मेरा ख्याल है, इन हाथों का इसी तरह रहना बेहतर है।'

दोनों के हाथ जो क्षण-भर के लिए जुड़े थे, फौरन अलग हो गए। जूलियन में इतना साहस न हुआ कि वह जीन को चूमता। उसने बैरोनेस का माथा चूमा और बैरन की बांह में बांह डालकर कहा, 'चलिए, बाहर चलकर सिगरेट पिएं।' बैरन बहुत खुश हुए कि चलो मामले की सफाई हो गई। जूलियन के प्रति उनके मन का सारा गुस्सा शान्त हो गया था।

जब वे कमरे से चले गए तो जीन सो गई। पादरी और बैरोनेस फुसफुसाकर बातें करने लगे। पादरी ने अपनी योजना की रूपरेखा बताई। बैरोनेस सब कुछ करने के लिए राज़ी हो गई।

तो फिर यह तय हुआ कि आप रोज़ाली को बारवील का फार्म दे देंगी,' पादरी कह रहा था, 'और मैं उसके लिए कोई पति तलाश करूंगा। ओह, पति मिलना मुश्किल काम नहीं होगा। जब उसके पास बीस हज़ार फ्रांक होंगे तो शादी करनेवाले नौजवान बहुत मिल जाएंगे, बल्कि समस्या यह होगी कि उन नौजवानों में से किसे चुना जाए।'

बैरोनेस मुस्करा दी। वे अब खुश थीं, हालांकि उनके चेहरे पर अभी तक आंसुओं के निशान थे।

बैरोनेस ने कहा, 'लेकिन याद रखना, बारवील फार्म की कीमत कम से कम बीस हज़ार फ्रांक है। यह फार्म बच्चे के नाम होना चाहिए,

मां-बाप अपनी ज़िन्दगी के दौरान इसका इस्तेमाल कर सकते हैं।'

पादरी जाने के लिए उठ खड़ा हुआ। उसने बैरोनेस से हाथ मिलाया और कहा, 'आप परेशान न हों बैरोनेस। मुझे सब मालूम है। हर कदम सोच-समझकर उठाना होगा।'

वापसी पर पादरी को मौसी लिज़ों दिखाई दी, जो जीन से मिलने के लिए आ रही थीं। हमेशा की तरह मौसी लिज़ों को न किसी बात का शक हुआ, न उन्हें कुछ मालूम था और न उन्हें कुछ बताया ही गया।

आठ

बैरोनेस के यहां रोज़ाली की जगह एक लम्बी-चौड़ी तगड़ी किसान औरत आ गई थी, जो रोज़ बैरोनेस को उनकी मनचाही सड़क पर टहलाने ले जाती थी, जहां उनके भारी कदमों के निशान दिन-प्रतिदिन पक्के होते जाते थे।

जीन गर्भावस्था के कठिन दौर में से गुज़र रही थी और उदासीनता से बच्चे के जन्म का इन्तज़ार कर रही थी। अपने हाल के दुःखों से निराश होकर उसे हर वक्त नई मुसीबत का डर लगा रहता था। वसन्त का मौसम आ गया था। हवा में अभी भी सर्दी थी, लेकिन खाइयों में सूखे पत्ते के नीचे से घास की कोंपलें फूट रही थीं।

जीन इन दिनों हमेशा अस्वस्थ रहती थी। वह अपने पिता की बांहों का सहारा लेकर चलती थी। मौसी लिज़ों आनेवाली घटना की बड़ी बेचैनी से प्रतीक्षा कर रही थीं, जो उनके लिए एक अज्ञात रहस्य था, जो उनके साथ कभी नहीं घटनेवाला था। वे जीन का दूसरा हाथ पकड़कर चलती थीं। वे लोग घण्टों तक खामोशी से टहलते रहते थे। जूलियन को इन दिनों अचानक घुड़सवारी का शौक हो गया था और वह अपना सारा वक्त देहात में घूमने में बिताता था। बैरन, बैरोनेस और जूलियन एक बार फोर्वील-परिवार को मिलने गए थे, जिनके साथ जूलियन की काफी घनिष्ठता थी। इसके बाद एक और औपचारिक मुलाकात ब्रीज़ वील-परिवार के साथ उनकी पुरानी देहाती हवेली में हुई।

बस, इसके बाद उनके जीवन के नीरस दैनिक क्रम को भंग करनेवाली और कोई घटना नहीं हुई।

एक दिन दोपहर को करीब चार बजे तक एक मर्द और एक औरत घोड़ों पर सवार होकर वहां आए। जूलियन ने उन्हें घर में आते देखा था। वह भागा-भागा जीन के कमरे में पहुंचा और उत्तेजित स्वर में बोला, 'जल्दी, जल्दी से नीचे जाओ। फोर्वील-दम्पति तुम्हारी तबियत का हाल पूछने आए हैं! जाकर कह दो कि मैं कहीं बाहर गया हूं और कुछ देर में ही लौट आऊंगा। मैं जाकर कपड़े बदल रहा हूं।' जीन को ताज्जुब हुआ। वह मेहमानों का स्वागत करने नीचे गई।

एक सुन्दर, नौजवान औरत ने, जिसका चेहरा पीला और उदास था, आंखें बड़ी और चमकदार थीं और बालों का रंग हल्का सुनहरा था, अपने पति मोशिए फोर्वील से जीन का परिचय कराया। मोशिए फोर्वील लम्बे-तगड़े, लाल मूंछों वाले आदमी थे।

'आपके पति से कई बार हमारी मुलाकात हुई है। हमें उनसे पता चला कि आपकी तबियत ठीक नहीं है, इसलिए हम और ज़्यादा दिन नहीं रुकना चाहते थे। पड़ोसी होने के नाते हम आपका हाल पूछने आए हैं, तकल्लुफ किए बगैर हीं। आपने देखा ही होगा कि हम घोड़ों पर आए हैं। उस रोज़ आपकी मां और बैरन महोदय हमारे यहां तशरीफ लाए थे। वह औरत बड़े आत्मीय ढंग से बोल रही थी, लेकिन उसमें नारी-सुलभ-कोमलता और परिष्कृति भी पर्याप्त थी। जीन फौरन उसपर मुग्ध हो गई और मन ही मन सोचने लगी :

'यह औरत मेरी सहेली हो सकती है।'

कोंत फोर्वील अपनी बीवी से बिल्कुल उल्टे थे। वे किसी भी ड्राइंग-रूम में न शोभा देते थे, न बेतकल्लुफ हो सकते थे। बैठते ही कोंत ने कुर्सी के पास अपना हैट रख दिया, कुछ देर तक फूहड़ ढंग से उंगलियां हिलाते रहे और फिर हाथ इस तरह जोड़ लिए, जैसे प्रार्थना कर रहे हों। इसी वक्त जूलियन आ गया। वह इतना खूबसूरत लग रहा था कि जीन उसे पहचान ही न सकी। उसने हजामत बनाकर कपड़े बदल लिए थे और वह बिल्कुल वैसा ही खूबसूरत दिखाई दे रहा था, जैसा शादी के पहले दिखाई देता था। उसने कोंत से हाथ मिलाए और कोंतेस का

हाथ चूमा। कोंतेस का चेहरा लाल हो गया। जूलियन बिल्कुल बदल गया था। उसका सौजन्य लौट आया था, उसकी विशाल चमकदार आंखों में फिर कोमलता और प्यार का भाव आ गया था। उसके बाल जो अभी कुछ क्षण पहले उलझे हुए और बदरंग नज़र आ रहे थे, फिर चिकने और चमकीले हो गए थे।

जब फोर्वील दम्पति जाने लगे तो कोतेस ने जूलियन से कहा, 'प्यारे विकोंत, क्या आप वीरवार को मेरे साथ घोड़े की सवारी करने चलेंगे?'

जूलियन ने अभिवादन करते हुए कहा, 'मुझे बड़ी खुशी होगी, मदाम।'

कोंतेस ने जीन का हाथ अपने हाथों में ले लिया और एक मधुर मुस्कान के साथ कहा, 'जब आप ठीक हो जाएंगी, तो हम तीनों लम्बी सवारी करेंगे, बहुत मज़ा आएगा!' और वह फुर्ती से रकाब पर पैर रखकर घोड़े पर चढ़ गई। उसका पति फूहड़ ढंग से अभिवादन करने के बाद अपने बड़े नॉर्मन घोड़े पर सवार हो गया।

जब वे आंखों से ओझल हो गए तो जूलियन ने जीन से कहा, 'कैसे प्यारे लोग हैं! ऐसे ही लोगों से मेल-जोल रखना चाहिए।'

'कोंतेस तो बड़ी प्यारी औरत हैं। मुझे लगता है कि मैं उनसे प्यार करूंगी। लेकिन उनका पति तो पूरा गंवार मालूम होता है। तुम इन लोगों को कहां मिले थे?' जीन को इस वक्त खुशी महसूस हो रही थी—न जाने क्यों।

'मैं उन्हें ब्रीज़वील-परिवार के यहां मिला था।' जूलियन ने अपनी हथेलियां रगड़ते हुए कहा, 'कोंतेस का पति बड़ा पुराना शिकारी है, थोड़ा गंवार ज़रूर है, लेकिन है असली कुलीन खानदान का।'

खाने के वक्त दोनों खुश नज़र आ रहे थे। लगता था कि अचानक कोई खुशी उनकी ज़िन्दगी में आ गई है।

जुलाई के अन्त तक और कोई घटना नहीं हुई। एक रात जब वे एक पेड़ के नीचे बैठे थे, जहां देहाती ढंग की मेज़ बनाकर रखी गई थी और जूलियन कोनियक पी रहा था, तब सहसा जीन चीख पड़ी और उसका चेहरा पीला पड़ गया। उसके भीतर तेज़ दर्द की टीस उठी, कुछ मिनटों के बाद फिर वैसा ही, लेकिन पहले से कहीं भयंकर दर्द शुरू

हुआ। बड़ी मुश्किल से जूलियन और बैरन नें उसे सहारा देकर कमरे तक पहुंचाया। जीन के मुंह से चीखें निकल रही थीं, और वह कदम-कदम पर बैठना चाहती थी, उससे अपने शरीर का असह्य भार संभाला नहीं जा रहा था। कायदे से अभी प्रसव का समय नहीं आया था, सबको डर लगा कि कुछ गड़बड़ न हो जाए, इसलिए बूढ़े सिमों को भेजकर डाक्टर बुलवाया गया। डाक्टर आधी रात के वक्त आया और एक नज़र में ही सारी परिस्थिति भांप गया। जीन को बिस्तर में लिटा दिया गया। दर्दें कुछ कम हो गई थीं, लेकिन जीन की आत्मा एक असह्य यंत्रणा से छटपटा रही थी। उसे लगता था कि वह मर जाएगी। कमरे में लोगों की भीड़ जमा हो गई थी। बैरोनेस आरामकुर्सी में बैठी हांफ रही थीं। बैरन बदहवासी की हालत में कभी एक आदमी के पास जाते थे, तो कभी दूसरे के पास और बहुत-सा अनावश्यक सामान इकट्ठा कर रहे थे और हर मिनट के बाद डाक्टर से मशविरा करते रहे थे। जूलियन के माथे पर त्यौरियां थीं, लेकिन वह खामोशी से कमरे में चहलकदमी कर रहा था।

पलंग के पायताने विधवा देंतू खड़ी थी। उसके भावशून्य चेहरे से लगता था कि किसी भी घटना से उसका हृदय द्रवित नहीं हो सकता। वह नर्स, दाई, मृतकों की देखरेख करनेवाली सभी कुछ थी। वह जिस उदासीनता से किसी नवजात शिशु को बांहों में लेकर उसके रोने की पहली आवाज़ को सुनती थी, उसे नहलाती और पुचकारती थी, उसी उदासीनता से वह मरणासन्न व्यक्तियों के सिरहाने बैठकर कई रातों तक उनकी देखभाल करती रहती थी। मर जाने पर वही लाशों को दफनाने के लिए तैयार करती थी। बावर्चिन, लुदिवीन और मौसी लिज़ों एक कोने में दुबक गई थीं।

रह-रहकर जीन चीख उठती थी। जब सुबह हुई तो उसे भयंकर दर्दें उठने लगीं। उसे रोज़ाली का ख्याल आया, जिसे बहुत कम तकलीफ हुई थी और जिसका अवैध बच्चा बिना तकलीफ या प्रयत्न के ही इस संसार में आ गया था। जीन ने मन ही मन रोज़ाली से अपना मुका-बला किया, और दुःखी होकर वह ईश्वर को कोसने लगी, जिसे वह कभी न्यायशील समझती थी। उसने अपने भाग्य को कोसा जिसकी वजह से

उसे इतने दुःख झेलने पड़े थे। कभी-कभी तो उसे इतनी तकलीफ होने लगती थी कि उसकी सोचने और महसूस करने की ताकत गायब हो जाती थी, यहां तक कि वह दर्द से छटपटा भी नहीं सकती थी। दर्द कम होते ही वह टकटकी लगाकर जूलियन की तरफ देखने लगती थी। यह याद करके कि रोज़ाली के प्रसव के दिन जूलियन ने कैसा व्यवहार किया था, उसकी आत्मा में टीसें उठने लगीं। उसे जूलियन की शक्ल, उसकी मुद्राएं याद थीं। इस समय भी जीन को जूलियन के चेहरे पर वही खीज, उदासीनता, चिड़चिड़ापन और स्वार्थ दिखाई दे रहा था, जिसके कंधों पर नया भार आ पड़ा हो। सहसा जीन दर्द से ऐंठ गई।

'मैं मरनेवाली हूं,' उसने सोचा, और इस व्यक्ति के प्रति अपार घृणा से उसका मन भर गया। उसके मन में ख्वाहिश हुई कि उस अज्ञात बच्चे को जी भरकर कोसे जो उसकी जान ले रहा था। कुछ क्षणों तक जीन बेबसी से छटपटाती रही। फिर दर्द बन्द हो गया। उसकी तकलीफें खत्म हो गई थीं।

डाक्टर और नर्स उसके ऊपर झुके थे। जीन ने देखा कि वे किसी चीज़ को हटा रहे हैं। इसके बाद उसे वैसा ही करुण रोदन सुनाई दिया, जैसा वह पहले एक बार सुन चुकी थी। उसका हृदय, आत्मा, शरीर का रोम-रोम एक विचित्र आभा से आलोकित हो उठा और उसने मातृत्व की सहज भावना से प्रेरित होकर अपनी बांहें आगे फैला दीं। एक अद्-भुत शान्ति और खुशी उसकी आत्मा में छा गई। वह अब खुश थी, बहुत खुश! वह मां बन गई थी। उसने अपने बच्चे को देखने की इच्छा प्रकट की। बच्चे के सिर पर न बाल थे,न हाथों में नाखून उगे थे, क्योंकि बच्चा निश्चित काल से पहले ही पैदा हो गया था। लेकिन उसे गोद में लेते ही जीन की खुशी का ठिकाना न रहा। उसे लगा जैसे अब उसकी ज़िन्दगी बच गई है। अब उसे और ज़्यादा दुःख नहीं सहने होंगे। उसे लगा जैसे वह बच्चा शोक से उसकी रक्षा करेगा।

इसके बाद उसके मन में एक ही विचार समाया रहता था—बच्चा। वह बच्चे को पागलों की तरह प्यार करती थी। उसे प्यार में धोखा मिला था, इस वजह से बच्चे के प्रति उसका प्रेम और भी बढ़ गया था। वह हमेशा बच्चे के पालने को अपने पलंग के नज़दीक देखना चाहती

थी, और जब वह उठकर बैठने के काबिल होती थी तो घंटों तक बच्चे को झुलाती रहती थी। उसे बच्चे की धाय से ईर्ष्या होने लगी और जब नन्हा बच्चा दूध के लिए रोता और धाय उसे दूध पिलाती तो जीन पर पागलपन सवार हो जाता, उसके मन में इच्छा होती कि वह अपने बच्चे को उस औरत की गोद से छीन ले और उस किसान औरत की छातियों को नाखनों से नोंच डाले। उसने बच्चे के हर कपड़े को अपने हाथों से तैयार करने की ज़िद की। उसने अपने हाथों से बड़ी खूबसूरत कढ़ाइयां कीं। बच्चे के कपड़ों में लेसों और फीतों की भरमार हो गई। लोगों की बातों में अब उसे कोई दिलचस्पी नहीं रह गई थी, बल्कि वह उन्हें बीच में टोककर उनसे बच्चे की नई टोपी, बढ़िया बिब या रिबन की तारीफ करने के लिए कहती थी। बच्चे की हर चीज़ को वह प्यार और जतन से छूती थी, बच्चे के कपड़ों को गर्व से उठाकर वह कहती थी :

'ये पहनकर बच्चा कितना खूबसूरत लगेगा !'

बैरन और बैरोनेस स्नेह से मुस्करा देते थे, लेकिन जूलियन, जिसकी आदतों में व्याघात पड़ गया था, मन ही मन उस बच्चे से ईर्ष्या करता था, जो घर का मालिक बन बैठा था। वह गुस्से से कहता, 'जीन ने अपने बच्चे को लेकर क्या आफत मचा रखी है !'

जीन को बच्चे से इतना मोह हो गया था कि वह सारी-सारी रात, उसके पालने के पास बैठी रहती थी और सोए हुए बच्चे को देखती रहती थी। इन दिनों वह बिल्कुल आराम नहीं करती थी। वह कमज़ोर और दुबली हो गई थी और लगातार खांसती रहती थी। डाक्टर ने आदेश दिया कि रात के समय बच्चे को धाय के कमरे में सुलाया जाए। जीन बहुत रोई। उसने धाय से मिन्नत की कि वह उसके बच्चे को न ले जाए। लेकिन उसके कहने-सुनने का कोई असर न हुआ। हर रोज़ रात को धाय आकर बच्चे को ले जाती थी और जीन नंगे पैर कमरे के बाहर खड़ी होकर दरवाज़े के पास कान लगाकर सुनती रहती थी कि कहीं बच्चा जाग तो नहीं पड़ा। उसे चिन्ता लगी रहती थी कि बच्चे के पालन-पोषण में कहीं कोई कमी न रह जाए।

एक रोज़ रात को जूलियन फोर्वील-दम्पति के यहां से खाना खाकर बहुत देर में लौटा था। उसने जीन को धाय के दरवाज़े के सामने खड़ा

देखा। अगले दिन से जीन का दरवाज़ा बाहर से बन्द कर दिया गया ताकि वह सो सके।

बच्चे का बप्तिस्मा (नामकरण) अगस्त के अन्त में हुआ। बैरन बच्चे के धर्मपिता बने और मौसी लिज़ों धर्ममाता बनीं। बच्चे का नाम पियर सिमों पॉल रखा गया। यह तय हुआ कि सब उसे पॉल कहा करेंगे। सितम्बर के शुरू में मौसी लिज़ों, जिस खामोशी से वहां आई थीं उसी खामोशी से लौट गईं।

एक रोज़ शाम को खाने के बाद, पादरी वहां आया। वह घबराया हुआ मालूम हो रहा था; लगता था, उसके मन पर कोई चीज़ छाई हुई थी। कई बार उस प्रसंग को छेड़ने की व्यर्थ कोशिश करने के बाद पादरी ने बैरन और बैरोनेस से एकान्त में चलने की विनती की। तीनों जने सफेदे के पेड़ों वाली सड़क पर धीरे-धीरे टहलने लगे। वे जल्दी-जल्दी बातें कर रहे थे। जूलियन के मन में शक और चिढ़ पैदा हो रही थी। वह सोचने लगा, आखिर वह कौन-सा रहस्य है जिसे छिपाया जा रहा है। जब पादरी वापस जाने लगा तो जूलियन ने ज़िद की कि वह पादरी को उसके घर तक पहुंचाने जाएगा।

हवा बहुत सर्द थी। परिवार के सारे लोग कमरों में चले गए। वे अभी ऊंघ ही रहे थे कि जूलियन वापस आ गया। उसका चेहरा गुस्से से लाल था। वह दरवाज़े के बीचोबीच खड़ा हो गया। जीन की मौजूदगी का लिहाज़ न करके वह अपने सास और ससुर पर बरस पड़ा:

'आप लोगों का दिमाग ज़रूर खराब हो गया है, जो आप उस लड़की को बीस हज़ार फ्रांक दे रहे हैं। ताज्जुब के मारे बैरन और बैरोनेस के मुंह से कोई बात न निकल सकी। जूलियन और भी ज़ोर से चिल्लाने लगा, 'ज़रूर आपका दिमाग खराब हो गया है! क्या आप लोग हमें कंगाल बनाकर मरना चाहते हैं?'

बैरन ने, जो इस आघात के बाद फिर सुस्थिर हो गए थे, जूलियन को रोकने की कोशिश की, 'हुश! जीन यहां मौजूद है।'

जूलियन ने धैर्य खोकर कहा, 'मुझे इसकी परवाह नहीं। उसे भी सारी बात का पता चलना चाहिए। यह तो सरासर डाकेज़नी है!'

जीन स्तब्ध होकर कभी एक का, कभी दूसरे का मुंह ताकने लगी।

जीन ने अचकचाकर पूछा, 'आखिर माजरा क्या है?

जूलियन ने बताया कि रोज़ाली की शादी की बात चल रही है और बारवील का फार्म, जिसकी कीमत बीस हज़ार फ्रांक है, उसके बच्चे के नाम कर दिया जाएगा।

जूलियन ने फिर कहा, 'माई डियर, तुम्हारे मां-बाप का दिमाग खराब हो गया है, एकदम पागल हो गए हैं। बीस हज़ार फ्रांक! बीस हज़ार फ्रांक एक अवैध बच्चे के लिए! इन लोगों का दिमाग बिल्कुल खराब हो गया है। जीन ने खामोशी से सारी बातें सुनीं। उसे यह देखकर ताज्जुब हुआ कि अपने बच्चे से सम्बन्धित बातों के अलावा उसे और किसी बात में दिलचस्पी नहीं रही थी।

बैरन गुस्से में आपे से बाहर हो रहे थे। उन्होंने फर्श पर ज़ोर से पैर पटककर कहा, 'ज़रा होश में आओ! कैसी कमीनी बात है! अगर हमें उस लड़की की देखभाल करनी पड़ रही है तो उसमें किसका कसूर है? वह बच्चा किसका है? और अब तुम उसे छोड़ देना चाहते हो? ज़रा शर्म करो।'

जूलियन सहम गया। इस बार उसने ज़रा शान्त स्वर में कहा, 'पन्द्रह सौ फ्रांक काफी हैं। यहां सब औरतों के शादी से पहले बच्चे होते हैं। बच्चा किसका है, इस बात से कोई फर्क नहीं पड़ता। आप उसे दहेज में अगर बीस हज़ार फ्रांक देंगे तो लोगों को ज़रूर शक हो जाएगा। कम से कम आपको हमारे नाम, हमारी पोज़ीशन का तो कुछ ख्याल होना चाहिए!' जूलियन के स्वर में आत्मविश्वास और दृढ़ता थी।

बैरन सकपका गए। उन्हें इस दलील का कोई जवाब न सूझा। जूलियन ने इस परिस्थिति का फायदा उठाकर कहा, 'गनीमत है कि अभी कुछ तय नहीं हुआ। मैं उस आदमी को जानता हूं जो रोज़ाली से शादी करना चाहता है। वह बड़ा शरीफ आदमी है। सारा मामला बड़े आराम से तय हो सकता है। मैं उससे मिलूंगा।' जूलियन फौरन बाहर चला गया उसे डर था कि कहीं फिर बहस शुरू न हो जाए। उसे सब लोगों की खामोशी से और भी प्रोत्साहन मिला। उसका ख्याल था कि यह खामोशी स्वीकृति की सूचक है।

उसके वहां से जाते ही बैरन का संतुलन लौट आया और वे बोले, 'ओह ! हद हो गई !'

जीन ने पिता के व्यग्र चेहरे को देखा और वह ज़ोर से हंस पड़ी—यह पिछले दिनों जैसी हंसी थी जब वह किसी भी अजब बात को सुनकर हंस पड़ती थी।

जीन ने कहा, 'आपने सुना पापा, जूलियन कैसे कह रहा था, 'बीस हज़ार फ्रांक' !'

बैरोनेस, जिन्हें बहुत जल्दी रोना आ जाता था और बहुत जल्दी हंसी भी आती थी, अपने दामाद के क्रुद्ध लाल चेहरे, उसके कठोर शब्दों और व्यवहारों की याद करके हंसी से लोटपोट हो गईं। उनके दामाद ने जिस लड़की की इज़्ज़त खराब की थी, उस लड़की को पैसा देने से इन्कार कर दिया था, हालांकि यह पैसा उसका अपना नहीं था। जीन की खुशमिज़ाजी देखकर बैरोनेस बहुत प्रसन्न थीं और हंसी के मारे उनके गालों पर आंसू बह रहे थे। बैरन भी इस हंसी में शामिल हो गए थे। और तीनों जने सारी बातें भूलकर अतीत के सुखी दिनों की तरह हंस रहे थे। जब सब सुस्थिर हुए तो जीन ने कहा :

'क्या यह अजब बात नहीं कि अब मुझपर किसी बात का असर नहीं होता? जूलियन अब मुझे एक अजनबी मालूम होता है। मैं कल्पना भी नहीं कर सकती कि मैं उसकी बीवी हूं। देखिए, दरअसल मैं उसकी—उसकी बदतमीज़ी पर हंसी थी।' तीनों जनों ने मुस्कराते हुए कोमलता से एक-दूसरे को चूमा।

दो दिन बाद जब जूलियन हमेशा की तरह घुड़सवारी के लिए जा रहा था, एक लम्बा, तगड़ा, पचीस बरस का जवान, जिसने नीले रंग का नया ब्लाउज़ पहन रखा था, चुपके से भीतर घुस आया। लगता था कि वह सुबह से ही इस मौके की तलाश में था। वह दीवार के साथ-साथ चलता हुआ घूमघामकर उस पेड़ के पास पहुंच गया जहां बैरन और घर की दोनों महिलाएं अभी तक बैठी थीं। उसने टोपी उतारकर सकपकाते हुए सब लोगों को अभिवादन किया और अचकचाकर कहा :

'मैं हूं डेज़रे लेकोक।

बैरन के लिए यह नाम निरर्थक था। उन्होंने पूछा, 'क्या चाहते हो?'

यह देखकर कि अब उसे अपना उद्देश्य समझाना पड़ेगा, वह किसान पहले से भी ज़्यादा घबरा गया। उसने अपनी टोपी मरोड़ते हुए कहा, 'हिज़ रेवरेन्स ने मुझसे उस मामले का ज़िक्र किया था।' इतना कहकर वह रुक गया। उसे डर था कि कहीं उसके मुंह से ज़्यादा बात न निकल जाए और उसे अपमानित न होना पड़े।

बैरन की समझ में कुछ न आया। उन्होंने पूछा, 'कौन-सा मामला? तुम क्या कहना चाहते हो?'

किसान ने आखिर सब कुछ कह देने का फैसला कर लिया, और वह धीमी आवाज़ में बोला, 'रोज़ाली वाला मामला।' जीन पहले से ही सब कुछ भांप गई थी, और वह अपने बच्चे को गोद में उठाकर वहां से चली गई।

'इधर आओ।' बैरन ने जीन की खाली कुर्सी की तरफ इशारा किया। किसान कुर्सी पर बैठकर सकपकाए ढंग से बुदबुदाया, 'आप बड़े मेहरबान हैं।' इसके बाद वह खामोश हो गया, जैसे उसके पास कुछ और कहने को न रह गया हो। लम्बी खामोशी के बाद उसने आसमान की तरफ देखकर कहा, 'इस साल मौसम बहुत अच्छा है; फसलों के लिए अच्छा रहेगा। इसके बाद वह फिर खामोश हो गया।

बैरन धैर्य खो बैठे और उन्होंने साफ-साफ पूछा, 'तो तुम रोज़ाली से शादी कर रहे हो?'

इस दो-टूक सवाल से किसान स्तब्ध रह गया। उसे डर लगा कि कहीं वह कोई ऐसी बात न कह बैठे जिससे उसके हाथ बंध जाएं, इसलिए उसने नॉर्मन किसान की तरह गोलमोल जवाब दिया :

'शादी हो भी सकती है और नहीं भी हो सकती।'

बैरन इस जवाब से चिढ़ गए, 'जहन्नुम में जाए यह सब! मुझे साफ-साफ जवाब दो। तुम रोज़ाली को कबूल करते हो या नहीं, इसका जवाब मुझे 'हां' या 'न' में दो।'

किसान फिर घबरा गया और अपने पैरों की तरफ ताकने लगा।

उसने जवाब दिया, 'अगर मुझे उतनी रकम मिली जितनी का वादा पादरी साहब ने किया था तो मेरा जवाब 'हां' है, लेकिन अगर उतनी रकम मिली जितनी मिस्टर जूलियन ने कही है तो मेरा जवाब 'न' है।'

'मिस्टर जूलियन ने तुमसे क्या कहा था?'

'मिस्टर जूलियन ने कहा था कि मुझे पन्द्रह सौ फ्रांक मिलेंगे। पादरी साहब ने कहा था कि बीस हज़ार फ्रांक मिलेंगे। बीस हज़ार के साथ तो मैं उस लड़की को कबूल कर सकता हूं, लेकिन पन्द्रह सौ के साथ नहीं।'

बैरोनेस को किसान की चालाकी पर बड़ा कौतूहल हुआ। उन्होंने मुश्किल से अपनी हंसी छिपाई। किसान को हंसी का कारण मालूम नहीं था, उसे यह बात पसन्द न आई। उसने कनखियों से बैरोनेस पर एक कठोर दृष्टि डाली।

बैरन को यह सौदेबाज़ी पसन्द न आई। उन्होंने बात को संक्षिप्त करने के लिए कहा, 'मैंने पादरी साहब से कहा था कि तुम्हारे जीते-जी मैं तुम्हें बारवील-फार्म का इस्तेमाल करने दूंगा, तुम्हारे बाद यह फार्म बच्चे को मिल जाएगा। मैं कभी अपने वादे से नहीं मुकरता। फार्म की कीमत बीस हज़ार फ्रांक है। कहो, तुम्हें मंजूर है या नहीं?'

किसान ने खीसें निपोर दीं और सहसा उसका बातूनीपन लौट आया, 'ओह, अगर ऐसी बात है तब मैं 'न' नहीं कहता। जब पादरी साहब ने मुझसे यह बात कही थी तो मैं उसी वक्त राज़ी हो गया था। मैंने मन ही मन कहा—चलो इस बात के मानने में मेरा क्या नुकसान है, और आप भी खुश हो जाएंगे।—लेकिन जब मिस्टर जूलियन मेरे पास आए तो उन्होंने सिर्फ पन्द्रह सौ फ्रांक ही देने चाहे। फिर मैंने मन ही मन सोचा—दाल में ज़रूर कुछ काला है, जाकर पता करना चाहिए। —मुझे आपमें विश्वास न हो, यह बात नहीं थी, लेकिन मैं सारी बात जानना चाहता था। बिज़नेस तो बिज़नेस ही है, योर लॉर्डशिप!'
बैरन ने उसे टोककर पूछा :

"तुम कब शादी करने के लिए तैयार हो?'

किसान फिर भीरु बन गया और सकपका गया। उसने हिचकिचाते स्वर में कहा, 'क्या शादी से पहले लिखा-पढ़त कर लेना ठीक नहीं

रहेगा?'

बैरन के गुस्से का पारा एकदम चढ़ गया, 'जहन्नुम में जाओ! तुम्हें शादी का प्रतिज्ञापत्र मिल जाएगा, इससे अच्छी लिखत-पढ़त भला क्या हो सकती है!'

'यह तो ठीक है, लेकिन फिर भी लिखा-पढ़त करने में कोई नुकसान नहीं।'

बैरन उठकर खड़े हो गए, 'देखो, इसी वक्त 'हां' या 'न' में जवाब दो। अगर तुम्हें यह रिश्ता मंज़ूर नहीं तो साफ-साफ कह दो, मैंने रोज़ाली के लिए और भी लड़का तलाश किया है।'

चालाक नॉर्मन किसान को अब डर लगा कि उसका कोई और भी प्रतिद्वन्द्वी हो सकता है। उसने बैरन के आगे हाथ बढ़ाया। कोई भी सौदा तय होने पर नॉर्मण्डी के किसान हाथ मिलाते हैं। 'हाथ मिलाइए, बात पक्की हो गई!'

बैरन ने उससे हाथ मिलाया और आवाज़ दी, 'लुदिवीन, शराब की एक बोतल दे जाओ।'

बावर्चिन शराब ले आई। दोनों ने होनेवाली शादी की खुशी में जाम पिया। इसके बाद किसान खुशी-खुशी विदा हो गया।

जूलियन से इस बारे में कुछ न कहा गया। चुपके से लिखा-पढ़त हो गई और एक सोमवार की सुबह शादी भी हो गई। एक पड़ौसिन गोद में बच्चा लेकर दूल्हा-दुलहिन के पीछे चल रही थी। यह उनके भावी जीवन की सम्पन्नता की निशानी थी। किसीको इस शादी से ताज्जुब नहीं हुआ। सब लेकोक की खुशकिस्मती से ईर्ष्या कर रहे थे। लोगों ने चुपके से आंख मारकर कहा कि वह पैदायश से ही खुशकिस्मत है। इसमें दुर्भावना का कोई संकेत न था।

जब जूलियन ने यह खबर सुनी तो घर में बड़ा काण्ड मचा, जिसके फलस्वरूप बैरन और बैरोनेस निश्चित तारीख से पहले ही चले गए। इस बार जीन ज़्यादा उदास नहीं हुई, क्योंकि पॉल अब उसके लिए सुख का स्रोत बन गया था—उसके समूचे जीवन का एकमात्र केन्द्र-बिन्दु।

नौ

जीन अब पूरी तरह से स्वस्थ हो गई थी। जूलियन ने प्रस्ताव रखा कि वे फोर्वील-दम्पति के यहां और मारक्विज़ कूतेलियर के यहां हो आएं। जूलियन ने नीलामी में से एक गाड़ी खरीदी थी, जिसमें सिर्फ एक ही घोड़ा जोता जाता था।

दिसम्बर में एक दिन सुबह जब आसमान साफ था, बड़ा घोड़ा नई गाड़ी में जोता गया। जीन और जूलियन, फोर्वील-दम्पति से मिलने के लिए चल पड़े। 'ला व्रिलेत' के किले के एक तरफ मछलियों का तालाब था, दूसरी तरफ चीड़ के जंगल थे। वहां तक पहुंचने के लिए एक प्राचीन पुल को पार करना पड़ता था। इस पुल पर जाने के लिए लुई तेरहवें के ज़माने का एक विशाल लोहे का दरवाज़ा था। पुल को मर्ज़ी से हटाया भी जा सकता था। किला भी लुई तेरहवें के ज़माने का था। जूलियन किले के हर हिस्से की बनावट के बारे में जीन को इस तरह समझा रहा था जैसे वह बहुत अच्छी तरह परिचित हो।

'ज़रा द्वार की तरफ देखो, शानदार है न? ज़रा उस इमारत की तरफ देखो न, कैसी शानदार है! दूसरी ओर लम्बाई की तरफ किले का मुंह तालाब की तरफ है। वहां पहुंचने के लिए एक चौड़ा बरामदा है। वहां चार किश्तियां खड़ी हैं, दो कोंत के लिए दो कोंतेस के लिए। दाहिनी तरफ, जहां तुम सफेदे के पेड़ देख रही हो, तालाब खत्म होता है। वहीं से नदी शुरू होती है, जो सीधी फेकम्प तक जाती है। कोंत को इस तालाब में शिकार खेलने का बहुत शौक था। तालाब में मुर्गाबियां हैं। इसीको कहते हैं असली किला।'

दरवाज़ा खुल गया था। कोंतेस एक रेशमी गाउन पहने, जो पीछे तक लटक रहा था, मेहमानों का स्वागत करने आईं। वे बड़ी शानदार दिखाई दे रही थीं, बिल्कुल तस्वीर की तरह। वे उन्हें एक विशाल स्वागत-कक्ष में ले गईं, जिसमें आठ खिड़कियां थीं। चार तालाब की तरफ खुलती थीं।

कोंतेस ने जीन का हाथ अपने हाथ में ले लिया। लगता था जैसे वे जीन को हमेशा से जानती थीं। अपने नज़दीक एक नीची कुर्सी पर

उन्होंने जीन को बैठा दिया। जूलियन पिछले पांच महीनों से फिर पहले की तरह खुशमिज़ाज हो गया था। वह मुस्कराकर बड़े खुले ढंग से बातें कर रहा था। कोतेस और जूलियन अपनी घुड़सवारी की बातें करने लगे। कोंतेस ने जूलियन का मज़ाक उड़ाया और उसे 'लड़खड़ाता हुआ अश्वारोही वीर' कहा। जूलियन ने कोंतेस को 'सेन्तारो[1] की रानी' कहा। खिड़कियों के नीचे से बन्दूक की आवाज़ सुनाई दी। कोंत शिकार कर रहे थे। कोंतेस ने उन्हें आवाज़ दी। फौरन पानी में चप्पुओं की आवाज़ सुनाई दी और एक किश्ती पत्थर की दीवार के साथ टकराई। कोंत स्वागतकक्ष में आए। उनके पीछे दो कुत्ते थे, जो कोत की तरह पीले और भीगे हुए थे। कुत्ते दरवाज़े के बाहर रखे पायदान पर लेट गए। कोंत अपने घर में कतई घबराए हुए नहीं नज़र आ रहे थे, जैसेकि वे 'पोपलर्ज़' में थे। जीन और जूलियन को देखकर वे बहुत खुश हुए। उन्होंने आग में और ईंधन डलवाया और मेहमानों के लिए केक और मडीरा शराब मंगवाई।

सहसा कोंत ने कहा, 'आप खाना तो ज़रूर हमारे साथ ही खाएंगे न!' जीन अपने बच्चे को एक क्षण के लिए भी न भूली थी, उसने इन्कार किया। लेकिन कोंत के आग्रह पर भी जब जीन ने इन्कार कर दिया तो जूलियन अपना धैर्य खो बैठा। जीन को डर लगा कि कहीं जूलियन फिर अपने घिनौने और झगड़ालू स्वभाव का प्रदर्शन न कर बैठे, इसलिए उसने वहां रुकना मंज़ूर कर लिया, हालांकि उसे यह सोच-कर तकलीफ हुई कि वह सुबह तक पॉल को नहीं देख सकेगी।

दोपहर बहुत मज़े से गुज़री। सब लोग चश्मे देखने गए। बाद में वे किश्ती की सैर करने गए। कोंत किश्ती चला रहे थे। उनके दोनों ओर उनके दोनों कुत्ते नाक ऊपर उठाए बैठे थे। जीन अकेली बैठी थी और बीच-बीच में ठंडे पानी में हाथ डाल रही थी। ठंडे पानी के स्पर्श से उसके शरीर में जो सिहरन पैदा होती थी, वह उसे अच्छी लग रही थी। जूलियन और कोंतेस किश्ती के पिछले हिस्से में एक-दूसरे की तरफ देखकर मुस्करा रहे थे। यह मुस्कान उन लोगों की मुस्कान थी जो ज़िन्दगी में बेहद खुश हों। अंधेरा छा गया था। सूरज चीड़ के पेड़ों के

1. सेन्तारो—ऐसे राक्षस, जिनका निचला हिस्सा घोड़े की तरह होता था।

नीचे तेज़ी से छिपता जा रहा था और आकाश की लालिमा को देखकर सर्दी महसूस हो रही थी।

सब लोग स्वागत-कक्ष में लौट आए। वहां तेज़ आग जल रही थी, जिससे कमरा काफी गर्म हो गया था। सबके मन प्रफुल्लित हो उठे। कोंत ने खुशी में आकर अपनी बीवी को अपनी तगड़ी बांहों में बच्चे की तरह उठा लिया और ज़ोर से उसके दोनों गाल चूम लिए। जीन उस भीमकाय खुशमिज़ाज कोंत की तरफ देखकर मुस्करा दी, जिसके बारे में लोगों का ख्याल था कि वह बोर करता है। जीन सोच रही थी, 'कई बार लोगों को समझने में हम कितनी गलती कर बैठते हैं!' हठात् उसने जूलियन की तरफ मुंह फेरा। जूलियन के चेहरे का भाव देखकर वह डर गई। वह दरवाज़े के बीचोबीच आंखें फाड़कर कोंत की तरफ देख रहा था। उसका चेहरा पीला पड़ गया था।

जीन ने पूछा, 'तुम्हारी तबियत खराब है? तुम्हें क्या हो गया है?'

'ओह, कुछ भी नहीं। मुझे सर्दी लग गई है। मुझसे कुछ मत कहो।' जूलियन ने गुस्से से जवाब दिया।

जब वे खाने पर बैठे तो कोंत ने उनसे अपने कुत्तों के भीतर आने की इजाज़त मांगी। दोनों कुत्ते आकर कोंत के आसपास संतोष से दुम हिलाते हुए बैठ गए। कोत बीच-बीच में उनके मुंह में ग्रास डालते जाते थे और उनके रेशमी कानों को सहलाते जाते थे।

खाने के बाद जब जीन और जूलियन वापस जाने के लिए तैयार हुए तो कोंत ने उनसे आग्रह किया कि वे थोड़ी देर रुक जाएं और उनको मशालों की रोशनी में मछलियां पकड़ते देखें। कोंत ने दोनों को बरा-मदे में खड़ा कर दिया और खुद एक किश्ती में बैठकर चल दिए। उनके पीछे एक नौकर हाथ में मशाल और मछली पकड़ने का जाल लेकर खड़ा था। मशाल की रोशनी पेड़ों पर तरह-तरह की विचित्र परछाइयां फेंक रही थी और किश्ती में खड़े कोंत कठोर दैत्य की तरह दिखाई दे रहे थे। कोंत ने हाथ में जाल लेकर जब बांहों को ऊपर उठाया तो लगा जैसे उनकी बांहें तारों को छूने जा रही हों। कोंत ने जाल पानी में फेंका। बरामदे में खड़े तीनों जनों को 'छप्प' की आवाज़ सुनाई दी। इसके बाद किले की दीवार पर फिर कोंत की परछाई दिखाई देने लगी।

कोंत ने चिल्लाकर कहा, 'गिलबर्त, मैंने आठ मछलियां पकड़ी हैं!' एक क्षण बाद ही कोंत सीढ़ियों पर आ गए। उनके पीछे-पीछे नौकर हाथ में मशाल लिए चला आ रहा था। कोंत ने जाल बरामदे में फेंक दिया।

जीन और जूलियन ने वापस जाने को इजाज़त मांगी। उन्हें उनके मेज़बानों ने ओढ़ने के लिए शॉल और कंबल दिए।

जीन ने जूलियन से कहा, 'वह भीमकाय आदमी कितना अच्छा है!'

'हां, लेकिन उसे इस बात की तमीज़ नहीं कि लोगों के सामने कैसा व्यवहार करना चाहिए।'

एक हफ्ते बाद वे कोतेलियर दम्पति से मिलने गए, जिनका खानदान समूचे इलाके में सबसे ऊंचा समझा जाता था। रेमीनील में उनका नया किला था, जो लुई चौदहवें के काल में बनाया गया था। यह किला एक शानदार पार्क के भीतर छिपा हुआ था, जिसके चारों ओर पत्थर की दीवारें थीं। पहाड़ी पर अब भी पुराने किले के अवशेष दिखाई दे रहे थे। शानदार वर्दियों वाले नौकरों ने मेहमानों को एक बड़े शानदार कमरे में ले जाकर बिठाया। कमरे के बीचोबीच एक चबूतरा बना था, जिसके ऊपर एक बड़ा फूलदान रखा था। फूलदान के नीचे एक फ्रेम में सम्राट के हस्ताक्षरों समेत एक खत रखा था, जिसमें मार्क्विज़ लियोपोल्ड, हार्व, जोज़ेफ-गर्मर द वार्नवील द' रोलेबोस द' कोतेलियर से प्रार्थना की गई थी कि वे सम्राट के इस तोहफे को कबूल करें।

जीन और जूलियन इस शाही तोहफे की तारीफ कर रहे थे। इसी समय मार्क्विज़ और उनकी पत्नी कमरे में दाखिल हुए। मार्क्विज़ की पत्नी ने बालों में पाउडर लगा रखा था। उनके सौजन्य में उत्साह नहीं था, लगता था जैसे वे मेहमानों पर कृपा कर रही थीं। इससे उनके लहजे में बनावट आ गई थी। मार्क्विज़ तगड़े आदमी थे और उनके सफेद बाल सिर पर सीधे खड़े थे। उनकी आवाज़, अदा, सारा व्यवहार अहंकारपूर्ण था। वे मेहमानों को अपने बड़प्पन के महत्त्व से पूरी तरह प्रभावित कर देना चाहते थे। वे उन लोगों में से थे जो शिष्टाचार के गुलाम होते हैं। उनके सारे विचार और सब काम हमेशा सही होते थे।

वे जवाब की प्रतीक्षा किए बगैर, लगातार बातचीत कर रहे थे। उनकी मुस्कानें कृत्रिम और यांत्रिक थीं, जैसे वे पास-पड़ोस के छोटे रईसों से मिलकर अपने ऊंचे ओहदे का फ़र्ज़ पूरा कर रहे थे।

जीन और जूलियन ने अच्छा प्रभाव डालने की पूरी कोशिश की, लेकिन वे सकपका गए थे। वे वहां बहुत ज़्यादा देर रुकना नहीं चाहते थे। लेकिन किस तरह विदा लें, यह नहीं समझ पा रहे थे। मार्चियोनेस ने खुद ही अचानक बातचीत खत्म कर दी, जिस तरह कोई सम्राज्ञी नम्रता से प्रजा को बर्खास्त करती है।

वापसी पर जूलियन ने रास्ते में कहा, 'अगर तुम्हें मंजूर हो तो आयन्दा हम सिर्फ फोर्वील-दम्पति से ही मिला-जुला करेंगे। वे मेरे लिए काफी हैं।' जीन भी इस बात से सहमत थी।

दिसम्बर बहुत मुश्किल से कटा, पिछले साल की तरह उन्हें पूरा वक्त कमरों में ही गुज़ारना पड़ता था। लेकिन जीन इस बार उदास नहीं थी, क्योंकि उसे बच्चे की देख-रेख करनी पड़ती थी। जूलियन जब भी बच्चे को देखता था, बेचैन और असंतुष्ट हो जाता था। जीन पॉल को गोद में लेकर सब मांओं की तरह स्नेह के आवेश में पॉल को चूमती और दुलार करती, फिर उसे जूलियन के पास ले जाकर कहती, 'तुम क्यों नहीं इसे चूमते? लगता है तुम इसे प्यार नहीं करते!' जूलियन अपनी मर्ज़ी के खिलाफ बच्चे के ऊपर झुककर, दूर से ही पॉल के माथे पर अपने होंठ रख देता। लगता था, उसे बच्चे की बन्द मुट्ठियों के स्पर्श से डर लगता है। इसके बाद जूलियन फौरन वहां से चला जाता, जैसे बच्चे को देखते ही उसका मन घृणा से भर जाता हो।

मेयर, डाक्टर और पादरी को समय-समय पर खाने के लिए बुलाया जाता था। फोर्वील-दम्पति भी अक्सर निमंत्रित रहते थे, क्योंकि जीन और जूलियन उनसे अधिक आत्मीय हो गए थे। कोंत को पॉल से बड़ा स्नेह हो गया था। 'पोपलर्ज़' में आते ही, कोंत सारा वक्त, कभी-कभी तो पूरी दोपहर पॉल को गोद में खिलाते रहते थे। इस डर से कि उनके बड़े-बड़े हाथों से कहीं नन्हे पॉल को चोट न लग जाए, वे उसको बड़ी सावधानी से उठाते थे। वे अपनी मूंछों से पॉल की नाक सहलाते

और अक्सर स्नेह के आवेश में उसे बार-बार चूमने लगते थे। उन्हें लगातार यह अफसोस रहता था कि ईश्वर ने उन्हें बच्चे नहीं दिए।

मार्च का महीना आते ही वसन्त जैसा मौसम हो गया, आकाश साफ रहने लगा और धूप खिलने लगी। कोंतेस ने फिर घुड़सवारी का प्रस्ताव किया। जीन जो लम्बे नीरस दिनों और रातों से तंग आ गई थी, फौरन राज़ी हो गई। पूरे हफ्ते तक वह अपनी घुड़सवारी की पोशाक तैयार करती रही। फिर सवारी शुरू हुई। वे हमेशा दो-दो करके चलते थे। कोंतेस और जूलियन आगे रहते थे, कोंत और जीन सौ कदम पीछे रहते थे। जीन और कोंत दो पुराने दोस्तों की तरह बातें करते थे। उनके सीधे और सरल स्वभाव आपस में मेल खाते थे, इस-लिए जल्द ही दोनों में गहरी दोस्ती हो गई। कोंतेस और जूलियन फुस-फुसाकर बातें करते थे और कभी-कभी बहुत ज़्यादा हंसते थे। उनकी नज़रें जब आपस में टकराती तो वे ऐसे विचारों का आदान-प्रदान करते जो वे ज़बान पर नहीं ला सकते थे। फिर अचानक उनपर कोई पागल-पन सवार हो जाता और वे घोड़े दौड़ाकर नज़रों से ओझल हो जाते थे। कई बार दूर से कोंतेस की गुस्साभरी आवाज़ सुनाई देती थी। कोंत मुस्कराकर जीन से कहते, 'मेरी बीवी का मिज़ाज हर वक्त अच्छा नहीं रहता।'

एक रात, वापसी पर कोंतेस का मिज़ाज पहले से भी ज़्यादा गर्म हो गया। कोंतेस ने पहले अपनी घोड़ी को एड़ लगाई। फिर अचानक उसे रोक दिया।

जूलियन ने कई बार कहा, 'ईश्वर के लिए सावधान रहिए, वरना आपकी घोड़ी भाग जाएगी।'

'मुझे क्या परवाह है? आप अपने घोड़े से मतलब रखिए,' कोंतेस ने जवाब दिया। कोंतेस की कठोर आवाज़ रात के सन्नाटे में गूंज उठी। घोड़ी उत्तेजित हो गई और उसके मुंह में झाग आ गई। कोंत घबरा गए।

उन्होंने आवाज़ दी:

'संभल के रहो गिलबर्त!' लेकिन कोंतेस ने गुस्से में आकर घोड़ी के कानों के बीच एक कोड़ा जमाया। घोड़ी भड़ककर पिछली टांगों पर खड़ी हो गई और फिर सरपट चाल से चरागाहों और जोते हुए खेतों में

भागने लगी। कुछ ही देर में कोंतेस अदृश्य हो गई। जूलियन आतंक से अवसन्न रह गया। उसने खड़े होकर क्षीण स्वर में पुकारा, 'मदाम! मदाम!'

कोंत ने अपने बड़े नॉर्मन घोड़े को एड़ी लगाई और वे फौरन अपनी बीवी के पीछे चले गए। जीन ने उन्हें दूर अंधेरे में जाते देखा। फिर जूलियन ने जीन के पास आकर कहा, 'मेरा ख्याल है, आज कोंतेस का दिमाग खराब हो गया है!'

धीरे-धीरे वे अपने रास्ते पर वापस आ गए और अपने दोस्तों की तलाश में चल पड़े। पन्द्रह मिनट बाद कोंत और कोंतेस भी लौटकर उनके साथ मिल गए। कोंत का चेहरा लाल और पसीने से तर था, लेकिन वे खुश नज़र आते थे। वे विजेताभाव से हंस रहे थे और अपनी बीवी की घोड़ी की लगाम उन्होंने अपने मज़बूत हाथों में थाम रखी थी। कोंतेस का चेहरा पीला और उतरा हुआ था। वे पति के कन्धों का सहारा लिए थीं। लगता, वे बेहोश होनेवाली हैं। उस दिन से जीन को पता चल गया कि कोंत अपनी बीवी के प्यार में पागल हैं।

इसके बाद के महीने में कोंतेस पहले से ज़्यादा प्रफुल्लित दिखाई देने लगीं। वे अक्सर 'पोपलर्ज़' आती थीं और हमेशा हंसती रहती थीं। सहसा भावावेश में आकर वे जीन को चूम लेती थीं। लगता था, कोई रहस्यमयी खुशी कोंतेस के जीवन में आ गई थी। कोंत भी अपनी बीवी को खुश देखकर प्रसन्न थे। वे हर क्षण टकटकी लगाकर कोंतेस को देखते रहते थे और हर वक्त उनके हाथ या गाउन का स्पर्श करने के लिए लालायित रहते थे। एक दिन शाम को कोंत ने जीन से कहा:

'मैं इस वक्त बेहद खुश हूं। गिलबर्त पहले कभी इतनी खुश नहीं रहती थी। आजकल उसका मिज़ाज एकदम ठीक है। वह कभी भी गुस्सा नहीं होती। पहले मुझे शक था कि वह मुझे नहीं चाहती, लेकिन अब मैं जान गया हूं कि वह मुझे चाहती है।'

जूलियन भी बदल गया था। वह पहले से ज़्यादा खुश और विनम्र हो गया था। लगता था कि दोनों परिवारों की दोस्ती ने उनके बीच खुशी और शान्ति पैदा कर दी है।

उस साल वसन्त बहुत जल्दी आ गया और मौसम सुहावना हो

गया। जीन पर इसका विचित्र प्रभाव पड़ा। कभी-कभी किसी छोटे फूल को देखकर वह अचानक उदास हो जाती थी और घण्टों तक उसी मूड में रहती थी। उसकी आत्मा प्यार के पहले दिनों की याद से आंदोलित होती रहती थी। जूलियन के प्रति उसका प्यार फिर से ताजा हो गया हो, सो बात नहीं थी—हरगिज़ नहीं। वह तो हमेशा के लिए खत्म हो गया था। लेकिन उसका रोम-रोम इन दिनों आन्दोलित था। लगता था जैसे कोई अदृश्य, कोमल वस्तु उसके सम्पर्क में आ गई है। उसे एकान्त में अपने को सूरज की गर्म किरणों के आगे छोड़ देना अच्छा लगता था। एक दिन सुबह, जब वह सदा की तरह, स्वप्निल अवस्था में थी, उसकी आंखों के सामने एक तस्वीर गुज़र गई—इतेरेता के नजदीक उस जंगल की तस्वीर, जहां जूलियन ने उसे पहली बार प्यार के शब्द कहे थे, जहां जीन ने अपने आलोकित भविष्य और अपनी समस्त आशाओं की पूर्ति की कल्पना की थी। वह एक बार फिर उस स्थान को देखना चाहती थी, भावुकतापूर्ण तीर्थयात्रा करना चाहती थी। शायद उस स्थान के दर्शन से ही उसके जीवन में कोई परिवर्तन आ जाए।

जूलियन सुबह से बाहर गया हुआ था। जीन को नहीं मालूम था कि वह किधर गया है। उसने अपना सफेद घोड़ा ज़ीन कसवाकर तैयार करवाया और चल पड़ी। बड़ा ही खूबसूरत और शान्त दिन था। यह उन दिनों में से था जब घास, पेड़, पौधे—प्रकृति की हर चीज़ खामोश होती है, जब सारी प्रकृति सो जाती है। जीन ने घोड़े को अपनी चाल से चलने की छूट दे दी थी। वह अपने सपनों में खोई थी। वह उस घाटी में गई जो समुद्र की तरफ जाती थी, और चट्टानों के बने उस द्वार में से गुज़रकर जिसे इतेरेता का द्वार कहते हैं, जंगल में आ गई। वह उस स्थान को तलाश कर रही थी जिसे देखने के लिए उसका मन तड़प रहा था। बहुत-सी पगडंडियों पर घूमने के बाद भी उसे वह स्थान दिखाई न दिया। जब वह एक चौड़ी पगडंडी पार कर रही थी तो अचानक उसे दूर दो घोड़े एक पेड़ से बंधे दिखाई दिए।

उसने फौरन उन घोड़ों को पहचान लिया। वे जूलियन और गिलबर्त के घोड़े थे। जीन एकान्त से तंग आ गई थी। इस अप्रत्याशित मुलाकात से वह खुश हो उठी। उसने घोड़े को तेज़ किया, ताकि जल्दी

ही वह उन लोगों के पास पहुंच जाए। घोड़ों के पास पहुंचकर उसने आवाज़ दी। कोई जवाब न आया। लगता था, घोड़े लम्बे अरसे तक इन्तजार में खड़े रहने के आदी हैं। दो चाबुकें और एक जोड़ी ज़नाने दस्ताने घास पर पड़े थे।

जीन ने सोचा, 'वे लोग यहां आकर, फिर कुछ आगे चले गए होंगे।' वह पन्द्रह-बीस मिनट तक वहीं खड़ी इन्तज़ार करती रही। वह घोड़े से उतरकर एक पेड़ का सहारा लेकर खड़ी थी। दो नन्हे पक्षी उड़कर जीन के बहुत नज़दीक आ गए। जीन बहुत खामोश थी, इसीलिए पक्षियों ने उसे नहीं देखा था। नर पक्षी मादा के इर्द गिर्द चहचहाता हुआ फुदकने लगा। उन्हें देखकर जीन ने सोचा, 'मैं भूल गई थी कि वसन्त का मौसम आ गया है।'

इसके साथ ही उसके मन में एक नया विचार, एक नया सन्देह पैदा हुआ। उसने फिर दस्तानों, चाबुकों और घोड़ों की तरफ देखा, जिन्हें पीछे छोड़कर वे लोग चले गए थे। फौरन जीन अपने घोड़े की पीठ पर बैठ गई और वहां से चली आई। वापसी पर उसने घोड़े को सरपट दौड़ाया। रास्ते-भर वह मन ही मन सोचती रही और एक तथ्य का सूत्र दूसरे तथ्य से जोड़ती रही। उसने पहले से ही अनुमान क्यों नहीं लगा लिया था? वह इतनी अन्धी कैसे हो गई थी? उसने जूलियन की घुड़सवारी, उसकी नई शोखियों, खुशमिज़ाजी और दोस्ती का असली मतलब क्यों नहीं समझा था? अब उसे समझ में आया कि कोंतेस का मिज़ाज इतनी जल्दी क्यों बदल जाता था, क्यों वह स्नेहावेग में आ जाती थी, क्यों वह खोई-खोई रहती थी, और इन दिनों अचानक उसमें ऐसा परिवर्तन क्यों आ गया था, जिसे देखकर कोंत इतने खुश हुए थे।

जीन ने घोड़े की चाल धीमी की, क्योंकि तेज़ चाल से उसके विचारों में व्याघात पड़ रहा था। उसे बहुत-सी बातें सोचनी थीं, और गम्भीरतापूर्वक सोचनी थीं। उसके मन में ईर्ष्या या घृणा का भाव नहीं था, केवल विरक्ति थी। उसे जूलियन का ख्याल तक नहीं आया। जूलियन की किसी हरकत पर उसे ताज्जुब नहीं होता था; लेकिन कोंतेस ने, जो जीन की सहेली थी, कैसे विश्वासघात किया, इस बात से उसके मन में ग्लानि हो रही थी। क्या इस दुनिया में झूठ और धोखेबाज़ी के

सिवा कुछ नहीं है? जीन ने तय किया कि वह अपनी इन भावनाओं को छिपाए रखेगी। इसके बाद से वह सिर्फ पॉल और अपने मां-बाप के बारे में ही सोचा करेगी। हर चीज़ को जितनी खामोशी से हो सकेगा, बर्दाश्त करेगी।

घर पहुंचते ही वह पॉल को अपने कमरे में ले गई और लगातार एक घण्टे तक उसे चूमती रही। जूलियन खाने के वक्त पहुंचा। आज वह बेहद खुश और आकर्षक दिखाई दे रहा था। उसने जीन से पूछा :

'क्या तुम्हारे मां-बाप इस साल यहां नहीं आएंगे?'

जीन ने इस बात से इतनी कृतज्ञता महसूस की कि वह जंगल वाली बात बिल्कुल भूल गई। उसके मन में अपने मां-बाप से मिलने की दुर्दमनीय इच्छा पैदा हुई। पॉल के बाद, दुनिया में वह सबसे ज़्यादा अपने मां-बाप को ही चाहती थी। जीन ने सारी शाम उन्हें खत लिखने में गुज़ारी और उनसे अनुरोध किया कि वे जल्द ही वहां आ जाएं।

जवाब में खत आया कि वे बीस मई को आएंगे। अभी सिर्फ सात तारीख थी। जीन बेचैनी से उनके आने की राह देख रही थी, सिर्फ मिलने की बेकरारी की वजह से नहीं, बल्कि इसलिए भी कि वह उनके सामने अपना दिल खोलना चाहती थी। वह फिर से नेक, ईमानदार लोगों से बातें करना चाहती थी, जिनके विचार, कार्य और इच्छाएं पवित्र और निर्दोष हैं। जीन इन दिनों अपने मन के भावों को छिपाना सीख गई थी। वह मुस्कराते हुए, हाथ बढ़ाकर कोंतेस का स्वागत करती थी। अब उसे एकाकीपन, शून्यता और सब पुरुषों के प्रति विरक्ति का अनुभव होता था। दिन-प्रतिदिन यह भावना बढ़ती जाती थी—और जब वह अड़ोस-पड़ोस के ऐसे किस्से सुनती थी तो उसका मन ग्लानि से भर उठता था।

कोलार्द की बेटी के अभी एक बच्चा हुआ था और उसकी जल्द ही शादी होनेवाली थी। मार्टिन-परिवार के एक नौकर और पड़ोसियों की एक पन्द्रह बरस की लड़की के बीच भी ऐसे ही सम्बन्ध थे और उस लड़की की भी यही हालत थी। एक गरीब लंगड़ी विधवा—जिसे सब 'कूड़ा' कहते थे क्योंकि वह बहुत गन्दी थी—इसी हालत में थी। हर रोज़ जीन को लोगों से नई खबरें सुनने को मिलती थीं। समय से पहले

आकर वसन्त ने पौधों की तरह लोगों की वासना को भी जागरित कर दिया था। जीन का दिल टूट गया था। उसकी चेतना सुन्न पड़ गई थी। उसके भावनालोक में केवल स्वप्न थे। इन लोगों की पाशविकता को देखकर उसका मन ग्लानि से भर जाता था। गिलबर्त से उसे घृणा इसलिए नहीं थी कि उसने जीन का पति छीन लिया है, बल्कि इसलिए कि वह भी इस दलदल में धंस गई है। गिलबर्त उन औरतों में से नहीं थी, जो इन पाशविक वृत्तियों के अधीन रहती हैं। वह और ही किस्म की औरत थी। फिर वह इन जानवरों की तरह कैसे गिर गई?।

जिस दिन जीन अपने मां-बाप का इन्तजार कर रही थी, जूलियन ने एक कहानी सुनाकर उसकी ग्लानि को और भी बढ़ा दिया। जूलियन ने हंसकर बताया, जैसे यह कोई आम बात हो कि परसों जबकि नानबाई की भट्टी ठंडी रहती है, उसने भट्टी में कुछ खटर-पटर सुनी। उसका ख्याल था कि कोई बिल्ली वहां घुस गई होगी, लेकिन वहां नानबाई की बीवी छिपी थी, जो डबलरोटी सेंकने के लिए नहीं घुसी थी। नानबाई ने भट्टी का छेद बन्द कर दिया। दोनों जनों का दम घुटने लगा। नानबाई के छोटे लड़के ने अपनी मां को अपने प्रेमी के साथ भट्टी में जाते देखा था, सो उसने पड़ोसियों को चेतावनी दे दी—बिल्कुल ला फोन्तेन की कहानियों जैसा किस्सा मालूम होता है।

जब गाड़ियां फाटक के सामने आकर रुकीं और जीन ने खिड़की में अपने पिता का चेहरा देखा तो उसके मन में ऐसा प्यार उमड़ा जैसा पहले कभी नहीं उमड़ा था। लेकिन मां को देखते ही उसके सिर पर जैसे वज्रपात हुआ। पिछले छह महीनों में बैरोनेस जैसे दस साल और बूढ़ी हो गई थीं। जीन मूर्च्छित होते-होते बची। बैरोनेस के फूले हुए, मोटे गाल लाल सुर्ख हो रहे थे। आंखें निस्तेज हो गई थीं। उन्हे सांस लेने में बहुत दिक्कत होती थी और वे अब बिना सहारे के एक कदम भी नहीं चल सकती थीं। उन्हें देखकर बड़ी तकलीफ होती थी। बैरन ने—चूंकि वे हमेशा अपनी पत्नी के साथ रहते थे और उन्हें रोज़ देखते थे—इस तरफ गौर नहीं किया था। बैरोनेस जब भी अपने बढ़ते हुए भारीपन की शिकायत करती थीं, तो बैरन कहते थे:

'लेकिन माई डियर, मैंने तो तुम्हें जब से देखा है; तुम्हारा यही हाल है।'

जीन मां-बाप को उनके कमरे में छोड़ने के बाद अपने कमरे में गई, और रोने लगी। जब वह अपने पिता के पास गई तो उसकी आंखें आंसुओं से भीगी थीं।

'ओह पापा! मुझे बताइए, मां को क्या हो गया है? वे इतनी बदल गई हैं।' जीन ने कहा। बैरन को ताज्जुब हुआ। वे बोले, 'क्या सचमुच? लेकिन मेरा ख्याल है कि तुम्हें गलतफहमी हो गई है। मैं कभी तुम्हारी मां से अलग नहीं हुआ, इसलिए मुझे कोई फर्क नहीं दिखाई दे सकता। मेरी नज़रों में तो वे बिल्कुल पहले जैसी हैं।'

उस रात जूलियन ने अपनी बीवी से कहा, 'तुम्हारी मां की तो बुरी हालत है। मेरा ख्याल है कि वे काफी बीमार हैं।' जीन फूट-फूट-कर रोने लगी।

जूलियन ने कहा, 'बस। बस। मैंने यह तो नहीं कहा कि उनके बचने की कोई उम्मीद नहीं। तुम हमेशा हर चीज़ को बढ़ा-चढ़ाकर देखती हो। तुम्हारी मां पहले से बदली हुई नज़र आती हैं, बस इतनी-सी बात है। उनकी उम्र की औरतों में ऐसा होना स्वाभाविक ही है।'

एक हफ्ते बाद, जीन अपने इस प्रारम्भिक आघात को भूलकर अपनी मां की बदली हुई शक्ल की आदी हो गई थी। शायद वह अपने भयों और आशंकाओं को मन से निकालने की कोशिश कर रही थी। बैरोनेस मुश्किल से चल सकती थीं। वे सिर्फ आध घण्टे के लिए टहलने निकलती थीं, और 'अपने' रास्ते पर एक बार टहलने के बाद 'अपने' बैंच पर बैठने की इच्छा प्रकट करती थीं। कई बार तो वे एक चक्कर भी नहीं काट सकती थीं, बीच ही में रुककर कहने लगती थीं, 'बस इतना ही बहुत है। मैं आज इससे ज़्यादा दूर नहीं जा सकती।'

अब वे बहुत कम हंसती थीं। पिछले साल जिन बातों पर हंसते-हंसते उनके पेंट में बल पड़ जाते थे, अब वे उन बातों पर सिर्फ मुस्करा देती थीं। लेकिन उनकी आंखों की दृष्टि अब भी अच्छी थी—सारे शरीर में सिर्फ यही चीज़ सुरक्षित बची थी। वे दिन-भर 'कोरिन' या लामार्तीन के 'चिन्तन' पढ़ती रहती थीं। अक्सर वे अपने 'स्मति-चिह्नों

वाली दराज़' मंगवाती थीं और अपने अतीत के प्रिय पत्रों के ढेर को गोद में रखकर, एक-एक पत्र को खामोशी से पढ़ती रहती थीं और फिर उन्हें वापस रख देती थीं। जब वे अकेली होती थीं, एकदम अकेली, तो वे छिपकर कुछ खतों को इतने आदर से चूमती थीं जैसे लोग किसी प्रियजन के बालों की लटों को चूमते हैं। कई बार जब जीन मां को फूट-फूटकर रोते हुए देखती तो पूछती थी, 'तुम्हें क्या हुआ है मदर डियर?'

बैरोनेस एक गहरी सांस लेकर जवाब देतीं, 'पुरानी चीज़ों ने मेरे दिल पर असर किया है। मैंने उन बातों की याद फिर से ताज़ा की है जो मुझे प्यारी हैं लेकिन अब जिनका अस्तित्व नहीं रहा। खत पढ़कर पुराने, भूले-बिसरे हुए लोगों की यादें आती हैं; लगता है वे हमारे सामने हैं, हम उनकी बातें सुन रहे हैं। इसका दिल पर बेहद असर होता है। तुम्हें बाद में जाकर ये बातें महसूस होंगी।'

जब अचानक बैरन कमरे में आ जाते थे और इन उदास दृश्यों में हिस्सा लेते थे तो वे अक्सर कहते, 'जीन डार्लिंग, मेरा कहना मानो, अपनी मां के, मेरे, सभी खतों को जला दो। बुढ़ापे में जवानी की स्मृतियों को फिर से ताज़ा करने से ज़्यादा दुःखदायी चीज़ कोई नहीं है। लेकिन जीन ने अपने खतों को संभालकर रखा। हालांकि उसका स्वभाव हर दृष्टि से अपनी मां से अलग था, लेकिन वह मां की तरह भावुक और स्वप्नशील थी। उसने भी अपने 'संस्मरणों की दराज' तैयार करनी शुरू कर दी।

बैरन को कामकाज के सिलसिले में बाहर जाना पड़ गया था। बैरोनेस की तबियत पहले से अच्छी हो गई थी। जीन कोंतेस के विश्वासघात और जूलियन की बेवफाइयां भूलकर इन दिनों खुश-सी थी। मौसम सुहावना था। खेत फूलों से भर गए थे। शान्त और गंभीर समुद्र इन दिनों किरणों में खूब शान से चमकता था।

एक दिन सुबह जीन पॉल को गोद में लेकर खेतों में टहलने चली गई। वह कभी फूलों की तरफ तो कभी अपने बेटे की तरफ देख रही थी। उसने अपने बेटे के भविष्य के सपने देखने शुरू किए। वह बड़ा होकर क्या बनेगा? वह चाहती थी उसका बेटा एक महान व्यक्ति बने, फिर उसने सोचा कि वह सीधा-सादा और अविशिष्ट आदमी ही रहे

तो बेहतर होगा, क्योंकि तब वह हमेशा उसके पास रहेगा, हमेशा उससे स्नेह और प्यार करेगा। वह पॉल को एक मां के स्वार्थी हृदय से प्यार करती थी। वह चाहती थी कि पॉल हमेशा उसका नन्हा बेटा बना रहे—इसके अलावा कुछ न बने। लेकिन कभी-कभी वह मन ही मन अपने को समझाती थी और चाहती थी कि वह एक महान व्यक्ति बने। जीन घास पर बैठकर गौर से पॉल को देखने लगी। लगता था, उसने पहले कभी पॉल को नहीं देखा था। वह कल्पना में देख रही थी कि पॉल बड़ा होकर पूरा मर्द बन गया है, उसकी दाढ़ी निकल आई है, उसके कदम मज़बूत हो गए हैं और आवाज़ आकर्षक हो गई है। वह इन्हीं विचारों में खोई थी कि किसीने उसे आवाज़ दी। मेरियस उसकी तरफ भागा आ रहा था। जीन ने सोचा, ज़रूर कोई मिलने वाले आए होंगे। इस व्याघात की कल्पना से वह क्षुब्ध हो गई।

मेरियस बहुत तेज़ी से भाग रहा था। नज़दीक आकर वह चिल्लाया, 'मदाम, बैरोनेस बहुत बीमार हैं!'

जीन को लगा जैसे किसीने उसकी पीठ पर बर्फ जैसा ठण्डा पानी उंडेल दिया हो। वह घबराकर तेज़ी से घर की तरफ भागी। मेपल के वृक्ष के नीचे उसे बहुत-से लोग खड़े दिखाई दिए। जब जीन वहां पहुंची तो लोगों ने एक तरफ हटकर उसे रास्ता दिया—जीन की मां ज़मीन पर हाथ-पैर पसारे लेटी थीं। उनके सिर के नीचे तकिये लगा दिए थे। उनका चेहरा काला पड़ गया था, आंखें मुंदी हुई थीं और वे, जो पिछले बीस बरस से लगातार हांफती आई थीं, इस समय निश्चल पड़ी थीं। उनकी धड़कन बन्द थी। नर्स ने जीन की गोद में से पॉल को ले लिया और वहां से चली गई।

जीन ने घबराकर पूछा, 'क्या हो गया? मां कैसे गिरीं? जल्दी जाकर डाक्टर को बुलाओ!' ज्योंही उसने पीछे मुड़कर देखा, उसे पादरी दिखाई दिया। न जाने कौन पादरी को बुला लाया था। पादरी ने खुद-बखुद आकर बैरोनेस के चेहरे और हाथों पर सिरका मला, लेकिन उसका कोई फायदा न हुआ।

'इन्हें बिस्तर में लिटा देना चाहिए।'

कोलार्द, सिमों, लुदिवीन और पादरी ने मिलकर बैरोनेस को

उठाया और कमरे में ले जाने की कोशिश की, लेकिन बैरोनेस का सिर पीछे की तरफ निर्जीव होकर लटकने लगा। बैरोनेस के वज़न से उनकी पोशाक फटने लगी। जीन भय से चीख उठी। बैरोनेस को फिर ज़मीन पर लिटा दिया गया।

ड्राइंगरूम में से एक आरामकुर्सी मंगवाई गई और बैरोनेस को उसमें लिटाकर धीरे-धीरे बरामदे से होकर उनके कमरे में पहुंचे। बैरोनेस को बिस्तर में लिटा दिया गया। लुदिवीन ने बैरोनेस के कपड़े उतारने की कोशिश की। इसी वक्त, पादरी की तरह न जाने कहां से विधवा देंतू भी वहां पहुंच गई। नौकरों की भाषा में, 'उन लोगों ने मौत को सूंघ लिया था।'

जोज़ेफ कोलार्द जल्दी से डाक्टर को बुलाने गया। पादरी पवित्र तेल लाने के लिए वापस जाने की तैयारी कर रहा था। इसी वक्त विधवा देंतू ने फुसफुसाकर कहा :

'तकलीफ करने की कोई ज़रूरत नहीं योर रेवरेन्स। बैरोनेस गुज़र चुकी हैं।'

पादरी ने बैरोनेस को 'एबसोल्यूशन'[1] दिया और सोचा, 'जो भी हो, इसमें कोई हर्ज नहीं।'

दो घंटे तक सब लोग बैठे रहे और बैरोनेस के निर्जीव और लाल शरीर की तरफ देखते रहे। जीन शोक से विक्षिप्त हो गई थी। वह घुटने टेककर पलंग के पास बैठी फूट-फूटकर रोती रही।

डाक्टर के आने के साथ ही जीन को लगा कि उसकी आशा और सांत्वना भी लौट आई थी। जीन ने डाक्टर को सारी घटना समझाने का भरसक प्रयत्न किया :

'वे रोज़ की तरह टहल रही थीं। उनकी तबियत अच्छी हो गई थी—बहुत अच्छी। आज सुबह नाश्ते में उन्होंने दो अंडे और शोरबा भी लिया। अचानक वे गिर पड़ीं—उनका चेहरा काला पड़ गया—जैसा आप इस वक्त देख रहे हैं। तब से लेकर अब तक वे बिल्कुल हिली-डुली तक नहीं। हम लोगों ने उन्हें होश में लाने की पूरी कोशिश की है, पूरी कोशिश।' जीन ने देखा कि विधवा देंतू होशियारी से डाक्टर

1. पापों से मुक्ति

को इशारों के ज़रिये कुछ समझा रही है, फिर भी वे कुछ न समझ सके। उसने चिन्तित स्वर में पूछा, 'क्या मां की हालत बहुत गम्भीर है? क्या सचमुच आपका यही ख्याल है?'

आखिर डाक्टर ने जवाब दिया, 'हिम्मत रखो, मदाम, मेरा ख्याल है कि सब कुछ खत्म हो चुका है।' बेचारी जीन ने बांहें ऊपर उठाई और अपनी मां की लाश पर गिर पड़ी। इसी वक्त जूलियन कमरे में आया। उसे अचानक ही वहां आना पड़ गया था। उसे न तो अपने चेहरे को न अपने व्यवहार को परिस्थिति के अनुकूल बनाने का मौका मिला था। उसके चेहरे पर खीज थी, लेकिन शोक का निशान तक नहीं था।

जूलियन ने कहा, 'मैं जानता था कि वे अब बहुत दिनों तक नहीं चल सकेंगी।' उसने जेब में से रूमाल निकाला और आंखें पोंछने का बहाना किया। फिर अत्यन्त धार्मिक भाव से अपने शरीर पर क्रॉस का चिह्न बनाया। वह घुटनों के बल बैठकर कुछ बुदबुदाने लगा। थोड़ी देर बाद वह उठ खड़ा हुआ और उसने जीन को उठाने की कोशिश की, लेकिन जीन मां से कसकर लिपटी हुई थी और बार-बार लाश को चूम रही थी। वह मां के कानों में प्यार के शब्द कह रही थी। वह बिल्कुल पागल नज़र आ रही थी। लोगों ने उसे ज़बरदस्ती खींचकर अलग किया।

एक घंटे बाद जब जीन अपनी मां के कमरे में आई तो वह पूरी तरह से ना उम्मीद हो चुकी थी। कमरा मातम का कमरा बन गया था। जूलियन और पादरी खिड़की के पास खड़े फुसफुसाकर बातें कर रहे थे। विधवा देंतू मज़े से आरामकुर्सी में बैठी थी, और उन लोगों की तरह ऊंघ रही थी जो बहुत लम्बी प्रतीक्षा के आदी होते हैं।

रात होने लगी थी। पादरी ने जीन का हाथ अपने हाथ में लेकर उसे तसल्ली देने की कोशिश की। वह बैरोनेस की तारीफ करने लगा। पादरी का शोक उन लोगों की तरह बनावटी शोक था, जिन्हें किसीके मरने पर आमदनी की उम्मीद होती है। उसने कहा कि वह रात-भर जागकर शव के सिरहाने प्रार्थना करता रहेगा। जीन ने रो-रोकर इन्कार कर दिया। वह अपनी मां के साथ कमरे में बिल्कुल अकेली रहना चाहती थी।

जूलियन ने कहा, 'यह नहीं हो सकता! मैं भी तुम्हारे साथ रहूंगा।' जीन का गला रुंधा हुआ था। उसने सिर हिलाकर मना कर दिया और अन्त में कहा, 'वे मेरी मां है, मुझे ही उनके कमरे में रहना चाहिए।'

डाक्टर ने फुसफुसाकर कहा, 'मदाम जैसा करना चाहती हैं, करने दीजिए। नर्स पास वाले कमरे में रह सकती है।' पादरी और जूलियन, दोनों को अपनी नींद की चिन्ता थी। वे सहर्ष राज़ी हो गए। पादरी ने घुटने टेककर कुछ देर तक प्रार्थना की और फिर यह कहता हुआ कमरे से बाहर चला गया :

'बेचारी सन्त थीं?' यह बात पादरी ने उसी अन्दाज़ में कही, जैसे वह लैटिन में कहता था, 'डॉमिनस् वोबिस्कम।'

जूलियन ने जीन के पास आकर हमेशा की तरह पूछा, 'किसी चीज़ की ज़रूरत तो नहीं?'

जीन को नहीं मालूम था कि जूलियन उससे बात कर रहा है। उसने कोई जवाब नहीं दिया।

जूलियन ने कहा, 'तुम कुछ खा लेती तो अच्छा रहता। खाने से बदन में ताकत आ जाएगी।'

'फौरन किसीको भेजकर पापा को बुलाओ।' जीन ने जवाब में कहा। जूलियन किसी संदेशवाहक को रूएन भेजने के लिए बाहर चला गया। जीन शोक से अचेत हो रही थी। वह उस घड़ी की प्रतीक्षा में थी जब वह अपने शोक को व्यक्त करने के लिए एकान्त पा सकेगी। विधवा देंतू बिना शोर किए कमरे में चीज़ें ठीक कर रही थी। पलंग के सिरहाने रखी मेज़ पर उसने एक मोमबत्ती जलाकर रख दी। लेकिन जीन को कुछ दिखाई नहीं दे रहा था। उसकी समझ में कुछ नहीं आ रहा था। वह सिर्फ एकान्त चाहती थी।

जूलियन लौट आया। वह अभी खाना खाकर लौटा था। उसने फिर जीन से पूछा, 'तुम कुछ नहीं खाओगी?'

जीन ने सिर हिलाकर इन्कार कर दिया। जूलियन चुपचाप बैठ गया। उदासी की बजाय उसमें उदासीनता की मात्रा अधिक थी। विधवा देंतू की आंख लग गई थी। बीच-बीच में वह खर्राटे भरने लगती थी और अचानक उठ बैठती थी। अन्त में जूलियन उठ खड़ा हुआ

और जीन के पास आकर उसने पूछा, 'अब तुम कमरे में अकेली रहना चाहती हो?'

जीन ने हठात् उसका हाथ पकड़कर जवाब दिया, 'हां, तुम जाओ।'

जूलियन ने जीन का माथा चूमा और बुदबुदाया, 'मैं बीच-बीच में आकर तुम्हें देख जाया करूंगा।' और वह चला गया। विधवा देंतू भी अपनी कुर्सी साथ के कमरे में ले गई।

जीन अकेली रह गई। उसने दरवाज़ा बन्द कर दिया और दोनों खिड़कियां खोल दीं। ताज़ी कटी घास की भीनी सुगन्ध कमरे में आकर उसके चेहरे को सहलाने लगी जीन को इससे बहुत बुरा लगा। उसे मालूम दिया कि यह उसके शोक का मज़ाक है। वह पलंग पर आकर बैठ गई और मां का एक हाथ अपने हाथों में लेकर गौर से उनके चेहरे की तरफ देखने लगी। अब उनका शरीर फूला हुआ नहीं दिखाई देता था। वे शान्तिपूर्वक सो रही थीं। मोमबत्ती के पीले प्रकाश में वे सजीव और सचेत-सी दिखाई दे रही थीं। जीन भूखी नज़रों से मां की तरफ देख रही थी। उसे वे दिन याद आ रहे थे जब उसकी मां थैले में केक लेकर कॉन्वेन्ट में उससे मिलने आया करती थीं। जीन को उनकी असंख्य बातें, घटनाएं, शब्द और परिचित अदाएं याद आईं: बैरोनेस जब हंसती थीं तो किस तरह आंखें सिकोड़ लेती थीं, हांफकर जब वे बैठती थीं तो किस तरह ठण्डी सांस लेती थीं।

जीन खड़ी होकर अवसन्न भाव से बार-बार सोच रही थी, 'मां अब नहीं हैं!' सहसा उसे इस खौफनाक सत्य का पूरा आभास हुआ। सामने पड़ी लाश कभी उसकी मां थी। उसकी प्यारी मां, जो अब कभी न हंसेगी न बोलेगी, जो कभी जीन के पापा के साथ मेज़ पर नहीं बैठेगी और न कभी कहेगी, गुड मॉर्निंग जीनेत!' मां मर गई थीं! उन्हें एक ताबूत में बन्द करके ज़मीन में दफना दिया जाएगा—और फिर सब कुछ खत्म हो जाएगा। वह कभी मां को नहीं देख सकेगी!

क्या यह संभव था? क्या लोग उसकी मां को उससे दूर ले जाएंगे? वह प्यारा चेहरा, वह चेहरा जिसे जीन अपने जन्म के पहले दिन से देखती आई थी—वह प्यारी मां जिसे वह दुनिया में सबसे अधिक चाहती थी, अब इस संसार में नहीं रही थी! अब कुछ ही घंटे बाकी थे, जिस

बीच जीन उस शान्त चेहरे को अच्छी तरह देख सकती थी। उसके बाद तो स्मृति के सिवा और कुछ बाकी नहीं रहेगा। जीन एक खौफनाक शोक से विह्वल होकर घुटनों के बल बैठ गई। उसने अपना चेहरा मां के बिस्तर में दफना लिया और हृदयविदारक स्वर में विलाप करने लगी, 'ओह, मां, मेरी बेचारी मां!'

जीन को लगा कि उसकी विवेकशक्ति लुप्त हो रही है, उस रात की तरह जब वह भागकर बर्फ में चली गई थी। वह उठकर ताज़ी हवा में सांस लेने और अपने उद्वेग को शान्त करने के लिए खिड़की के पास चली गई।

रात की शान्त निस्तब्धता और ताज़ी कटी हुई घास की सुगन्ध से उसे कुछ राहत मिली और वह धीरे से रो पड़ी। वह फिर पलंग के नज-दीक आकर बैठ गई और उसने अपनी मां का एक हाथ इस तरह अपने हाथों में ले लिया जैसे बैरोनेस सिर्फ बीमार हों। रोशनी से आकर्षित होकर एक बड़ा-सा कीड़ा कमरे में चक्कर काट रहा था। जीन थोड़ी देर तक उस कीड़े को देखती रही, फिर उसको भूल गई। इसके बाद घड़ी की टिक्-टिक् और एक और धीमी आवाज़ ने उसका ध्यान आकर्षित किया। यह उसकी मां की घड़ी की आवाज़ थी, जो उनकी पोशाक के साथ बंधी हुई थी। बैरोनेस की पोशाक को लापरवाही से पलंग के पायताने रखी एक कुर्सी पर फेंक दिया गया था।

मां और मां की घड़ी के बीच गहरा सम्बन्ध था। घड़ी अभी तक चल रही थी, इस विचार से जीन का शोक और भी गहरा हो गया। जीन ने घड़ी की तरफ देखा। अभी मुश्किल से साढ़े दस बजे थे। सारी रात उस कमरे में बिताने के विचार से ही उसका मन आतंक से भर गया।

फिर वह और बातें सोचने लगी। रोज़ाली और गिलबर्त की स्मृतियां—विश्वासघात की कटु स्मृतियां ताज़ी हो उठीं। क्या संसार में दुःख, मुसीबतों और मौत के सिवा और कुछ नहीं है? हर चीज़ में धोखा, झूठ, दुःख और आंसू होते हैं! उसे कहां शान्ति और सुख मिल सकता है? शायद जब उसकी आत्मा धरती की मुसीबतों से मुक्ति पाकर किसी दूसरे लोक में जाएगी, तभी उसे सुख मिलेगा। आत्मा! वह इस

अनन्त रहस्य के बारे में सोचने लगी। इस ठंडे और निश्चल शरीर की आत्मा कहां चली गई है? उसकी मां की आत्मा कहां है? शायद किसी, दूर, अज्ञात स्थान में! लेकिन वह स्थान कहां है? शायद बहुत नज़दीक, इसी कमरे में है, शायद मां की आत्मा पलंग पर लेटे निश्चल शरीर के गिर्द ही मंडरा रही हो। सहसा जीन को महसूस हुआ, जैसे कोई आत्मा उसके आसपास मंडरा रही है, उसके गालों के नजदीक सांस ले रही है। जीन आतंक से सिहर उठी। वह इतनी डर गई थी कि वह हिलने-डुलने, सांस लेने या पीछे देखने तक का साहस नहीं कर पा रही थी। उसका दिल जोरों से धड़क रहा था।

सहसा कीड़े ने कमरे में अंधाधुध चक्कर काटना शुरू कर दिया। जीन डर से कांप उठी, लेकिन सहसा कीड़े की आवाज़ पहचानकर उसे कुछ तसल्ली हुई और उसने उठकर अपने पीछे देखा। उसकी नज़र अपनी मां के राइटिंग टेबल पर गई। जीन के मन में एक विचित्र भावुकता-पूर्ण विचार पैदा हुआ। वह एक पवित्र पुस्तक की तरह उन पुराने खतों को पढ़ा करेगी जो उसकी मां को पसंद थे। वह एक पवित्र कर्तव्य का पालन करेगी। इस बात से उसकी मां को स्वर्गलोक में शान्ति मिलेगी। यह उसके नाना और नानी के खत थे, जो उसने कभी नहीं पढ़े थे।

जीन ने उठकर डेस्क खोला और सबसे निचली दराज़ में से पीले रंगा के कई लिफाफे निकाले जिन्हें बड़े कायदे से बांधकर रखा गया था। अत्यन्त भावुक ढंग से जीन ने सारे लिफाफे मां के शरीर पर रख दिए और पढ़ना शुरू किया। पहले खत में लिखा था, 'मेरी डार्लिंग', दूसरे में 'मेरी प्यारी बच्ची', फिर 'मेरी नन्ही', 'मेरी प्यारी बेटी', 'मेरी प्यारी एदेलेद'—ये खत प्यार और भावुकता से भरे थे और उनमें हज़ारों ऐसे ब्यौरे थे जो बाहर वालों के लिए महत्त्वहीन थे। 'पापा को इन्फ्लुएन्ज़ा हो गया था। होर्तेन्ज़ ने अपने को जला लिया था। बिल्ली क्रोकेरा मर गई थी। चर्च से लौटते वक्त मां अपनी प्रार्थना की पुस्तक खो बैठी थीं; उनका ख्याल है कि किसीने पुस्तक चुरा ली है।' खतों में उन लोगों का भी ज़िक्र था जो जीन के लिए अपरिचित थे, लेकिन जिनके नाम उसने बचपन में सुने थे।

इन बातों का जीन पर बहुत गहरा असर पड़ा। उसे लगा कि वह

अचानक अपनी मां के अतीत जीवन के बीच पहुंच गई है, मां के हृदय की अन्तरतम गहराइयों में। वह जैसे मां को तसल्ली देने के लिए ऊंची आवाज़ में उन खतों को पढ़ने लगी। एक-एक करके वह खतों को पढ़कर पलंग के पायताने रखती गई और सोचने लगी, 'फूलों की तरह इन खतों को भी ताबूत पर रखा जाएगा।'

फिर जीन ने एक और पैकेट खोला जिसपर दूसरे किस्म की लिखावट थी। उसने एक पुर्ज़ा पढ़ा, 'मैं तुम्हारे प्यार के बगैर ज़िन्दा नहीं रह सकता। मैं तुम्हारे प्यार में पागल हूं।' बस इतना ही, किसीके दस्तखत भी नहीं थे। उसे कुछ समझ में नहीं आया। यह खत बैरोनेस पर्थ्यू दे वॉज़ के नाम था। उसने एक और खत खोलकर पढ़ा, 'आज रात, उसके जाते ही तुम चली आना। हम एक घण्टा साथ गुजारेंगे। मैं तुम्हारी आराधना करता हूं।' एक और खत था, 'मैंने तुम्हारी तमन्ना में, बेचैनी से एक रात गुज़ारी है। मेरी कल्पना में तुम मेरी बांहों में थीं, तुम्हारे होंठ मेरे होंठों को छू रहे थे। फिर यह सोचकर कि उस वक्त तुम उस आदमी की बगल में सो रही हो, मेरे मन में आया कि खिड़की से कूद पड़ूं।' जीन की समझ में कुछ न आया। प्यार के ये शब्द किसे लिखे गए थे? किसके लिए लिखे गए थे?

जीन खतों को पढ़ती रही। सब खतों में प्यार की बातें थीं, अन्त में सावधान रहने की चेतावनी दी गई थी और लिखा था, 'इसे ज़रूर जला देना।' फिर एक मामूली-से कागज़ पर डिनर के किसी निमंत्रण का उत्तर दिया था। लिखावट वही थी। नीचे दस्तखत थे 'पॉल देनमार'। यह वही आदमी था जिसे बैरन 'मेरा पुराना दोस्त पॉल' कहा करते थे और जिसकी बीवी बैरोनेस की पक्की सहेली थी।

अचानक जीन के दिमाग में एक शक पैदा हुआ और फौरन उसको विश्वास भी हो गया। यह आदमी ज़रूर उसकी मां का प्रेमी था! जीन उठ खड़ी हुई और उसने वे प्रेम-पत्र इस तरह फेंक दिए, जैसे कोई किसी रेंगनेवाली चीज़ से बचता है। वह फूट-फूटकर रोने लगी। शोक से विह्वल और शिथिल होकर फर्श पर गिर पड़ी और ज़ोर से सिसकने लगी। उसने दोनों हाथों में अपना चेहरा छिपा लिया ताकि सिसकियां बाहर न सुनाई दें।

वह रात-भर शायद इसी तरह पड़ी रहती, लेकिन उसे साथ वाले कमरे में किसीकी आहट सुनाई दी और वह होश में आ गई। शायद उसके पापा के कदमों की आहट थी। सारे फर्श और बिस्तर पर खत बिखरे पड़े थे। पापा एक खत पढ़कर ही सब कुछ समझ जाएंगे! जीन ने जल्दी-जल्दी उन सब पुराने खतों को जमा किया, अपने नानी-नाना के खतों को, प्रेमी के खतों को और उन खतों को जो उसने अभी तक नहीं पढ़े थे और वे जो पुलिन्दे में बंधे हुए थे। जीन ने सब पुलिन्दों को अंगीठी में डाल दिया, फिर मोमबत्ती उठाकर उनमें आग लगा दी। जब सिर्फ राख बाकी रह गई, तो वह फिर खिड़की के पास लौट आई। मां के नज़दीक जाने की हिम्मत अब उसमें नहीं थी। उसने दोनों हाथों से अपना चेहरा ढांप लिया और विलाप करने लगी, 'मेरी मां, ओह, मेरी बेचारी मां!'

फिर एक भयंकर विचार उसके मन में आया:मान लो अगर उसकी मां अभी तक न मरी हों, वे सिर्फ सो रही हों? जागने पर अगर उन्हें उस भयंकर रहस्य का पता चल गया तो क्या जीन के प्रति उनके प्यार में कोई फर्क नहीं पड़ेगा? क्या वे उसी प्यार और पवित्र स्नेह से जीन को फिर चूम सकेंगी? नहीं, यह नामुमकिन है! इस ख्याल से ही जीन के मन को बहुत तकलीफ हुई।

रात काफी बीत चुकी थी। तारे आसमान से करीब-करीब जा चुके थे। चांद तेज़ी से समुद्र में डूब रहा था। जीन को फिर उस रात की याद आई जब वह 'पोपलर्ज़' में आई थी। वह रात-भर खिड़की के पास बैठी रही थी। लेकिन तब परिस्थितियां ही और थीं। तब से लेकर सब चीज़ें कितनी बदल गई थीं? अब भविष्य कैसा नज़र आता है!

सवेरा हो गया—बड़ा खूबसूरत सवेरा। जीन सोचने लगी कि यह कैसे संभव है कि ऐसे दीप्तिमान प्रभात के होते हुए भी धरती पर कोई खुशी या शान्ति नहीं होती। किसीके दरवाज़ा खोलने की आवाज़ सुनकर जीन चौंक उठी। यह जूलियन था।

जूलियन ने पूछा, 'कहो? क्या तुम बहुत ज़्यादा थक गई हो?'

'नहीं तो।' जीन ने जवाब दिया। जूलियन को देखकर उसे खुशी हुई।

'तुम जाकर थोड़ी देर आराम कर लो तो अच्छा हो।'

जीन धीरे से, उदास भाव से उठी। उसने अपनी मां को चूमा और अपने कमरे में चली गई। उसी सुबह बैरन भी वहां पहुंच गए। वे फूट-फूटकर रोए। यह तय हुआ कि जनाज़ा अगले दिन निकाला जाएगा।

बैरोनेस की लाश को ताबूत में बन्द कर दिया गया। अन्तिम बार मां का माथा चूमने के बाद जीन एक तरफ हटकर खड़ी हो गई, क्योंकि लोग आने शुरू हो गए थे। सबसे पहले गिलबर्त आई। उसने जीन के गले में बांहें डालकर उसे चूमा। वह फूट-फूटकर रोने लगी। बहुत-सी औरतें शोक के कपड़े पहने आ रही थीं, जिन्हें जीन नहीं जानती थी। मार्चियोनेस द' कोतेलियर और विकोंतेस द' ब्रीज़वील दोनों ने जीन को चूमा। सहसा जीन ने मौसी लिज़ों को धीमी चाल से अपनी तरफ आते देखा। जीन ने उन्हें अपने सीने से लगा लिया। वृद्धा बेहोश होते-होते बचीं।

जूलियन भी सिर से लेकर पैर तक शोक के कपड़े पहनकर आया। इस पोशाक में वह बहुत अच्छा लग रहा था। उसने अपनी बीवी के कान में कुछ कहा और कोई सलाह मांगी। फिर उसने कहा, 'इलाके के सब रईस खानदान यहां मौजूद हैं। बहुत बढ़िया मामला रहेगा।' और महिलाओं को अभिवादन करके वह वहां से चला गया।

दफन के मौके पर मौसी लिज़ों और गिलबर्त लगातार जीन के पास रहीं। कोंतेस उसे लगातार चूम रही थी और कह रही थी, 'हाय, मुझे तुमपर तरस आ रहा है।'

जब कोंत अपनी बीवी को लेकर आए तो वे इस तरह रो रहे थे, जैसे उनकी सगी मां की मृत्यु हो गई हो।

दस

इसके बाद के दिन बड़े उदासी के थे, प्रियजन को दफनाने के बाद घर खाली हो गया था और वे चीज़ें जिन्हें बैरोनेस अपने जीवनकाल में छूती थीं, घर वालों के मन पर एक बोझ-सा बन गई थीं। एक गिलास था जिसे नौकरानी अलग रखना भूल गई थी। बैरोनेस की आरामकुर्सी

और हॉल में रखा बैरोनेस का छाता, उनकी याद दिलाते थे। हर कमरे में उनकी चीज़ें रह गई थीं—कैंची, दस्ताने, एक किताब लगातार पढ़ने से जिसके पन्ने घिस गए थे और दर्जनों ऐसी छोटी-मोटी चीज़ें जिन्हें देखकर घर के लोगों को बहुत ज़्यादा तकलीफ होती थी; क्योंकि उन चीज़ों से उन्हें बैरोनेस की हर छोटी से छोटी आदत की याद आ जाती थी। बैरोनेस की आवाज़ उनके कानों में गूंजती रहती थी। उन्हें लगता था, वे सचमुच उस आवाज़ को सुन रहे हैं। इन बातों की स्मृति से बचने के लिए वे कहीं भी जाने को सहर्ष तैयार थे।

उधर उस रहस्योद्घाटन से जीन के दिल को बहुत चोट पहुंची थी। इस याद से उसके मन पर एक बोझ-सा हो गया था। उसके दिल के ज़ख्म भरने में ही न आते थे। इस भयंकर रहस्य को जानने के बाद से उसका एकाकीपन और भी बढ़ गया था। उसका अंतिम विश्वास और उसकी अंतिम आस्था भी एकदम खो गई थी।

कुछ दिनों के बाद बैरन वहां से चले गए। उन्हें हवा तब्दील करने की ज़रूरत थी। वे किसी नई जगह पर जाना चाहते थे, जहां वे अपने शोक को भूल सके, जिस शोक की दलदल में वे दिन-प्रतिदिन गहरे धंसते जा रहे थे। उस विशाल मकान की ज़िन्दगी, जिसके मालिक बारी-बारी से उसे छोड़कर चले गए थे, शान्त और नियमित रूप से चलती रही।

फिर पॉल बीमार पड़ गया। जीन चिन्ता से पागल हो उठी और पूरे बारह दिन और बारह रातें उसने बिना खाए-पिए पॉल के सिरहाने गुज़ारीं।

पॉल स्वस्थ हो गया, लेकिन इस कल्पना से कि शायद वह पॉल को गंवा बैठती, जीन त्रस्त रहती थी। अगर पॉल को कुछ हो जाता तो वह क्या करती? फिर उसका क्या होता? उसी वक्त उसकी आत्मा एक और बच्चे के लिए छटपटाने लगी। दो नन्हे बच्चे, एक लड़का और एक लड़की उसके नज़दीक खेलते हों—यह सपना वह बहुत दिनों से देखती आ रही थी। उसका समस्त हृदय एक तीव्र आकांक्षा से भर उठा, जो उसके रोम-रोम में समा गई।

लेकिन रोज़ाली वाले काण्ड के बाद से वह जूलियन से अलग रह

रही थी और इन परिस्थितियों में दोनों का फिर से मिलना असम्भव था। इसके अलावा जूलियन की ज़िन्दगी में एक और औरत थी जिसका जीन को पूरी तरह से पता था। जूलियन के साथ सुलह करने की कल्पना-मात्र से ही जीन का हृदय ग्लानि से कांप उठा।

फिर भी एक और बच्चे की खातिर वह अपनी ग्लानि को भूलने के लिए तैयार थी। लेकिन वह किस तरह जूलियन से सुलह करे, यह उसकी समझ में नहीं आता था। जूलियन को यह सब बताने की बजाय उसे मरना कहीं ज़्यादा पसन्द था, क्योंकि जूलियन के व्यवहार से स्पष्ट था कि अब वह जीन को नहीं चाहता था।

शायद जीन अपनी इस तीव्र आकांक्षा को भूल भी जाती, लेकिन इन दिनों हर रात वह सपने में देखती थी कि एक नन्ही लड़की मेपल के पेड़ तले पॉल के साथ खेल रही है। कई बार उसके मन में एक दुर्दमनीय इच्छा उठती कि वह उठकर चुपचाप अपने पति के पास चली जाए। दो बार वह दबे पांव जूलियन के दरवाज़े तक गई भी, लेकिन दरवाज़े का हैंडल घुमाने से पहले ही उसके कदम ठिठक गए और वह शर्म से पानी-पानी होकर वहां से लौट आई।

बैरन चले गए थे। मां की मृत्यु हो चुकी थी। अब ऐसा कोई व्यक्ति नहीं था जिससे वह सलाह मांग सकती, जिसे वह अपने दिल के राज़ बता सकती। उसने पादरी पिको के पास जाकर अपने कठिन इरादों का 'कन्फेशन' करने का निश्चय किया।

पादरी अपने छोटे-से फलों के बगीचे में प्रार्थना-पुस्तक पढ़ रहे थे। इधर-उधर की मामूली बातों के बाद जीन ने अटक-अटककर कहा, 'पादरी महाशय, मैं कन्फशन करना चाहती हूं।' शर्म से उसका चेहरा लाल हो गया।

पादरी हैरान रह गया। उसने जीन को गौर से देखने के लिए अपना चश्मा ठीक किया और हंसकर कहा, 'मैं नहीं सोचता कि तुम्हारी आत्मा पर बहुत बड़े पापों का कोई बोझ है।' अपनी घबराहट के बावजूद जीन ने जवाब दिया, 'नहीं, पाप तो नहीं है। लेकिन देखिए मैं एक ऐसे मामले में आपकी सलाह चाहती हूं जो बहुत नाज़ुक है, जिसका ज़िक्र मैं वैसे नहीं कर सकती।'

पादरी ने फौरन अपना मज़ाक का लहजा बन्द करके धार्मिक मुद्रा धारण कर ली और कहा, 'अच्छी बात है, मेरी बच्ची, मैं कन्फेशन के कमरे में चलकर तुम्हारी बात सुनूंगा, आओ चर्च में चलें।'

लेकिन फौरन जीन को महसूस हुआ कि वह चर्च के खाली, शान्त कमरे में ऐसी शर्मनाक बातों का ज़िक्र नहीं कर सकेगी। इसलिए उसने पादरी की बांह पकड़कर पीछे खींचा:

'नहीं, पादरी महाशय, अगर आप बुरा न मनाएं तो मैं यहीं आपको सब कुछ बता दूं। हम चलकर कुंज में बैठ सकते हैं।'

दोनों जने धीरे-धीरे कुंज में जाकर बैठ गए। जीन सोच रही थी, वह किस तरह बात शुरू करे।

'फादर,' उसने इस तरह कहना शुरू किया जैसे अपने गुनाह कबूल करने जा रही हो। हिचकिचाहट के साथ उसने फिर कहा, 'माई फादर,' और घबराकर चुप हो गई। पादरी हाथ जोड़कर इन्तज़ार करता रहा। जीन को बहुत घबराया देखकर अन्त में पादरी ने तसल्ली दी, 'क्यों मेरी बच्ची, तुम्हें डर लग रहा है? बताओ, क्या कहना चाहती हो?'

आखिर जीन ने हिम्मत बांधी (जैसे किसी भीरु व्यक्ति को सहसा बहादुरी का आवेश आ जाता है) और वह अटकती हुई तेज़ी से बोली, 'फादर, मैं एक और बच्चा चाहती हूं।'

पादरी को यह बात समझ में न आई। वह खामोश रहा। यह देखकर जीन ने अपना अभिप्राय स्पष्ट करने के लिए कहा:

'आप जानते हैं कि अब मैं दुनिया में बिल्कुल अकेली रह गई हूं। मेरे पिता और मेरे पति की आपस में नहीं पटती, मेरी मां की मृत्यु हो गई है।' और जीन का स्वर क्षीण हो गया, 'अभी उस दिन मैं करीब-करीब अपने बच्चे को भी खो बैठी थी। अगर बच्चा न रहता तो फिर मेरा क्या होता?' यह कहकर जीन रुक गई। पादरी ने स्तब्ध दृष्टि से उसकी तरफ देखा और कहा, 'अब असली बात पर आओ।'

जीन ने फिर कहा, 'मुझे एक और बच्चा चाहिए।'

पादरी मुस्कराया। वह किसानों की खुली मज़ाकभरी बातों का आदी था, क्योंकि उसके सामने आकर लोग जो मन में होता था साफ कह देते थे। पादरी ने सिर झटककर कहा, 'यह तो तुम्हारी अपनी मर्ज़ी

पर है।'

जीन ने अपनी शानदार आंखें ऊपर उठाई और अचकचाकर कहा, 'लेकिन आप जानते हैं कि नौकरानी वाले किस्से के बाद से मैं और मेरे पति अलग-अलग रहते हैं।'

पादरी देहात के लोगों की अनैतिकता से अच्छी तरह वाकिफ था, लेकिन उसे इस बात को सुनकर कुछ ताज्जुब हुआ; सहसा उसने अनुमान लगा लिया कि उस नौजवान पत्नी की असली ख्वाहिश क्या है।

स्नेह और दया से द्रवित पादरी ने तिरछी नज़रों से जीन की तरफ देखा, 'हां! मैं समझा। समझ गया। यह स्वाभाविक ही है कि तुम्हें विधवा के से इस जीवन से घृणा है। तुम जवान और तन्दुरुस्त हो। यह बिल्कुल स्वाभाविक है।'

इसके बाद देहाती पादरी, जो अपनी ज़बान पर संयम नहीं रख पाता था, मुस्कराया, और जीन के हाथ को थपथपाकर बोला, यह सही भी है। धार्मिक आदेश भी यही कहते हैं। तुम शादीशुदा हो न? तुमने आलू बोने के लिए तो शादी नहीं की थी, क्यों?'

पहले तो जीन इन शब्दों का अर्थ न समझ सकी। लेकिन जब उसे अर्थ समझ में आया तो उसका चेहरा शर्म से लाल हो गया और आंखें आंसुओं से डबडबा आई। 'ओह पादरी महोदय, आपके कहने का क्या अर्थ है? आप क्या सोचते हैं? ओह, मैं कसम खाकर कहती हूं···' और सिसकियों से उसका गला रुंध गया।

पादरी को ताज्जुब हुआ। उसने जीन को तसल्ली दी, 'बस करो, बस—तुम्हारे दिल को चोट पहुंचाने के इरादे से मैंने यह बात नहीं कही थी। मैं तो सिर्फ मज़ाक कर रहा था। अगर स्त्री सच्चरित्र हो तो इस ख्वाहिश में कोई बुराई नहीं। लेकिन तुम मुझपर भरोसा रखो, पूरी तरह से भरोसा रखो, मैं मोशिए जूलियन से मिलूंगा।'

एक हफ्ता गुज़र गया। जीन का उत्सुकता के मारे बुरा हाल था। एक दिन रात को खाने के बाद जूलियन ने एक खास अन्दाज़ से जीन की तरफ देखा। वह जब भी छेड़खानी के मूड में होता था तो उसके चेहरे का भाव बदल जाता था। आज तो उसने व्यंग्यपूर्ण उदारता भी

दिखाई थी। खाने के बाद जब दोनों उस सड़क पर गए, जहां बैगेनेस टहला करती थीं। जूलियन ने जीन के कानों में फुसफुसाकर कहा, 'अच्छा तो अब हमारी सुलह हो गई है न!'

जीन खामोश रही, वह ज़मीन पर खिंची एक सीधी रेखा को देखती रही थी। घास उग आने से यह रेखा मिट चली थी। यह उसकी मां के पैर का निशान था, जो किसी स्मृति की तरह धुंधला पड़ गया था। जूलियन ने इस ओर ध्यान न देते हुए कहा, 'मुझे बड़ी खुशी है। मैं तो डरता था कि इस बात से तुम नाराज़ हो जाओगी।'

सूरज पेड़ों के नीचे छिप चुका था। मन्द हवा के झोंके आ रहे थे। जीन के मन में रोने की, किसीके गले में बाहें डालकर उसके हमदर्दी भरे कानों में अपना सारा दुःख कहने की इच्छा हुई। जीन का गला रुंध गया। वह अपने पति के वक्ष पर गिर पड़ी।

जीन रो रही थी, जूलियन चकित भाव से उसकी तरफ देख रहा था; क्योंकि जीन ने उसके कोट में अपना चेहरा छिपा लिया था और उसके घुंघराले बाल ही दिखाई दे रहे थे। जूलियन ने यह सोचकर कि जीन अब भी उसे चाहती है, उसपर अनुग्रह करते हुए उसका सिर चूम लिया। दोनों चुपचाप घर लौट आए और जूलियन जीन के साथ उसके सोने के कमरे में चला गया।

उनके बहुत दिनों से टूटे हुए दाम्पत्य-सम्बन्ध फिर शुरू हो गए। जूलियन के व्यवहार से लगता था जैसे वह कोई फर्ज़ अदा कर रहा हो, हालांकि उसे यह फर्ज़ नापसन्द नहीं था। उधर जीन ज़रूरत से लाचार होकर आत्मसमर्पण करती थी, हालांकि उसे इस बात से सख्त ग्लानि होती थी। उसने मन ही मन निश्चय कर लिया था कि गर्भ रह जाने के बाद वह हमेशा के लिए अपने पति से शारीरिक सम्बन्ध रखना खत्म कर देगी।

लेकिन जीन ने देखा कि जूलियन का व्यवहार कुछ ही दिनों में बदल गया था। अब वह एक पति की तरह पूरे उत्साह से नहीं बल्कि एक प्रेमी की तरह सतर्क रहकर बहुत सावधानी से प्यार करता था। जीन को इस बात से ताज्जुब हुआ और उसने जूलियन के इस व्यवहार को ध्यान से देखने का निश्चय किया। उसने देखा कि जूलियन

रतिक्रिया को बीच में ही छोड़कर हट जाता था।

एक बार जूलियन के होंठों पर अपने होंठ रखकर जीन ने पूछा, 'अब तुम पहले जैसे क्यों नहीं रहे?'

'क्योंकि अब मैं और बच्चे नहीं चाहता।' जूलियन ने विद्रूप करते हुए कहा।

जीन चौंक उठी। उसने पूछा, 'और बच्चे क्यों नहीं?' जूलियन स्तब्ध रह गया। उसने जवाब दिया, 'क्या? तुम पागल तो नहीं हो गईं? बिल्कुल नहीं! क्या सारे घर को गड़बड़ करने और पैसा बर्बाद करने के लिए एक बच्चा काफी नहीं है? एक बच्चा? जी नहीं, धन्यवाद!'

जीन ने जूलियन के गले में बांहें डाल दी और एक चुम्बन लेकर मिन्नत की, 'ओह! जूलियन, मेहरबानी करके मेरा एक और बच्चा होने दो!' लेकिन जूलियन इस तरह नाराज़ हो गया जैसे उसके दिल को भारी ठेस पहुंचाई गई हो। उसने कहा, 'सचमुच जीन, तुम्हारा दिमाग खराब हो गया है। अपनी बेवकूफी की बातें अपने तक रहने दो, मुझे मत परेशान करो।'

जीन खामोश रही, लेकिन मन ही मन उसने फैसला किया कि वह छल-प्रपंच रचकर अपना चिर-आकांक्षित सुख पाने के लिए जूलियन को मजबूर करेगी। इसलिए जीन ने चुम्बनों को बहुत देर तक जारी रखना और तीव्र प्रेमोन्माद का अभिनय करना शुरू किया, हर किस्म के फरेब किए, लेकिन इनका कोई फायदा न हुआ, क्योंकि जूलियन ने हमेशा अपने ऊपर पूरा काबू रखा।

अपनी सारी कोशिशों को बेकार देखकर और एक लड़की पैदा करने की तीव्र लालसा से प्रेरित होकर जीन में कुछ भी करने का दुःसाहस पैदा हो गया था। वह फिर पादरी पिको के पास गई। पादरी ने अभी नाश्ता खत्म किया था। उसका चेहरा लाल हो रहा था, क्योंकि खाने के बाद उसके दिल की धड़कन बढ़ जाती थी। जीन को देखते ही पादरी ने कहा, 'कहो क्या खबर है?' पादरी अपनी कराई हुई सुलह का परिणाम जानने के लिए उत्सुक था।

इस बार जीन को कतई संकोच नहीं हुआ। उसने फौरन जवाब

दिया, 'मेरे पति और बच्चा नहीं चाहते।' पादरी को इस प्रसंग में बहुत दिलचस्पी महसूस हुई। दाम्पत्य-जीवन के इन रहस्यों की जड़ तक पहुंचने के लिए आतुर होकर पादरी ने सिर घुमाया। ऐसे प्रसंगों के कारण ही लोगों के 'कन्फेशन्ज़' पादरी को सुखद मालूम होते थे। उसने जीन से पूछा, 'यह कैसे हो सकता है?' अपने निश्चय के बावजूद जीन को बड़ी घबराहट महसूस हुई। उसने लड़खड़ाती जबान से कहा, 'वह··· वह···मुझे मां—नहीं बनने देता।'

पादरी समझ गया, क्योंकि वह इन बातों से अच्छी तरह परिचित था। फिर भी उसने जीन से बहुत सवाल पूछे और कुछ देर सोचने के वाद, बड़ी खामोश आवाज़ में, सविस्तार एक योजना बताई। पादरी के लहजे से लगता था जैसे वह आगामी फसल की योजना पर बहस कर रहा हो।

'मेरी बच्ची, तुम्हारे सामने अब एक ही रास्ता है। तुम अपने पति को यकीन दिला दो कि तुम मां बननेवाली हो। फिर वह इतनी सावधानी नहीं बरतेगा।'

जीन बुरी तरह से झेंप गई और शर्म से उसका चेहरा लाल हो गया, लेकिन वह पहले से ही इन बातों के लिए अपना दिल मज़बूत करके आई थी। उसने दृढ़ स्वर में पूछा, 'अगर जूलियन ने मुझपर यकीन न किया, तो?'

पादरी मर्दों के तौर-तरीकों से अच्छी तरह वाकिफ था। उसने सलाह दी, 'तुम यह खबर सब लोगों को बता दो। कुछ दिनों में तुम्हारे पति को भी यकीन होने लगेगा।' ऐसी चाल चलने के लिए अपने को दोषमुक्त करते हुए पादरी ने कहा, 'यह तुम्हारा अधिकार है, क्योंकि केवल संतानोत्पत्ति के लिए ही चर्च ऐसे रिश्तों को बर्दाश्त करता है।'

जीन ने इस सलाह पर अमल किया और दो हफ्ते बाद ही उसने जूलियन से कहा कि शायद वह मां बननेवाली है।

जूलियन चौंक उठा, 'यह कैसे हो सकता है!'

जीन ने फिर अपनी बात दुहराई और अपने सन्देह का कारण बताया। लेकिन जूलियन ने सिर्फ इतना ही कहा, 'उंह! कुछ दिन और ठहरो, पता चल जाएगा।'

हर रोज़ वह जीन से पूछता, 'क्यों? क्या खबर है?' लेकिन जीन हमेशा जवाब देती थी, 'अभी नहीं। अगर मेरा अनुमान गलत निकला तो मुझे बड़ी हैरानी होगी।' जूलियन गुस्से से लाल-पीला हो गया। उसे यकीन ही नहीं आता था। वह बार-बार यही कहता था, 'मेरी समझ में नहीं आता कि यह कैसे हुआ? यह नामुमकिन है।'

करीब एक महीने के बाद जीन ने यह खबर सिवा कोंतेस गिलबर्त के सभी को सुना दी। कोंतेस को न सुनाने का कारण एक जटिल और नाजुक संकोच की भावना थी। पहली चेतावनी के बाद ही से जूलियन ने अपनी बीवी के पास आना बन्द कर दिया, लेकिन कुछ दिनों के बाद उसने इस अनिवार्य परिस्थिति से समझौता कर लिया। हालांकि उसने गुस्से से कहा, 'यह है वह बच्चा जो बिना बुलाए ही आ गया है।' उनका शारीरिक सम्बन्ध फिर से आरम्भ हो गया। पादरी ने जो उम्मीद की थी, वह सच निकली। जीन अब मां बननेवाली थी।

फिर सुख के उन्माद में आकर जीन ने जूलियन के लिए अपने कमरे का दरवाज़ा हमेशा के लिए बन्द कर दिया, और किसी अज्ञात दैवी शक्ति के प्रति कृतज्ञता प्रकट करने के लिए, जिसकी जीन आराधना करती थी, उसने प्रतिज्ञा की कि वह भविष्य में सदैव अपने को पवित्र रखेगी।

अब वह फिर सुखी थी। उसे यह देखकर आश्चर्य होता था कि वह अपनी मां की मृत्यु के शोक को कितनी जल्दी भूल गई। उसका ख्याल था कि यह शोक सदा ताज़ा रहेगा, लेकिन अभी मां की मृत्यु को दो महीने भी न बीते थे कि उसके दिल का ज़ख्म भरने लगा था। अब केवल एक कोमल अवसाद रह गया था, जिसने एक पतले आवरण की तरह उसकी ज़िन्दगी को ढक लिया था। उसे लगा कि अब कोई भी घटना उसे चोट नहीं पहुंचा सकेगी। उसके बच्चे बड़े हो जाएंगे, उसकी देखभाल करेंगे और वह पति की चिन्ता किए बगैर शान्ति से अपने बुढ़ापे के दिन गुज़ार देगी।

सितम्बर के अन्त में पादरी पिको एक नया चोगा पहनकर अपने उत्तराधिकारी पादरी तोलबियाक का परिचय कराने के लिए 'पोपलर्ज़' आया। नया पादरी बहुत कम उम्र का गम्भीर नौजवान था। उसकी

भीतर धंसी हुई आंखें, जिनके आसपास काले वृत्त पड़ गए थे, उसके उग्र स्वभाव की सूचक थीं।

पादरी पिको गोदर्वील का डीन निर्वाचित हो गया था। उसके जाने की खबर सुनकर जीन बड़ी उदास हुई। बूढ़े पादरी के साथ जीन के तरुण नारीत्व की घटनाएं जुड़ी हुई थीं। उस पादरी ने जीन की शादी की थी, उसके बेटे का बप्तिस्मा किया था और जीन की मां को दफनाया था। वह पादरी पिको के सौजन्यपूर्ण चेहरे के बगैर एतोवेन्त गांव की कल्पना नहीं कर सकती थी। वह गांव के हर फार्म में जाता था। जीन बूढ़े पादरी को इसलिए पसन्द करती थी, क्योंकि वह बेहद हंसमुख था और औपचारिकता से दूर रहता था।

अपनी तरक्की के बावजूद पादरी पिको खुश नहीं नज़र आता था। पादरी ने कहा, 'मदाम कोंतेस, यहां से जाना मुझे बहुत बुरा लग रहा है। पिछले अट्ठारह बरस से मैं यहीं हूं। यहां के लोग गरीब हैं, आमदनी ज़्यादा नहीं होती। मर्द धार्मिक नहीं हैं और औरतें चंचल हैं। लड़कियां मुसीबतज़दा होने के बाद ही शादी कराने के लिए चर्च में आती हैं। दुलहिनों के फूलों के हारों की यहां ज़्यादा कीमत नहीं है, फिर भी मैंने अपने दिन सुख से गुज़ारे हैं।'

इसपर नये पादरी का चेहरा लाल हो गया और वह अधीर हो उठा। फिर उसने हठात् कहा, 'ये सारी बातें अब यहां नहीं चलेंगी।' नया पादरी अपने घिसे हुए, लेकिन बढ़िया सिले हुए चोगे में दुबला, पतला, नाजुक और चिड़चिड़ा बच्चा मालूम होता था।

पादरी पिको ने कनखियों से नये पादरी की तरफ देखा। जब वह मज़ाक की मूड में होता था तो हमेशा नज़र तिरछी कर लेता था, 'पादरी साहब, इन बातों को रोकने के लिए आपको लोगों को ज़ंजीरों से बांधना पड़ेगा, उससे भी खास फायदा नहीं होगा।'

नये पादरी ने तीखेपन से जवाब दिया, 'हम देखेंगे!' बूढ़े पादरी ने मुस्कराकर एक चुटकी तम्बाकू मुंह में डाली और कहा, 'उम्र और तजुर्बे से तुम्हारा स्वभाव नर्म हो जाएगा। अगर तुम्हारा यही रवैया रहा तो कोई भी उपासक गिर्जे के नज़दीक नहीं फटकेगा। इस इलाके में किसान धार्मिक तो हैं, लेकिन बड़े ज़िद्दी हैं। इसलिए खबरदार

रहना। जब कोई लड़की बहुत चौड़ी पेटी कमर पर बांधकर मेरा प्रवचन सुनने आती है तो मैं सोचता हूं—अब चर्च का एक और नया सदस्य आनेवाला है—मैं उसकी शादी करवाने की कोशिश करता हूं। तुम किसी लड़की को चंचल होने से नहीं रोक सकते, लेकिन तुम उसके प्रेमी के पास जा सकते हो और यह देखना भी तुम्हारा काम है कि वह प्रेमी अपने होनेवाले बच्चे की मां को कहीं छोड़ न दे। फौरन उनकी शादी करवा देनी चाहिए। पादरी साहब, बाकी बातों की चिन्ता बेकार है।'

नये पादरी ने तेज़ी से जवाब दिया, 'हमारे सोचने का ढंग कुछ और है, इसलिए इस बहस को जारी रखना बेकार है।'

पादरी पिको ने फिर बताया कि इस गांव को छोड़ने में उसे कितना अफसोस होगा। यहां अपने घर की खिड़कियों में से उसे समुद्र दिखाई देता था। चोगे की शक्ल की घाटियां, जहां से वह दूर सफेद पालों को देखता हुआ अपनी प्रार्थना-पुस्तक पढ़ता था। इसके बाद दोनों पादरी उठ खड़े हुए और बूढ़े पादरी ने जीन का मस्तक चूमा। जीन की आंखों में आंसू छलछला आए।

एक हफ्ते बाद नया पादरी तोलबियाक फिर उनके यहां आया और नये सुधारों की चर्चा करने लगा जो उसने लागू किए थे। लगता था किसी शाहज़ादे ने राज्य की बागडोर संभाल ली है। पादरी ने जीन से आग्रह किया कि वह इतवार की प्रार्थना में ज़रूर शरीक हुआ करे और हर छुट्टी के रोज़ चर्च आया करे। पादरी ने समझाया, 'आप और हम इस इलाके के नेता हैं, हमें लोगों के सामने अच्छी मिसाल कायम करनी चाहिए—हमें मिलजुलकर काम करना चाहिए, ताकि हमारी ताकत बढ़े और लोग हमारी इज़्ज़त करें। जब चर्च और किले का सहयोग होगा तो मामूली झोंपड़ियों में रहनेवाले लोग डरेंगे और आज्ञापालन करेंगे।'

जीन के लिए धर्म एक भावुकता थी। सब औरतों की तरह उसमें भी एक स्वप्निल आस्था थी। वह अपने धार्मिक कर्तव्यों का पालन इसलिए करती थी क्योंकि कॉन्वेन्ट में उसे यह आदत पड़ गई थी। उसके पिता के उदार विचारों ने उसकी धार्मिक आस्था को बहुत पहले

से गड़बड़ कर दिया था। पादरी पिको जीन की थोड़ी धर्मनिष्ठा से ही संतुष्ट था और उसे कभी नहीं फटकारता था। लेकिन नया पादरी अगर इतवार के रोज़ जीन को चर्च में नहीं देखता था, तो फौरन परेशान होकर 'पोपलर्ज़' आ जाता था। जीन पादरी को नाराज़ नहीं करना चाहती थी, इसलिए उसने चर्च आने का वादा किया था, लेकिन मन ही मन उसने तय किया कि वह कुछ हफ्तों के बाद अपनी कर्तव्यनिष्ठा में कमी कर देगी।

खैर, धीरे-धीरे जीन को चर्च जाने की आदत पड़ गई और उसने इस दुबले-पतले, रौबीले पादरी का शासन अनजाने में ही मान लिया। पादरी के उदात्त विचारों और उत्साह से जीन की रहस्यवादी प्रकृति को बहुत सन्तोष मिला। पादरी जानता था कि किसी औरत की आत्मा में सोई धर्मनिष्ठा को कैसे जगाया जाता है। पादरी के सादेपन, सांसारिक सुखों के प्रति विरक्ति, मानवीय महत्त्वाकांक्षाओं के प्रति उदासीनता, ईश्वरप्रेम, तरुणाई और उसकी धृष्टता से भरी अनुभवहीनता, मुंहफट बातें, इच्छाशक्ति की उग्रता—इन तमाम बातों से जीन को लगा कि प्राचीनकाल के शहीद भी वैसे ही रहे होंगे। जीवन में इतनी व्यथा सहने से उसके भ्रम दूर हो गए थे और वह इस पादरी के बालक जैसे संकीर्ण मतवादी विचारों के प्रति आकर्षित हुई।

पादरी उससे ईसामसीह के बारे में बातें करता था। उसने जीन से कहा कि धर्म के पवित्र आनन्द से उसके सारे दुःख दूर हो जाएंगे। जीन कन्फेशन के कमरे में जाकर जब बालक जैसे पादरी के आगे घुटने टेकती तो वह अपने को बहुत कमज़ोर और क्षुद्र महसूस करने लगती थी।

लेकिन कुछ ही दिनों में सब लोग पादरी से नफरत करने लगे। चूंकि वह अपने साथ बहुत सख्ती बरतता था, इसलिए वह औरों के प्रति भी असहिष्णुता दिखाता था। सबसे ज़्यादा गुस्सा पादरी को जिस बात पर आता था वह था, प्यार। चर्च में भाषण देते समय वह बड़े भोंड़े शब्दों में प्यार की निन्दा करता था और वासना के पाप के विरुद्ध खूब गरजता था। ऐसे पापमय दृश्यों की कल्पना-मात्र से ही वह गुस्से से कांपने लगता था।

चर्च में बैठे मर्द और लड़कियां, कनखियों से एक-दूसरे की तरफ

देखते थे; बूढ़े किसान, जिन्हें इस किस्म की बातों के बारे में मज़ाक करने में मज़ा आता था, अपने बीवी-बच्चों के साथ घर लौटते समय चटखारे ले-लेकर पादरी के इस दृष्टिकोण की नुक्ताचीनी करते थे।

सारे इलाके में हलचल मच गई थी। सब लोग शिकायत करते थे कि पादरी 'कन्फेशन' के समय बड़ी सख्ती से पेश आता है और बहुत कड़ी सजाएं देता है। जब उसने उन लड़कियों को आशीर्वाद देने से इन्कार किया जिनकी पवित्रता सुरक्षित नहीं थी, तो सब लोगों ने उसका मज़ाक उड़ाना शुरू कर दिया। छुट्टियों की प्रार्थना में जब कुछ लड़कियां औरों के साथ पादरी की मेज़ के आगे जाने की बजाय अपनी बेंचों पर ही बैठी रहीं तो सब लोग हंस पड़े।

फिर जिस तरह शिकारगाह का रक्षक चोरों को पकड़ने के लिए इन्तज़ाम करता है, पादरी ने भी प्रेमियों पर जासूसी करनी शुरू कर दी। लेकिन इसमें उसे कामयाबी न मिली। वह खन्दकों, खलिहानों और पहाड़ियों की ढलवानों पर उगी झाड़ियों के पीछे से चांदनी रातों में प्रेमियों को खदेड़ देता था। एक बार जब उसे देखकर भी एक जोड़ा प्रेम-लीला में व्यस्त रहा—वे लोग चलते हुए कदम-कदम पर एक-दूसरे को चूम रहे थे—तो पादरी ने चिल्लाकर कहा, 'बेवकूफो! यह काम बन्द करो।'

लेकिन नौजवान पीछे मुड़कर चिल्लाया, 'अपने काम से वास्ता रखिए पादरी महाशय! आपसे इस काम का कोई ताल्लुक नहीं।'

इसपर पादरी ने पत्थर उठाकर उनकी तरफ फेंके, जैसे वे कुत्ते हों। वे हंसते हुए वहां से भाग गए। अगले इतवार को पादरी ने नाम लेकर उन लोगों की भर्त्सना की। इसके बाद से गांव के सब मर्दों ने चर्च में आना बंद कर दिया।

पादरी हर रविवार 'पोपलर्ज़' में भोजन करता था, लेकिन वह हफ्ते में कई बार जीन से मिलने आता था। दोनों इधर-उधर की मामूली बातें करते थे और प्राचीन तथा जटिल धार्मिक विवादों पर बहस करते थे। वे ईसामसीह और सन्तों की बातें करते हुए उस सड़क पर जाते थे जहां बैरोनेस टहला करती थीं। वे कुमारी मेरी और चर्च के जन्मदाता 'फादर्स' के बारे में इस तरह बातें करते थे जैसे वे उनके परिचित हों।

कभी-कभी वे एक-दूसरे से बड़े गम्भीर प्रश्न पूछने के लिए रुक जाते थे, जिनपर फिर रहस्यवादी चर्चा शुरू हो जाती थी। जीन अपनी काव्यपूर्ण दलीलों में खो जाती थी, जो रॉकेटों की तरह स्वर्ग का लक्ष्य-बेध करती थीं। पादरी, जिसका दिमाग अधिक तर्कसंगत था, गणितज्ञ की तरह बहस करता था, जैसे वृत्त की वर्णात्मकता समझा रहा हो।

जूलियन नये पादरी के साथ बहुत आदर से पेश आता था और हर वक्त कहा करता था, 'मुझ यह पादरी पसन्द है, क्योंकि वह लोगों के आगे नहीं झुकता।' जूलियन कन्फेशन के लिए भी पादरी के पास जाता था और जब भी उसे कम्यूनियन के लिए बुलाया जाता तो वह वहां जाकर अच्छी मिसाल कायम करता था।

इन दिनों जूलियन पूरा दिन फोर्वील-परिवार के यहां कोंत के साथ शिकार खेलने में और कोंतेस के साथ घुड़सवारी करने में गुज़ारता था। चाहे मौसम खराब हो या अच्छा, वह घुड़सवारी के लिए ज़रूर जाता था। कोंत को भी जूलियन से बहुत स्नेह हो गया था। वे कहते थे, 'ये दोनों जने घुड़सवारी के पीछे पागल हैं, लेकिन घुड़सवारी से मेरी बीवी को बहुत फायदा होता है।'

नवम्बर के मध्य में जीन के पिता घर लौट आए। वे बिल्कुल बदल गए थे—पहले से अधिक बूढ़े हो गए थे। शोक ने उनकी कमर तोड़ दी थी। अपनी बेटी से उनका मोह और भी बढ़ गया था। मालूम होता था, इतने महीनों के एकाकीपन ने उनके मन में प्यार और स्नेह की आकांक्षा को और भी बढ़ा दिया था।

जीन ने पिता से न अपने विचारों का, न पादरी तोलबियाक के साथ अपनी प्रगाढ़ आत्मीयता का और न अपने धार्मिक उत्साह का ही जिक्र किया था, लेकिन पहली मुलाकात में ही बैरन को पादरी से घृणा हो गई। शाम के वक्त जब जीन ने अपने पिता से पूछा, 'आपको नया पादरी कैसा लगा?" तो बैरन ने जवाब दिया, 'वह आदमी पूरा जल्लाद है! मेरे खयाल में यह बहुत खतरनाक होगा!'

जब बैरन को किसानों से पता चला कि पादरी बहुत हिंस्र और कठोर है, और वह प्राकृतिक नियमों और इन्सान की सहज वृत्तियों का दमन करना चाहता है, तो उनकी घृणा ग्लानि में बदल गई। बैरन उन

पुराने दार्शनिकों में से थे जो प्रकृति की आराधना करते हैं और प्रकृति के भव्य दृश्यों को देखते ही द्रवित हो उठते हैं। वे सर्वेश्वरवाद में आस्था रखते थे और कैथोलिक लोग जिस सर्वशक्तिमान ईश्वर में विश्वास करते हैं उसके प्रति बैरन का मन विद्रोह कर उठता था। उन्हें कैथोलिकों का ईश्वर जेज़ुईटों की तरह मक्कार और अत्याचारियों की तरह बल-शाली मालूम होता था—उन्हें लगता था कि ऐसा ईश्वर अनन्त शक्ति-शाली सृष्टि की—जो जीवन, प्रकाश, धरती, सूरज, वनस्पति, चट्टान, मनुष्य, वायु, पशु, सितारे, कीट और ईश्वर यह सब कुछ है—अवहेलना करता है। वह सृष्टि की रचना इसलिए करता है क्योंकि यह 'निर्माण' है और इच्छाशक्ति और तर्क से कहीं ऊंची चीज़ है।

बैरन के ख्याल में सृष्टि में हर चीज़ के बीजाणु हैं, विचार और जीवन भी फूलों और फलों की तरह बिना किसी उद्देश्य, कारण या सीमा के, हर रूप में, संयोगवश या गर्म सूरज के सामीप्य के अनुसार विकसित होते हैं। बैरन के विचार में संतानोत्पत्ति एक सार्वभौमिक नियम, एक पवित्र, आदरपूर्ण और दैवी क्रिया थी, जिसके माध्यम से सार्वभौम सत्ता का रहस्यमय और चिरन्तन उद्देश्य पूरा होता है।

हर फार्म में जाकर बैरन ने नये असहिष्णु और अत्याचारी पादरी के विरुद्ध तीव्र आन्दोलन शुरू कर दिया। इस बात से जीन को बड़ा दुःख हुआ और उसने अपने पिता से विनती की कि वे ऐसा न करें। वह ईश्वर से भी प्रार्थना करती थी, लेकिन बैरन हमेशा यही जवाब देते थे, 'ऐसे आदमियों से ज़रूर लड़ना चाहिए। यह हमारा कर्तव्य और अधि-कार है। ऐसे लोग इन्सान नहीं होते।' फिर अपने लम्बे, सफेद बालों को झटककर वे कहते, 'ऐसे लोग इन्सान नहीं होते। वे कुछ नहीं समझते। ये गलतफहमी के शिकार हैं, वे प्रकृति का विरोध करते हैं।' बैरन 'प्रकृति के खिलाफ' शब्द इस तरह कहते थे जैसे कोई शाप दे रहे हों।

पादरी को इस दुश्मनी का पूरी तरह से पता था, लेकिन चूंकि वह जीन और 'पोपलर्ज़' को अपने शासन में रखना चाहता था, इसलिए वह खामोश रहा। उसे विश्वास था कि अन्त में उसीकी जीत होगी।

उसके दिमाग में एक ही बात घुसी हुई थी। संयोग से उसे जूलियन और गिलबर्त के प्रेम-सम्बन्ध का भी पता चल गया था और वह किसी

भी कीमत पर इस सम्बन्ध को खत्म करना चाहता था। एक दिन वह जीन के पास गया और लम्बी रहस्यमयी बातों के बाद उसने जीन से कहा कि वह अपने परिवार के पाप को खत्म करने में और खतरे में पड़ी दो आत्माओं को बचाने में उसकी मदद करे। जीन की समझ में न आया कि पादरी उससे क्या चाहता है। उसने पादरी से कई सवाल पूछे लेकिन पादरी ने सिर्फ इतना ही जवाब दिया, 'अभी वह मौका नहीं आया। मैं फिर आपसे मिलूंगा।' और अचानक वहां से उठकर चला गया।

जाड़े का मौसम करीब-करीब खत्म हो चुका था। इस बार हल्की-फुल्की सर्दी पड़ी थी और काफी सीलन रही थी। कुछ दिनों के बाद पादरी फिर जीन के पास आया और उसने संकेत से जीन के सामने दो ऐसे लोगों के पापमय प्रेम-सम्बन्ध का जिक्र किया, जिनपर लोगों को सन्देह तक नहीं होना चाहिए। पादरी ने कहा कि जिन लोगों को सारी सचाई मालूम है उन्हें चाहिए कि हर मुमकिन तरीके से इस सम्बन्ध को रोकें। फिर पादरी ने बड़ी उदात्त बातें की और जीन का हाथ पकड़कर उससे विनती की कि वह अपनी आंखों की पट्टी खोलकर देखे कि उसके आसपास क्या हो रहा है और पादरी के उद्देश्य में सहायता करे।

इस बार जीन सारा माजरा भांप गई, लेकिन खामोश रही, क्योंकि उसे डर था कि उसके घर की शान्ति नष्ट हो जाएगी। इसलिए उसने ऐसा ज़ाहिर किया जैसे वह पादरी की बात समझ ही न रही हो।

यह देखकर पादरी ने असंयत भाव से कहा, 'मदाम विकोंतेस, मुझे एक दुःखदायी कर्तव्य निभाना पड़ेगा। लेकिन मैं पीछे नहीं हटूंगा। इस धरती पर मैं जिस उद्देश्य के लिए आया हूं वह मुझे मजबूर कर रहा है कि मैं आपको एक ऐसी बात के बारे में बताऊं, जिसे आपको खत्म करना होगा। आपके पति का मदाम फोर्वील से अनैतिक प्रेम सम्बन्ध चल रहा है।'

जीन ने बेबसी और मजबूरी से सिर झुका लिया।

पादरी ने कहा, 'अच्छा तो अब आपका क्या इरादा है?'

जीन ने हकलाकर कहा, 'मैं क्या कर सकती हूं, पादरी महाशय!'

'इस अनैतिकता के मुकाबले में आपको खड़ा होना चाहिए,' पादरी ने कठोर स्वर में कहा।

जीन रोने लगी और उसने दुःखी स्वर में कहा, 'मेरे पति एक नौकरानी के साथ प्रेम-सम्बन्ध रखकर मुझे पहले ही धोखा दे चुके हैं। वे मेरी कोई बात नहीं सुनेंगे। वे अब मुझसे प्यार नहीं करते। ज्योंही मैं कोई ऐसी ख्वाहिश जाहिर करती हूं जो उनके मन के माफिक नहीं होती, वे मुझसे बुरा सलूक करने लगते हैं। मैं क्या कर सकती हूं?'

पादरी ने उसके सवाल का जवाब देने की बजाय चिल्लाना शुरू कर दिया, 'इसका मतलब है कि आप भी इस पाप में साथ दे रही हैं! आपने परिस्थिति के साथ समझौता कर लिया है, आप मददगार हैं! आपके घर में व्यभिचार होता है और आप इसे बर्दाश्त करती हैं! आपकी आंखों आगे के गुनाह होता है और आप आंखें दूसरी तरफ फेर लेती हैं। आप बीवी हैं? ईसाई हैं? मां हैं?'

जीन ने सिसकते हुए पूछा, 'आप क्या चाहते हैं? मैं क्या करूं?'

'इस पापाचार को रोकने के लिए कुछ भी कीजिए। मैं कहता हूं, कुछ कीजिए। अपने पति को छोड़ दीजिए, इस कलंकित घर से भाग जाइए।'

'लेकिन मेरे पास इतना पैसा नहीं है, पादरी महाशय। मुझमें साहस भी नहीं है। इसके अलावा, बिना सबूत के मैं अपने पति को कैसे छोड़ सकती हूं? मुझे ऐसा करने का अधिकार तक नहीं है।'

पादरी गुस्से से कांपता हुआ उठ खड़ा हुआ, 'आप अपनी भीरुता के कारण ऐसा कह रही हैं। मदाम, आपके बारे में मेरा ख्याल कुछ और ही था। आप ईश्वर की दया के काबिल नहीं हैं!'

जीन घुटने टेककर बैठ गई, 'ओह, मुझे छोड़कर मत जाइए! मेहरबानी करके मुझे सलाह दीजिए।'

'जाकर मोशिए फोर्वील की आंखें खोलिए। उन्हें ही इस गुप्त-सम्बन्ध को तोड़ना चाहिए।'

इस सुझाव से जीन आतंकित हो उठी, 'ओह! वे उन दोनों को जान से मार डालेंगे! और मैं उनकी बदनामी करूं! ओह! यह मैं हरगिज़ नहीं कर सकती!'

फिर गुस्से में पादरी ने जैसे शाप देने के लिए अपना हाथ ऊपर उठाया, 'आप इसी तरह गुनहगार बनी रहिए, अपनी शर्मनाक हालत में

पड़ी रहिए। आप उन दोनों से ज़्यादा गुनहगार हैं। आप पाप की सहायता करने वाली बीवी हैं! अब इस घर से मेरा कोई ताल्लुक नहीं रहेगा।'

और पादरी वहां से चला गया। उसका शरीर गुस्से से कांप रहा था। जीन उसके पीछे-पीछे बाहर आई। वह पादरी का हर कहना मानने और अपना वचन देने के लिए तैयार हो गई थी, लेकिन पादरी गुस्से में जल्दी-जल्दी वहां से क्रोध में अपना बड़ा नीले रंग का छाता हिलाता हुआ चला गया। अचानक पादरी ने अहाते की दीवार के पास खड़े जूलियन को देखा, जो कुछ मज़दूरों के काम की निगरानी कर रहा था। पादरी बाईं तरफ मुड़कर कोलार्द-परिवार के फार्म की ओर चला गया और बोला, 'रहने दीजिए मदाम, मुझे अब आपसे कुछ नहीं कहना है।'

रास्ते में, आंगन के बीचोबीच फार्म और अड़ौस-पड़ौस के बच्चे मिर्ज़ा कुतिया के दरबे के गिर्द जमा होकर बड़ी दिलचस्पी और उत्सुकता से चुपचाप कोई चीज़ देख रहे थे। उनके बीच बैरन भी अपने हाथ पीठ पर बांधे खड़े थे। बैरन इस वक्त पूरे स्कूलमास्टर नज़र आ रहे थे; लेकिन ज्योंही उन्होंने पादरी को देखा, वे उससे बचने के लिए दूर चले गए।

जीन कह रही थी, 'मुझे कुछ दिनों की मोहलत दीजिए पादरी महोदय, आप फिर लौटकर आइएगा। मैं इस बीच आपकी बातों पर गौर करूंगी और बताऊंगी कि मैं क्या कर सकती हूं। फिर हम आपस में मशविरा करेंगे।'

बच्चों के नज़दीक पहुंचकर पादरी यह देखने के लिए आगे बढ़ा कि आखिर वे किस चीज़ को इतने गौर से देख रहे हैं। कुतिया बच्चे दे रही थी। पांच पिल्ले उसके आसपास रेंग रहे थे और वह उन्हें स्नेह से चाट रही थी। ज्योंही पादरी कुतिया के ऊपर झुका, एक और नन्हा पिल्ला कुतिया के पेट में से निकल आया। पास-पड़ोस के सब बच्चे तालियां पीटने लगे, 'एक और है! एक और है!' उनके लिए यह सब सर्वथा स्वाभाविक और खेल-सा था, जिसमें कोई अश्लील बात नहीं थी। वे पिल्लों का पैदा होना उसी तरह देख रहे थे जिस तरह वे सेबों को पेड़ से गिरता हुआ देखते थे।

पहले तो पादरी स्तब्ध रह गया। फिर उसे अपने गुस्से पर काबू न रहा। उसने अपना बड़ा छाता उठाकर बच्चों के सिर पर मारना शुरू किया। बच्चे हैरान होकर बेतहाशा वहां से भागे। सहसा पादरी कुतिया के साथ अकेला रह गया। कुतिया पैरों के बल खड़ा होने की कोशिश कर रही थी। पादरी ने उसे खड़ा होने का मौका न दिया और पूरी ताकत से उसे पीटने लगा। कुतिया जंजीर से बंधी होने के कारण कहीं भागकर भी नहीं जा सकती थी। वह मार की पीड़ा से चीखने-चिल्लाने लगी। छाता टूट गया। जब यह हथियार बेकार हो गया तो पादरी ने जूतों से उसे कुचल दिया और गुस्से से गालियां बकते हुए उसे खूब पीटा। फिर उसने जूते की एड़ियों से कुतिया के क्षत-विक्षत शरीर को, जिसमें से खून निकल रहा था, खत्म कर दिया। कुतिया बार-बार पीड़ा से ऐंठ रही थी, उसके नवजात पिल्ले, जो अभी अन्धे और फूहड़ थे, उसके स्तन टटोल रहे थे।

जीन भाग गई। लेकिन सहसा पादरी को अपने गले पर किसीके हाथ महसूस हुए। उसके हैट को किसीने धक्के मारकर गिरा दिया था। क्रुद्ध बैरन उसे घसीटकर दीवार के पास ले गए और उसे सड़क पर धकेल दिया। बैरन ने पीछे घूमकर देखा कि उनकी बेटी नन्हे पिल्लों के पास घुटने टेककर बैठी थी और सिसकती हुई उन पिल्लों को अपनी स्कर्ट में जमा करती जा रही थी। बैरन सीधे, गुस्से में हाथ हिलाते हुए वहां पहुंचे और बोले, 'देखा उस सन्त आदमी को? उसका असली रूप अब दिखाई दिया।'

फार्म के मज़दूर मरी हुई कुतिया को देखने के लिए आगे आए। कोलार्द की मां ने कहा, 'कोई इन्सान इतना वहशी कैसे हो सकता है!'

लेकिन जीन ने सातों पिल्लों को उठा लिया और कहा कि वह उनका पालन-पोषण करेगी। उसने पिल्लों को दूध देने की कोशिश की, लेकिन अगले दिन तीन पिल्ले मर गए। फिर पियर सिमों ने अड़ौस-पड़ौस में ऐसी कुतिया की तलाश की जो पिल्लों को दूध पिला सके। उसे इस काम में सफलता नहीं मिली, लेकिन वह एक बिल्ली ले आया और कहने लगा कि उससे काम चल जाएगा। इसके बाद सबने मिलकर तीन और पिल्लों को मार डाला और आखिरी पिल्ले को नई नस्ल की नई

मां के हवाले कर दिया। बिल्ली ने फौरन बच्चे को अपना लिया और बड़ी लगन से उसे पालने लगी।

दो हफ्ते बाद पिल्ले का दूध छुड़ा दिया गया, ताकि बिल्ली अधिक क्षीण न हो जाए। जीन ने पिल्ले को बोतल से दूध पिलाने का फैसला किया। उसने पिल्ले का नाम 'तोतो' रखा, लेकिन उसके पिता ने ज़बरदस्ती पिल्ले का नाम बदलकर, कत्ल' रख दिया।

पादरी फिर वहां नहीं आया, लेकिन इतवार के रोज़ चर्च के मंच से उसने 'पोपलर्ज़' के खिलाफ खूब ज़हर उगला और गालियां बकीं। उसने अपने प्रवचन में कहा कि हमें बुराइयों को जड़ से उखाड़ देना चाहिए। उसने बैरन के खिलाफ भी बहुत कुछ कहा (बैरन को सुनकर बड़ा मज़ा आया), पादरी ने जूलियन के नये प्रेम-सम्बन्ध का भी अस्पष्ट भाषा में ज़िक्र किया। इस हमले से जूलियन बेहद क्रुद्ध हुआ, लेकिन बदनामी फैलने के डर से खामोश रह गया।

इसके बाद हर प्रवचन में पादरी यही कहता रहा कि किसी दिन ईश्वर उसके सब दुश्मनों से उसके अपमान का बदला लेगा। जूलियन ने विनयपूर्ण लेकिन कठोर शब्दों में एक खत आर्च बिशप को लिखा। पादरी तोलबियाक को नौकरी से बर्खास्त करने की चेतावनी मिली तो वह खामोश हो गया। इसके बाद वह देहात में अकेला लम्बी सैर करता हुआ दिखाई देता था। उसके चेहरे का भाव गम्भीर और उदात्त दिखाई देता था। गिलबर्त और जूलियन रोज़ जब घुड़सवारी के लिए निकलते तो उन्हें पादरी किसी खेत में, चट्टान पर या किसी घाटी में टहलता हुआ या अपनी प्रार्थना-पुस्तक पढ़ता हुआ नज़र आ जाता। उसे देखते ही दोनों अपने घोड़ों के मुंह दूसरी तरफ फेर लेते। वे पादरी से बचना चाहते थे।

वसन्त का मौसम आ गया था। इसके साथ ही प्रेमियों का उन्माद भी बढ़ गया था। जूलियन और कोंतेस हर रोज़ मिलते थे, कभी जंगल के इस कोने में तो कभी उस कोने में। चूंकि पेड़ों पर अब भी कम पत्ते थे और घास अभी तक गीली थी और उनके लिए झाड़ियों में छिपना नामुमकिन था, इसलिए वे गड़रिये की उस सफरी कैबिन में चले जाते थे जो वाकोत की पहाड़ी पर पतझड़ के बाद से खड़ी की

गई थी।

गाड़ी के पहियों पर बनी यह कैबिन चट्टानों से करीब पांच सौ गज़ के फासले पर रखी थी। यह स्थान निरापद था, कोई उन्हें देख नहीं सकता था, क्योंकि यहां से उन्हें सारा मैदान दिखाई देता था। कैबिन के खंभों से बंधे घोड़े धैर्यपूर्वक उन दोनों के लौटने की प्रतीक्षा कर रहे थे।

लेकिन एक दिन जब वे अपने छिपने की जगह से निकल रहे थे, उन्हें पादरी दिखाई दिया, जो पहाड़ी पर उगनेवाली झाड़ियों में छिपा बैठा था। जूलियन ने कहा, 'अब हमें घोड़ों को खन्दक में छोड़कर यहां आना पड़ेगा, क्योंकि दूर से कोई भी घोड़ों को देखकर हमारे मिलने के गुप्त स्थान का पता लगा सकता है। इसके बाद से वे घोड़ों को झाड़ियों में छिपी एक जगह पर बांधने लगे।

एक दिन जब वे कोंत के साथ भोजन करने के लिए 'ला ब्रीलेत' की तरफ जा रहे थे, उन्होंने पादरी को किले में से निकलते देखा। उन दोनों को रास्ता देने के लिए पादरी एक ओर हट गया और उसने बिना कुछ कहे हैट उठाकर अभिवादन किया। दोनों कुछ देर के लिए घबरा गए, लेकिन जल्द ही उनकी घबराहट दूर हो गई।

एक दिन दोपहर के वक्त जीन आग ताप रही थी। (मई का शुरू था और कॉफी सर्दी थी।) उसने देखा, कोंत फोर्वील तेज़ी से 'पोपलर्ज़' की ओर चले आ रहे हैं। जीन ने सोचा, हो न हो जरूर कोई भयंकर बात हो गई है।

जीन कोंत से मिलने के लिए बाहर आई, लेकिन कोंत का चेहरा देखकर उसे लगा कि वे पागल हो गए हैं।

कोंत ने सिर पर फर की वह टोपी लगा रखी थी जिसे वे सिर्फ घर पर ही पहना करते थे। वे शिकार का कोट पहने हुए थे। उनका चेहरा इतना पीला पड़ गया था कि उनकी लाल मूंछे भी, जो उनके लाल चेहरे से मेल खाती थीं, आग जैसी पीली दिखाई दे रही थीं। उनकी आंखों की पुतलियां विक्षिप्त भाव से हिल-डुल रही थीं।

कोंत ने हकलाकर पूछा, 'मेरी बीवी यहां आई है न?'

जीन अपना मानसिक संतुलन खो बैठी। उसने कहा, 'नहीं,

आज तो मैंने उन्हें नहीं देखा।'

कोंत धम्म से ज़मीन पर बैठ गए। लगता था उनके घुटनों ने जवाब दे दिया है। अपनी टोपी उतारकर वे यन्त्रवत् रूमाल से माथे का पसीना पोंछने लगे। फिर वे उछलकर खड़े हो गए और बांहें फैला-कर जीन की तरफ बढ़े। उनके होंठ कुछ कहने के लिए हिल रहे थे। लगता था, वे कोई भयंकर रहस्योद्घाटन करनेवाले हैं। लेकिन अचानक वे रुक गए और टकटकी लगाकर जीन की तरफ देखने लगे। वे जैसे प्रलाप करते हुए लड़खड़ाती जबान से बोले, 'लेकिन वह तुम्हारा पति है और तुम भी......' यह कहकर कोंत समुद्र की तरफ भागे।

जीन धड़कते दिल से उनके पीछे भागी और बार-बार उनसे रुकने की विनती करने लगी, 'कोंत को सब कुछ पता चल गया है। वे क्या करेंगे? आह! वे उन लोगों को तलाश न कर सकें तो अच्छा हो।' जीन ने मन ही मन सोचा।

लेकिन जीन दौड़कर कोंत तक न पहुंच सकी और कोंत पर उसकी मिन्नतों का कोई असर न पड़ा। वे बिना किसी हिचकिचाहट के भाग रहे थे। उन्हें पता था कि उन्हें कहां जाना है। वे खंदकों और झाड़ियों को कूदकर पार करने के बाद चट्टानों के पास पहुंच गए। जीन ढलवान पर खड़ी बहुत देर तक कोंत को देखती रही। फिर जब वे नज़रों से ओझल हो गए, तब वह दिल पर एक भारी बोझ लिए हुए वापस लौट आई।

कोत दाईं तरफ मुड़कर भागने लगे थे। खुरदरा समुद्र झाग से सफेद हो गया था। बड़े-बड़े काले बादल आकाश में फैल गए थे और सारा किनारा बारिश में भीग गया था। हवा सांय-सांय कर रही थी और चीख रही थी। नई फसलें और झाड़ियां झुक गई थीं। हवा के थपेड़ों से किनारे की तरफ जाते हुए सफेद पक्षी बर्फ के बड़े फ्लेक्स की तरह दिखाई दे रहे थे।

बारिश के छींटे कोंत के चेहरे से टकरा रहे थे। कोंत के गाल भीग गए और मूंछे भीगकर नीचे की ओर लटकने लगीं। उनके कान शोर से भर गए थे और उनके हृदय में एक भयंकर आंदोलन मच रहा था। उनके सामने वॉकोत की घाटी फैली थी। बारिश में, सिवा एक गड़रिये

की कैबिन के, जो एक उजाड़ चरागाह में पहियों पर खड़ी थी, और कुछ दिखाई नहीं दे रहा था। कैबिन के बाहर दो घोड़े बंधे थे। ऐसे तूफान में भय का क्या कारण हो सकता था?

घोड़ों को देखते ही कोंत हाथों और घुटनों के बल रेंगकर कैबिन की तरफ जाने लगे। उनका भारी-भरकम शरीर कीचड़ में सन गया था और अपनी फर की टोपी में वे एक विशाल राक्षस जैसे दिखाई दे रहे थे। वे रेंगकर कैबिन में गए ताकि लकड़ी के तख्तों की दरारों में से उन्हें कोई देख न सके।

उन्हें देखते ही घोड़े बेचैन हो उठे। कोंत के हाथ में खुला हुआ चाकू था। उस चाकू से उन्होंने घोड़ों की लगामें काट दी। उसी वक्त तूफान का एक तेज़ झोंका आया और घोड़े सरपट चाल से भाग खड़े हुए। लकड़ी की कैबिन की ढलुआं छत से गिरते हुए ओलों से उनकी पीठे छिल गई थीं। तूफान में कैबिन चरचरा रही थी।

फिर कोंत उठ खड़े हुए और दरार में से झांककर भीतर देखने लगे। बिना हिले-डुले वे कुछ देर तक वहां इन्तजार करते रहे, फिर एका-एक उठकर खड़े हो गए। वे सिर से लेकर पैर तक कीचड़ में सन गए थे।

फिर गुस्से में आकर उन्होंने ज़ोर से दरवाज़े के बाहर की कुंडी हिलाई और तख्तों को पकड़कर कैबिन को इतनी जोर से झकझोरा, जैसे वे उसके हज़ार टुकड़े कर डालना चाहते हों। फिर अचानक उन्होंने अपने भरकम शरीर की पूरी ताकत से कैबिन को, भीतर प्रेम-लीला में लगे प्रेमियों के समेत ज़ोर से घसीटना शुरू कर दिया और गहरी खड्ड के किनारे तक ले आए। कोत के शरीर में बल जितनी ताकत थी। भीतर से चीखने और खटखटाने की आवाज़ें सुनाई दे रही थीं, क्योंकि न जूलियन, न कोंतेस को सारा माजरा मालूम था।

खड्ड के किनारे पहुंचकर कोंत ने कैबिन को नीचे धकेल दिया। एक बूढ़े बंजारे ने पास की एक खाई में से कैबिन को अपने सिर के ऊपर से गुजरते देखा और कैबिन के भीतर से आती हुई खौफनाक चीखों को भी सुना।

अचानक लकड़ी की कैबिन का एक पहिया टूट गया, कैबिन एक

तरफ लुढ़क गई और पहाड़ की ढलवान पर से उस मकान की तरह लुढ़कने लगी जो अपनी नींवों से उखड़ गया हो। आखिरी खाई के किनारे पहुंचकर कैबिन ज़ोर से हवा में उछली और नीचे खड्ड में गिरकर अंडे की तरह फट गई।

बूढ़े बंजारे ने यह सारा दृश्य देखा और वह झाड़ियों के रास्ते से नीचे खड्ड में पहुंचा, लेकिन अपनी सहज बुद्धिमत्ता के कारण उसने टूटी हुई कैबिन को छूना उचित न समझा। वह इस दुर्घटना की सूचना देने के लिए सबसे नज़दीक वाले फार्म पर चला गया।

फार्म के मज़दूर फौरन घटनास्थल पर पहुंचे। उन्होंने तख्ते हटाए और उन्हें दो लाशें मिलीं, जो बुरी तरह से कुचली हुई थीं और जिनमें से खून बह रहा था। मर्द की खोपड़ी फट गई थी और उसका सारा चेहरा कुचला गया था। औरत का जबड़ा नीचे लटक रहा था। नीचे गिरने से जबड़े की हड्डी अपनी जगह से उखड़ गई थी। उनके क्षत-विक्षत अंग इस तरह कोमल थे जैसे उनके गोश्त के नीचे हड्डियां हों ही न। लाशों का हुलिया बिगड़ जाने के बावजूद लोगों ने उन्हें पहचान लिया और सब इस दुर्घटना के कारण की बाबत तरह-तरह के अनुमान लगाने लगे।

एक औरत ने पूछा, 'ये दोनों उस कैबिन में क्या कर रहे थे?' बूढ़े बंजारे ने बताया कि वे तूफान से बचने के लिए शायद कैबिन में गए होंगे और तूफान के जोर से कैबिन लुढ़ककर खड्ड में गिर गई होगी। बंजारे ने कहा कि वह खुद उस कैबिन में जानेवाला था, लेकिन जब उसे बल्लियों से बंधे घोड़े दिखाई दिए तो वह समझ गया कि कैबिन में पहले से ही लोग मौजूद हैं।

बंजारे ने खुश होकर कहा, 'वरना आज मेरी मौत की बारी होती।'

'तब क्या बेहतर न होता?' एक आवाज़ सुनाई दी।

बूढ़े के गुस्से का ठिकाना न रहा, 'बेहतर क्यों होता? क्या इसीलिए कि मैं गरीब हूं और वे अमीर थे? ज़रा अब उनकी तरफ देखो!' वह गुस्से से कांप रहा था, उसके कपड़ों में से पानी चू रहा था। चिथड़े पहने बिखरी दाढ़ी वाले उस भिखारी ने जिसके लम्बे बाल उसके चिपके हुए टोप में से निकलकर नीचे लटक रहे थे, अपनी टेढ़ी-मेढ़ी छड़ी से

लाशों की तरफ इशारा किया, 'मरने के बाद हम सब बराबर हैं।'

और बहुत-से किसान वहां जमा हो गए थे और वे भीरुता, स्वार्थ, घबराहट और चालाकी से उन लाशों की तरफ देख रहे थे। सबने आपस में मशविरा करने के बाद यह तब किया कि उन लाशों को कोंत के किले में ले जाना चाहिए। उन्हें इनाम मिलने की उम्मीद थी।

दो गाड़ियां तैयार की गईं। अब एक नई कठिनाई सामने आई। कुछ लोगों की राय थी कि गाड़ियों में भूसा बिछाकर लाशों को लिटाना चाहिए, कुछ लोग मृतकों के प्रति आदर प्रदर्शित करने के लिए चाहते थे कि उनके नीचे गद्दे बिछाए जाएं। 'लेकिन गद्दों पर खून के धब्बे लग जाएंगे और उन्हें घड़ों पानी में धोना पड़ेगा।' पहली औरत ने कहा।

फिर एक मोटे, गोल, हंसोड़ चेहरे वाले किसान ने कहा, 'अगर गद्दे खराब हो जाएंगे तो इन दोनों के घर वालों को उनकी कीमत देनी पड़ेगी। गद्दे जितने ही महंगे होंगे उतनी ही ज़्यादा रकम उन लोगों को देनी पड़ेगी।' इस दलील से सारा झगड़ा खत्म हो गया।

बिना कमानियों के दोनों छकड़े तेज़ चाल से चल पड़े। एक दाईं तरफ दूसरा बाईं तरफ। दोनों प्रेमियों के अवशेष छकड़ोंके भीतर हिल रहे थे।

ज्योंही कोंत ने कैबिन को खड्ड में गिरते देखा, वे अपनी पूरी ताकत लगाकर, झाड़ियों से टकराते, खन्दकों को कूदते-फांदते और सड़कों को पार करते हुए सूर्यास्त के समय तक अपने किले में पहुंच गए। वे वहां कैसे पहुंचे, स्वयं उन्हें इस बात का आभास नहीं था।

नौकर भयभीत होकर उनकी राह देख रहे थे। उन्होंने बताया कि दोनों घोड़े अकेले लौट आए हैं। जूलियन का घोड़ा भी कोंतेस के घोड़े के साथ आ गया था। कोंत के कदम लड़खड़ा गए। वे रूंधी आवाज़ में बोले, 'उन लोगों को जरूर कुछ हो गया होगा। सब लोग जाओ और उन्हें ढूंढ़ो।'

कोत खुद भी बाहर आए, लेकिनजब वे लोगों की नज़रों से ओझल हो गए तो एक झाड़ी के नीचे छिपकर उस औरत के लौटने की राह देखने लगे जिसे वे अब भी पागलों की तरह प्यार करते थे और जो या तो मर चुकी होगी या मरनेवाली होगी, और अगर जिन्दा होगी तो

जिन्दगी-भर के लिए अपाहिज हो जाएगी, उसकी शक्ल-सूरत भी बिगड़ जाएगी।

जल्द ही एक छकड़ा कोंत के पास से गुज़रा, जिसमें एक अजब किस्म की चीज़ थी। छकड़ा जाकर फाटक के सामने रुक गया और फिर भीतर दाखिल हो गया। हां यह वही थी, लेकिन एक भयंकर यंत्रणा से कोंत धरती से चिपक गए। उन्हें सत्य से भय लग रहा था। वे निश्चल बैठे थे और जरा-सी आवाज़ सुनते ही वे खरगोश की तरह चौकन्ने हो जाते थे।

वे एक-दो घण्टों तक वहीं इन्तज़ार करते रहे। छकड़ा अभी तक वहीं था। कोंत ने कल्पना की कि उनकी बीवी मर रही होगी। अपनी बीवी को यन्त्रणा से छटपटाते हुए देखने की, उससे नज़रें मिलाने की कल्पना-मात्र से कोंत का हृदय इतना आतंकित हो उठा कि वे भागकर जंगल में चले गए। फिर उन्होंने सोचा, शायद उनकी बीवी को मदद की जरूरत हो, शायद कोई भी उस बेचारी की मदद नहीं कर सकेगा और वे फिर अपने घर की तरफ भागे।

घर पहुंचते ही उन्हें माली दिखाई दिया। कोंत ने चिल्लाकर पूछा, 'कहो, क्या बात है?' माली को कुछ कहने का साहस न हुआ। कोंत गुर्रा उठे, क्या वे मर गई हैं?' माली ने जवाब दिया, 'हां मोशिए कोंत!' कोंत ने निश्चिन्त होकर ठण्डी सांस ली। हठात् उनकी रगों और तनी हुई मांसपेशियों में शान्ति छा गई और वे मजबूत कदमों से अपने चौड़े ज़ीने की सीढ़ियां चढ़ने लगे।

दूसरा छकड़ा भी 'पोपलर्ज़' पहुंच गया था। जीन गद्दे को देखकर समझ गई कि उसके ऊपर कोई लेटा है। वह सब कुछ समझ गई। उसका भय और आतंक इतना तीव्र था कि वह बेहोश होकर ज़मीन पर गिर पड़ी।

जब उसे होश आया तो उसने देखा कि उसके पिता उसके माथे पर सिरका मल रहे थे। बैरन ने अटक-अटककर पूछा, 'तुम्हें मालूम है? जीन ने क्षीण स्वर में कहा, 'हां पापा।' लेकिन जब उसने उठना चाहा तो वह भयंकर पीड़ा के मारे उठ न सकी।

उसी रात जीन ने एक मरी हुई लड़की को जन्म दिया।

जीन जूलियन के जनाज़े में शामिल नहीं हुई थी, न उसे उसके बारे में कुछ पता ही था। एक या दो दिन के बाद उसने देखा कि मौसी लिज़ों फिर वहां लौट आई हैं। सरसाम की हालत में जीन अपनी स्मृति पर ज़ोर डालकर सोचने लगी कि मौसी लिज़ों 'पोपलर्ज़' से कब और किन हालतों में गई थीं।

यहां तक कि जब उसके दिमाग की धुंध कुछ-कुछ साफ हो गई तब भी इस बात का संतोषजनक स्पष्टीकरण नहीं हो पाया। उसे बस इतना ही याद था कि मौसी लिज़ों को उसने अपनी मां की मृत्यु के बाद देखा था।

ग्यारह

तीन महीने तक जीन बिस्तर पर रही। वह इतनी कमज़ोर और पीली हो गई थी कि सब लोगों का यही ख्याल था कि वह अब नहीं बचेगी। लेकिन धीरे-धीरे उसकी शक्ति लौट आई। उसके पिता और मौसी लिज़ों लगातार 'पोपलर्ज़' आकर उसके पास रहने लगे थे। उसके मन को जो आघात पहुंचा था, उससे उसे स्नायुरोग हो गया था। ज़रा से शोर से ही वह बेहोश हो जाती थी और मामूली बातों से उसकी बेहोशी लम्बी हो जाती थी।

जूलियन की मृत्यु के बारे में उसने किसीसे कभी कोई सवाल नहीं पूछा। उसे अब क्या फर्क पड़ता था? क्या उसे पहले से ही कुछ मालूम नहीं था? सब लोगों का ख्याल था कि जूलियन की मृत्यु-दुर्घटना एक आकस्मिक दुर्घटना थी, लेकिन जीन इससे ज़्यादा जानती थी—जूलियन और कोंतेस का प्रेम-सम्बन्ध और दुर्घटना वाले दिन कोंत का तूफान की तरह 'पोपलर्ज़' में आना—ये रहस्य वह अपने दिल में छिपाए हुए थी और वे उसे यन्त्रणा देते थे।

विचित्र बात तो यह थी कि जीन की आत्मा प्यार की कोमल स्मृतियों से आच्छादित रहती थी। उसने अपने पति के प्रति जिस क्षण-स्थायी और संक्षिप्त प्यार का अनुभव किया था उसकी स्मृति अभी तक

उसके मन में ताज़ी थी। रह-रहकर वह किसी अप्रत्याशित स्मृति से चौंक उठती थी। उसे अपनी सगाई के संक्षिप्त काल के दिनों और हनीमून के दिनों का जूलियन याद आता था, जब पहली और आखिरी बार कॉर्सिका के जलते हुए सूरज के नीचे जीन को प्रेमोन्माद का अनुभव हुआ था। जब से जूलियन को कब्र में दफनाया गया था, जीन के मन में उसकी गलतियां कम हो गई थीं, उसकी कठोरता गायब हो गई थी, यहां तक कि उसकी बेवफाई भी फीकी पड़ गई थी।

जीन को अब उस व्यक्ति के प्रति कृतज्ञता का ऐहसास होता था, जिसने उसे अपनी बांहों में लिया था। जीन ने उसकी बेरहमियों को माफ कर दिया था। उसके मन में उनके विवाहित जीवन के सुखी क्षणों की ही स्मृति बाकी रही थी, लेकिन ज्यों-ज्यों महीने बीतते गए, जीन ने अपने दुःखों और स्मृतियों पर पर्दा डाल दिया और पूरी तरह से अपने बेटे की तालीम की देखभाल में लग गई।

बच्चा सबकी आंख का तारा था। मां, दादा, मौसी लिज़ों, वह सबके स्नेह का केन्द्र था और वह उन सबके ऊपर एक तानाशाह की तरह हकूमत करने लगा। यहां तक कि उसके स्नेह को पाने के लिए उसके इन तीनों दासों में ईर्ष्या भी हो गई थी। जब पॉल के दादा उसे घुटनों पर बैठा लेते और वह बैरन के गले में बांहें डाल देता तो जीन को ईर्ष्या होती। सब लोगों की तरह पॉल भी मौसी लिज़ों के प्रति उदासीनता दिखाता था और कभी-कभी उनके साथ नौकरानी की तरह सलूक करता था, हालांकि वह अभी पूरी तरह तुतला भी नहीं सकता था। मौसी लिज़ों दुःखी होकर अपने को कमरे में बन्द कर लेती थीं और रोने लगती थीं। मौसी लिज़ों को स्नेह के साधारण प्रदर्शन के लिए भी पॉल से भीख मांगनी पड़ती थी। जबकि उसको अपनी मां और नाना से बहुत लगाव था।

बिना किसी विशेष घटना के दो बरस गुज़र गए। तीसरे जाड़ों के शुरू में उन लोगों ने तय किया कि वे रूएन जाएंगे और वसन्त तक वहीं रहेंगे। इसलिए परिवार के सारे लोग सामान बांधकर 'पोपलर्ज़' से चले गए। लेकिन जब वे रूएन के सीले, उजाड़ मकान में पहुंचे तो पॉल को ब्रॉनकाइटिस हो गया। वह इतना बीमार था कि उसे प्लूरिसी

होने का डर पैदा हो गया। सब रिश्तेदारों ने कहा कि बच्चा देहात के अलावा किसी जगह पर नहीं पनप सकता, इसलिए पॉल के स्वस्थ होते ही वे फिर 'पोपलर्ज़' में लौट आए।

इसके बाद सुख और शान्ति के बरसों का सिलसिला शुरू हुआ। तीनों जने हर वक्त बच्चे के गिर्द जमा रहते थे—कभी नर्सरी में, कभी ड्राइंगरूम में, कभी बाग में। वे उसके तुतलाने पर, उसकी अद्भुत अबोध बातों और हरकतों पर बलिहार हो जाते थे। मां उसे प्यार से 'पॉलेत' कहती थी। बच्चा इस शब्द को ठीक से नहीं बोल सकता था, इसलिए वह 'पोलेत' कहकर उसका उच्चारण करता था। यह नाम घर में चल गया था और उसे सिर्फ इसी नाम से पुकारा जाता था।

चूंकि पोलेत बड़ी तेज़ी से बढ़ रहा था, इसलिए तीनों जने, जिन्हें बैरन 'तीन माताएं' कहा करते थे, हर वक्त बच्चे की लम्बाई नापा करते थे।

ड्राइंगरूम के दरवाज़े पर चाकू के निशान थे, जिनसे हर महीने बच्चे की लम्बाई में हई वृद्धि का पता चलता था। इसको वे 'पोलेत की माप' कहते थे। यह दरवाज़ा उनके दैनिक जीवन का महत्त्वपूर्ण अंग बन गया था।

कुछ दिनों के बाद एक नया जीव उनके पारिवारिक जीवन का महत्त्वपूर्ण अंग बन गया। यह वह पिल्ला था जिसे जीन अपने बेटे में उलझी रहने के कारण भूल गई थी। अब 'कत्ल' को हमेशा खलिहान के सामने जंजीर में बांधकर रखा जाता था। वह संन्यासियों जैसा एकान्त जीवन व्यतीत कर रहा था, सिर्फ लुदिवीन ही उसे खाना पिलाती थी और उसकी देखभाल करती थी।

एक दिन सुबह पॉल ने कुत्ते को देखा और उसे थपथपाने के लिए मचलने लगा। वे लोग डरते हुए उसे कुत्ते के पास ले गए, लेकिन कुत्ते ने स्नेह प्रदर्शित करके बच्चे का स्वागत किया। बच्चे को भी कुत्ते से लगाव हो गया। जब कुत्ते को वहां से हटा लिया गया, तो बच्चा गुस्से से चीख पड़ा। अब पिल्ले की ज़ंजीर खोल दी गई और उसे घर में रहने को इजाज़त दे दी गई।

अब पॉल और पिल्ला हमेशा एकसाथ रहते। वे एकसाथ उछल-कूद

मचाते और कालीन पर एकसाथ लोटपोट होते रहते। जल्द ही पिल्ले को अपने नन्हे साथी के बिस्तर में सोने की इजाज़त भी मिल गई, जो उसके बगैर एक क्षण भी नहीं रह सकता था। जीन पिस्सुओं के डर से इस दोस्ती के खिलाफ थी और मौसी लिज़ों कुत्ते को इसलिए माफ नहीं कर सकती थी क्योंकि कुत्ते ने उनके प्यार का हिस्सा भी छीन लिया था।

कभी-कभी वे लोग कोंत ब्रीजवील या कुतेलियर-दम्पति के यहां जाते थे, लेकिन 'पोपलर्ज़' में सिर्फ मेयर और डाक्टर ही नियमित रूप से आते थे।

मिर्जा कुतिया के 'कत्ल' और जूलियन तथा कोंतेस की खौफनाक मौत के बाद जीन को पादरी पर शक होने लगा था। तब से जीन ने चर्च में कदम तक नहीं रखा था। यह सोचकर कि ईश्वर के सेवक भी इस तरह के होते हैं, उसका मन क्षुब्ध हो जाता था।

पादरी तोलबियाक अक्सर 'पोपलर्ज़' के लोगों की बदनामी किया करता था। उसका कहना था 'पोपलर्ज़' दुष्ट आत्माओं का अड्डा है। अनन्त दुराचार, असत्य, अन्याय, अपवित्रता और पतन वहीं रहते हैं। बैरन को वह इन्हीं नामों से पुकारा करता था।

दरअसल इन दिनों चर्च में उल्लू बोलते थे। जब पादरी खेतों में से निकलता—जहां किसान काम कर रहे होते थे—तो उससे कोई बात-चीत या दुआ-सलाम तक न करता। सबका ख्याल था कि पादरी जादू-टोना जानता है, क्योंकि उसने एक औरत पर सवार हुआ भूत उतार दिया था।

अगर कोई किसी आदमी या जानवर पर जादू-टोना कर देता तो पादरी मन्त्रों की सहायता से उसे फिर चंगा कर देता था। उसकी नज़रों में ये शैतान की ठठोलियां थीं। अगर कोई गाय नीला दूध देती या उसकी पूंछ ऐंठ जाती तो वह अपने हाथ के स्पर्श से ही उसे चंगा कर देता। उसके मंत्रों से मुर्दे भी जी उठते थे।

उसका संकीर्ण और सौदाई दिमाग हमेशा धार्मिक पुस्तकों में उलझा रहता था। इन पुस्तकों में शैतान के अनेक रूपों का, उसकी शक्ति का, तंत्र-विद्या का और शैतान की रोज़मर्रा की शरारतों का वर्णन रहता

था। चूंकि पादरी का ख्याल था कि उसे खास तौर पर शैतान की रहस्यमय और घातक शक्ति से लड़ने के लिए भेजा गया है, इसलिए उसने पादरियों की विधि-पुस्तक में से भूत-प्रेतों को भगाना सीख लिया था।

उसका ख्याल था कि शैतान की आत्मा अंधेरे में मडराती रहती है। लैटिन का यह वाक्य 'Sicut leo rugiens, circuit quoerens querm devoret' हमेशा उसके होंठों पर रहता था।

किसानों में पादरी को गुप्त आत्मिक शक्ति का सिक्का बैठ गया। यहां तक कि दूसरे मूर्ख देहाती पुरोहित, जो ईश्वर की तरह शैतान में भी विश्वास करते थे और जो शैतान को भगाने के लिए इस्तेमाल की जानेवाली विधियों के नुस्खों से घबरा जाते थे और धर्म तथा जादू-टोने को एकसमान समझते थे, पादरी तोलबियाक को सचमुच जादू-टोने का ज्ञाता मानते थे। उसके सादे और कठोर जीवन को वे उसकी शक्ति का स्रोत मानकर उसका आदर करते थे। जब जीन की पादरी से मुलाकात होती तो वह उसे अभिवादन भी नहीं करती थी।

इन बातों से मौसी लिज़ों बहुत परेशान रहती थीं, क्योंकि उनका अधेड़, भीरु दिमाग इस बात की कल्पना ही नहीं कर सकता था कि कोई चर्च से दूर रहकर कैसे जिन्दा रह सकता है। वे निश्चय ही धार्मिक वृत्ति की महिला थीं। वे बाकायदा कन्फेशन करती थीं और कम्यूनियन में हिस्सा लेती थीं, लेकिन घर में किसीको इस बात का पता नहीं था, न किसीने पता करने की कोशिश ही की थी।

एकान्त में पॉल के सामने मौसी लिज़ों हमेशा ईश्वर की चर्चा किया करती थीं। पॉल बड़े ध्यान से सारी बातें सुनता था। मौसी लिज़ों ने सृष्टि के जन्म के विषय में बहुत-सी चमत्कारपूर्ण कहानियां सुनाईं। लेकिन जब वे कहती थीं कि उसे ईश्वर से प्यार करना चाहिए तो पॉल अक्सर जवाब देता, 'मौसी, ईश्वर कहां है?' फिर मौसी लिज़ों आकाश की तरफ इशारा करके कहतीं, 'ईश्वर वहां रहता है पोलेत, लेकिन तुम्हें ऐसा नहीं कहना चाहिए।' मौसी लिज़ों को बैरन से बेहद डर लगता था। एक दिन पोलेत ने कहा, 'ईश्वर सब जगह है लेकिन चर्च में नही।' बच्चे ने अपने दादा से मौसी की रहस्यमय बातों की चर्चा की थी।

पॉल अब करीब दस बरस का हो गया था और उसकी मां इस तरह दिखाई देती थी जैसे चालीस बरस की हो गई हो। पॉल बड़ा तगड़ा और शरारती लड़का था। वह पेड़ों पर चढ़ने के लिए हमेशा तैयार रहता था, लेकिन पढ़ने-लिखने में उसे कोफ्त होती थी। जब वह पढ़ाई से ऊब जाता था तो पढ़ना बन्द कर देता था। जब कभी बैरन ज़्यादा देर तक पॉल को किताब में उलझाए रखते तो जीन कहती, 'अब इसे खेलने दीजिए। इसे बहुत थकाना नहीं चाहिए, अभी यह बहुत छोटा है।' जीन को हमेशा यही महसूस होता था कि पॉल सिर्फ एक बरस का बालक है। वह इतना भी नहीं समझ सकती थी कि पॉल अब एक छोटे कद के आदमी की तरह चलने, भागने और बोलने लग गया था। जीन को हमेशा यही डर लगता था कि वह ज़रूर कहीं गिर पड़ेगा, उसे सर्दी लग जाएगी, वह ज़्यादा खेलने से थक जाएगा, उसे ज़्यादा खाने से बदहज़मी हो जाएगी या वह अपनी भूख से भी कम खाएगा।

जब पॉल बारह बरस का हुआ तो एक भारी दिक्कत पेश आई। चर्च में पहली कम्यूनियन के एक दिन सुबह मौसी लिज़ों ने आकर जीन से कहा कि अब लड़के को धार्मिक शिक्षा के बगैर रहने देना अनुचित है। उन्हें अपने फर्ज़ को निभाने में अब और टालमटोल नहीं करनी चाहिए। मौसी लिज़ों बहस करती गई और उन्होंने अपने पक्ष में सैकड़ों दलीलें दी, जिनमें सबसे बड़ी दलील यह थी कि लोग क्या कहेंगे। जीन इस जल्दबाज़ी के लिए तैयार नहीं थी। उसने कहा कि अभी इस बारे में सोचने के लिए बहुत वक्त है।

लेकिन एक महीने बाद जब जीन विकोंतेस ब्रीज़वील से मिलने गई तो विकोंतेस ने बातों ही बातों में जीन से पूछा कि पॉल उसी साल कम्यूनियन ले रहा है या नहीं? जीन ने सकपकाकर जवाब दिया, 'हां मदाम।' इस जवाब से सारा मामला तय हो गया और अपने पिता को बताए बगैर ही जीन ने मौसी लिज़ों से कहा कि वे पॉल को हर इतवार स्कूल में ले जाया करें।

पहले महीने तो सब ठीक रहा, लेकिन एक शाम को पोलेत जब घर लौटा तो उसफी आवाज़ भारो थी। अगले दिन उसे खांसी हो गई। उसकी मां ने चिन्तित होकर पोलेत से इसका कारण पूछा। उसे मालूम

हुआ कि पादरी ने पढ़ाई के वक्त उसे ठंडी हवा में, चर्च के दरवाज़े के पास खड़ा रखा था, क्योंकि पोलेत ने कोई बदतमीज़ी की थी। इसके बाद जीन ने उसे घर में ही धार्मिक प्रश्नोत्तरी कंठस्थ करानी शुरू कर दी। लेकिन मौसी लिज़ों की तमाम मिन्नतों के बावजूद पादरी तोल-बियाक ने पोलेत को कम्यूनियन लेनेवाले लड़कों की क्लास में भरती करने से इन्कार कर दिया, क्योंकि उसके ख्याल में पोलेत अभी तक कम्यूनियन के लिए तैयार नहीं था। अगले साल भी ऐसा ही हुआ। अब बैरन नाराज़ हो गए। उन्होंने कहा कि अच्छा और नेक आदमी बनने के लिए न तो इस तरह की बेहूदगियों की और न बच्चे की काया-पलट करने की ही ज़रूरत है। यह तय हुआ कि पोलेत का लालन-पालन ईसाईमत के अनुसार तो किया जाएगा, रूढ़िवादी कैथोलिक ढंग से नहीं। बालिग होने पर वह खुद अपना धार्मिक मत चुन लेगा।

कुछ दिनों बाद जीन फिर ब्रीज़ वील-दम्पति के यहां गई, लेकिन वे बदले में उसके यहां नहीं आए। जीन जानती थी कि उसके पड़ौसी शिष्टा-चार के पाबंद थे, वे उसके यहां आना कैसे भूल गए? लेकिन मार्चियो-नेस कोतेलियर ने जल्द ही अहंकार भरे लहजे में अपने न आने का कारण बता दिया।

मार्चियोनेस अपने पति के ओहदे, खिताब और धन के कारण अपने को नॉर्मन अभिजातवर्ग की सम्राज्ञी समझती थीं। वे सचमुच की सम्राज्ञी की तरह लोगों पर शासन करती थीं। मौके के मुताबिक वे अहंकार और दयालुता का प्रदर्शन करती थीं। अपनी मर्ज़ी के मुताबिक लोगों को डांटती थीं। उनमें नुक्स निकालती थीं या उन्हें मुबारिक देती थीं। जब जीन उनके यहां गई तो मार्चियोनेस ने उपेक्षापूर्ण फिकरे कसने के बाद शुष्क स्वर में कहा, 'समाज दो हिस्सों में बंटा है। एक वे लोग हैं जो ईश्वर में विश्वास करते हैं, दूसरे वे हैं जो ईश्वर में विश्वास नहीं करते। जो ईश्वर को चाहते हैं वे हमारे हैं चाहे, वे कितने ही गरीब हों, दूसरों से हमें कोई वास्ता नहीं।'

जीन ने फौरन इस हमले का जवाब दिया, 'लेकिन क्या चर्च में जाए बगैर ईश्वर में आस्था रखना मुमकिन नहीं है?'

'नहीं मदाम! भले कैथोलिक ईश्वर के चर्च में ही ईश्वर की आरा-

धना करने जाते हैं, जिस तरह वे लोगों को मिलने उनके घर जाते हैं।'

जीन को इस बात से चोट पहुंची। उसने जवाब दिया, 'ईश्वर तो हर जगह मौजूद है, मदाम। मैं अपने सम्पूर्ण हृदय से ईश्वर की दयालुता में विश्वास करती हूं। लेकिन जब ईश्वर और मेरे बीच कुछ पादरी लोग आ जाते हैं तो मुझे ईश्वर की उपस्थिति का आभास नहीं होता।'

मार्चियोनेस उठ खड़ी हुई। 'चर्च की पताका पादरियों के हाथों में रहती है, मदाम! जो भी उस पताका का अनुसरण नहीं करता वह चर्च का दुश्मन है, इसलिए हमारा भी दुश्मन है।'

जीन भी उठ खड़ी हुई, 'मदाम, आप पक्षपाती ईश्वर में भले ही विश्वास करती हों, लेकिन मैं तो न्यायकर्ता ईश्वर में विश्वास करती हूं।' इसके बाद उसने झुककर अभिवादन किया और जाने की इजाज़त मांगी।

किसान भी जब आपस में बात करते तो पॉल की कम्यूनियन में इतनी ढील करने के लिए जीन की नुक्ताचीनी करते, हालांकि किसान न खुद प्रार्थना में शरीक होते थे और न कम्यूनियन लेते थे। चर्च के औपचारिक नियमों के अनुसार सिर्फ ईस्टर के रविवार को ही वे पवित्र मेज़ के नज़दीक जाते थे, लेकिन उनकी राय में बच्चों की बात दूसरी थी। सबके-सब उस बच्चे को नास्तिकता के वातावरण में पालने की धृष्टता की कल्पना-मात्र से ही सहम जाते थे, क्योंकि चाहे कुछ भी हो, धर्म तो धर्म ही है।

जीन किसानों के इस विरोध को जानती थी। उसे सब लोगों के पाखंड, लोकनिंदा के भय और भीरुता को देखकर गुस्सा आता था। शराफत की नकाब के नीचे लोग अपनी भीरुता को छिपाने की कोशिश करते थे।

बैरन ने पॉल की तालीम की ज़िम्मेदारी अपने ऊपर ले ली और उसे लैटिन पढ़ाने लगे। जीन बार-बार कहती, 'चाहे कुछ हो, पॉल को थकाना नहीं चाहिए।' बैरन ने पढ़ाई के वक्त जीन को कमरे में जाने से मना कर दिया था, क्योंकि वह बार-बार यह पूछकर विघ्न डालती थी, 'तुम्हारे पैरों में ठंड तो नहीं लग रही पॉलेत? तुम्हारे सिर में दर्द तो नहीं पॉलेत?' वह बैरन के काम में रुकावट डालती थी, 'पॉलेत को

इतना बोलने के लिए मत कहिए, उसका गला खराब हो जाएगा।' जीन को अब पढ़ाई के कमरे के नज़दीक रहने में ही संतोष का अनुभव होता था।

पढ़ाई खत्म करते ही पॉल अपनी मां और मौसी लिज़ों के साथ बाग में चला जाता था। इन दिनों सब लोगों पर बागवानी का शौक सवार हुआ था। तीनों जने वसन्त में पौधे लगाते, बीज बोते और खुशी से उन पौधों का बढ़ना देखते। वे झाड़ियों को छांटकर और फूल काट-कर गुलदस्ते तैयार करते।

पॉल कई किस्म के सलाद के पत्त उगाया करता था। इसमें उसे बहुत खुशी महसूस होती थी। चार बड़ी क्यारियों में वह सलाद बोता था। वह अपनी 'माताओं की सहायता से ज़मीन खोदता, पानी देता, बीज डालता और मोथे उखेड़ता। दोनों औरतें मज़दूरिनों की तरह घंटों तक सलाद की क्यारियों के पास घुटनों के बल बैठी रहतीं। उनके कपड़ों और हाथों में मिट्टी लग जाती। वे उंगलियों से ज़मीन में छेद करतीं और नन्ही पनीरियां लगाती।

पॉल पन्द्रह बरस का हो गया था और दिन-बदिन लंबा होता जा रहा था। ड्राइंगरूम के दरवाज़े का निशान तिरसठ इंच तक जा पहुंचा था। लेकिन पॉल दिमाग़ी लिहाज़ से अभी भी बच्चा था। वह निरा बेवकूफ था, उसे किसी चीज़ का ज्ञान नहीं था। दोनों औरतों और उसके बूढ़े नाना ने, जो पिछले ज़माने के थे—उसे लाड़-प्यार से बिगाड़ रखा था।

अंत में एक दिन शाम को बैरन ने कॉलिज का नाम लिया। जीन फौरन रोने लगी, और मौसी लिज़ोंएक अंधेरे कोने में जाकर छिप गई।

जीन ने कहा, 'उसे बहुत ज़्यादा तालीम की क्या ज़रूरत है? हम उसे ग्रामीण भद्रपुरुष बनाएंगे। वह और खानदानी रईसों की तरह अपनी जायदाद की देखभाल करेगा। इसी घर में, जहां उसके मां-बाप ने ज़िन्दगी गुज़ारी है, वह भी बुढ़ापे तक सुख से रहेगा और यहीं मरेगा। इससे ज़्यादा उसे और चाहिए भी क्या?'

लेकिन वृद्ध बैरन ने सिर हिलाकर इन्कार कर दिया, 'मान लो, अगर पॉल पचीस बरस का होने के बाद किसी दिन तुम्हारे पास आकर

कहे, 'मां, मैं कुछ नहीं हूं, मैं कुछ नहीं जानता—इसमें तुम्हारा कसूर है। तुम्हारे स्वार्थभरे मातृ-प्रेम की वजह से न तो मैं किसी काम-काज के काबिल रहा हूं, न मैं ज़िन्दगी में कुछ बन ही सका हूं। लेकिन मैं इस साधारण, अवसादपूर्ण जीवन के लिए नहीं बना, जिसमें तुम्हारे अदूरदर्शी मातृ-स्नेह ने मुझे धकेल दिया है।' तब तुम क्या कहोगी?'

जीन ने अपने आंसू पोंछकर लड़के से पूछा, 'तुम्हीं बताओ पोलेत, क्या, मैं तुम्हें बहुत ज़्यादा प्यार करती हूं, इस वजह से तो तुम मुझसे कभी नाराज़ नहीं होओगे न?'

'नहीं मां,' लंबे लड़के ने चकित स्वर में कहा।

'तुम कसम खाकर कह सकते हो?'

'हां, मां।'

'तुम यहां रहना ज़्यादा पसंद करोगे न?'

'हां, मां।'

लेकिन नाना ने दृढ़ स्वर में कहा, 'जीन, तुम्हें इसकी ज़िन्दगी अपने मन के अनुसार ढालने का कोई अधिकार नहीं है। तुम जो कर रही हो वह एक भीरुतापूर्ण काम है और जुर्म है। तुम अपने सुख के लिए अपने बेटे को कुर्बान कर रही हो।'

जीन ने अपना चेहरा हाथों से ढांप लिया और फूट-फूटकर रोने लगी, 'मैं इतनी दुःखी रही हूं! अब मुझे ज़िन्दगी में थोड़ा-सा सुख मिला है और आप मेरे बेटे को मुझसे छीनना चाहते हैं। मेरा क्या होगा? मैं ज़िन्दगी में बिल्कुल अकेली रह गई हूं, जीन रोते-रोते बुदबुदाई।

बैरन ने उठकर बेटी को गले से लगा लिया और कहा, 'तुम भूल गई हो कि मैं भी ज़िन्दा हूं?' जीन ने पिता के गले में बांहें डाल दी और स्नेह से पिता को चूम लिया। फिर अपनी आवाज़ को संयत करने की कोशिश करते हुए बोली, 'हां—शायद आप ठीक कहते हैं, पापा। निश्चय ही मैंने बेवकूफी की बात की थी, लेकिन मैंने ज़िन्दगी में बहुत दुःख झेले हैं। मैं पॉल को कॉलिज भेजने के लिए अब तैयार हूं।'

अपने भविष्य को जाने बगैर ही पोलेत भी सुबकने लगा। उसकी 'तीनों माताओं ने उसे चूमा, सहलाया और साहस बंधाया। जब वे

लोग अपने कमरों में गए तो उनके दिलों पर बोझ-सा था और उस रात सबके तकिये, यहां तक कि बैरन के भी, जिन्होंने संयम दिखाया था, आंसुओं से भीग गए। यह तय हुआ कि जाड़ों के शुरू में ही जब नया दाखिला होता है, पॉल को हैव्र में पढ़ने के लिए भेज दिया जाएगा। इसलिए गर्मियों-भर पॉल का पहले से भी कहीं ज़्यादा लाड़ होता रहा।

मां, अपने बेटे से बिछड़ने की कल्पना-मात्र से सिकुड़ जाती थी। उसने पॉल को ढेर सारे कपड़े सिलवाकर दिए, जो दस सालों की लम्बी यात्रा के लिए भी काफी होते; और अक्तूबर में एक दिन सुबह दोनों औरतें और वृद्ध बैरन अपनी दो घोड़ों वाली बग्घी में पॉल को लेकर चल पड़े।

पहले से ही जाकर वे बोर्डिंग और क्लासरूम में पॉल की जगह तय कर आए थे। जीन और मौसी लिज़ों ने पूरा दिन अलमारी में कपड़े सजाने में लगाया था—अलमारी में तो पॉल के एक-चौथाई कपड़े ही आ सकते थे, इसलिए जीन प्रिंसिपल के पास गई और उसने एक और अलमारी मांगी।

बोर्डिंग का एक अधिकारी बुलाया गया। उसने कहा कि इतनी ढेर-सी बनियानों, जांघियों और बाकी सामान की कोई ज़रूरत नहीं। बेकार का झंझट बढ़ेगा। उसने साफ-साफ कह दिया कि कॉलेज के नियमों के मुताबिक और अलमारी नहीं दी जा सकती। जीन इतनी निराश हुई कि उसने नज़दीक की एक सराय में पॉल के कपड़े रखने के लिए किराये पर एक और कमरा लेने का फैसला किया। उसने सराय के मालिक को हिदायत दी कि लड़के को जिस चीज़ की ज़रूरत हो, फौरन दी जाए। इसके बाद सब पोत घाट पर टहलने के लिए चले गए, जहां जहाज़ समुद्र में जाते दिखाई देते थे।

उदास संध्या शहर पर छा गई और एक-एक करके अंधेरे में रोशनियां जलने लगीं। सब लोग रात का खाना एक रेस्तरां में खाने गए। लेकिन किसीको खाने की इच्छा नहीं हो रही थी। वे गीली आंखों से एक-दूसरे को देख रहे थे। वेटर उनके लिए खाना लाया, लेकिन किसीने कोई चीज़ छुई तक नहीं। फिर वे पैदल स्कूल की तरफ गए। हर कद और उम्र के बच्चे नौकरों या रिश्तेदारों के साथ देश के सब

हिस्सों से वहां आ रहे थे। उनमें से बहुत-से बच्चे रो रहे थे। विशाल दालान में, जहां मन्द बत्तियां जल रही थीं, बच्चों की दबी सिसकियों की आवाज़ें सुनाई दे रही थीं।

जीन और पोलेत बहुत देर तक एक-दूसरे से लिपटे रहे। मौसी लिज़ों रूमाल में अपना चेहरा छिपाए पीछे खड़ी थीं। हमेशा की तरह आज भी उनकी तरफ कोई ध्यान नहीं दे रहा था। लेकिन बैरन जाने की जल्दी मचा रहे थे, क्योंकि वे अब भावुक हो उठे थे। गाड़ी दरवाज़े के आगे तैयार खड़ी थी। मीसी लिज़ों, जीन और बैरन गाड़ी में आकर बैठ गए। गाड़ी के भीतर रात के अंधेरे में, रह-रहकर दबी सिसकियों की आवाज़ सुनाई दे जाती थी।

अगला दिन जीन ने रो-रोकर गुज़ारा। उससे अगले दिन उसने गाड़ी तैयार करवाई और हैव्र चली गई। पोलेत ने इस जुदाई से समझौता कर लिया था। ज़िन्दगी में पहली बार उसे साथी मिले थे और उसमें नये साथियों के साथ खेलने की इच्छा इतनी तीव्र थी कि वह मुश्किल से कुर्सी पर बैठ पाता था।

जीन हर तीसरे दिन पॉल से मिलने जाती थी और इतवार को उसे अपने साथ घुमाने ले जाती थी। पढ़ाई के वक्त वह कमरे में रहती थी, क्योंकि स्कूल छोड़कर जाने की हिम्मत या शक्ति उसमें नहीं रहती थी। आखिर तंग आकर प्रिंसिपल ने विनती की कि वह इतनी बार पॉल से मिलने न आया करे। लेकिन जीन ने प्रिंसिपल की इस विनती की ओर कोई ध्यान नहीं दिया।

फिर प्रिंसिपल ने चेतावनी दी कि अगर वह अपने बेटे की पढ़ाई और खेल-कूद में दखल देती रही तो उन्हें पॉल को वापस घर भेज देने पर मजबूर होना पड़ेगा। प्रिंसिपल ने बैरन को भी लिख दिया। अब 'पोपलर्ज़' में जीन की कड़ी निगरानी रखी जाने लगी। उसे कॉलिज नहीं जाने दिया जाता था। वह हर छुट्टी की बहुत बेचैनी से प्रतीक्षा करती थी। इतनी बेचैनी उसके बेटे को नहीं होती थी।

अब उसकी आत्मा में हर समय बेचैनी छाई रहती थी। उसने देहात में लम्बी सैरें शुरू कर दी। उसका एकमात्र साथी 'कत्ल' था। कई बार वह सारा दिन घर से बाहर रहती और चट्टान पर बैठकर

दोपहर-भर समुद्र की झाग को देखती रहती या यपोर्त की तरफ चली जाती। रास्ते में जंगल के वही मार्ग आते थे जो उसने अपनी युवावस्था में पार किए थे। अब वे बातें कितने दूर अतीत की मालूम होती थीं! वे दिन कितने दूर निकल गए थे, जब वह नौजवान लड़की थी और देहात में घूमते हुए हवाई किले बनाया करती थी।

हर बार जब वह अपने बेटे से मिलती, तो उसे लगता जैसे वह दस बरसों से बिछुड़ी हुई है। पॉल हर महीने धीरे-धीरे मर्द बनता जा रहा था और जीन धीरे-धीरे बुढ़िया होती जा रही थी। बैरन अब देखने में उसके भाई मालूम होते थे। मौसी लिज़ों पर बुढ़ापा नहीं आया था, क्योंकि वे पचीस बरस की उम्र में ही मुरझा गई थीं। वह जीन की बहन दिखाई देती थीं।

पोलेत पढ़ाई में मेहनत नहीं कर रहा था। पहले दो बरस तो वह किसी तरह पास हो गया, लेकिन तीसरे और चौथे बरस उसे पढ़ाई में असफलता मिली थी। बीस बरस की उम्र में भी अभी तक 'रेटरिक'[1] की क्लास में था।

उसका कद लम्बा हो गया था। वह सुनहरे बालों वाला नौजवान बन गया था। थोड़ी-थोड़ी मूंछे भी निकल आई थीं। अब वही हर इतवार को 'पोपलर्ज़' आता था। बचपन से ही उसने घुड़सवारी सीखी थी, इसलिए वह घोड़ा किराये पर लेकर दो घंटों में पोपलर्ज़ पहुंच जाता था।

जीन सुबह तड़के ही पॉल को मिलने के लिए बैरन और मौसी लिज़ों को साथ लेकर चल पड़ती थी। बैरन की कमर दिन-बदिन झुकती जा रही थी और वे अशक्त बूढ़े व्यक्ति की तरह गिरने से बचने के लिए हाथ पीछे की तरफ बांधकर चलते थे।

तीनों धीरे-धीरे सड़क पर चलते थे और थक जाने पर सड़क के किनारे बैठ जाते थे। उनकी आंखें नौजवान घुड़सवार की प्रतीक्षा में क्षितिज पर लगी रहती थीं। ज्योंही क्षितिज की श्वेत रेखा पर काले दाग-सी कोई चीज़ दिखाई देती तो तीनों वृद्ध व्यक्ति अपने रूमाल हिलाने लगते थे। इसपर पॉल सरपट घोड़ा दौड़ाता हुआ तूफान की

1. अलंकारशास्त्र

तरह उनके पास आ जाता था। उसकी तेज़ी को देखकर उसकी मां और मौसी लिज़ों डर से कांपने लगती थीं। उसके अशक्त नाना जोश से उसकी तारीफ करते थे।

हालांकि जीन अब पॉल के कंधों तक पहुंचती थी, फिर भी वह पॉल से ऐसा व्यवहार करती थी, जैसे वह कोई छोटा बच्चा हो। मिसाल के लिए वह पूछा करती थी, 'तुम्हारे पैरों में सर्दी तो नहीं लग रही पोलेत?' जब पॉल नाश्ते के बाद बाहर चबूतरे पर सिगरेट पीने के लिए जाता तो जीन खिड़की खोलकर पीछे से कहती, 'मेहरबानी करके बिना हैट पहने बाहर मत निकलो। तुम्हें सर्दी लग जाएगी।'

और जब रात होते ही पॉल वापस शहर जाने लगता तो वह चिन्ता से कांपने लगती। 'बेतहाशा घोड़ा मत दौड़ाना पोलेत, मैं तुमसे मिन्नत करती हूं। ज़रा सोचो तो, अगर तुम्हें कुछ हो गया तो तुम्हारी गरीब मां मर जाएगी।

एक शनिवार के दिन पोलेत ने जीन को एक खत लिखा। उसने बताया था कि वह उस इतवार को घर नहीं आ सकेगा, क्योंकि उसके कुछ दोस्तों ने कहीं बाहर जाने का प्रोग्राम बनाया है और पोलेत को भी निमंत्रित किया है। जीन का पूरा दिन मानसिक यंत्रणा में कटा। उसे लगा, कोई न कोई मुसीबत छूटनेवाली है। वीरवार को वह हैव्र के लिए रवाना हो गई, क्योंकि उससे यह अनिश्चितता अब और ज़्यादा बर्दाश्त नहीं होती थी।

पॉल उसे बदला-सा दिखाई दिया, हालांकि वह परिवर्तन क्या था, यह वह ठीक से नहीं बता सकती थी। वह पहले से ज़्यादा ज़िन्दादिल हो गया था और उसकी आवाज़ भी पहले से भारी हो गई थी। सहसा उसने अत्यन्त स्वाभाविक ढंग से कहा, 'देखो मां, आज तुम मुझसे मिलने आ गई हो, इसलिए मैं इतवार को 'पोपलर्ज़' नहीं आऊंगा, क्योंकि हम लोग फिर कहीं बाहर जा रहे हैं।'

पॉल के शब्दों से जीन पर वज्रपात हो गया। वह इतनी उदास हो गई जैसे वह किसी दूरदेश में जा रहा हो। फिर जब जीन में दुबारा बोलने की शक्ति आ गई तो वह बोली:

'ओह पोलेत, तुम्हें क्या हो गया है? मुझे बताओ, आखिर क्या

माजरा है?

लेकिन पॉल सिर्फ हंस दिया। उसने मां को चूमकर कहा, 'कुछ नहीं मां, मैं तो दोस्तों के साथ आनन्द मनाने जा रहा हूं, बस इतनी ही बात है।'

जीन की समझ में न आया किन शब्दों में जवाब दे। वापसी पर जब वह गाड़ी में अकेली बैठी थी, उसके दिमाग में परेशानी से भरे विचार आए। यह उसका पॉलेत नहीं था, बीते दिनों का पॉलेत। जीन ने पहली बार देखा कि पॉल अब पूरा मर्द बन गया था। वह मां से दूर हो गया था। वह नहीं चाहता था कि घर के बूढ़े लोग उसके रास्ते में रुकावट डालें। वह अपनी अलग, आज़ाद ज़िन्दगी बसर करना चाहता था। लगता था जैसे एक ही दिन में वह इतना बदल गया था। क्या यही उसका नन्हा बेटा था, जो मां से कहकर सलाद बोने के लिए ज़मीन में छेद करवाता था? यह लम्बा, दाढ़ी-मूंछों वाला मर्द, जो अपनी इच्छा-शक्ति को इतने प्रबल ढंग से व्यक्त करता है, क्या उसीका पॉलेत है?

आगामी तीन महीनों में पॉल एकाध बार ही 'पोपलर्ज़' में आया। हमेशा आते ही वह जल्द से जल्द वापस जाने की इच्छा प्रकट करता था। हर बार शाम को वह वक्त से एक घण्टा पहले ही जाने की कोशिश करता। जीन चिन्तित हो जाती थी, लेकिन बैरन उसे यह कहकर तसल्ली देते कि 'उसे मनमानी करने दो डियर। आखिर जवानी का जोश है।'

लेकिन एक दिन सुबह रद्दी से कपड़े पहने एक व्यक्ति आया, जिसने जर्मन लहजे में 'मदाम विकोंतेस' से मिलने की इच्छा प्रकट की। बहुत बार अभिवादन करने के बाद उसने जेब में से एक गंदा बटुआ निकाला और कहा, 'मैं आपको एक छोटा-सा कागज़ दिखाना चाहता हूं।' उसने जीन के हाथ में एक चिपचिपा कागज़ थमा दिया।

जीन ने कागज़ को बार-बार पढ़ा, उस आदमी की तरफ देखा, फिर कागज़ पढ़कर पूछा, 'मैं इसका मतलब नहीं समझी!'

आदमी ने चापलूसी से फिर सलाम करके कहा, "मैं आपको सारी बात समझाता हूं। आपके बेटे को कुछ पैसों की ज़रूरत थी। मैं जानता था कि आप एक नेक और सहृदय मां हैं, इसलिए मैंने उसे उसकी ज़रू-

रतों के लिए कुछ रकम उधार दी थी।'

जीन कांप रही थी, लेकिन वह तुम्हारे पास क्यों गया? मेरे पास क्यों नहीं आया?'

इस पर उस आदमी ने लंबी-चौड़ी सफाई दी और कहा, 'पॉल को उसी दिन दुपहर से पहले जुए का कोई कर्ज़ अदा करना था। चूंकि पॉल नाबालिग है, इसलिए कोई भी उसे कर्ज़ नहीं देता। अगर मैं उसे कर्ज़ न देता तो उसकी इज़्ज़त खतरे में पड़ जाती। इसलिए मैंने पॉल को कर्ज़ दिया है।'

जीन बैरन को बुलाने के लिए उठी, लेकिन उसे इस खबर से इतना सदमा पहुंचा था कि वह अपनी कुर्सी से उठ न सकी। उसने उस आदमी से प्रार्थना की कि वह घंटी बजा दे।

आदमी हिचकिचाया। उसे डर लगा कि यह उसे फंसाने की कोई चाल है। उसने हकलाकर कहा, 'अगर आप समझती हैं कि मैं आपकी शान्ति में खलल डाल रहा हूं, तो मैं फिर किसी दिन आ जाऊंगा।' जीन ने विरोध में सिर हिलाया। आदमी ने घंटी बजाई और दोनों खामोशी से बैरन का इन्तज़ार करने लगे।

बैरन ने आते ही एक निगाह में ही सारी स्थिति को भांप लिया। वह पुर्ज़ा पन्द्रह सौ फ्रांक का प्रोनोट था। बैरन ने एक हज़ार फ्रांक मेज़ पर रख दिए और उस आदमी की आंखों में घूरकर कहा, 'अब कभी यहां मत आना।' आदमी ने बैरन का शुक्रिया अदा किया, झुककर सलाम किया और वहां से चला गया।

पॉल की मां और नाना फौरन हैव्र के लिए रवाना हो गए, लेकिन कॉलिज में पहुंचकर उन्हें खबर मिली कि पॉल ने पूरे एक महीने से वहां अपनी सूरत नहीं दिखाई। प्रिंसिपल को चार खत मिले थे, जिनके नीचे जीन के दस्तखत थे। इनमें पॉल की बीमारी का और फिर स्वस्थ होने का ज़िक्र था। हर खत के साथ एक डाक्टरी सर्टिफिकेट भी था। कहने की ज़रूरत नहीं कि वे जाली खत थे। जीन और बैरन इस रहस्योद्घाटन से स्तब्ध रह गए और फटी आंखों से एक-दूसरे की तरफ ताकने लगे। उन्हें वहां से जाना भी याद न रहा।

प्रिंसिपल इस सारी घटना से दुःखी हो उठा और उन्हें पुलिस थाने

में ले गया। उसके बाद जीन और उसके पिता एक होटल में गए। अगले दिन पॉल एक वेश्या के घर बरामद किया गया। उसकी मां और नाना उसे फौरन, कुछ कहे बगैर अपने साथ 'पोपलर्ज़' ले आए। जीन आंखों पर रूमाल रखकर रोती जा रही थी। पॉल अन्यमनस्क भाव से खेतों की तरफ देख रहा था।

एक हफ्ते के भीतर उन्हें पता चल गया कि पिछले तीन महीनों के बीच पॉल के सिर पर पन्द्रह हज़ार फ्रांक का कर्ज़ चढ़ गया था। अभी तक लेनदार दूर-दूर रहे थे, क्योंकि उन्हें मालूम था कि कुछ ही महीनों में वह बालिग हो जाएगा। पॉल से इस बारे में कोई पूछताछ नहीं की गई। उसकी मां और नाना का ख्याल था कि वे स्नेह और उदारता से उसे सुधार लेंगे। वे उसके लिए बढ़िया खाने पकाते, उससे लाड़ करते और उसे खुश रखने की कोशिशें करते।

वसन्त का मौसम आ गया था। पॉल के लिए यपोर्त में एक नाव किराये पर ली गई, हालांकि जीन को डर था कि वह जहां चाहेगा चला जाएगा। लेकिन पॉल को घुड़सवारी करने से मना कर दिया गया, क्योंकि घर वालों को डर था कि वह कहीं वापिस हैव्र न चला जाए। गर्मियों-भर वह खाली रहा। कभी-कभी तो वह एकदम चिड़चिड़ा और वहशी हो जाता। बैरन को उसकी अधुरी तालीम की फिक्र थी। हालांकि जीन लड़के के बिगड़ जाने से दुःखी थी, फिर भी उसे यह एहसास होता था कि कुछ न कुछ ज़रूर करना चाहिए।

एक दिन शाम को पॉल घर वापस न आया। मालूम हुआ कि वह दो मछुओं के साथ किश्ती की सैर करने गया था। उसकी मां विक्षिप्त हालत में नंगे सिर यपोर्त तक भागी गई। कुछ लोग किश्ती की इन्तज़ार में किनारे पर खड़े थे। दूर समुद्र में एक छोटी रोशनी टिमटिमा रही थी, लेकिन जब रोशनी नज़दीक आई तो मालूम हुआ कि हैव्र पहुंचकर पॉल मछुओं को छोड़कर कहीं चला गया था।

इस बार पुलिस पॉल का सुराग न लगा सकी। जिस औरत ने पहली बार पॉल को अपने घर में छिपाया था, इस बार वह भी अपना किराया चुकाकर और घर का सामान बेचकर गायब हो गई थी। पॉल के कमरे में इस औरत के लिखे हुए दो खत मिले। मालूम होता था कि वह पॉल

के प्यार में पागल है। उसने लिखा था कि पैसों का इन्तज़ाम होने के बाद दोनों इंग्लैण्ड चले जाएंगे। 'पोपलर्ज़' के तीनों निवासी उदासी और खामोशी में नरक के समान जीवन बिताने लगे। जीन के बाल, जो पहले कुछ-कुछ सफेद थे, अब एकदम सफेद हो गए। वह अक्सर सोचा करती कि भाग्य ने उसके प्रति इतनी क्रूरता क्यों दिखाई है।

उसे पादरी तोलबियाक का भेजा हुआ एक पुर्ज़ा मिला, जिसपर लिखा था:

'मदाम! ईश्वर ने आपसे बदला लिया है। आपने अपने बच्चे को ईश्वर के हाथों में सौंपने से इन्कार किया था। अब ईश्वर ने आपका बच्चा आपसे छीनकर एक वेश्या की बांहों में दे दिया है। क्या ईश्वर की इस चेतावनी से भी आपकी आंखें नहीं खुलेंगी? ईश्वर की दया अपरम्पार है। अगर आप आकर ईश्वर के चरणों में सिर झुकाएं तो शायद ईश्वर आपको क्षमा कर दे। मैं ईश्वर का तुच्छ सेवक हूं और जब भी आप उसका द्वार खटखटाएंगी—मैं द्वार खोलने के लिए उपस्थित रहूंगा।'

बहुत देर तक यह पुर्ज़ा जीन की गोद में पड़ा रहा। वह सोच रही थी कि शायद पादरी का कहना सच है। उसकी आत्मा अब धार्मिक अनिश्चितताओं से फटी जा रही थी। क्या ईश्वर भी इन्सान की तरह क्रूर और बदला लेनेवाला हो सकता है? अगर ईश्वर ईर्ष्यालु न होता तो कोई उससे न डरता, न उसकी पूजा ही करता। अपने जीवों के समक्ष अपना रूप प्रकट करने के लिए ही ईश्वर उनके विचारों और भावनाओं को अपनाता है। जीन की आत्मा में एक भयकारी संदेह समा गया जो दुखियारों को चर्च की शरण में ले जाता है।

एक रोज़ अंधेरा होने पर जीन छिपकर पादरी के घर गई और दुबले-पतले पादरी के कदमों पर झुककर क्षमा मांगने लगी।

पादरी ने उसे आधी क्षमा देने का वचन दिया, क्योंकि ईश्वर उस घर पर अपनी समस्त दयालुता नहीं बरसा सकता था जिस घर में बैरन जैसे व्यक्ति को शरण मिली हुई थी। पादरी ने कहा, 'तुम्हें जल्द ही ईश्वर की दैवी कृपा का प्रभाव ज्ञात होगा।' सचमुच दो दिन बाद जीन को अपने बेटे का एक खत मिला। परेशानी की हालत में जीन ने सोचा,

'यह ईश्वर के हस्तक्षेप का पहला सबूत है।' खत में लिखा था:

'मां, चिन्ता न करना। मैं लन्दन में हूं और सकुशल हूं, लेकिन मुझे पैसों की सख्त ज़रूरत है। हमारे पास एक कौड़ी भी नहीं है। अक्सर हमें भूखा रहना पड़ता है। जो औरत मेरे साथ रहती है और जिसे मैं अपनी समस्त आत्मा से प्यार करता हूं, उसने मेरे साथ रहने की खातिर अपनी सारी जमा पूंजी खर्च कर डाली है। उसके पास कुल पांच हज़ार फ्रांक थे। अपनी इज़्ज़त की खातिर मुझे सबसे पहले वह रकम लौटानी होगी। तुम ज़रूर इस बात को समझ जाओगी। मैं बड़ा कृतज्ञ होऊंगा, अगर तुम मुझे पापा से मिले मेरे हिस्से में से पन्द्रह हज़ार फ्रांक भेज दोगी, क्योंकि मैं जल्द ही बालिग हो जाऊंगा। इससे मुझे बहुत मदद मिलेगी।

गुड बाई प्यारी मां। मैं तुम्हें, नानाजी को और मौसी लिज़ों को प्यार भेजता हूं। उम्मीद है, जल्द ही आप लोगों से मुलाकात होगी।

तुम्हारा बेटा

विकोंत पॉल द लामार'

पॉल ने खत लिखा था! तो वह अपनी मां को नहीं भूला था। जीन यह भूल गई कि पॉल ने पैसे मंगाने के लिए खत लिखा था। अगर पॉल को पैसे की ज़रूरत है तो वह ज़रूर उसे पैसे भेजेगी। जब पॉल ने खत लिखा है तो पैसे की क्या परवाह हो सकती है? वह रोती हुई बैरन को खत दिखाने के लिए भागी। मौसी लिज़ों को भी बुलाया गया। सारे खत का एक-एक शब्द बार-बार पढ़ा गया। पॉल के हर वाक्य के अर्थ पर गौर किया गया। जीन, जो असीम दुःख से आशा के हर्षोन्माद में पहुंच गई थी, अब अपने बेटे का पक्ष ले रही थी। 'उसने हमें खत लिखा है, तो वह ज़रूर लौटकर आएगा।'

'चाहे कुछ हो, वह उस औरत की खातिर हम लोगों को छोड़कर गया है। ज़रूर उसे हमसे ज़्यादा उस औरत का ख्याल होगा, तभी उसे ऐसा करने में हिचकिचाहट नहीं हुई।' बैरन ने शान्त स्वर में कहा।

सहसा जीन के हृदय में तीव्र व्यथा की टीस उठी और उसका रोम-रोम उस औरत के प्रति घृणा से भर गया जिसने उससे उसके बेटे का

प्यार छीन लिया था—कभी न शान्त होनेवाली, बर्बर, मातृ-सुलभ ईर्ष्या से उसका मन जलने लगा। अभी तक वह केवल पॉल के विषय में ही सोचा करती थी; उसने कभी भी इस बात पर गौर नहीं किया था कि उस औरत ने ही पॉल को गुमराह किया था।

लेकिन बैरन की टिप्पणी से जीन को उस बैरिन औरत का असली रूप और उसकी सांघातिक शक्ति का आभास हुआ। जीन को लगा कि उसके और दूसरी औरत के बीच पॉल का प्यार जीतने का संघर्ष शुरू हो गया है। उसने यह भी महसूस किया कि उस रखेल के साथ अपने बेटे का प्यार बांटने से तो अच्छा होगा कि वह अपने बेटे को समूचा ही खो दे। जीन की सारी खुशी गायब हो गई।

उन लोगों ने पन्द्रह हज़ार फ्रांक भेज दिए। पांच महीनों तक पॉल की कोई खबर नहीं मिली।

फिर जुलियन की जायदाद का फैसला करने के लिए एक अटर्नी प्रकट हुआ। जीन और उसके पिता ने बिना किसी शिकायत के सारा हिसाब बता दिया, यहां तक कि उन्होंने उस जायदाद के सूद को भी छोड़ दिया, जिसपर कायदे से जीन का अधिकार था।

पॉल पैरिस लौट आया और उसे एक लाख बीस हज़ार फ्रांक की जायदाद मिल गई। फिर उसने छह महीनों में सिर्फ चार खत लिखे और रूखे शब्दों में अपनी सेहत की खबर दी और अन्त में झूठमूठ के स्नेह का उपक्रम किया।

उसने लिखा था: 'मैं इन दिनों काम कर रहा हूं। मुझे बोर्ज़ में नौकरी मिल गई है। उम्मीद है कि किसी दिन मैं 'पोपलर्ज़' आऊंगा, प्यारी मां।'

उसने अपनी रखेल के बारे में एक भी शब्द नहीं लिखा था, अगर वह चार सफों में उस औरत का बयान करता, तब भी उतना न कह पाता जितना उसने इस खामोशी से कह दिया था। अपने बेटे के सर्द शब्दों के पीछे जीन को उस औरत का प्रभाव महसूस हुआ, हमेशा सतर्क रहनेवाली सब माताओं की उस शत्रु का। तीनों ने, जो वैरागियों का सा जीवन व्यतीत करते थे, आपस में मशविरा किया कि किस तरह पॉल को बचाया जाए, लेकिन वे किसी नतीजे पर न पहुंच सके। पैरिस

जाकर उससे मिला जाए? उससे क्या फायदा होगा? 'समय के साथ वह उस औरत से उकता जाएगा, वह अपने-आप ही हमारे पास लौट आएगा,' बैरन ने कहा, लेकिन फिर भी उन तीनों की हालत दयनीय थी।

जीन और मौसी लिज़ों बैरन से छिपकर चर्च जाया करती थीं। बहुत दिनों तक पॉल की कोई खबर न मिली और फिर एक दिन सुबह पॉल का एक विक्षिप्तता-भरा खत आया, जिससे सब लोग घबरा गए।

'मदर डियर, मैं बर्बाद हो गया हूं। अगर तुमने मुझे न बचाया तो पिस्तौल से अपने सिर में गोली मारने के सिवा मेरे पास कोई चारा नहीं रहेगा। जिस सट्टे में मुझे फायदा होने की उम्मीद थी, उसमें मुझे घाटा हुआ है और मेरे सिर पर पैतालीस हज़ार फ्रांक का कर्ज़ चढ़ गया है। अगर मैं उसे अदा नहीं करता तो बर्बाद और बेइज़्ज़त हो जाऊंगा। मेरा भविष्य सदा के लिए खत्म हो जाएगा। मैं फिर कहता हूं कि इस बेइज़्ज़ती को बर्दाश्त करने से मैं आत्महत्या करना कहीं बेहतर समझता हूं। मैं पहले ही अपनी ज़िन्दगी खत्म कर लेता अगर वह औरत, जो मेरे जीवन का प्रकाशस्तम्भ है, मुझे जीने की प्रेरणा न देती। मैंने अपने खतों में उस औरत का ज़िक्र कभी नहीं किया। प्यारी मां, मैं शायद अन्तिम बार तुम्हे प्यार भेज रहा हूं। गुड बाई।

—पॉल'

खत के साथ कई व्यापारिक आंकड़े थे, जिनमें इस सर्वनाश का ब्यौरेवार विवरण दिया हुआ था।

बैरन ने लौटती डाक से जवाब दिया कि सब कुछ ठीक हो जाएगा, फिर वे स्थिति को अच्छी तरह से समझने के लिए हैव्र के लिए रवाना हो गए। बैरन ने पॉल को रकम भेजने के लिए अपनी जायदाद रहन रख दी। पॉल ने कृतज्ञता और स्नेह से भरे तीन खत लिखकर सूचना दी कि वह 'पोपलर्ज़' में लौटने ही वाला है। लेकिन वह नहीं आया।

पूरा एक साल बीत गया। जीन और बैरन ने तय किया कि वे पैरिस जाकर पॉल को साथ लाने की कोशिश करेंगे, लेकिन उन्हें एक खत से मालूम हुआ कि पॉल फिर लन्दन लौट गया है और 'पॉल द लमार

एण्ड कम्पनी' के नाम से समुद्री जहाज़ों की एक कम्पनी खोल रहा है। उसने लिखा था, 'इस काम में बहुत मुनाफा है और मुझे कोई जोखिम भी नहीं उठाना पड़ेगा। आप आसानी से इस व्यवसाय के फायदों को समझ सकते हैं। अगली बार जब मैं आपसे मिलूंगा तब तक मैं ज़िन्दगी में कामयाबी हासिल कर चुका होऊंगा। इन दिनों व्यापार से अच्छा कोई काम नहीं है।'

तीन महीने बाद जहाज़-कम्पनी दिवालिया घोषित हो गई। मैनेजर पर कम्पनी के बही-खातों में गड़बड़ करने के अपराध में मुकदमा चल रहा था। जीन को हिस्टीरिया का दौरा पड़ा, जो घण्टों तक चलता रहा। फिर वह बीमार होकर बिस्तर में पड़ रही। बैरन फिर हैव्र के लिए रवाना हो गए। वकीलों, अर्नियों और ज़िलाधीशों से मशविरा करने के बाद पता चला कि पॉल द लामार कम्पनी को दो लाख पैंतीस हज़ार फ्रांक का घाटा हुआ है।

बैरन ने फिर अपनी जायदाद रहन रख दी। 'पोपलर्ज़' और दो फार्म उसकी लपेट में आ गए। एक दिन शाम को जब बैरन अपने वकील के दफ्तर में आखिरी लिखा-पढ़त कर रहे थे, तो उन्हें हृदयरोग का दौरा पड़ा। फौरन जीन को खबर भेजकर बुलाया गया, लेकिन उसके वहां पहुंचने से पहले ही बैरन चल बसे थे। जीन उनका शव लेकर 'पोपलर्ज़' लौट आई। उसके शोक का यह हाल था कि उसमें अवसाद की बजाय जड़ता की मात्रा अधिक थी। पादरी तोलबियाक ने बैरन को दोनों औरतों की मिन्नतों के बावजूद दफनाने से इन्कार कर दिया। अंधेरा होने पर बैरन को बिना किसी धार्मिक रस्म के दफना दिया गया।

पॉल ने दिवाले की व्यवस्था करनेवाले किसी अधिकारी से यह खबर सुनी। वह अभी तक इंग्लैंड में छिपा बैठा था। उसने मां को एक खत लिखा और नाना के मरने पर न आने की माफी मांगी। उसने लिखा कि उसे यह खबर बहुत देर से मिली थी। 'सच बात तो यह है, प्यारी मां कि अब तुमने मुझे इस संकट से उबार लिया है। इसलिए मैं जल्द ही स्वदेश लौटकर तुमसे मिलूंगा।' जीन की नैराश्यपूर्ण अवस्था को देखकर लगता था कि वह ज़रूर पागल हो जाएगी।

जाड़ों के करीब मौसी लिज़ों को, जो अब अड़सठ साल की हो गई

थीं, सर्दी लग गई; जिसने बिगड़कर निमोनिया की शक्ल अख्तियार कर ली और उनके प्राण शान्ति से निकल गए। मरने से पहले वे फुस-फुसाई, 'मेरी नन्ही गरीब जीन, मैं ईश्वर से कहूंगी कि वह तुमपर दया करे।'

जीन मौसी लिज़ों को दफनाने के लिए कब्रिस्तान में गई। जब ताबूत के ऊपर मिट्टी डाली जाने लगी तो जीन धरती पर पछाड़ खाकर गिर पड़ी। वह मरना चाहती थी और अपनी सारी यन्त्रणाओं से मुक्ति पाना चाहती थी। इसी वक्त एक तगड़ी किसान औरत ने उसे गोद में उठा लिया और उसे एक बच्ची की तरह उठा ले गई। जीन ने पिछली पांच रातें मौसी लिज़ों के सिरहाने जागते हुए गुज़ारी थीं। उस अपरिचित किसान औरत ने जीन के कपड़े उतारे और उसे बिस्तर में सुला दिया। वह औरत बड़े अधिकारपूर्ण और कोमल ढंग से व्यवहार कर रही थी। इसके बाद जीन को शोक और थकान की वजह से गहरी नींद आ गई।

आधी रात के वक्त जीन की नींद खुली। मेंटलपीस पर एक दीप जल रहा था। आरामकुर्सी में एक औरत सो रही थी। जीन उसे पहचान न सकी। औरत के चेहरे पर तेल के लैम्प की रोशनी पड़ रही थी। जीन उसका चेहरा गौर से देखने के लिए पलंग के किनारे पर झुक गई।

जीन को लगा जैसे उसने उस चेहरे को पहले देखा है। लेकिन कब? कहां? औरत शान्तिपूर्वक अपने कंधे से सिर टिकाकर सो रही थी। नीचे फर्श पर उसकी टोपी पड़ी थी। वह औरत चौड़ी और तगड़े बदन की थी। उसका चेहरा लाल-सुर्ख था। उसके बड़े-बड़े हाथ कुर्सी के दोनों तरफ लटक रहे थे। उसके बाल कुछ-कुछ सफेद थे। जीन का मन आकुल था। गहरी मानसिक चिंता से आनेवाली ज्वरपूर्ण निद्रा की आकुलता उसपर छाई थी। वह टकटकी बांधकर उस औरत को देखने लगी।

ज़रूर जीन ने वह चेहरा पहले कहीं देखा था। क्या बीते दिनों में? क्या हाल ही में? जीन ठीक से बता नहीं सकी। इस पहेली से उसकी उत्तेजना और परेशानी और भी बढ़ गई। वह बिना आवाज़ किए

बिस्तर से उठी और उस औरत का चेहरा ध्यान से देखने के लिए पंजों के बल उसके पास पहुंची। यह वही औरत थी जो कब्रिस्तान से जीन को उठाकर लाई थी और जिसने जीन को बिस्तर में सुलाया था। जीन को इस बात की कुछ-कुछ याद थी। लेकिन क्या जीन ज़िन्दगी में इससे पहले कभी उस औरत से मिली थी? या उसने सिर्फ कल्पना की थी कि वह उस औरत को पहचानती है—और वह जीन के कमरे में कैसे आई? क्यों आई?

उस औरत ने आंखें खोली और जीन को देखकर वह झटपट खड़ी हो गई। वे एक-दूसरे के सामने इतने नज़दीक खड़ी थीं क्योंकि उनके वक्ष आपस में स्पर्श कर रहे थे। उस अजनबी औरत ने शिकायत की, 'क्या? तुम इतनी जल्दी उठ गईं? तुम्हें सर्दी लग जाएगी। जाकर फौरन लेट जाओ!'

'तुम कौन हो?' जीन ने पूछा।

लेकिन औरत ने फर्श पर से जीन को उठाकर गोद में ले लिया और बिस्तर पर पहुंचा दिया। जीन को आहिस्ता से चद्दर पर लिटाकर वह उसपर झुकी और रोती हुई जीन के गालों को, आंखों और बालों को चूमने लगी। उसके आंसुओं से तकिया भीग गया। 'मेरी बेचारी मालकिन मदमोज़ेल जीन, क्या तुम्हें मेरी याद नहीं है?' उस औरत ने कहा।

जीन चिल्लाई, 'रोज़ाली?' और उसने औरत के गले में बांहें डालकर उसे चूम लिया। कुछ देर तक दोनों एक-दूसरे से लिपटकर इस तरह रोती रहीं जैसे दोनों का कलेजा फटनेवाला हो। रोज़ाली ने पहले अपने को सुस्थिर किया और कहा, 'बस करो, अब अच्छी बनो, वरना तुम्हें सर्दी लग जाएगी।' रोज़ाली ने चद्दरों की सिलवटें दूर कीं, उन्हें अच्छी तरह चारों तरफ से दबा दिया और अपनी भूतपूर्व मालकिन के सिर के नीचे तकिया ठीक से लगा दिया। जीन लगातार सिसक रही थी, क्योंकि उसके मन में अतीत की स्मृतियां जाग उठी थीं। आखिर जीन ने पूछा, 'तुम यहां कैसे आईं, रोज़ाली?'

'तुम्हारा ख्याल है कि मैं तुम्हें अब अकेला छोड़ सकती थी?'

'ज़रा मोमबत्ती जलाओ, ताकि मैं तुम्हारी तरफ देख सकूं।' जब

रोज़ाली ने रोशनी पलंग के नज़दीक लाकर रख दी तो दोनों औरतें खामोशी से एक-दूसरे की तरफ ताकने लगीं। फिर जीन ने अपनी नौकरानी का हाथ पकड़कर कहा, 'रोज़ाली, तुम इतनी बदल गई हो कि मैं हरगिज़ पहचान नहीं सकती थी। लेकिन तुम मुझसे ज़्यादा नहीं बदलीं।'

रोज़ाली ने उस मुर्झाई हुई सफेद बालों वाली औरत की तरफ देखा जिसे वह जवान और खूबसूरत छोड़कर गई थी। उसने जवाब दिया, 'हां मदाम जीन, तुम बदल गई हो, ज़रूरत से ज़्यादा बदल गई हो। लेकिन याद रखो कि हमने पचीस बरस से एक-दूसरे को नहीं देखा।'

दोनों खामोश हो गईं और कुछ सोचने लगीं। फिर जीन ने अटककर कहा, 'तुम तो ज़िन्दगी में सुखी रही हो न?'

रोज़ाली अपनी मालकिन के हृदय में दुख की टीस नहीं पैदा करना चाहती थी। उसने लड़खड़ाती आवाज़ में कहा, 'हां, हां मदाम! मुझे ज़िन्दगी से कोई शिकायत नहीं—बिल्कुल नहीं! मैं तुमसे ज़्यादा सुखी रही हूं। मुझे सिर्फ एक ही बात का अफसोस रहा है। वह यह कि मुझे यहां से जाना पड़ा।' यह कहकर रोज़ाली इस डर से कि उसने अनजाने में कोई गलत बात कह दी है, रुक गई। लेकिन जीन ने मृदु स्वर में कहा, 'देखा रोज़ाली, इन्सान हमेशा जो चाहता है, नहीं कर सकता। मेरे ख्याल में तुम भी विधवा हो?'फिर उसने कांपती आवाज़ में कहा, 'क्या तुम्हारे और बच्चे भी हैं?'

'नहीं मदाम।'

'और तुम्हारे—तुम्हारे लड़के का क्या हुआ? तुम उससे सन्तुष्ट हो न?'

'हां मदाम, वह बड़ा नेक और मेहनती लड़का है। छह महीने पहले उसने शादी कर ली है, मेरा फार्म अब उसे मिल जाएगा, क्योंकि मैं तुम्हारे साथ रहने के लिए आ गई हूं।'

'तुम मेरे साथ रहोगी रोज़ाली?' जीन ने भावुकता से कांपती आवाज़ में पूछा।

'ज़रूर, मदाम, मैंने अपने सारे इन्तज़ाम पूरे कर लिए हैं, रोज़ाली

ने हठात् उत्तर दिया।

फिर दोनों कुछ देर तक खामोश रहीं। न चाहने के बावजूद भी जीन रोज़ाली की ज़िन्दगी से अपनी ज़िन्दगी की तुलना करने लगी। लेकिन अब उसके मन में कटुता नहीं थी, क्योंकि वह भाग्य की क्रूरताओं की आदी हो चुकी थी।

जीन ने पूछा, 'तुम्हारा पति तुमसे अच्छा सलूक करता था?'

'ओह, वह नेक और मेहनती आदमी था मदाम। उसने कुछ पैसे भी जमा कर लिए थे। बेचारा तपेदिक से मर गया।'

जीन उठकर पलंग पर बैठ गई। वह सब कुछ जानना चाहती थी। उसने कहा, 'रोज़ाली, मुझे अपनी ज़िन्दगी के बारे में सारी बातें बताओ। आज उन बातों को सुनकर मेरा मन हल्का हो जाएगा।'

रोज़ाली एक कुर्सी घसीटकर बैठ गई और अपने बारे में, और अपने घर और अपने आसपास की चीज़ों के बारे में बातें करने लगी। वह सब ग्रामीण लोगों की तरह उत्साह से ब्यौरेवार अपने खेत की चर्चा करने लगी और पुरानी स्मतियों पर हंसने लगी। उसकी आवाज़ बीच-बीच में ऊंची हो जाती थी, क्योंकि वह उन औरतों में से थी जो हुक्म देने की आदी होती हैं। आखिर में उसने कहा :

'ओह, मेरे पास थोड़ी-सी जमा पूंजी है, इसलिए मुझे भविष्य की चिन्ता करने की कोई ज़रूरत नहीं।' फिर वह घबरा गई और उसने पहले से कुछ धीमी आवाज़ में कहा, 'जो भी हो, मेरे पास जो कुछ है, तुम्हारी ही बदौलत है। मैं तुम्हारी सेवा के बदले में तनख्वाह नहीं चाहती, बिल्कुल नहीं, हरगिज़ नहीं। और अगर तुम्हें मेरा यहां रहना पसन्द न हो तो मैं चली जाऊंगी।'

'तुम सोचती हो कि मैं मुफ्त में ही तुमसे काम लूंगी, क्यों?' जीन ने जवाब दिया।

'हां मदाम, यह सच है। पैसे—आप मुझे पैसे देंगी! वाह, अब तो तुम्हारी और हमारी हैसियत में कोई फर्क नहीं रहा। कर्ज़ लेने और जायदाद रहन रखने के बाद, जबकि कई रकमों पर अभी सूद नहीं दिया गया और वह दिन-बदिन बढ़ता जाता है, क्या तुमने कभी सोचा है कि अब तुम्हारे पास कितना बच रहा है? तुम जानती हो? नहीं, तुम नहीं

जानतीं। अच्छा तो सुनो, अब तुम्हारे पास दस हज़ार फ्रांक की आमदनी भी नहीं है। जानती हो, दस हज़ार फ्रांक भी नहीं। खैर, अब इन सब बातों की देखभाल मैं खुद करूंगी और फौरन करूंगी।' रोज़ाली ऊंचे स्वर में बोल रही थी। उसे इस बात का गुस्सा था कि घर-बार के प्रति इतनी लापरवाही क्यों दिखाई गई है और जीन बर्बाद क्यों हो रही है। रोज़ाली की बातें सुनकर जीन के चेहरे पर भावुकता की एक फीकी मुस्कान फैल गई।

'तुम्हें इन बातों पर हंसना नहीं चाहिए, मदाम; क्योंकि पैसे के बगैर इन्सान कुछ नहीं है।'

जीन ने रोज़ाली के हाथ अपने हाथों में ले लिए और बहुत देर तक उन्हें थामे रही। फिर उसने वह बात की जो सारे वक्त उसके मन पर छाई रहती थी, 'आह! मैं बड़ी बदकिस्मत हूं। मेरे सब काम बिगड़ गए हैं। किस्मत ने मुझपर बहुत ज़ुल्म किया है।'

रोज़ाली ने सिर झटककर कहा, 'तुम्हें ऐसी बातें नहीं करनी चाहिए, मदाम। नहीं, बिल्कुल नहीं करनी चाहिए। तुम्हें शादी में सुख नहीं मिला, बस इतनी बात है। लेकिन जिस ढंग से तुमने अपने पति को अच्छी तरह जाने-समझे बगैर शादी की थी, उसमें तो ऐसा ही होना था।

इसके बाद वे सूरज निकलने तक दो पुरानी सहेलियों की तरह अपने बारे में बातें करती रहीं।

बारह

एक हफ्ते के भीतर ही रोज़ाली ने घर की बागडोर संभाल ली। जीन रोज़ाली का हर आदेश चुपचाप मान लेती थी। उसकी टांगें भी अपनी मां की तरह कमज़ोर हो गई थीं और वह रोज़ाली का सहारा लेकर थोड़ी दूर तक टहला करती थी। नौकरानी उसे प्यार से डांटती और तसल्ली देती। वह जीन के साथ वैसा ही सलूक करती थी जैसा एक बीमार बच्चे के साथ किया जाता है।

दोनों हमेशा बीते दिनों की बातें किया करती थीं। जीन की

आवाज़ आंसूभरी होती थी और रोज़ाली का स्वर किसानों की तरह सुस्थिर और आवेगहीन रहता था। उसने कई बार सूद की रकमों का ज़िक्र किया, जो अभी तक अदा नहीं की गई थीं। फिर उसने आग्रह किया कि जो कागज़ जीन ने पॉल की हरकतों से शर्मिन्दा होकर छिपा रखे हैं, वे भी फौरन उसके हवाले कर दिए जाएं।

एक हफ्ते तक रोज़ाली हर रोज़ फेकम्प में अपने एक परिचित वकील के यहां कानूनी बातों की पूछताछ करने के लिए जाती रही, जिनके बारे में वह स्वयं कुछ नहीं जानती थी। एक दिन शाम को जब उसने अपनी मालकिन को बिस्तर पर लिटाकर चारों तरफ से रज़ाई दबा दी, तो वह उसके सिरहाने बैठकर अचानक बोली, 'अब तो तुम बिस्तर में लेट गई हो मदाम। आओ, कामकाज की बातें करें।'

उसने जीन को सारी स्थिति से अवमत कराया। सारे कर्ज़ दे-दिलाकर जीन के पास अब सात या आठ हज़ार फ्रांक की आमदनी रह गई थी। उससे एक कौड़ी भी ज़्यादा नहीं।

'क्या किया जाए, रोज़ाली! मुझे लगता है कि मैं बहुत दिनों तक ज़िन्दा नहीं रहूंगी। खैर, इतना ही मेरे लिए काफी है।' जीन ने जवाब दिया।

लेकिन इस बात से रोज़ाली को गुस्सा आ गया, 'मदाम, हो सकता है कि यह रकम तुम्हारे लिए काफी हो, लेकिन मोशिए पॉल का क्या होगा? तुम उसके लिए कुछ नहीं छोड़कर जाओगी?'

जीन कांप उठी, 'मेहरबानी करके फिर कभी मेरे सामने पॉल का ज़िक्र मत करना। उसका ख्याल आते ही मुझे बेहद तकलीफ पहुंचती है।'

'इसके विपरीत, मुझे ज़रूर उसका ज़िक्र करना चाहिए। देखो मदाम जीन, तुम बिल्कुल गलत ढंग से सोचती हो। इस वक्त वह बिगड़ा हुआ है, लेकिन हमेशा ऐसा नहीं रहेगा। कभी तो वह शादी करेगा और उसके बाल-बच्चे होंगे। बाल-बच्चों को पालने के लिए उसे पैसों की ज़रूरत पड़ेगी या नहीं? ध्यान से मेरी बात सुनो। तुम्हें 'पोपलर्ज़' को बेच देना चाहिए!'

जीन चौंककर बिस्तर में बैठ गई, 'पोपलर्ज़ को बेच दूं। हरगिज़,

हरगिज़ नहीं।'

लेकिन रोज़ाली विचलित नहीं हुई, 'मैं कहती हूं कि तुम्हें 'पोपलर्ज़'' को बेच देना चाहिए मदाम, ज़रूर बेच देना चाहिए।'

रोज़ाली ने अपनी योजनाएं, हिसाब-किताब और दलीलें बताईं। अगर 'पोपलर्ज़' और पड़ोस के दो फार्मों को बेच दिया जाए, जिसके लिए रोज़ाली ने एक खरीददार तलाश कर लिया था तो सा लोमार्द की जायदाद बच सकती है—रहन की रकम अदा करने के बाद उस जाय-दाद से 8300 फ्रांक सालाना की आमदनी हो सकती है, जिसमें से हर साल 1300 फ्रांक वे मरम्मत और फार्मों की देखभाल पर खर्च कर देंगी, बाकी के 7000 फ्रांक में से 5000 फ्रांक रोज़मर्रा के खर्च में लग जाएंगे और जो बचेगा, वह ज़रूरत के वक्त पर काम आएगा।

रोज़ाली ने बताया, 'बाकी सब खत्म हो चुका हैं। एक कौड़ी नहीं बची। तिज़ोरी की चाबी मैं अपने पास रखूंगी। जहां तक मोशिए पॉल का सम्बन्ध है, उसे एक भी कौड़ी नहीं मिलेगी। उसका बस चले तो वह तुम्हें बिल्कुल बर्बाद कर देगा।'

जीन जो सुबक रही थी, बोली, 'हां, लेकिन अगर उसके पास पेट भरने तक के लिए भी पैसा न हुआ तो क्या होगा?'

'अगर वह भूखा है तो घर लौट आए। यहां उसके लिए बिस्तर और खाने का इन्तज़ाम कर दिया जाएगा। तुमने कभी सोचा है कि अगर शुरू में तुम उसे इतना पैसा न भेजतीं तो क्या वह ये सब बेवकू-फियां करता?'

'लेकिन उसपर कर्ज़ चढ़े थे। उसकी ज़िन्दगी-भर के लिए बेइ-ज्ज़ती हो जाती।'

'जब तुम्हारा सारा पैसा खत्म हो जाएगा, तब भी क्या वह कर्ज़ लेना छोड़ देगा? तुमने एक बार उसकी मदद कर दी—चलो ठीक किया। लेकिन मैं अभी से कहे देती हूं कि भविष्य में तुम कभी उसे पैसे नहीं भेजोगी। अच्छा गुडनाइट, मदाम।'

रोज़ाली कमरे से चली गई। जीन आंखें बंद न कर सकी, क्योंकि 'पोपलर्ज़' को बेच देने के विचार में ही, जहां उसने अपनी ज़िन्दगी गुज़ारी थी, वह शोक से पागल हो उठी थी।

अगले दिन सुबह, जब रोज़ाली कमरे में आई तो जीन ने कहा, 'मैं कभी भी इस घर को नहीं छोड़ सकती रोज़ाली!'

नौकरानी नाराज़ हो गई, 'तुम्हें छोड़ना पड़ेगा मदाम। थोड़ी देर में ही वकील खरीददार को लेकर आता होगा। अगर तुमने 'पोपलर्ज़' को न बेचा तो चार साल में तुम्हारे पास खर्च के लिए एक पाई भी नहीं रहेगी।'

जीन शोक से व्याकुल होकर बार-बार कहने लगी, 'मैं कभी ऐसा नहीं करूंगी। मैं कभी ऐसा नहीं कर पाऊंगी।'

एक घंटे बाद पोस्टमैन पॉल का एक खत लाया जिसमें पॉल ने दस हज़ार फ्रांक का कर्ज़ मांगा था। जीन ने भयभीत होकर रोज़ाली की सलाह मांगी। रोज़ाली ने हाथ फेंककर कहा :

'देखा मदाम, मैंने तुमसे पहले ही नहीं कह दिया था? अगर मैं यहां लौटकर न आती तो तुम मां-बेटे दोनों बर्बाद हो चुके होते।' जीन ने रोज़ाली की हिदायत के मुताबिक अपने बेटे को खत लिखा :

'मेरे प्यारे बेटे, मैं अब तुम्हारे लिए कुछ नहीं कर सकती। तुमने मुझे बर्बाद कर दिया है, जिसकी वजह से मुझे 'पोपलर्ज़ बेचने के लिए मजबूर होना पड़ा है। लेकिन कभी यह मत भूलना कि तुम्हारी वृद्धा मां के घर का दरवाज़ा हमेशा तुम्हारे लिए खुला है, जिस मां को तुमने इतना दुःख दिया है।

—जीन'

जब वकील मोशिए जोफ्रीन को, जो चीनी के कारखाने का रिटायर्ड अफसर था, लेकर आया तो जीन ने स्वयं उसका स्वागत-सत्कार किया और सारी जगह दिखाई। एक महीने बाद जीन ने 'पोप-लर्ज़' की बिक्री के कागज़ पर दस्तखत कर दिए और साथ ही मोंतवि-लियर्ज़ जानेवाली सड़क पर गोदेरवील के पास बेतवील में एक छोटा-सा मकान ले लिया।

जीन शाम तक उस सड़क पर घूमती रही, जहां उसकी मां टहला करती थी। उसका हृदय बहुत दुःखी था। उसने सारे वृक्षों से, क्षितिज से, मेपल के वृक्ष के नीचे बिछी बदरंग बेंच से, कुंज से, चरागाह के सामनेवाली छोटी पहाड़ी से (जहां वह अक्सर बैठा करती थी और

जहां से उसने जूलियन की मृत्यु के खौफनाक दिन कोंत फोर्वील को देखा था), पुराने ठूठ से (जिसका सहारा वह अक्सर लिया करती थी),अपने परिचित बाग और सभी परिचित चीज़ों से विदा ली। रोज़ाली को वहां आकर जीन को अपने साथ ले जाने के लिए मजबूर होना पड़ा।

पचीस बरस का एक लंबा किसान दरवाज़े के आगे खड़ा इंतज़ार कर रहा था। उसने मैत्रीपूर्ण ढंग से जीन का अभिवादन किया। मालूम होता था वह जीन को बरसों से जानता था। उसने कहा, 'गुड डे मदाम जीन। आप अच्छी तरह हैं न? मां ने मुझे सामान की देखरेख करने के लिए कहा था। आप कौन-सी चीज़ें यहां से ले जाना चाहती हैं, मुझे बता दें, क्योंकि मैं धीरे-धीरे यहां से सामान ले जाऊंगा—मैं नहीं चाहता कि मेरे खेत के काम में हर्ज हो।' यह जीन की नौकरानी और जूलियन का बेटा और पॉल का भाई था।

जीन को लगा जैसे उसके दिल की धड़कन बन्द होनेवाली है। साथ ही उसके मन में उस नौजवान को चूमने की इच्छा हुई। उसने गौर से देखा, शायद उसे उस नौजवान की छवि में अपने पति या बेटे की छवि दीख जाए।

वह लड़का रोज़ाली की तरह तगड़ा और लाल चेहरे वाला था। उसकी आंखें नीली और बाल सुनहरे थे। फिर भी वह जूलियन जैसा दिखाई देता था। किस बात में, यह तो जीन नहीं बता सकती थी, लेकिन उसके चेहरे में कोई ऐसी चीज़ थी जिसे देखकर जीन को उसके पिता की याद आ गई थी।

नौजवान ने कहा, 'अगर आप अभी मुझे सारा सामान दिखा दें तो मैं बहुत कृतज्ञ होऊंगा।'

लेकिन जीन अभी तक यह तय नहीं कर पाई थी कि वह कौन-सा सामान अपने साथ ले जाए, क्योंकि उसका नया घर बहुत छोटा था। इसलिए उसने उस लड़के से कहा कि वह हफ्ते के आखीर में फिर आए। घर बदलने के ख्याल ने उनके नीरस जीवन में कुछ नवीनता पैदा कर दी थी और उसे सोचने के लिए कुछ सामग्री मिल गई थी।

जीन हर कमरे में उस फर्नीचर को तलाश करने लगी जिसके साथ उसके जीवन की घटनाएं जुड़ी हुई थीं—वे चीज़ें जो उसकी ज़िंदगी और

उसके अस्तित्व का हिस्सा थीं, जिन्हें वह बचपन से जानती थी, जिनमें उसके सुखों और दुःखों की स्मृतियां चिपकी थीं: वे चीज़ें जो उसके जीवन के इतिहास की तारीखें थीं, उसके उल्लास और अवसादपूर्ण क्षणों की मौन संगिनी थीं, जो उसके साथ ही पुरानी हो गई थीं, घिस गई थीं और जीर्ण-शीर्ण हो गई थीं।

जीन ने एक-एक करके साथ ले जाने के लिए सामान चुना। उसकी समझ में न आता था कि किन चीज़ों को रखे,किनको पीछे छोड़ दे। हर क्षण में उसका मन बदल जाता था। वह तय नहीं कर पाती थी कि दो कुर्सियों में से कौन-सी कुर्सी ले जाए; पुराने लिखने के डेस्क या काम करने की मेज़ में से कौन-सी चीज़ चुने।

उसने अतीत की घटनाओं को याद करने की कोशिश में सारी दराज़ें खोलकर देखीं। जब वह सोच-समझकर कहती, 'हां, मैं इसे ले जाऊंगी, तो उस चीज़ को खाने के कमरे में उठाकर रख दिया जाता था। वह अपने सोने के कमरे का सारा सामान, पलंग, घड़ी, पर्दे, दर-असल सब कुछ साथ ले जाना चाहती थी।

जीन ड्राइंगरूम की कुछ कुर्सियां, जिनपर टेपिस्ट्री मढ़ी थी और जिन्हें देखकर वह बचपन में बहुत खुश होती थी, साथ ले जाना चाहती थी। 'लोमड़ी और सारस', 'लोमड़ी और चिड़िया', 'चीटी और टिड्डा' और 'उदास बगुले' वाली टेपिस्ट्रियां भी ले जाना चाहती थी। वह घर के सब कोने देख आई थी। एक दिन वह ऊपर बरसाती में गई।

वह दहलीज़ पर आश्चर्य से ठिठक गई। बहुत-सी चीज़ों की तरफ उसका ध्यान गया। कुछ चीज़ें टूटी-फूटी थीं, कुछ पर दाग लग गए थे और वे आकर्षक नहीं रही थीं, इसलिए उन्हें बरसाती में रखकर नई चीज़ें खरीद ली गई थीं। जीन ने कई ऐसी चीज़ों को पहचाना जो बहुत दिनों से उसका ध्यान आकर्षित किए बगैर घर से गायब हो गई थीं। छोटी-मोटी चीज़ें जिनके बीच जीन ने पन्द्रह बरस गुज़ारे थे, और जिनके अस्तित्व का उसे पहले आभास तक नहीं हुआ था, अब अन्य परिचित चीज़ों के साथ देखकर उसे उन चीज़ों की स्पष्ट याद हो आई। सहसा वे भूले हुए गवाहों और बहुत दिनों से खोए दोस्तों की तरह महत्त्वपूर्ण हो उठीं। वे चीज़ें उन लोगों की तरह मालूम हुईं जिनमें हम अक्सर

मिलते हैं लेकिन जिनके मन की बातें हमें मालूम नहीं होती और जो अचानक किसी रात को पहले से चेतावनी दिए बगैर अपने बारे में बातें करना शुरू कर देते हैं और हमें यह देखकर आश्चर्य होता है कि वे अपनी आत्मा के गोपन रहस्यों को बता देते हैं।

जीन एक के बाद एक चीज़ को देखने लगी। भावावेश से उसकी सांस फूल रही थी। वह फुसफुसाकर अपने-आपसे कह रही थीं, 'इस चीनी के प्याले को तो मैंने शादी से कुछ पहले एक रात को तोड़ा था। ओह! यह मां की छोटी लालटेन है, वह पापा का बेंत है। जिस दिन लकडी का दरवाज़ा बारिश में फूलकर जम गया था और पापा ने उसे खोलने की कोशिश की थी तभी उनका यह बेंत टूटा था।'

वहां बहुत-सी ऐसी चीज़ें थीं जिन्हें जीन पहचान न सकी, क्योंकि वे उसके दादा-दादी की चीज़ें थीं, जो समय और स्थान के प्रतिकूल दिखाई दे रही थीं, जिनका इतिहास अज्ञात था—किसीने उन चीज़ों की पसन्द, खरीद को नहीं देखा था, किसीको उन हाथों का पता नहीं था, जिन्होंने इतने प्यार और जतन से उन चीज़ों को छुआ था या उन आंखों को ही देखा था जो खुशी से उन चीज़ों को देखा करती थीं।

जीन को धूल से सनी उन यादगारों को छूने और देखने में बड़ा सुख मिला। वह उस आश्चर्यजनक कमरे में बहुत देर तक छत के शीशे में से आती पीली रोशनी में रुकी रही। उसने तीन टांगों वाली कुछ कुर्सियों का सावधानी से निरीक्षण किया। वह जानना चाहती थी कि उसे उनके बारे में कोई बात याद है या नहीं। उसने बिस्तर को गरम करनेवाला एक बर्तन और पैर सेंकनेवाली एक पिचकी हुई अंगीठी देखी जो परिचित-सी मालूम हुई। वहां बावर्चीखाने का कुछ टूटा-फूटा सामान भी था।

इसके बाद जीन ने उन चीज़ों की फेहरिस्त बनाई जिन्हें वह अपने साथ ले जाना चाहती थी। वह सीढ़ियां उतरकर नीचे आई और रोज़ाली को वे चीज़ें नीचे मंगवाने का आदेश दिया। लेकिन क्रुद्ध नौकरानी ने उस 'कूड़ा-कर्कट' को साथ ले जाने से इन्कार कर दिया। जीन इस बार अपनी ज़िद पर अड़ी रही, हालांकि उसकी इच्छाशक्ति बिल्कुल नष्ट हो गई थी। रोज़ाली को उसका कहना मानना पड़ा।

एक दिन सुबह जूलियन का बेटा, नौजवान किसान डेनिस लेकोक सामान लेने के लिए छकड़ा लेकर आया। रोज़ाली भी उसके साथ फर्नीचर को उतारने और तरतीब से रखने के लिए चली गई।

जब जीन अकेली रह गई तो वह मकान के कमरों में, दुःखमयी नैराश्य से अभिभूत होकर उन चीज़ों को प्यार से चूमने लगी जिन्हें वह छोड़कर जाने के लिए मजबूर थी। ड्राइंगरूम की टेपेस्ट्रियों पर बने सफेद पक्षियों को, प्राचीन शमादानों को—हर चीज़ को वह चूम रही थी। वह एक कमरे से दूसरे कमरे में भाग रही थी। उसकी आंखें आंसुओं से भर आई थी और उसका दिमाग चकरा गया था। फिर वह आखिरी बार समुद्र को देखने के लिए चली गई।

सितम्बर खत्म होनेवाला था। भूरा सुर्मई आकाश धरती के ऊपर छाया था। पीले रंग का समुद्र दूर तक फैला था जहां तक दृष्टि भी नहीं पहुंच पाती थी। जीन बहुत देर तक पहाड़ी की चोटी पर खड़ी रही। उसके मन में उदासी भरे विचार आ रहे थे। फिर जब अंधेरा छा गया तो वह वापस घर लौट आई। उस दिन उसे पहले से कहीं ज़्यादा गहरी यंत्रणा झेलनी पड़ी थी।

रोज़ाली लौट आई थी और उसकी प्रतीक्षा कर रही थी। वह नये मकान से बहुत खुश थी। उसने कहा कि नया मकान इस बड़े खलिहान से कहीं अधिक सुखद स्थान है। इस मकान को तो सड़क के किनारे भी नहीं बनाया गया था। जीन सारी शाम रोती रही।

जब से किसानों को मालूम हुआ कि 'पोपलर्ज़' को बेच दिया गया है, तब से वे जीन के प्रति सिर्फ उतना ही आदर दिखाते थे जिसकी वह अधिकारिणी थी। आपस में बातें करते वक्त वे उसे 'पागल औरत' कहा करते थे। इसका ठीक-ठीक कारण उन्हें मालूम नहीं था, लेकिन अपनी पाशविक वृत्ति से जीन की रुग्ण भावुकता, अतिशयोक्तिपूर्ण विचारों और दुःखी आत्मा को देखकर उन्होंने उसके पागलपन का अनुमान लगा लिया था।

जाने से एक दिन पहले संयोगवश जीन अस्तबल में गई। एक धीमी गुर्राहट उसके कानों में पड़ी। बेचारा 'कत्ल' गुर्रा रहा था, जिसकी तरफ

कई महीनों से जीन ने कोई ध्यान नहीं दिया था। कुत्ता अंधा और बूढ़ा हो गया था। उसे लकवा मार गया था। वह बुरी हालत में पुआल पर पड़ा रहता था। सिर्फ लुदिवीन ही उसकी देखभाल करती थी। वह अभी तक उसे नहीं भूली थी। जीन ने कुत्ते को गोद में उठाकर चूम लिया और फिर अपने साथ घर में ले गई। उसका बदन भारी हो गया था, वह अपनी अकड़ी और फैली हुई टांगों पर खड़ा भी नहीं हो सकता था, और वह उन खिलौनों की तरह भौंक रहा था जिनकी आवाज़ सुनकर बच्चे बहुत खुश होते हैं।

आखिरी दिन भी आ पहुंचा। जीन उस रात जूलियन के पुराने कमरे में सोई थी, क्योंकि उसका अपना कमरा खाली हो गया था। जब वह सोकर सुबह बिस्तर से उठी तो वह इतनी हांफ रही थी जैसे वह रात-भर भागती रही हो। सन्दूकों और बाकी फर्नीचर से भरा छकड़ा आंगन में खड़ा था, छकड़े के पीछे मालकिन और नौकरानी के बैठने के लिए दो पहियों वाली गाड़ी जोत दी गई।

यह तय हुआ था कि नये मालिक के आने तक बूढ़ा सिमों और लुदिवीन 'पोपलर्ज़' में ही ठहरेंगे। बाद में वे अपने रिश्तेदारों के पास रहने के लिए चले जाएंगे। जीन ने उनके लिए थोड़ी-सी पेन्शन बांध दी थी। दोनों बूढ़े, बातूनी और बेकार हो गए थे। मेरियस शादी करके बहुत पहले ही चला गया था।

आठ बजे के करीब बारिश शुरू हो गई। समुद्र की हवा के साथ महीन सर्द छींटे पड़ने लगे। उन लोगों ने गाड़ी को ढंकने के लिए कपड़ा बिछा दिया। पेड़ों पर से पत्ते गिर रहे थे।

बावर्चीखाने की मेज़ पर कॉफी के दो प्याले रखे थे। जीन अपने प्याले के सामने बैठकर धीरे-धीरे कॉफी पीने लगी। फिर वह उठ खड़ी हुई और बोली, 'चलो चलें।' उसने सिर पर हैट लगा लिया और शाल ओढ़ लिया। जब रोज़ाली अपनी मालकिन को रबर के जूते पहनाने लगी तो जीन ने कहा, 'तुम्हें याद है रोज़ाली, जब हम रूएन से यहां आए थे उस दिन कितनी बारिश हो रही थी?'

अचानक जीन की ज़बान बन्द हो गई। उसे दौरा-सा आया और वह बेहोश होकर गिर पड़ी। उसकी बन्द मुट्ठियां कलेजे से सटी हुई थीं।

एक घण्टे तक वह लाश की तरह पड़ी रही। जब उसकी आंखें खुली तो फिर उसका जिस्म ऐंठ गया और वह फूट-फूटकर रोने लगी। धीरे-धीरे वह शान्त हुई, लेकिन दौरे से उसे इतनी कमज़ोरी आ गई थी कि वह खड़ी भी नहीं हो सकती थी। रोज़ाली को डर लगा कि अगर जीन को वहां से न हटाया गया तो उसे फिर दौरा पड़ जाएगा। उसने अपने बेटे को बुलाया। मां-बेटे ने मिलकर जीन को उठाया और गाड़ी में ले जाकर चमड़े की सीट पर लिटा दिया। रोज़ाली गाड़ी में चढ़ गई। उसने जीन के घुटनों पर एक कम्बल डाल दिया और उसके कंधों को एक भारी लबादे से ढंक दिया। रोज़ाली ने एक छाता खोला और कहा, 'जल्दी करो डेनिस, हमें फौरन यहां से चल देना चाहिए।'

नौजवान डेनिस अपनी मां की बगल में बैठ गया। उसकी एक टांग बाहर लटक रही थी, क्योंकि भीतर बहुत कम जगह थी। उसने घोड़े को सरपट चाल से दौड़ाया, हचकोलों से दोनों औरतें एकसाथ हिलने लगीं। जब वे गांव में एक मोड़ से गुज़रे तो उन्हें पादरी तोलबियाक सड़क पर टहलता हुआ दिखाई दिया। ज़रूर वह उन लोगों को विदा करने आया था। कीचड़ से बचने के लिए उसने अपना चोगा ऊपर उठा लिया था। उसकी दुबली-पतली काले मोज़ों से ढंकी टांगें और कीचड़ में सने भरकम बूट दिखाई दे रहे थे।

जब पादरी ने गाड़ी को आते देखा तो वह रास्ता छोड़कर एक तरफ खड़ा हो गया। रोज़ाली ने पादरी की सारी करतूतें सुन रखी थीं। वह गुस्से से बड़बड़ाई, 'सूअर कहीं का, सूअर कहीं का!' वह अपने बेटे का हाथ पकड़कर चिल्लाई, 'जरा इस आदमी पर चाबुक मारना!' जब वे पादरी के नज़दीक से गुज़रे तो डेनिस ने जान-बूझकर गाड़ी का एक पहिया कीचड़ में धंसा दिया। गाड़ी पूरी चाल से जा रही थी, पादरी सिर से लेकर पैर तक कीचड़ में सन गया। रोज़ाली को बहुत खुशी हुई। उसने पीछे मुड़कर देखा और पादरी की तरफ मुक्का ताना। पादरी एक बड़े रूमाल से कीचड़ पोंछ रहा था।

वे खामोशी से पांच मिनट तक गाड़ी में बैठे रहे, फिर अचानक जीन ने कहा, 'हम 'कत्ल' को तो वहीं भूल आए हैं!' डेनिस ने गाड़ी खड़ी की, लगामें अपनी मां के हाथ में देकर वह सीट से नीचे कूद

गया और कुछ देर बाद वह गोद में जर्जर, रूखे और बदसूरत कुत्ते को लेकर लौटा, जिसे उसने दोनों औरतों के बीच गाड़ी में रख दिया।

तेरह

दो घण्टे बाद गाड़ी नाशपातियों के बाग में से निकलकर ईंट के बने एक छोटे से मकान के सामने पहुंची। बाग के सब कोनों में फूलों की लताओं से ढके कुंज थे। बाग में छोटी-छोटी क्यारियों में सब्ज़ियां लगी थीं और आसपास फलों के पेड़ों की कतारें थीं। बाग और बगीचे के चारों तरफ घनी झाड़ी की बाड़ थी। बाड़ के परले तरफ पड़ौस का एक फार्म था। तीस गज़ आगे जाकर सड़क पर एक लुहार की दुकान थी और सबसे ज़्यादा नज़दीक के मकान भी एक मील की दूरी पर थे। उससे दूर कॉक्स का मैदान फैला था। बीच में कहीं-कहीं खेत थे। ये खेत बगीचों के चारों तरफ लगे पेड़ों की चार कतारों से छिप गए थे।

जीन नये घर में पहुंचते ही लेटकर आराम करना चाहती थी। लेकिन रोज़ाली ने उसे लेटने न दिया। उसे डर था कि जीन फिर सोच-विचार में डूब जाएगी। गोदरवील का बढ़ई उनकी मदद के लिए पहुंच गया था। सबने फर्नीचर को कायदे से रखना शुरू कर दिया और सामान की आखिरी खेप की प्रतीक्षा करने लगे। फर्नीचर रखना काफी मुश्किल काम था। इसमें सोचने और सलाह-मशविरा करने की ज़रूरत थी। सामान का दूसरा छकड़ा एक घंटे बाद आ गया और बारिश में ही सामान उतारना पड़ा। रात होने तक सारे घर में अराजकता फैल गई। सारे कमरों में सामान बिखरा पड़ा था। जीन थक गई थी। तकिये पर सिर रखते ही वह सो गई।

अगले कुछ दिनों तक इतना ज़्यादा काम था कि जीन को चिन्ता के लिए समय ही न मिल पाया। सच बात तो यह थी, नये घर को सजाने में अब उसे खुशी भी महसूस हो रही थी। काम करते-करते वह सोचती जाती थी कि किस तरह पॉल वहां आकर किसी दिन रहेगा। पुराने घर के सोने के कमरे में से टेपेस्ट्री लाकर उसने खाने के कमरे में

टांग दी थी। यह कमरा अब ड्राइंगरूम का काम भी देने लगा था। ऊपरी मंज़िल के एक कमरे को जीन ने खास मेहनत से सजाया था और उस कमरे का नाम 'पॉलेत का कमरा' रखा था। उसी मंज़िल में उसने अपना कमरा भी चुना था। रोज़ाली का कमरा ऊपर बरसाती की बगल में था। सुरुचिपूर्ण ढंग से सजा हुआ वह छोटा-सा घर काफी खूबसूरत दिखाई देता था। पहले तो जीन इस घर से बहुत खुश थी, लेकिन बाद में उसे एक दुःखदायी विचार सताने लगा—उसे लगा जैसे घर में कोई कमी रह गई है। लेकिन वह कमी क्या थी, यह वह ठीक से नहीं बता सकती थी।

एक दिन सुबह फेकेम्प के वकील के दफ्तर का एक क्लर्क 3600 फ्रांक लेकर आया। 'पोपलर्ज़' के फर्नीचर को सोफों और कुर्सियों की गद्दियां तैयार करनेवाले एक आदमी ने खरीद लिया था। जीन इस रकम को पाकर बड़ी खुश हुई। क्लर्क के वहां से जाते ही जीन हैट पहनकर गोदरवील की तरफ चल पड़ी। वह जल्द से जल्द इस रकम को, जो उसे छप्पर फाड़कर मिली थी, पॉल को भेज देना चाहती थी। लेकिन रास्ते में उसे रोज़ाली मिल गई जो बाज़ार से लौट रही थी। रोज़ाली समझ गई कि ज़रूर दाल में कुछ काला है, हालांकि वह सही अनुमान नहीं लगा सकी थी। फौरन उसे सारी बात का पता चल गया, क्योंकि जीन उससे कोई बात छिपाकर नहीं रख सकती थी। रोज़ाली ने अपनी टोकरी ज़मीन पर रख दी और दोनों हाथ कमर पर रखकर ऊंची आवाज़ में जीन को डांटने लगी। उसने अपने दायें हाथ से जीन की बांह पकड़ी और बायें हाथ से टोकरी उठाकर गुस्से में घर लौट आई। घर पहुंचते ही रोज़ाली ने मांग की कि सारी रकम उसके हवाले कर दी जाए। जीन ने सारी रकम उसे दे दी, सिर्फ 600 फ्रांक अपने पास रख लिए, जिनका ज़िक्र उसने रोज़ाली से नहीं किया था। लेकिन रोज़ाली को शक हो गया और उसने फौरन इस धोखे को भांप लिया। जीन को यह रकम भी उसके हवाले करनी पड़ी। बाद में रोज़ाली को अफसोस हुआ और उसने पॉल को ये 600 फ्रांक भिजवा दिए। पॉल ने मां को धन्यवाद का एक खत लिखा :

'तुमने मुझपर बड़ी मेहरबानी की है मां, क्योंकि इन दिनों हम

लोगों का हाल खस्ता हो गया था।'

जीन और बैतवील में रहने की आदी न हो सकी, उसे अब सांस लेने में तकलीफ होती थी। उसे पहले से भी ज़्यादा अकेलापन और उदासी महसूस होती थी। अक्सर वह वर्नीऊल की तरफ घूमने चली जाती थी और वॉयमार्ज़ के रास्ते से लौट आती थी। घर पहुंचते ही वह फिर बाहर निकल जाती थी। लगता था, वह जहां जाना चाहती थी, वहां का रास्ता भूल गई है। बार-बार यही चीज़ होती थी और उसकी समझ में नहीं आता था कि कौन-सी चीज़ उसे अपनी तरफ खींच रही है। लेकिन एक दिन शाम को हठात् उसके मुंह से एक वाक्य निकल गया, जिससे उसे फौरन अपनी बेचैनी के राज़ का पता चल गया। जब वह खाने की मेज़ के आगे बैठी तो उसने कहा, 'मैं समुद्र को देखने के लिए बेचैन हूं।'

समुद्र! उसके जीवन में यही कमी रह गई थी। पचीस बरस तक समुद्र उसका पड़ोसी रहा था—अद्‌भुत गर्जता हुआ समुद्र जिसमें नमकीन झाग और तूफान आते थे, जिसे वह 'पोपलर्ज़' में बैठी अपनी खिड़की में से देख सकती थी, जिस समुद्र की हवा में वह दिन-रात सांस लेती थी और जिसे वह किसी इन्सान की तरह चाहने लगी थी।

कुत्ता भी बेचैन था। नये घर में आते ही वह बावर्चीखाने की अलमारी के नीचे घुस गया। अब कोई उसे टस से मस नहीं कर सकता था। वह दिन-भर बिना हिले-डुले वहीं पड़ा रहता था। सिर्फ कभी-कभी करवट लेकर कराहता था। अंधेरा होते ही वह घिसटते कदमों से दरवाज़े के पास आता था और रास्ते में दीवारों से टकराता जाता था। कुछ मिनट बाहर गुज़ारने के बाद वह भीतर आ जाता था और गर्म अंगीठी के सामने बैठ जाता था। जब जीन और रोज़ाली सो जाती थीं तो वह भौंकना शुरू कर देता था। रात-भर वह करुण स्वर में चीखता रहता था। बीच-बीच में रुककर वह फिर पहले से भी ज़्यादा उदास स्वर में रोने लगता था। अन्त में कुत्ते को घर के बाहर एक बड़े ढोल से बांधकर रखा जाने लगा, लेकिन वहां भी वह पहले की तरह भौंकता था। चूंकि वह बूढ़ा हो गया था और कुछ ही दिनों का मेहमान था, इसलिए उसे फिर बावर्चीखाने में लाकर रखा गया।

जीन के लिए सोना नामुमकिन हो गया था, क्योंकि रात-भर उसे बूढ़े कुत्ते के कराहने और भौंकने की आवाज़ें आती रहती थीं। कुत्ता नये घर का अभ्यस्त होने की कोशिश कर रहा था। उसे किसी तरह ख़ामोश नहीं किया जा सकता था। उसकी आंखों की रोशनी खत्म हो रही थी, लगता था उसे अपनी इस बीमारी का ज्ञान था इसलिए जब सब लोग दिन के वक्त नीचे रहते थे तो वह खामोश रहता था। रात को जब सब लोग कुछ वक्त के लिए नेत्रहीन हो जाते हैं तब वह बाहर निकलकर घूमता था। एक दिन सुबह कुत्ता मरा हुआ पाया गया। सबको उसकी मौत से चैन मिला।

सर्दी पड़ रही थी। जीन अपने को एक तीव्र असहायपन से परेशान पा रही थी। उसके दिल में दुःख की तेज़ टीस नहीं उठती थी बल्कि मन पर नीरस, फीका अवसाद छाया रहता था। इस उदासी से उसके मन को हटाने की कोई चीज़ नहीं थी। कोई कभी उससे मिलने नहीं आता था, उसके घर के सामने की सड़क उजाड़ रहती थी। कभी-कभी कोई छकड़ा वहां से गुज़र जाता, जिसे लाल चेहरे वाला किसान हांक रहा होता—हवा से फूली हुई किसान की कमीज़ नीले रंग के गुब्बारे जैसी दिखाई देती। कभी-कभी छोटी-छोटी गाड़ियां उधर से गुज़रती या जीन को दूर कहीं कोई जोड़ा दिखाई दे जाता—एक मर्द, एक औरत। दूर क्षितिज पर वे काले बिन्दुओं जैसे दिखाई देते। घर पहुंचते-पहुंचते वे बड़े हो जाते और फिर सफेद सड़क के छोर पर पहुंचकर वे दो कीड़ों की तरह दिखाई देने लगते। सड़क आंखों से ओझल हो जाती थी और छोटी-छोटी घाटियों और पहाड़ों में फिर दिखाई देने लगती थी।

जब वसन्त के मौसम में हरी घास उगने लगी तो एक नन्ही लड़की हर रोज़ सुबह ऊंची पोशाक पहने, दो दुबली-पतली गायों को लेकर जीन के घर के आगे से गुज़रती। गायें सड़क के पार खंदकों में देखती रहतीं।

रात के वक्त वह लड़की उन आलसी गायों के पीछे-पीछे दस मिनट में एक डग भरती हुई लौटती।

हर रात जीन सपने में देखती कि वह 'पोपलर्ज़' में रहती है, वह अपने मां-बाप और मौसी लिज़ों के साथ घर लौटकर आई है। जीन फिर से अपने अतीत जीवन में ज़िन्दा रहने लगी, वह अक्सर सपने देखती कि

वह अपनी मां को सहारा देकर लॉनों में घुमा रही है। हर नींद खुलने पर जीन रोया करती थी।

वह लगातार पॉल के बारे में सोचती रहती। वह सोचती थी, न जाने पॉल अब क्या कर रहा होगा, उसकी शक्ल कैसी हो गई होगी, वह कभी उसको याद भी करता होगा या नहीं। खेतों में घूमते वक्त वह उन बातों के बारे सोचती जिन बातों से उसे तकलीफ होती थी, लेकिन सबसे ज़्यादा तकलीफ उसे उस औरत के ख्याल से होती थी जिसने उसका बेटा छीन लिया था और जिससे उसे बेहद नफरत थी। सिर्फ इस नफरत की वजह से ही वह पॉल को मिलने या उसे वापस घर लाने की कोशिश नहीं करती थी। वह कल्पना करती थी कि पॉल की रखेल उसे दरवाज़े पर मिलेगी, पूछेगी, 'आपको यहां क्या काम है मदाम?' जीन की शालीनता और स्वाभिमान उसे उस औरत से मिलने की इजाज़त नहीं देते थे। उसमें एक पवित्र औरत का उदात्त अहंकार था। उसकी ज़िन्दगी हमेशा निर्दोष रही थी, इसलिए वह उस पुरुष की भीरुता से और भी कटु हो गई थी जो अपनी वासनाओं का गुलाम बन चुका था, क्योंकि इस तरह की वासनाएं मनुष्य के हृदय को भी पतित कर देती हैं। जब जीन इन्सान के शरीर के अश्लील रहस्यों, पतित कर देनेवाले आलिंगनों और यौन आकर्षण के गिर्द फैले हुए रहस्यों के बारे में सोचती तो उसे लगता कि सारी मानव-जाति गन्दी है।

वसन्त गुज़र गया, गर्मी भी! जब पतझड़ अपनी बारिश, नीरस मटमैले दिन और उदास आकाश लेकर आया तो जीन को अपनी ज़िन्दगी से इतनी कोफ्त महसूस हुई कि उसने अपने पोलेत को बस में करने की आखिरी कोशिश करने का फैसला किया। उसने सोचा, ज़रूर अब तक उस औरत के प्रति पॉल का उत्साह ठण्डा पड़ गया होगा। उसने पॉल को एक विनती भरा खत लिखाः

'मेरे प्यारे बच्चे,

मैं तुमसे विनती करती हूं कि मेरे पास लौट आओ। ज़रा सोचो, मैं यहां किस हालत में हूं। बुढ़ापे और बीमारी की हालत में सिर्फ एक नौकरानी के साथ मुझे पूरा साल गुज़ारना पड़ा है। अब मैं सड़क के

किनारे एक छोटे-से मकान में रहती हूं। मैं बहुत दुःखी हूं, लेकिन अगर तुम यहां होते तो सारी ज़िन्दगी कुछ और ही होती। संसार में तुम्हारे सिवा मेरा कोई नहीं है। तुम्हें देखे पूरे सात बरस हो गए हैं। तुम कभी नहीं जान पाओगे कि मैंने कितने दुःख झेले हैं और तुम्हारे बारे में मैंने लगातार कितनी तीव्रता से सोचा है। तुम मेरी ज़िन्दगी थे, मेरा सपना थे, मेरी एकमात्र आशा थे। तुम्हारे सिवा मैंने किसीको प्यार नहीं किया और तुम मुझे छोड़कर चले गए हो।

लौट आओ मेरे प्यारे पोलेत, लौट आओ। आओ मैं तुम्हें फिर अपने गले से लगा सकूं। अपनी बूढ़ी मां के पास लौट आओ जो तुम्हें देखने के लिए पागल हो रही है।

—जीन'

कुछ दिनों बाद पॉल ने खत का जवाब दिया:

'मेरी प्यारी मां,

तुम्हें आकर मिलने में मुझे बेहद खुशी होगी, लेकिन मेरे पास पैसा नहीं है, अगर तुम मुझे कुछ पैसा भेज दो तो मैं आ जाऊंगा। मैं पहले से ही तुम्हारे पास आकर तुम्हें एक योजना के बारे में बताना चाहता था। यह योजना सफल हो गई तो मैं तुम्हारी ख्वाहिशों को पूरा कर सकूंगा।

मैं कभी उस औरत की निस्वार्थ सेवा का बदला नहीं चुका सकता जिसने मेरी सब तकलीफों में हिस्सा बंटाया है। लेकिन उसने मेरे लिए जो किया है कम से कम उसका तो मैं सबके सामने ज़िक्र कर ही सकता हूं। उसके तौर-तरीके तुम्हारे मन के मुताबिक हैं और सर्वथा त्रुटिरहित हैं। वह बहुत पढ़ी-लिखी है। अगर मैंने उसके प्रति कृतज्ञता न प्रकट की तो मैं जानवर कहलाऊंगा। इसलिए मैं उस लड़की से शादी करने की इजाज़त तुमसे मांग रहा हूं। अगर तुमने मेरी मनमानियों को माफ कर दिया तो हम सब मिलकर तुम्हारे नये घर में रहेंगे। मुझे यकीन है कि अगर तुम एक बार उस औरत को देख लेतीं तो फौरन अपनी रज़ामन्दी भेज देतीं। वह बड़ी नाज़ुक और शरीफ औरत है। मैं जानता हूं कि तुम उसे ज़रूर पसंद करोगी। जहां तक मेरा सवाल है, मैं उसके

बगैर ज़िन्दा नहीं रह सकता।

मैं बेचैनी से तुम्हारे जवाब का इन्तज़ार करूंगा। हम दोनों तुम्हें प्यार भेजते हैं।

तुम्हारा बेटा,
विकोंत पॉल द लामार'

जीन सुन्न पड़ गई। खत उसकी गोद में पड़ा था। वह उस औरत की सब चालाकियों को समझ गई जिसने पॉल को अपने आंचल से बांध रखा था, जो पॉल को फिर अपनी मां के पास नहीं जाने देती थी। वह चाहती थी कि पॉल की मां हर बात की रज़ामन्दी देती जाए, जो कि वह देगी, क्योंकि वह हर कीमत पर अपने बेटे को वापस लाना चाहती थी। जीन ने कटुतापूर्वक सोचा, पॉल अभी भी कैसे जीन से ज़्यादा उस औरत को चाहता है। 'वह मुझे प्यार नहीं करता, वह मुझे प्यार नहीं करता।' वह बार-बार बुदबुदाने लगी।

जब रोज़ाली वहां आई तो जीन ने उसे बताया, 'अब पॉल उससे शादी करना चाहता है।'

रोज़ाली स्तब्ध रह गई, 'ओह मदाम! आप ऐसे काम के लिए हरगिज़ अपनी रज़ामन्दी नहीं दे सकतीं। मोशिए पॉल की शादी ऐसी छिनाल से नहीं होनी चाहिए।'

अपने शोक के बावजूद, जीन का अहंकार जाग उठा। उसने कहा, 'नहीं रोज़ाली, ऐसा कभी नहीं होगा, लेकिन चूंकि पॉल यहां कभी नहीं आएगा, इसलिए उससे मिलने मुझे ही वहां जाना चाहिए। देखते हैं कौन जीतता है।'

फौरन उसने पॉल को खत लिखा और बताया कि वह उससे मिलने आ रही है। उसने पॉल से यह भी कहा कि वह उसे किसी और स्थान पर मिले, क्योंकि वह उस घर में, जहां वह भयंकर औरत रहती है, हरगिज़ कदम न रखेगी। जीन खत के जवाब का इन्तज़ार करने लगी और यात्रा की तैयारी में लग गई। रोज़ाली ने सामान बांधना शुरू कर दिया।

रोज़ाली ने पुरानी पोशाक को, जिसे जीन 'पोपलर्ज़' में पहना करती थी, तहाते हुए कहा, 'तुम्हारे पास एक भी ढंग की पोशाक नहीं।

ऐसे कपड़ों में तुम वहां नहीं जा सकती। तुम्हारी बेइज़्ज़ती होगी, पैरिस की महिलाएं तुम्हें नौकरानी समझेंगी।'

जीन ने रोज़ाली की इच्छा के आगे सिर झुका दिया। दोनों ने गोदेरवील जाकर हरे रंग के चारखाने का एक कपड़ा खरीदा और सीने के लिए दर्ज़ी को दे आईं। फिर वे वकील रसेल मे मिलने गईं जो साल में दो हफ्ते पैरिस में गुज़ारता था। जीन को पैरिस देखे अट्ठाईस बरस हो गए थे। वकील ने उसे हिदायत दी कि उसे सड़को को किस तरह पार करना चाहिए। उसने यह भी कहा कि चोरी-डाके से बचने के लिए कम से कम नकदी ऊपर रखनी चाहिए, बाकी को कपड़ों के भीतर रखकर सी लेना चाहिए। फिर उसने एक-दो सस्ते रेस्तराओं का पता बतलाया, जहां महिलाएं अकेली जा सकती हैं। उसने जीन से कहा कि वह नॉरमण्डी होटल में ठहरे, जो स्टेशन के पास ही है। वह खुद भी हमेशा वहीं ठहरता था, जीन होटल वालों से कह सकती है कि उसे वकील रसेल ने भेजा है। इन दिनों सब लोग रेलों का ज़िक्र कर रहे थे। पिछले छः बरस से पैरिस और हैव्र के बीच रेल चल रही थी, लेकिन अपने दुःखों में व्यस्त रहने के कारण जीन ने रेल को, यहां तक कि भाप के इंजनों को भी नहीं देखा था, जो देश में क्रान्ति ला रहे थे।

जीन ने एक हफ्ता, दो हफ्ते तक प्रतीक्षा की, लेकिन पॉल का कोई जवाब नहीं आया। वह हर रोज़ पोस्टमैन से मिलने जाती थी और लड़खड़ाती ज़बान में पूछती थी, 'आज मेरे लिए कोई डाक है, पियर मेलेन्देन!'

पोस्टमैन हमेशा अपनी खरखरी आवाज़ में, जो मौसम से खराब हो गई थी, जवाब देता, 'आज कोई डाक नहीं है।'

जीन को यकीन हो गया था कि उसी औरत ने पॉल को खत का जवाब नहीं देने दिया। उसने और रुकने की बजाय फौरन पैरिस जाने का फैसला किया। वह रोज़ाली को भी अपने साथ ले जाना चाहती थी, लेकिन रोज़ाली ने इन्कार कर दिया, क्योंकि इसकी वजह से खर्च बढ़ जाता। उसने जीन को सिर्फ तीन सौ फ्रांक ले जाने की इजाज़त दी।

रोज़ाली ने कहा, 'अगर तुम्हें पैसों की ज़रूरत पड़े तो मुझे लिख

देना, मैं वकील से कहकर तुम्हें भिजवा दूंगी। अगर मैंने तुम्हें अभी और पैसे दे दिए तो पॉल तुमसे छीन लेगा।'

कुछ दिनों बाद, सुबह डेनिस अपनी गाड़ी लेकर दोनों औरतों को रेलवे स्टेशन तक पहुंचाने आया। रोज़ाली जीन को स्टेशन तक पहुंचाने आई थी। स्टेशन पर पहुंचकर उन लोगों ने टिकटों की कीमत का पता किया और जब सन्दूक पर लेबिल लग गया और टिकट खरीद ली गई तो दोनों औरतें ट्रेन का इन्तज़ार करने लगीं। ट्रेन की शक्ल देखने के लिए वे इतनी बेचैन थीं कि कुछ देर के लिए यात्रा का दुःखपूर्ण उद्देश्य भी भूल गईं। आखिर, दूर उन्हें एक सीटी सुनाई दी और उन्होंने ऊपर सिर उठाकर देखा। उन्हें एक बड़ी-सी काली मशीन आती हुई दिखाई दी जो बेहद शोर मचा रही थी, और अपने पीछे छोटे-छोटे पहियों वाले घरों को घसीटकर ला रही थी। एक पोर्टर ने एक डिब्बे का दरवाज़ा खोला। जीन ने रोज़ाली को चूमा और कूदकर एक डिब्बे में चढ़ गई।

रोज़ाली ने कहा, 'गुड बाई मदाम! मुझे उम्मीद है कि तुम्हारी यात्रा सुखद रहेगी और तुम जल्द ही लौट आओगी।'

'गुड बाई रोज़ाली!'

फिर सीटी बजी और गाड़ियों की कतार आहिस्ता से चल पड़ी। धीरे-धीरे गाडियों की चाल तेज़ होती गई। अन्त में चाल इतनी तेज़ हो गई कि जीन को डर लगने लगा। जीन के डिब्बे में दो और मुसाफिर थे जो सो रहे थे। जीन बैठकर गांवों, खेतों और फार्मों को पीछे भागता हुआ देख रही थी। उसे गाड़ी की रफ्तार से डर लग रहा था। अचानक उसे महसूस हुआ कि वह ज़िन्दगी के एक नये दौर में दाखिल हो रही है, वह बहुत तेज़ी से एक ऐसी दुनिया की तरफ जा रही है जो उसकी अपनी दुनिया से एकदम निराली थी, जहां उसने शान्त और एकरस बचपन गुज़ारा था।

जब वह पैरिस पहुंची तो शाम हो गई थी। एक पोर्टर ने झपटकर उसके बैग उठा लिए और तेज़ चाल से भागने लगा। जीन भी घबराई हुई उसके पीछे चलने लगी। उसे डर था कहीं पोर्टर उसकी आंखों से

ओझल न हो जाए।

जब वह होटल के दफ्तर में पहुंची तो उसने फौरन कहा कि उसे मोशिए रसेल ने वहां भेजा है। मेज़ के आगे एक बेहद मोटी औरत बैठी थी। उसने पूछा, 'मोशिए रसेल कौन हैं?'जीन को इस सवाल से बेहद ताज्जुब हुआ। उसने जवाब दिया, 'मोशिए रसेल वही वकील हैं जो गोदेरवील में रहते हैं और हर साल पैरिस आते हैं।'

मोटी औरत ने जवाब दिया, 'हो सकता है, मैं उन्हें नहीं जानती। आप कमरा चाहती हैं?'।

'हां मदाम!'

एक पोर्टर ने जीन का ट्रंक उठाया और ऊपर की मंज़िल में एक नये कमरे में उसे ले गया। जीन का हृदय भारी हो गया था। वह एक छोटी-सी मेज़ के सामने बैठ गई और उसने एक प्याला बुईलों और मुर्गे का एक टुकड़ा मंगवाया। वह सुबह से भूखी थी। मोमबत्ती की रोशनी में उसने उदास मन से खाना खाया। उसके मन में हज़ारों विचार आ रहे थे। उसे अपने हनीमून के बाद की पैरिस-यात्रा याद आ रही थी, और जूलियन की उन आदतों की याद आ रही थी जो पहली बार उसकी नज़र में आई थीं। लेकिन तब जीन जवान थी। उसे भविष्य पर भरोसा था, आत्मविश्वास था। अब वह अपने को बूढ़ी, विलक्षण और भयभीत पा रही थी। छोटी से छोटी घटना पर भी उसे कमज़ोरी और घबराहट महसूस होने लगती थी।

खाना खत्म करने के बाद वह खिड़की के पास खड़ी होकर नीचे सड़क पर जमा लोगों की भीड़ को देखने लगी। वह बाहर जाना चाहती थी, लेकिन उसमें इतना साहस न था। उसने सोचा, वह ज़रूर रास्ता भूल जाएगी। इसलिए वह मोमबत्ती बुझाकर पलंग पर लेट गई।

लेकिन शोर, नई जगह और सफर की उत्तेजना के कारण उसे नींद न आ सकी। नीचे सड़क का शोर धीरे-धीरे कम हो गया, फिर भी उसे आराम न मिला, क्योंकि बड़े शहरों में जो अर्ध-निस्तब्धता छाई रहती है उससे वह बेचैन हो गई। वह देहात की शान्त गहरी नींद की आदी थी—ऐसी नींद जो हर चीज़ पर छा जाती है—इन्सानों, जानवरों और पौधों पर। और अब उसे अपने आसपास एक खास किस्म की रहस्य-

मय बेचैनी का आभास हो रहा था।

होटल की दीवारों में से उसे धीमी आवाज़ें सुनाई दे रही थीं। कभी फर्श चर्रा उठता था, कभी किसी दरवाज़े को ज़ोर से बन्द करने की आवाज़ आती थी या कोई घण्टी बज उठती थी।

अचानक तड़के दो बजे, जब जीन की आंख लगने ही वाली थी, साथ वाले कमरे में कोई औरत चीख पड़ी। जीन फौरन उठकर बिस्तर में बैठ गई। फिर उसे लगा जैसे क़ोई मर्द हंस रहा है। फिर जब पौ फटने लगी तो वह पॉल के ख्यालों में डूब गई और दिन होते ही कपड़े पहनकर तैयार हो गई।

पॉल रूदू सॉवेज़ में रहता था। जीन ने सोचा कि वह रोज़ाली द्वारा बताए गए किफायत के नियमों का पालन करने के लिए पॉल के घर तक पैदल ही जाएगी। मौसम बहुत शानदार था। ठण्डी हवा उसके चेहरे को झनझना रही थी। सड़कों में लोग व्यस्ततापूर्वक इधर-उधर आ-जा रहे थे।

जीन यथासम्भव तेज़ चाल से चलने लगी। उसे जो सड़क दिखाई गई थी, उसके अन्त में पहुंचकर उसे पहले दाईं तरफ मुड़ना था, फिर बाईं तरफ। चौराहे पर पहुंचकर उसे फिर रास्ता पूछना था। जीन चौराहा तलाश न कर सकी। उसने एक नानबाई से पूछा। नानबाई ने उसे और ही रास्ता बताया। जीन फिर चल पड़ी और फिर रास्ता भूल गई। इधर-उधर भटकने के बाद उसने बहुत लोगों से रास्ता पूछा और अन्त में बिल्कुल खो गई। भय से पागल होकर वह निरुद्देश्य इधर-उधर घूमने लगी। वह एक घोडागाड़ी को रोकने ही वाली थी कि सहसा उसे सैं नदी दिखाई दी। फिर वह घाट के साथ-साथ चलने लगी।

करीब एक घंटे बाद वह रूदू सॉवेज़ में दाखिल हुई, जो एक संकरी और अंधेरी गली थी। वह दरवाज़े के आगे आकर रुक गई। उत्तेजना के कारण उससे कदम तक नहीं बढ़ाया जाता था। पोलेत वहीं, उसी मकान में रहता था।

जीन के हाथ और घुटने कांपने लगे। फिर भी वह भीतर चली गई। बरामदे के आखिर में उस इमारत के चौकीदार का दफ्तर था। उसने एक सिक्का आगे बढ़ाया और कहा, 'ज़रा ऊपर जाकर मोशिए पॉल द

लामार को कह दो कि उनकी मां की एक बूढ़ी मित्र उनसे मिलना चाहती है?'

उस आदमी ने जवाब दिया, 'वे अब यहां नहीं रहते मदाम।'

जीन का शरीर झन्ना उठा। वह हकलाकर बोली, 'वे अब कहां रहते हैं?'

'मुझे नहीं मालूम।'

जीन को लगा जैसे वह बेहोश होकर गिर पड़ेगी। कुछ देर तक तो उसकी जबान से आवाज़ तक न निकल सकी। फिर बेहद कोशिश करने के बाद उसकी विवेक-शक्ति लौटी और उसने बुदबुदाकर पूछा, 'वे कब यहा से चले गए?'

आदमी ने ऊंची आवाज़ में कहा, 'दो हफ्ते पहले। वे दोनों के दोनों एक रात को यहां से गायब हो गए। तब से लौटकर नहीं आए। वे बुरी तरह कर्ज़ में हैं, इससे आप समझ सकती हैं कि वे अपने पीछे पता क्यों नहीं छोड़ गए।'

जीन को चिंगारियां दिखाई देने लगीं। आग की बड़ी-बड़ी लपटें, जैसे किसीने तोप का गोला दाग दिया हो। लेकिन एक सुनिश्चित विचार से उसे कुछ राहत मिल रही थी और वह शान्त और सभली हुई नज़र आ रही थी। ऊपर से वह पोलेत के बारे में सब कुछ मालूम करके उसे तलाश करना चाहती थी।

उसने पूछा, 'तो वे जाने से पहले कुछ बताकर नहीं गए?'

'ओह, बिल्कुल कुछ नहीं। भाड़ा न देना पड़े, सिर्फ इसलिए चले गए हैं—और कोई बात नहीं।'

'लेकिन क्या कोई उनके खत लेने नहीं आता?'

'आता तो बहुत बार है, लेकिन मैं उन्हें देता नहीं। लेकिन वैसे भी साल-भर में उनके नाम सिर्फ दस ही खत आते थे। उनके यहां से जाने के दो दिन पहले मैंने उन्हें एक खत पहुंचाया था।'

शायद वह जीन का ही खत था। जीन ने जल्दी से कहा, 'देखो, मैं उसकी मां हूं और उसे लेने आई हूं। यह दस फ्रांक लो। अगर तुम्हें उसके बारे में कोई खबर या सुराग मिले तो होतेल द नॉर्मंडी में आकर मुझसे मिलना। मैं तुम्हें अच्छा इनाम दूंगी।'

'मुझपर भरोसा रखिए, मदाम।'

फिर जीन वहां से चली आई। अब वह कहां जा रही थी, इसकी उसे परवाह नहीं थी। फिर भी वह तेज़ कदमों से चल रही थी, जैसे वह पहले से निश्चित किसी मुलाकात पर जा रही हो। वह भागने लगी। रह-रहकर वह लोगों से टकरा जाती थी जो गट्ठर उठाकर चल रहे थे। गाड़ियों की परवाह किए बगैर वह सड़कें पार कर रही थी, कोचवान उसका अपमान कर रहे थे। वह नालियों में गिरते-गिरते बची। उसे आसपास की कोई होश नहीं थी।

अचानक उसने अपने-आपको एक बाग में पाया। वह इतनी थक गई थी कि फौरन धम्म से एक बेंच पर बैठ गई। वह बहुत देर तक वहां बैठी सिसकती रही। आने-जाने वाले लोग उसे देखने के लिए खड़े हो जाते थे। फिर उसे सर्दी लगने लगी और वह उठ खड़ी हुई। वह इतनी कमज़ोर और थकी हुई थी कि उससे चला तक नहीं जाता था।

उसे भूख लग रही थी, लेकिन किसी रेस्तरां में जाने का उसे साहस नहीं हुआ। उसे लगा जैसे सब लोगों को उसके दुःख का पता चल गया है। वह हर रेस्तरां के दरवाज़े पर खड़ी होकर भीतर झांकती। जब उसे लोग भीतर बैठे दिखाई देते तो मन ही मन यह सोचती हुई वहां से चल देती, 'मैं अगले रेस्तरां में जाऊंगी।' लेकिन पिछले रेस्तरां की तरह वह किसी भी रेस्तरां में न जा सकी।

आखिर उसने एक नानबाई के यहां से एक रोल खरीदा और सड़क पर खड़े होकर खाने लगी। उसे बेहद प्यास लगी थी, लेकिन उसे यह मालूम नहीं था कि प्यास बुझाने के लिए कहां जाए। इसलिए वह प्यासी ही रही।

जीन एक मेहराब के नीचे से गुज़रकर एक दूसरे बाग में दाखिल हई, जिसके चारों ओर मेहराबें ही मेहराबें थीं। उसने पहचान लिया कि वह स्थान पेले-रॉयल था। धूप और चलने से उसके शरीर में गर्मी आ गई थी। उसने वहां एक-दो घंटे बैठकर आराम किया। बाग में लोगों की भीड़ जमा थी। वहां समाज के फैशनेबल वर्ग के लोग इकट्ठे हुए थे, जो झुक-झुककर मुस्कराते हुए एक-दूसरे को अभिवादन कर रहे थे। उस वर्ग की औरतें खूबसूरत होती हैं और मर्द पैसे वाले होते हैं।

ये लोग आनन्द मनाने और आत्मप्रदर्शन के लिए ही ज़िन्दा रहते हैं। जीन ने, उन खुशनसीब लोगों की भीड़ में अपने को अनुपयुक्त पाया और उठ खड़ी हुई। सहसा उसके दिमाग में ख्याल आया कि शायद पॉल भी उस भीड़ में हो, तब वह भीड़ में शामिल होकर हर आदमी के चेहरे को उत्सुकतापूर्वक देखने लगी।

लोग भी मुड़-मुड़कर उसकी तरफ देखने लगे। कुछ उसकी तरफ उंगली उठाकर हंसने लगे। जीन ने यह सब देखा और वहां से चली आई। वह जानती थी कि सब लोग उसकी सूरत और गांव के दर्ज़ी की सिली हुई चार खाने वाली पोशाक पर हंस रहे हैं, जिसे रोज़ाली ने उसके लिए तैयार करवाया था।

अब जीन में लोगों से रास्ता पूछने तक का साहस रहीं नहा। उसने एक आदमी से रास्ता पूछा और फिर अपने होटल में वापस आ गई। बाकी का सारा दिन उसने पलंग के पायताने पर रखी एक कुर्सी पर बैठकर बिता दिया। फिर शाम को उसने पहले दिन की तरह थोड़ा गोश्त और शोरबा मंगवाया और खाकर सो गई। ये सारे काम उसने आदत से मजबूर होकर यांत्रिक ढंग से किए।

अगले दिन वह अपने बेटे की तलाश में पुलिस-अधिकारियों की सहायता मांगने पुलिस स्टेशन गई, लेकिन अधिकारियों ने यही कहा कि वे इस मामले का ध्यान रखेंगे, वे कोई निश्चित वचन नहीं दे सकते। इसके बाद फिर जीन गलियों में भटकती रही। उसे उम्मीद थी कि शायद पॉल कहीं मिल जाएगा। वह पहले से भी ज़्यादा अकेली, उदास और दुःखी महसूस करने लगी। सुनसान की बजाय पेरिस की भीड़-भाड़ में उसे ज़्यादा अकेलापन महसूस हो रहा था।

रात को जब वह होटल लौटकर आई तो उसे मालूम हुआ कि उसके पीछे मोशिए पॉल का भेजा हुआ कोई आदमी आया था। वह अगले दिन फिर आएगा। जीन के सिर में खून की एक लहर दौड़ गई। रात-भर उसकी आंखें खुली रहीं। मान लो अगर वह पॉल ही था, हां वह पॉल ही था, हालांकि उसे उस आदमी का जो हुलिया बताया गया था, वह बिल्कुल पॉल जैसा नहीं था।

अगले दिन सुबह नौ बजे किसीने उसका दरवाज़ा खटखटाया। जीन

ज़ोर से बोली, 'भीतर आ जाओ।' वह बांहें फैलाकर अपने बेटे का स्वागत करने के लिए तैयार खड़ी थी। लेकिन पॉल की बजाय एक अजनबी कमरे में दाखिल हुआ। उसने इस तरह कमरे में आने के लिए माफी मांगी और बताया कि वह पॉल का एक कर्ज़ वसूल करने आया है। उसकी बातें सुनकर जीन की आंखों में आंसू आ गए और वह उंगलियों से उन आंसुओं को पोंछने लगी।

रूद सेवेज़ के प्रबन्धक ने उस आदमी को जीन के पेरिस आने का खबर दी थी। चूंकि उसे पॉल का पता नहीं लगा सका था। इसलिए उसने उस आदमी को पॉल की मां के पास भेज दिया था। फिर उसने एक कागज़ जीन को दिया, जो जीन ने यंत्रवत् ले लिया। उसपर 10 फ्रांक की संख्या लिखी थी। जीन ने अपना बटुआ निकालकर उस आदमी को रकम दे दी।

अगले दिन वह होटल से बाहर तक न निकली। उससे अगले दिन सुबह कई और लेनदार वहां आ धमके। जीन ने थोड़े से फ्रांक अपने पास रखकर बाकी सारी रकम उन लोगों को दे दी। उसने रोज़ाली को एक खत लिखा और सारी स्थिति बताई।

रोज़ाली का जवाब अभी नहीं आया था। जीन निरुद्देश्य भाव से शहर में घूमने लगी। उसकी समझ में नहीं आता था कि वक्त कैसे गुज़ारा जाए। वहां उसके न कोई मित्र थे, न ऐसा कोई व्यक्ति ही था जिसे वह अपने दिल के राज़ बता सकती। उसकी सबसे बड़ी ख्वाहिश यह थी कि वह उस छोटे से घर में लौट जाए जहां कुछ दिन पहले उसने अपने को दुःखी महसूस किया था। अब उसे इस बात का यकीन हो गया था कि वह उस छोटे घर के सिवा, जहां उसकी ज़िन्दगी, कम से कम बर्दास्त के काबिल तो हो गई थी, और कहीं नहीं रह सकेगी।

आखिरकार रोज़ाली का खत आया। लिफाफे के भीतर दो सौ फ्रांक थे:

'मदाम जीन,

जितनी जल्दी हो सके लौट आओ। मैं अब तुम्हें और रकम नहीं

भेजूंगी। रही मोशिए पॉल की बात तो जब वे हमें खत लिखेंगे, मैं खुद उन्हें लेने चली जाऊंगी।

सादर,

—सेविका
रोज़ाली'

और एक दिन सुबह जब कड़ाके की सर्दी पड़ रही थी और बर्फ गिरने लगी थी, जीन फिर वापस बेतरवील चली गई।

चौदह

पैरिस से लौटने के बाद जीन ने रोज़ की तरह टहलना बन्द कर दिया। उसे अब किसी चीज़ में उत्साह न था। वह हर रोज़ निश्चित समय पर उठती, खिड़की में से झांककर बाहर मौसम को देखती और फिर नीचे खाने के कमरे में आग के आगे बैठ जाती। हर रोज़ वह निश्चल बैठी आग को ताकती रहती और अपनी ज़िन्दगी को कचोटने वाले सारे दुःखों के बारे में सोचती रहती। छोटा कमरा आहिस्ता-आहिस्ता अंधेरा होता जाता, लेकिन जीन आग पर और लकड़ियां रखने के सिवा बिल्कुल अपनी जगह से हिलती-डुलती तक नहीं थी।

अंधेरा होने पर जब रोज़ाली लैम्प लेकर आती तो कहती, 'आओ मदाम जीन, तुम्हें अपने बदन को कुछ हिलाना-डुलाना चाहिए, वरना तुम्हें भूख नहीं लगेगी।'

जीन के दिमाग में रह-रहकर एक ही तरह के विचार उठते थे और छोटी-छोटी बातों से भी उसे बड़ी तकलीफ होती थी, क्योंकि उसके रुग्ण मन में नगण्य और तुच्छ बातें भी बहुत बड़ी हो जाती थीं। वह लगातार अतीत की स्मृतियों में खोई, अपने यौवन और कॉर्सिका में व्यतीत हुए हनीमून के बारे में सोचती रहती थी। वहां के सुन्दर दृश्य, जिन्हें वह कभी की भूल चुकी थी, सहसा किसी जादू से फिर उसकी कल्पना में लौट आते थे और उसे कॉर्सिका की हर छोटी बात, हर घटना और हर व्यक्ति याद आ जाता था। मार्गप्रदर्शक यां रावोली का चेहरा

उसे परेशान करता रहता था और कई बार तो उसे यहां तक महसूस होता था कि वह उस आदमी की आवाज़ सुन रही है।

फिर उसे पॉल के बचपन के वे शान्तिपूर्ण बरस याद आते जब मां-बेटा मिलकर बाग में काम किया करते थे, जब वह और मौसी लिज़ों घुटनों के बल बैठकर लड़के को खुश करने के लिए ज़्यादा से ज़्यादा पौधे लगाने में एक-दूसरे से होड़ किया करती थीं। उस समय जीन के मुंह से ये शब्द निकलने के लिए तैयार रहते, पोलेत, मेरा नन्हा पोलेत।' उसे लगता जैसे वह सचमुच अपने बेटे से बातें कर रही हो। फिर वह अतीत की स्मृतियां भूलकर घण्टों तक हवा में उंगलियों से अपने बेटे के नाम के अक्षर लिखती रहती। अंगीठी के पास, वह धीरे-धीरे उंगलियां चलाया करती; उसे लगता कि वह सचमुच उन अक्षरों को देख रही है। फिर वह सोचने लगती, नहीं उससे कोई गलती हो गई है। वह बार-बार पोलेत का नाम लिखती, थकान से उसकी बांहें कांपने लगतीं। आखिर वह इतनी घबरा जाती कि सारे अक्षर उसके दिमाग में गड़बड़ा जाते, और कई दूसरे अक्षर सामने आ जाते। हताश होकर वह लिखना छोड़ देती।

सब अकेले लोगों की तरह जीन भी सनकी हो गई थी और हर वक्त कुढ़ती रहती थी। अगर फर्नीचर ज़रा भी इधर से उधर हट जाता था तो वह बेहद खफा हो जाती थी। रोज़ाली अक्सर कहा करती कि उसे टहलने के लिए जाना चाहिए, लेकिन बीस मिनटों में ही जीन थक-कर सड़क के किनारे बैठ जाती थी। कुछ ही दिनों बाद उसकी यह हालत हो गई कि हिलने-डुलने से भी उसे तकलीफ होने लगी और वह सुबह बहुत देर तक बिस्तर में पड़ी रहने लगी। इससे पहले, सुबह की कॉफी पीने के बाद ही वह बिस्तर से कूदकर नीचे आ जाती थी। उसे अपनी कॉफी से बहुत मोह था, कॉफी न मिलने पर उसे गुस्सा आ जाता था। वह बड़ी बेचैनी से रोज़ाली की प्रतीक्षा करती थी। बिस्तर में बैठकर बड़े चाव से कॉफी पीती थी। फिर बिस्तर की चद्दरें फेंककर जल्दी से तैयार होना शुरू कर देती थी।

लेकिन इन दिनों, धीरे-धीरे उसकी आदतें बदल गई थीं, कॉफी का प्याला खाली करने के बाद वह कुछ मिनटों तक दिवास्वप्न देखा

करती थी और फिर बिस्तर में लेट जाती थी। अब तो उसकी यह हालत होगई थी कि रोज़ाली उसपर गुस्सा होती रहती थी और आकर ज़बदस्ती उसे कपड़े पहनाया करती थी।

धीरे-धीरे जीन की अपनी सारी इच्छाशक्ति लुप्त हो गई। जब भी रोज़ाली उससे कोई सलाह मांगती या कोई सवाल पूछती तो जीन हमेशा यही जवाब देती, 'रोज़ाली, तुम्हें जो मुनासिब लगे वही करो।' उसका ख्याल था कि दुर्भाग्य उसका पीछा कर रहा है, अब ज़िन्दगी में वह कभी सुखी नहीं हो सकती। वह पूर्वीय देशों के लोगों की तरह भाग्यवाद में विश्वास करने लगी थी। वह अपने सपनों और आकांक्षाओं को सफल और चकनाचूर होते देखने की अभ्यस्त हो गई थी। अब किसी भी नये काम को करने के लिए उसमें उत्साह और साहस नहीं रह गया था। छोटे से छोटा काम शुरू करने से पहले भी वह कई दिनों तक पसोपेश में पड़ी रहती थी। उसे यकीन हो गया था कि वह जो भी करेगी वह काम ज़रूर बिगड़ जाएगा।

वह अक्सर कहा करती थी :

'मेरे जैसा बदकिस्मत दुनिया में कोई नहीं होगा। मैंने ज़िन्दगी-भर दुःख झेले हैं।'

रोज़ाली जवाब देती, 'मान लो अगर तुम्हें अपनी रोज़ी कमाने के लिए सुबह छह बजे उठकर दिन-भर सख्त मेहनत करनी पड़ती? बहुत-से लोग ज़िन्दगी-भर यही करते रहते हैं और जब वे बुढ़ापे में काम नहीं कर पाते तो ग़रीबी की वजह से मर जाते हैं।'

जीन बुदबुदाने लगी, 'लेकिन मेरे बेटे ने मुझे छोड़ दिया है, मैं ज़िन्दगी में अकेली रह गई हूं।'

रोज़ाली को गुस्सा चढ़ जाता, 'अगर वह चला गया तो क्या हुआ? उन लोगों का क्या हाल होता है जिनके बच्चे फौज में जाते हैं या अमरीका जाकर बस जाते हैं?' रोज़ाली की दृष्टि में अमरीका एक संदिग्ध, असभ्य देश था जहां लोग पैसा कमाने जाते हैं, लेकिन कभी लोटकर नहीं आते। रोज़ाली कहती, 'कभी न कभी तो बच्चे अपने मां-बाप को छोड़कर ज़रूर जाते ही हैं। बूढ़े और जवान कभी एकसाथ नहीं रह सकते। इसके अलावा मान लो अगर वह मर जाता तो तुम

क्या करतीं?'

जीन के पास कोई जवाब नहीं था।

वसन्त के मौसम में जीन की सेहत पहले से बेहतर हो गई, लेकिन वह इस सेहत को अपने दुःखों को पालने में खर्च करती थी। एक दिन सुबह वह ऊपर बरसाती में कोई चीज़ लेने गई तो उसे पुराने कैलेण्डरों से भरा एक संदूक नज़र आया। स्थानीय रिवाज के मुताबिक ये कैलेण्डर संभालकर रखे गए थे। जीन ने इस तरह का व्यवहार किया जैसे उसे वे बीते हुए बरस ही मिल गए हों। उन विचित्र, किस्म-किस्म के कार्डों को देखकर उसका हृदय भावुकता से भर गया। वह उन्हें नीचे खाने के कमरे में ले आई और उन्हें तरतीब से मेज़ पर लगाने लगी। सबसे पहले उसने वह कैलेण्डर उठाया जो वह अपने साथ कॉन्वेन्ट से लेकर आई थी। कुछ देर तक वह कैलेण्डर की उन तारीखों की तरफ देखती रही जो उसने अपने हाथों से काट दी थीं। फिर उसने रोना शुरू कर दिया। वे एक बूढ़ी, अत्यन्त बूढ़ी औरत का कटुतापूर्ण, करुण रोदन था। मेज़ पर बिछे वे कार्ड उसकी सारी दुःखी ज़िन्दगी के प्रतीक थे।

फिर जीन को एहसास हुआ कि इन कैलेण्डरों के ज़रिये वह जीवन की हर घटना को, हर काम की स्मृति को ताज़ा कर सकती है। इस विजार से प्रेरित होकर उसने फिर अपने अतीत को याद करना शुरू कर दिया। उसने उन पुराने, जीर्ण, पीले कार्यों को दीवार पर टांग दिया और उनके सामने खड़ी होकर घंटों तक यह सोचती रहती कि उसने अमुक महीने में और अमुक महीने में क्या-क्या किया था। जीन ने अपनी ज़िन्दगी की सभी स्मरणीय तारीखों के आगे निशान लगा रखे थे। कभी-कभी सब तारीखों को कल्पना में शृंखलाबद्ध करके वह तमाम महत्त्वपूर्ण घटनाओं के पहले और बाद की घटनाओं को जोड़कर पूरे महीने की स्मति से ताज़ा कर लेती थी। मन को एकाग्र करके और स्मृति पर बोझ डालकर वह 'पोपलर्ज़' में बिताए पहले दो बरसों की स्मृति को फिर से ताज़ा करने में सफल हो गई। जीवन का यह काल वैसे भी उसकी स्मृति में अविस्मरणीय था—लेकिन इसके बाद बरसों की स्मृति पर एक धुंध-सी छा गई थी। जीन के दिमाग में अक्सर स्मृतियां आपस में उलझ जाती थीं। घण्टों तक कैलेण्डरों को देखने के बाद भी उसे यह

याद नहीं आता था कि कौन-सी घटना कौन-से साल हुई थी। वह खाने के कमरे में अतीत की याद दिलाने वाले इन कैलेंडरों को देखती हुई आहिस्ता-आहिस्ता चलती थी—उसे वे कैलेंडर ईसामसीह के सूली चढ़ने की कथा की तरह मालूम होते थे। फिर अचानक किसी एक कलेंडर पर उसकी नज़र ठहर जाती और वह दिन-भर वहीं बैठी उसे ताकती रहती।

जल्द ही पौधों में से रस बहने लगा। धरती में बोए बीजों के अंकुर फूटने लगे, कोंपलें निकलने लगीं, हवा सेब के शगूफों की सुगन्ध से लद गई। बागों में गुलाबी ही गुलाबी रंग नज़र आता था। गर्मियों के नज़दीक जाकर जीन बेचैन हो उठी। वह एक जगह नहीं बैठ सकती थी। दिन में बीस बार वह घर से बाहर निकलती थी। फार्मों के नज़दीक से गुज़रते हुए उसे असह्य मानसिक यन्त्रणा होती थी। पत्तों में आधे छिपे हुए डेज़ी के फूलों, पानी में आकाश की परछाई या पत्तों में से छनकर आती हुई सूरज की किरण को देखते ही उसका मन उत्तेजित हो जाता था, क्योंकि जब वह जवान थी तब भी ऐसी चीज़ों को देखकर उसकी भावुकता जाग उठती थी। अब उसके सामने कोई आशा या आकांक्षा नहीं रही थी, लेकिन प्रकृति के मादक वातावरण को देखकर आज भी उसे उतनी ही खुशी होती थी, जितनी कि पहले जब उसकी पूरी ज़िन्दगी अभी सामने पड़ी थी। लेकिन इस खुशी में पीड़ा भी मिश्रित थी। प्रकृति के सौन्दर्य का यह स्फुरण, जिसे देखकर उसके मन में आनन्द उमड़ना चाहिए था, उसके शोकाकुल मन और भग्न हृदय को दुःख पहुंचा रहा था। जीन को महसूस हुआ, जैसे सूरज में पहले जैसी सान्त्वना देने वाली उष्णता नहीं रही, आकाश की नीलिमा पहले से कम हो गई है। हर चीज़ बदली हुई नज़र आती थी। ये चीज़ें पहले की तरह उसके मन में भावुकता नहीं जगा पा रही थीं। बीच-बीच में वह अपने को स्वस्थ महसूस करने लगती थी। उसके सपने और उम्मीदें जाग उठती थीं। किस्मत चाहे कितनी ही क्रूर क्यों न हो, लेकिन जब आकाश नीला हो और सूरज चमक रहा हो तो इन्सान पूरी तरह अपने को विषाद में खो दे, यह नहीं हो सकता।

इस आन्तरिक उत्तेजना से बेचैन होकर जीन घण्टों तक बाहर खेतों में टहला करती थी। कभी-कभी वह अपने दुःखों पर सोचने के लिए

सड़क के किनारे बैठ जाती थी। ज़िन्दगी में उससे वैसा प्यार क्यों नहीं किया गया जो और औरतों से किया जाता है? उसका घटनाहीन जीवन साधारण से साधारण सुखों से भी आखिर क्यों वंचित रहा? और कभी वह क्षण-भर के लिए यह भूलकर कि वह बूढ़ी हो गई है और उसके भविष्य में चन्द एकान्तपूर्ण बरसों के सिवा और कुछ नहीं रहा, कल्पना के महल बनाने लगती थी,भविष्य की शानदार योजनाएं सोचने लगती थी—बिल्कुल उस ज़माने की तरह जब वह सोलह बरस की थी। फिर उसे अपने कटु अस्तित्व के नग्न सत्य का आभास होता और वह भारी दिल लेकर उठ खड़ी होती और यह शब्द बुड़बुड़ाती हुई घर लौट आती, 'तुम बेवकूफ बुढ़िया हो! तुम बेवकूफ बुढ़िया हो!'

रोज़ाली उसे हमेशा समझाती रहती कि वह ज़्यादा हिला-डुला न करे और देहात में इतना न घूमा करे।

जीन कहती, 'मैं क्या करूं—जो मरने से पहले 'कत्ल' की हालत थी वही इस वक्त मेरी हालत है।'

एक दिन सुबह रोज़ाली कुछ जल्दी ही जीन के कमरे में आ गई। उसने प्याला मेज़ पर रखकर कहा, 'जल्दी से कॉफी पी लो। डेनिस हमें पोपलर्ज़ ले जाने के लिए नीचे इन्तज़ार कर रहा है। वहां मुझे कुछ काम है।

जीन का सिर उत्तेजना से चकराने लगा। उसने कांपते हुए हाथों से कपड़े पहने। उसे यकीन ही नहीं हो रहा था कि वह फिर से अपने प्यारे घर में जा रही है।

आकाश साफ और नीला था। डेनिस का घोड़ा रह-रहकर खुशी से सरपट दौड़ने लगता था। ईतोवेन्त पहुंचते-पहुंचते उत्तेजना से जीन को सांस लेना भी मुश्किल हो गया। जब उसने फाटक के पास बने ईटों के खंभे देखे तो उसने ज़ोर की एक सांस ली। उसे लगा जैसे कोई चीज़ उसकी आत्मा की गहराइयों में उतर रही है। उन्होंने कोलार्द फार्म में घोड़ा छोड़ दिया और रोज़ाली और डेनिस अपने काम के सिलसिले में कहीं चले गए। कोलार्द ने जीन से पूछा कि क्या वह 'पोपलर्ज़' देखने जाएगी। उसका मालिक आजकल कहीं बाहर गया हुआ था।

जीन 'पोपलर्ज़' की चाबी लेकर अकेली चल पड़ी। कोठी के सामने पहुंचकर वह उसे देखने के लिए खड़ी हो गई। उसके जाने के बाद से बाहर के हिस्से में कोई तबदीली नहीं हुई थीं। सारी सिटकनियां बन्द थीं, और धूप भूरे रंग की, वर्षा और तूफान से बदरंग हुई दीवारों से आकर टकराती थी। लकड़ी का एक टुकड़ा उसकी स्कर्ट पर आ गिरा। जीन ने जब देखा कि वह टुकड़ा मेपल के पेड़ से आया था तो उसने जाकर स्नेह से उस पेड़ को छुआ, जैसे वह किसी ज़िन्दा चीज़ को छू रही हो। सहसा उसका पैर फर्श पर पड़ी हुई लकड़ी के एक टुकड़े से टकराया। जीन ने देखा, यह उस बेंच का ही अवशेष था, जहां वह अपने प्रियजनों के साथ बैठा करती थी। यह बेंच उस दिन तैयार की गई थी जब जूलियन पहली बार पोपलर्ज़ में आया था।

जीन को हॉल का दरवाज़ा खोलने में दिक्कत हुई, क्योंकि चाबी में मोर्चा लगा था और वह घूम नहीं सकती थी। लेकिन कोशिश करने पर ताला खुल गया और जीन के ज़रा से धकेलने पर दरवाज़ा भी खुल गया। भीतर जाते ही वह सीधी अपने पुराने कमरे में पहुंची। दीवारों पर नया कागज़ लगाया गया था। कमरा अब पहचाना नहीं ज़ाता था, लेकिन जब उसने खिड़की खोलकर बाहर देखा तो भावावेश से उसकी आंखों में आंसू आ गए—उसका प्रिय दृश्य फिर उसकी आंखों के सामने था—कुंज, सफेदे और मेपल के पेड़, समुद्र, जिसमें ब्राउन रंग की पालों वाली किश्तियां छोटे-छोटे बिन्दुओं की तरह नज़र आ रही थीं। किश्तियां अपनी जगह खड़ी थीं।

फिर जीन सारे घर में घूमने लगी। दीवारों पर उसे कई परिचित दाग दिखाई दिए। वह पलस्तर में बने उस छेद को देखने के लिए रुक गई जिसे बैरन ने अपने बेंत से कर दिया था। वे जब भी उस जगह से गुज़रते थे, दीवार में बेंत मारा करते थे—उन्हें अपनी जवानी के दिनों की याद आ जाती थी,जब वे तलवार चलाना सीखते थे। अपनी मां के सोने के कमरे में दरवाज़े के पीछे, जहां अंधेरा था, दीवार में गड़ी एक सोने की छोटी पिन मिली। खुद जीन ने ही वह पिन बहुत दिन पहले वहां गड़ा दी थी और फिर भूलकर सारे घर में ढूंढ़ती फिरी थी। अब पिन को पाकर उसने दीवार में से खींचकर बाहर निकाला और उसे

चूमने लगी। एक अमूल्य यादगार होने के कारण उसने पिन को अपने साथ ले जाने का निश्चय किया। वह फिर सारे कमरों में भी गई और उन पुराने परिचित परदों पर जो अभी भी वहां लटके हुए थे, वह उन अदृष्ट निशानों और धब्बों को पहचानती फिरी जिनकी उसे याद थी और फर्नीचर पर चढ़े गिलाफों और मेण्टलपीसों पर बिछे कपड़ों पर बने उन डिज़ाइनों और कढ़ाइयों को देर तक देखती रही जो उसने अपनी कल्पना से काढ़े थे। छतों पर पड़नेवाली परछाइयां भी उसने देखीं। वह उस विशाल मकान की निस्तब्धता में इस खामोशी से घूम रही थी जैसे किसी कब्रिस्तान में हो। उसे महसूस हुआ कि उसकी सारी ज़िन्दगी जैसे वहां दफन हो। जब वह ड्राइंगरूम में गई तो कुछ देर तक उसमें छाए अंधेरे के कारण उसे कुछ दिखाई न दिया। फिर धीरे-धीरे उसे टैपेस्ट्री पर बनी चिड़ियां दिखाई देने लगीं। अंगीठी के सामने दो आराम-कुर्सियां रखी थीं, लगता था जैसे अभी कोई उन्हें खाली करके उठ गया हो। फिर उसे उस कमरे की अस्पष्ट गंध का आभास हुआ—वह गंध जो उस कमरे की अपनी विशिष्ट थी, जिस तरह मनुष्य के शरीर की अपनी-अपनी गंध अलग होती है, वह गंध जिसका आभास तो मिलता था लेकिन जो अत्यन्त सूक्ष्म सुरभि की तरह भीनी थी। एकाएक उसकी चेतना में पुरानी स्मृतियों का सैलाब फूट पड़ा। उसकी सांस तेज़ हो गई और वह उन दोनों कुर्सियों की तरफ टकटकी बांधकर देखती हुई उस पुरानी परिचित सुगंध को सूंघने लगीं। फिर उसे आभास हुआ जैसे उन कुर्सियों पर उसके पापा और मां बैठी हों, वह भय से कांपकर पीछे हटी और दहलीज़ से टकरा गई। उसने गिरने से बचने के लिए दरवाज़े की चौखट पकड़ ली, लेकिन वह अभी भी दोनों कुर्सियों की तरफ टक-टकी बांधे देख रही थी। वे काल्पनिक प्रेत-छायाएं गायब हो गईं, लेकिन जीन कई मिनट तक वहां भय से अवसन्न खड़ी रही। जब उसे होश आया तो उसे यकीन हो गया कि वह पागल होनेवाली है। वह वापस मुड़-कर भागने ही वाली थी कि उसकी नज़र दरवाज़े पर खुदे निशानों पर जा पड़ी, जिन्हें पोलेत की उम्र और लंबाई के मुताबिक बनाया गया था। बैरन की स्पष्ट लिखावट के अवशेष वहां मौजूद थे,मौसी लिज़ों के कंपित हाथों की लिखाई और जीन के लिखे छोटे-छोटे अक्षर भी वहां

मौजूद थे। उसे लगा कि वह फिर से पोलेत को देख रही हो, जैसे पोलेत अपनी लंबाई नपवाने के लिए दीवार से सिर लगाकर खड़ा था और बैरन कह रहे थे—जीन, छह हफ्तों में पोलेत आधा इंच बढ़ा है।"

'मदाम जीन! लंच तैयार है।'

जीन ने रोज़ाली की आवाज़ सुनी और वह बाहर चली गई। उसका सिर चकरा रहा था। वह घबरा गई थी और उसकी समझ में किसीकी कोई बात नहीं आ रही थी। उसने यन्त्रवत् खाना खाया। शब्दों की भनक उसके कानों में पड़ रही थी, लेकिन वह कुछ सुन नहीं रही थी। किसानों की बीवियों ने उसकी सेहत का हाल पूछा तो जीन ने उन्हें संक्षिप्त-सा जवाब दिया। उन औरतों ने जीन को चूमा, जीन ने शिथिल निरपेक्ष भाव से उन चुम्बनों को ग्रहण किया और बदले में शिथिल भाव से ही उन्हें चूमा। फिर वह गाड़ी में चढ़ गई।

जब पोपलर्ज़ की ऊंची छत आंखों से ओझल हो गई, तो जीन के हृदय में जैसे कुछ टूट गया। उसे लगा कि वह अन्तिम बार अपने पुराने घर से विदा ले रही है।

वे सीधे बेतरवील लौट आए। जीन घर में दाखिल होने ही वाली थी कि दरवाज़े के नीचे उसे एक सफेद कागज़ दिखाई दिया जो उनकी अनुपस्थिति में पोस्टमैन वहां डाल गया था। जीन ने फौरन पॉल की लिखावट पहचान ली और एक व्यथित पागलपन से उसने फौरन लिफाफा फाड़कर खत निकाल लिया।

'प्यारी मां,

मैंने तुम्हें पहले इसलिए खत नहीं लिखा क्योंकि मैं नहीं चाहता था कि तुम व्यर्थ ही पैरिस आओ। खुद तुमसे मिलने के लिए वहां आना चाहता था। इस वक्त में बहुत मुसीबत और परेशानी से हूं। तीन दिन पहले मेरी बीवी ने एक लड़की को जन्म दिया है और अब वह मृत्यु-शय्या पर है। मेरे पास एक कौड़ी भी नहीं है, समझ में नहीं आता कि बच्ची का क्या करूं। मकान की प्रबन्धिका बच्ची को बोतल का दूध पिलाने की कोशिश कर रही है, लेकिन मेरा ख्याल है बच्ची ज़िन्दा नहीं रहेगी। क्या तुम बच्ची को रख सकोगी? मैं किसी धाय का प्रबन्ध

नहीं कर सकता, क्योंकि मेरे पास पैसा नहीं है। बड़ी परेशानी में हैं। मेहरबानी करके लौटती डाक से जवाब दो।

सप्रेम, तुम्हार बेटा,
पॉल'

जीन धम्म् से एक कुर्सी पर बैठ गई। उसमें इतनी ताकत नहीं थी कि रोज़ाली को आवाज़ दे सकती। रोज़ाली भी वहां आ गई। दोनों ने फिर एकसाथ मिलकर खत को पढ़ा। फिर दोनों खामोशी से एक-दूसरे की तरफ देखने लगीं।

रोज़ाली ने कहा, 'मैं बच्ची को लेने के लिए जाऊंगी। हम उसे मरने नहीं दे सकते।

'ठीक है।' जीन ने कहा।

'अपना हैट पहन लो। हम अभी गोदेरवील के वकील से मिलेंगे। अगर वह औरत मरनेवाली है तो मोशिए पॉल को बच्ची की खातिर उस औरत से शादी कर लेनी चाहिए।'

जीन ने चुपचाप हैट पहन लिया। उसका दिल खुशी से भर गया था, लेकिन वह इस खुशी को ज़ाहिर नहीं होने देना चाहती थी, क्योंकि यह उन घृणित खुशियों में से थी जिन्हें लोग अपने मन में पालते रहते हैं, फिर भी जिनपर उन्हें शर्म आती है। उसके बेटे की रखेल मरनेवाली थी।

वकील ने ब्यौरेवार हिदायतें दीं। जीन-रोज़ाली ने वे बातें दो या तीन बार वकील से दुहरवाईं। फिर जब उसे यकीन हो गया कि उसे ठीक-ठीक सब कुछ मालूम हो गया है तो उसने जीन से कहा, 'चिन्ता न करो। मैं सारा मामला ठीक कर दूंगी।'

और वह उसी शाम को पैरिस को रवाना हो गई।

जीन ने अगले दो दिन असह्य मानसिक यन्त्रणा में गुज़ारे। किसी बात में उसका मन नहीं लग रहा था। तीसरे दिन सुबह उसे रोज़ाली का लिखा हुआ एक खत मिला, जिसमें सिर्फ इतना ही लिखा था कि वह उस शाम को ट्रेन से लौट रही है। बस इतना ही। तीन बजे के करीब जीन ने एक पड़ोसी को कहला भेजा कि वह अपनी गाड़ी में उसे ब्यूज़वील के रेलवे स्टेशन तक पहुंचा दे, जहां वह अपनी नौकरानी को लेने

जा रही है।

वह प्लेटफार्म पर खड़ी थी। उसकी आंखें रेल की पटरियों पर लगी थीं, जो दूर क्षितिज के पास एक-दूसरे में मिल गई थीं। वह रह-रहकर घड़ी की तरफ देख रही थी। दस मिनट बाकी रह गए थे। पांच-दो—अब गाड़ी आने ही वाली थी, हालांकि अभी वह दिखाई नहीं दे रही थी। फिर सहसा उसने सफेद धुएं का एक बादल देखा। उसके नीचे एक काली-सी बिन्दी थी जो प्रतिक्षण बड़ी होती जा रही थी। विशाल इंजन छक-छक करता हुआ प्लेटफार्म के आगे से गुज़रने लगा। गाड़ी की चाल धीमी हो रही थी। जीन हर डिब्बे की खिड़की में झांककर देख रही थी।

वह डिब्बों में से निकलते लोगों को देख रही थी। उनमें किसान थे, जिन्होंने ब्लाउज़ पहन रखे थे। किसानों की बीवियां हाथों में टोक-रियां लटकाए उतर रही थीं। कुछ भद्र लोग भी थे, जिन्होंने ऊंचे टोप लगा रखे थे—और फिर रोज़ाली दिखाई दी। उसके हाथों में कपड़े की गठरी जैसी कोई चीज़ थी। जीन आगे बढ़कर रोज़ाली से मिलना चाहती थी, लेकिन उसकी टांगों की शक्ति लुप्त हो गई थी। उसे डर था कि अगर वह ज़रा भी हिली-डुली तो गिर पड़ेगी।

'हलो मदाम। मैं लौट आई, हालांकि मामला आसान नहीं था।'

'क्या खबर है?'

'वह कल रात चल बसी। उनकी शादी हो गई थी और यह रही उनकी बच्ची।' रोज़ाली ने कम्बलों में लिपटी बच्ची को आगे बढ़ा दिया। जीन ने यन्त्रवत् बच्ची को ले लिया। दोनों स्टेशन से निकलकर बाहर गाड़ी में आ बैठीं, जो उनका इन्तज़ार कर रही थी।

'जनाज़े के फौरन बाद मोशिए पॉल यहां आ जाएंगे। मेरा ख्याल है, कल वे यहां पहुंच जाएंगे—इसी ट्रेन पर।'

'पॉल ···'जीन ने फुसफुसाकर कहा।

फूलों और रक्तिम पॉपी के फूलों से भरे खेत ढलते सूरज के प्रकाश से दीप्त हो उठे थे। धरती पर सन्तोषभरी शान्ति व्याप रही थी। खामोश कोचवान ने मुंह से 'किट-किट' की आवाज़ निकालकर घोड़े को आगे बढ़ाया, गाड़ी तेज़ी से बढ़ने लगी। जीन ने आकाश की तरफ देखा,

जहां चिड़ियों का एक गोलाकार झुंड उड़ रहा—था वह झुंड देखने में राकेटों[1] जैसा दिखाई दे रहा था।

फिर जीन को एक कोमल गर्मी का आभास हुआ। यह जीवन की गर्मी थी जो उसकी स्कर्ट में से, उसके रोम-रोम में व्याप रही थी। यह उस नन्हे शरीर की गर्मी थी जो जीन की गोद में सोया था। सहसा जीन का मन भावावेग से भर उठा। उसने कम्बल उठाकर अपने बेटे की बेटी को देखा। जब उस नन्ही जान के चेहरे पर रोशनी पड़ी तो उसने अपनी नीली आंखें खोल दीं और अपने होंठ हिलाने लगी। जीन ने उसे अपने हृदय से चिपका लिया और अपनी बांहों में भरकर उसपर चुम्बनों की वर्षा करने लगी।

'बस करो मदाम, बस करो। बेचारी बच्ची रो पड़ेगी।' रोज़ाली ने तीखे स्वर में कहा, जिसमें स्नेहपूर्ण हास्य का पुट भी था।

फिर उसने मन में उठनेवाले विचारों पर टिप्पणी करते हुए कहा, 'आखिरकार ज़िन्दगी कभी भी उतनी अच्छी या उतनी बुरी नहीं होती जितनी कि लोग ख्याल कर लेते हैं।'

ooo

---

1. यहां अभिप्राय आधनिक रॉकेटों से नहीं है। उस ज़माने में प्राकाश में खतरे के सिगनल छोड़े जाते थे, जिन्हें रॉकेट कहते थे।